Sophie Vallon
Die Essenz der Liebe

PIPER

Zu diesem Buch

London, 50er-Jahre: Grace staunt nicht schlecht, als sie eines Tages einen geheimnisvollen Brief aus Paris erhält. Denn darin heißt es, sie sei die Alleinerbin einer kürzlich verstorbenen Französin, der sie nie zuvor begegnet ist. Neugierig begibt sich die junge Engländerin in die französische Metropole. Ihre Reise führt sie schon bald durch die Straßen von Paris und zu einem verlassenen Parfümgeschäft, in dem ihre mysteriöse Gönnerin einst ein- und auszugehen schien. Hier, zwischen edlen Flakons und alten Vitrinen, eröffnet sich Grace eine völlig neue Welt. Eine Welt voller Düfte und Geheimnisse, Liebe und Hoffnung. Doch welchen Stellenwert hatte Parfüm tatsächlich im Leben der Verstorbenen? Woher kannte sie Grace? Und warum vermachte sie ihr ein nobles Apartment an der berühmten Place des Vosges?

Sophie Vallon, 1977 geboren, hat Romanistik an der Sorbonne studiert und arbeitet heute als freie Autorin und Werbetexterin. Sie lebt mit ihrem Mann und ihren zwei Kindern in einem kleinen Vorort von Paris. »Die Essenz der Liebe« ist ihr erster Roman.

Sophie Vallon

Die Essenz *der* Liebe

Roman

Übersetzt von Elvira Willems

Piper München Zürich

Mehr über unsere Autoren und Bücher:
www.piper.de

MIX
Papier aus verantwortungsvollen Quellen
FSC
www.fsc.org
FSC® C083411

Deutsche Erstausgabe
August 2014

Titel der englischen Originalausgabe:
»The Perfume Collector«, HarperCollins Publishers Ltd., London 2013

Umschlaggestaltung: Cornelia Niere, München
Umschlagabbildung: Michael Trevillion/Trevillion Images (Frau), Garry Black/Radius Images/Mauritius
Satz: Greiner & Reichel, Köln
Gesetzt aus der Joanna
Papier: Pamo Super von Arctic Paper Mochenwangen GmbH, Deutschland
Druck und Bindung: CPI books GmbH, Leck
Printed in Germany ISBN 978-3-492-30459-7

Für meinen Sohn Eddie,
immer, immerfort … und noch ein bisschen länger.

Paris, Winter 1954

Eva d'Orsey saß am Küchentisch, vor sich ein Exemplar des *Figaro*, und lauschte dem Ticken der Uhr, dem Klang der Zeit, die ihr entglitt.

Sie zog noch einmal an ihrer Zigarette und blickte aus dem Fenster in den kalten, nebligen Morgen. Paris erwachte; gemächlich sickerte die graue Morgendämmerung in den marineblauen Himmel und durchzog ihn mit orangefarbenen Streifen. Sie war seit Stunden wach, seit vier Uhr. Der Schlaf hatte sich ihr immer mehr entzogen in den vergangenen Jahren, während der Schmerz an ihrer rechten Körperseite stärker geworden war.

Der Arzt hatte sie schon vor Monaten aufgegeben. Seine Diagnose: Sie war keine gute Patientin, denn sie war arrogant und weigerte sich, seine Anweisungen zu befolgen. Die Zirrhose breitete sich inzwischen rasch aus, durchlöcherte ihre Leber wie einen Schwamm. Für ihn war es ganz einfach: Sie musste aufhören zu trinken.

»Sie versuchen es nicht einmal«, hatte er sie beim letzten Mal gerügt.

Sie saß auf der Untersuchungsliege und knöpfte ihre Bluse zu. »Ich habe Schlafstörungen.«

»Also, das überrascht mich nicht«, sagte er und seufzte. »Ihre Leber ist vollständig entzündet.«

Sie begegnete seinem Blick. »Ich brauche etwas, das mir hilft.«

Kopfschüttelnd ging er zum Schreibtisch und stellte ihr ein Rezept aus. »Ich sollte Ihnen die Tabletten gar nicht geben. Nehmen Sie nur eine davon, sie sind sehr stark«, warnte er und reichte ihr das Rezept.

»Danke.«

Doch einen letzten Versuch konnte er sich nicht verkneifen. »Warum schränken Sie nicht wenigstens Ihren Zigarettenkonsum ein?«

Ja, warum eigentlich nicht?

Eva stieß den Rauch aus und drückte die Zigarette im Aschenbecher aus. Gewöhnliche Zigaretten, zu stark. Nicht damenhaft. Doch das war ihr nur recht. Sie konnte nur noch starke Aromen schmecken: billige Schokolade, grobe Pastete, schwarzer Kaffee. Was sie aß, spielte sowieso keine Rolle – Appetit hatte sie schon lange keinen mehr.

Es war etwas Naives, etwas entzückend Arrogantes an der Annahme der Ärzte, alle wollten ewig leben.

Sie nahm einen Stift zur Hand und zeichnete gleichmäßige Kreise auf den Rand der Zeitung.

Ein paar Einzelheiten waren noch zu klären. Sie war vor Wochen beim Anwalt gewesen, einem gewissenhaften, reservierten jungen Mann. Und sie hatte der sauertöpfischen Concierge, Madame Assange, den Karton gegeben, damit sie darauf aufpasste. Doch als Eva in der vergangenen Nacht nicht schlafen konnte, war ihr noch eine andere Idee gekommen. Da war noch die Reise von London nach Paris. Die Vorstellung von einem Flugzeug faszinierte sie. Extravagant und überflüssig. Es gab ein paar Dinge, die ein Mensch im Leben erlebt haben sollte, und eine Flugreise gehörte eindeutig dazu. Sie lächelte in sich hinein, stellte sich vor, wie sie sich Paris näherte, über weite Strecken nur kaltes, blaues Meer, und dann der erste Blick auf die Stadt.

Sie zuckte zusammen. Wieder dieser Schmerz, wie Messerstiche, gefolgt von Taubheit an ihrer rechten Seite.

Sie dachte an die Cognacflasche. Tagsüber wollte sie nicht trinken. Erst nach sechs Uhr abends lautete ihre neue Regel. Wenigstens hatte sie es sich so vorgenommen. Doch jetzt zitterten ihre Hände, und der Magen zog sich zusammen.

Nein. Sie würde sich ein Bad einlassen. Sich anziehen. Und um sieben Uhr dreißig in der Kirche de la Madeleine die Messe besuchen. Von allen Kirchen in Paris war diese ihr die liebste, denn dort stieg Maria Magdalena, die widerspenstige, schwierige Tochter der Kirche, von Engeln emporgehoben wie eine Königin in den Himmel auf, den ganzen Tag, jeden Tag.

Die Messe war wie eine große Oper, eine Zaubervorstellung mit den teuersten Requisiten der Stadt, und der Glaube ein Taschenspielertrick, bei dem man sowohl der Zauberer wie der Zuschauer war, der Betrüger wie der Betrogene. Doch wer konnte einem guten Zaubertrick widerstehen?

Eva legte die Zeitung zusammen, schob den Stuhl zurück und stand auf.

Sie würde ihr bestes marineblaues Kostüm tragen und bei den Gläubigen in der ersten Reihe sitzen. Sie würden dem jungen Priester zuhören, Vater Paul, der sich mit seinem beträchtlichen Verstand abmühte, der Heiligen Schrift einen Sinn abzugewinnen und eine Brücke zur heutigen Zeit zu schlagen. Er wusste nicht, wie er die Ungereimtheiten rechtfertigen sollte, hatte noch nicht begriffen, dass sie an sich das Geheimnis waren. Doch sie hatte Vergnügen an seiner geistigen Wendigkeit, fast so viel Vergnügen wie er selbst.

Häufig blieb ihm nichts anderes übrig, als sich durch Schichten verschiedener möglicher hebräischer Übersetzungen eine unerwartete Verbform zu suchen, die schließlich Licht auf einen gewaltigen religiösen Widerspruch warf. Doch dass er so mutig war, es zu wagen, war an ihr nicht vergeudet. Sie schätzte diejenigen, die es versuchten, besonders die, die ihre Kämpfe öffentlich austrugen.

Er sah das natürlich ganz anders. Seine Zeit im Priesterseminar lag erst wenige Jahre zurück, und er bildete sich noch ein, seinen Schäfchen geistige Nahrung zukommen zu lassen. Er begriff einfach nicht, dass nicht er für seine ältlichen Gemeindemitglieder, hauptsächlich Frauen, da war, sondern sie für ihn. Vater Paul stand am Beginn des Lebens. Seine glasklaren Überzeugungen mussten beschützt werden. So warteten sie geduldig, bis auch er sich dem unerträglichen Wankelmut von

Gottes Willen ergab, der Gewissheit seiner Gnade, der Düsternis seiner Barmherzigkeit.

Solche Überlegungen beruhigten sie. Dann waren ihre Gedanken weit weg, schwirrten wieder auf vertrauten Bahnen: den Paradoxien von Glaube und Zweifel. Wie ein abgewetztes Stück Stoff, weich geworden vom vielen Tragen, tröstlich unter der Berührung.

In die Messe und dann ins Reisebüro.

Sie trug den Aschenbecher zur Spüle, leerte ihn und wusch ihn aus. Unten in der Gasse bewegte sich etwas … ein lauernder Schatten, der sich verschob, die Nacht durchschnitt. Schwarze Flügel schlugen, wirbelten wie ein einziger Flügel, bis sie die ganze gegenüberliegende Mauer bedeckten und die blassen Strahlen der Wintersonne verbargen.

Plötzlich stieg eine andere Erinnerung in ihr auf. Ein atemloses, strauchelndes Entsetzen; der Duft grüner Wiesen und feuchter Waldungen – und ein riesiger Rabenschwarm, der über den offenen Himmel flog, Flügel, schimmernd wie Ebenholz, Schnäbel wie Rasiermesser, schreiend, kreischend.

Eva packte die Arbeitsplatte und kniff die Augen zu. Der Aschenbecher fiel ihr aus der Hand und landete klappernd in der Porzellanspüle.

Er zerbrach.

»Verdammt!«

Vorsichtig spähte Eva aus dem Fenster, während ihr Herz immer noch wie wild klopfte. Der Schatten war verschwunden. Wahrscheinlich bloß ein paar Stadttauben.

Sie nahm die Bruchstücke und reihte sie auf der Arbeitsfläche auf. Es war ein altes, billiges Ding. Doch es erinnerte sie an eine andere Zeit, als das Leben noch voller Verheißungen gewesen war.

Die Uhr tickte laut.

Sie zögerte noch einen Augenblick.

Dann nahm sie ein Glas, griff nach der Flasche billigen Cognacs, schenkte sich mit zitternden Händen ein und kippte ihn hinunter. Der Alkohol wärmte sie augenblicklich, durchströmte ihre Glieder und linderte den Schmerz.

Der Arzt begriff gar nichts.

Er wusste nicht, wie es war, zwischen Erinnerung und Bedauern zu leben und nichts zu haben, um es zu erleichtern.

Sie schenkte sich noch ein Glas ein und fuhr mit dem Finger über den schartigen Rand des kaputten Aschenbechers.

Sie würde ihn kleben.

Baden.

Ihr marineblaues Kostüm anziehen.

Sie legte den Kopf in den Nacken und trank noch einen Schluck. Es war egal, wenn man die Bruchstellen sah.

London, Frühling 1955

Mit einem Ruck fuhr Grace Munroe aus den Schlaf hoch und schnappte nach Luft.

Sie war über holprigen Boden durch einen dichten, düsteren Wald gelaufen und gestolpert, suchend, rufend. Doch je schneller sie lief, desto undurchdringlicher wurde der Wald. Ranken wuchsen, wanden sich unter ihren Füßen, Äste schlugen ihr ins Gesicht, auf Arme und Beine. Sie wurde beherrscht von der Panik, zu spät zu kommen. Sie verfolgte jemanden oder etwas. Es war direkt vor ihr, jedoch immer knapp außer Reichweite. Plötzlich war sie ausgeglitten und Hals über Kopf in eine tiefe, felsige Schlucht gestürzt.

Mit wild pochendem Herzen verharrte Grace einen Augenblick und blinzelte im Dämmerlicht, bis sie begriffen hatte, dass sie in ihrem Schlafzimmer auf dem Bett lag.

Es war ein Traum.

Nur ein Traum.

Sie schaltete die Nachttischlampe ein und sank zurück aufs Kissen. Ihr Herz galoppierte noch, ihre Hände zitterten. Es war ein alter Albtraum aus ihrer Kindheit. Sie hatte gedacht, sie wäre herausgewachsen. Doch jetzt, nach Jahren, war er plötzlich wieder da.

Wie lange hatte sie überhaupt geschlafen? Sie schaute auf den Wecker. Kurz vor halb sieben. Mist.

Sie hatte nur fünf Minuten ruhen wollen. Doch es war fast eine Stunde vergangen.

Mallory würde jeden Augenblick kommen, und sie musste sich noch anziehen. Eigentlich hatte Grace keine Lust, an diesem Abend auszugehen, doch sie hatte es ihrer Freundin versprochen.

Sie trat an das Fenster, das den Woburn Square überblickte, und zog die schweren Vorhänge zurück.

Es war ein Spätnachmittag im April, der Jahreszeit, in der die hellen Stunden des Tages sich begierig dem Sommer entgegenstreckten und das frühe Abendlicht von einem zarten Wedgewood-Blau war, vergoldet von dem Versprechen nahender Wärme. Die Platanen, die den Platz säumten, trugen winzige, zarte hellgrüne Knospen, die im Sommer einen dicken, smaragdgrünen Baldachin bilden würden. Jetzt zitterten die Äste noch bei jedem eisigen Windhauch.

Der Garten in der Mitte war während des Krieges umgegraben worden, um Gemüse anzubauen; das Geländer hatte man damals eingeschmolzen, es war noch nicht ersetzt worden. Die Gebäude, die in der Gegend noch standen, waren schwarz vom Ruß und pockennarbig vom Einschlag der Schrapnelle.

In der Luft lag ein Gefühl der Beschleunigung, des Wechsels der Jahreszeiten, der Hoffnung, gemildert durch die nahende Abenddämmerung. Draußen sangen die Vögel, die grünen Triebe von Hyazinthen und Narzissen neigten sich im Wind. In der Sonne war es warm, im Schatten frostig, eine Zeit der Extreme.

Grace hatte eine Vorliebe für die Schärfe dieser Jahreszeit, für das gedämpfte, wechselhafte Licht, das ihren Augen Streiche spielte. Es war eine Zeit geheimnisvoller, doch dramatischer Metamorphosen. In der einen Minute herrschte nichts als Sturm und Regen, einen Augenblick später tauchte ein ganzes Narzissenfeld auf und explodierte triumphierend in einer Fanfare aus Farben.

Grace drückte ihre Fingerspitzen an die kalte Fensterscheibe. Dies war, wie ihr Mann Roger es formulierte, nicht ihr richtiges Haus. Er hatte ehrgeizigere Pläne für etwas Prächtigeres, näher an Belgravia. Doch Grace gefiel es hier; mitten im Zentrum von Bloomsbury, nahe der London University und dem King's College; es erinnerte sie an Oxford, wo sie bis vor ein paar Jahren bei ihrem Onkel gelebt hatte. Es war voller Leben, Geschäfte und Büros und Studierende, die in ihre Seminare eilten. Auf der Straße unten bewegte sich ein steter Strom von Büroangestellten in Regenmänteln, die Köpfe gegen den Wind gesenkt, die nach der Arbeit zur U-Bahn-Station eilten.

Grace ließ den Kopf an den Fensterrahmen sinken. Es musste schön sein, eine Arbeit zu haben. Einen ordentlich aufgeräumten Schreibtisch. Einen gut organisierten Aktenschrank. Und vor allem ein Ziel.

Seit sie verheiratet war, waren ihre Tage ermüdend ziellos; wie ein Ballon schwebte sie von einer gesellschaftlichen Verpflichtung zur nächsten.

Roger nahm diese Verpflichtungen sehr ernst. »Hast du beim Mittagessen des Konservativen Frauenvereins mit jemandem gesprochen? Neben wem hast du gesessen? Erzähl mir, wer dort war.«

Er besaß die außerordentliche Gabe, die verborgene Bedeutung hinter jeder Interaktion zu entschlüsseln.

»Sie haben dich also ganz vorn an den ersten Tisch gesetzt, das ist gut. Vergiss nicht, Mona Riley zu schreiben und dich bei ihr für die Einladung zu bedanken. Vielleicht kannst du ein zwangloses Abendessen arrangieren? Oder, noch besser, lade sie irgendwo zum Tee ein und überrede sie zu einer Dinnerparty. Es wäre gut, wenn sie uns zuerst einladen. Man möchte nicht zu eifrig erscheinen.«

Er baute darauf, dass sie die Rädchen schmierte, doch Grace war keine besonders gute gesellschaftliche Mechanikerin. Und sie hatte nicht das geringste Vergnügen daran.

Trotzdem, wenn sie Mallory nicht warten lassen wollte, sollte sie sich beeilen.

Sie öffnete die Schlafzimmertür und rief die Treppe hinunter nach der Haushälterin, die unten sauber machte. »Mrs Deller!«

»Ja?«, kam die Antwort aus der Küche, zwei Stockwerke tiefer.

»Wären Sie so freundlich, mir eine Tasse Tee zu bringen?«

»Ja, Madame.«

Grace eilte ins Bad, spritzte sich kaltes Wasser ins Gesicht, trocknete es ab und betrachtete im Spiegel ihre Züge. Sie sollte sich wirklich mehr Mühe geben – blauen Lidschatten und schwarzen Lidstrich kaufen und lernen, wie man die Augen auf die kühne, stilisierte Art schminkte, die gerade der letzte Schrei war. So tupfte sie nur ein wenig Puder auf Nase und Wangen und trug roten Lippenstift auf. Ihre langen Haare reichten ihr bis über die Schultern. Sie machte sich nicht die Mühe, sie auszubürsten, sondern schlang sie mit der durch viel Übung erworbenen Geschicklichkeit im Nacken zu einem Knoten, den sie mit Nadeln feststeckte. Unten klingelte es an der Haustür.

»Verdammt!«

Ausgerechnet heute war Mallory pünktlich!

Grace riss die Türen des Kleiderschranks auf, schnappte sich ein Cocktailkleid aus blauer Schantungseide und warf es aufs Bett. Sie trat aus ihrem Tweedrock und zog sich, ohne die Knöpfe zu öffnen, die Bluse über den Kopf.

Wo waren bloß die passenden marineblauen Schuhe?

Sie suchte am Boden des Kleiderschranks. Als sie sich bückte, merkte sie, dass von der Ferse ihres Strumpfes eine Laufmasche aufstieg und über ihre Wade wanderte.

»Oh, Mist!«

Sie löste gerade die Strumpfhalter, da hörte sie unten, wie Mrs Deller die Haustür öffnete, und gleich darauf den weichen Tonfall einer Frauenstimme, als die Haushälterin Mallory den Mantel abnahm. Schon kamen Schritte die alte georgianische Treppe herauf, die knarrend protestierte, als Mallory nach oben kam. Grace riss ein Paar Strümpfe aus der Schublade ihrer Kommode und setzte sich auf die Bettkante, um sie anzuziehen.

Es klopfte. »Ich bin's nur. Hast du was an?«

»Wenn dir ein Unterrock genügt.«

Mallory steckte den Kopf zur Tür herein. Ihr kastanienbraunes Haar war zu Locken frisiert, und eine Perlenkette betonte ihre blasse Haut. »Du bist noch nicht umgezogen? Es hat schon angefangen, Grace!«

Rasch befestigte Grace die Strümpfe an den Strumpfhaltern und stand auf. »Ist es nicht en vogue, zu spät zu kommen?«

»Seit wann kümmerst du dich darum, was en vogue ist?«

Grace drehte sich. »Sitzen die Nähte gerade?«

»Ja. Hier.« Mallory reichte ihr die Teetasse, die sie mitgebracht hatte. »Deine Haushälterin hat mich gebeten, dir den zu bringen.«

»Danke.« Grace trank einen Schluck. Mallorys langes Abendkleid raschelte, als sie sich vorsichtig auf die Sesselkante hockte, um den Rock nicht zu verknittern.

»Was hast du denn den ganzen Nachmittag gemacht?«, tadelte sie Grace.

»Ach, nichts.« Sie mochte nicht zugeben, dass sie am hellen Tag geschlafen hatte; es kam ihr vor wie der Anfang vom Ende. »Und du? Was hast du gemacht?«

»Ich bin erst vor einer Stunde vom Friseur gekommen.« Mallory drehte den Kopf, um ihr hübsches Profil und das Ergebnis des Friseurbesuchs zu präsentieren.

»Ich schwöre, Mr Hugo ist der einzige Mensch in London, der Hand an meine Haare legen darf. Du solltest auch mal zu ihm gehen. Er wirkt Wunder. Hast du eine Zigarette für mich?«

»Dort.« Grace wies auf eine silberne Zigarettendose auf dem Tisch. Sie trank noch einen Schluck Tee und stellte die Tasse auf die Kommode.

Mallory nahm sich eine Zigarette heraus. »Was ziehst du heute Abend an?«

»Das blaue Taftkleid.«

»Auf dich ist doch Verlass!« Lächelnd schüttelte Mallory den Kopf. »Wir müssen unbedingt mal einkaufen gehen, meine Liebe. Im Augenblick gibt es so schöne Sachen.«

Mallory war dreißig Jahre alt und damit nur drei Jahre älter als Grace, doch sie war eine modische junge Frau, gut etabliert in der Londoner Gesellschaft. Sie war mit Grace' Cousin Geoffrey verheiratet und hätte Grace gern unter ihre Fittiche genommen, doch die war frustrierend resistent gegen ihre Ratschläge.

»Gefällt dir das Kleid nicht?«, fragte Grace.

Mallory zuckte die Schultern. »Ich habe nichts daran auszusetzen.«

Grace hielt es noch einmal hoch. »Was stimmt denn nicht damit?«

»Es ist nur … ach, ich weiß nicht. Du weißt doch, wie Vanessa ist. Alles ist immer hochmodern, der neueste Trend von 1956 …«

»Was bemerkenswert ist, wenn man bedenkt, dass wir erst 1955 haben, Mal.«

»Das meine ich ja! Sie ist ihrer Zeit immer weit voraus.«

»Ja, aber ich muss nicht mit Vanessa konkurrieren, oder? Wir können nicht alle Trendsetter sein. Die Frau hat einfach viel zu viel Zeit und viel zu viel Geld.«

»Vielleicht, aber niemand möchte ihre Partys verpassen, oder? Du solltest allmählich auch anfangen, richtige Einladungen zu geben. Heute Abend ist eine gute Gelegenheit, ein paar Namen von Vanessas Gästeliste zu stibitzen. Ich habe ein kleines Notizbuch mit Bleistift in meiner Handtasche, falls du es brauchst.«

»O Gott!« Grace schauderte. »Ich finde den Gedanken unerträglich!«

»Ehrlich!« Mallory verdrehte die Augen. »Was habt ihr denn da oben in Oxford gemacht, um euch zu unterhalten?«

»Mein Onkel ist Universitätsdozent. Wir hatten gelegentlich Gäste, dann gab es überbackenen Blumenkohl, und man spielte Bridge.«

»Wie gruselig!« Mallory lachte. »Wenn du deinem Mann eine Stütze sein willst, musst du deine Menschenscheu überwinden. Allein aufgrund seines guten Aussehens bekommt er keine Beförderung.« Sie lächelte. »Du hast nicht zufällig ein Streichholz, oder? Gefällt dir das?« Sie stand auf und wirbelte herum, damit Grace den langen Rock ihres dunkelroten, schulterfreien Kleids begutachten konnte. »Neu. Von Simpson's.«

»Ganz reizend.« Grace schlüpfte in ihr marineblaues Kleid. »Da drin müsste eigentlich ein Feuerzeug sein.«

Mallory kramte in der Zigarettendose. »Sieht nicht so aus. Komm.« Sie schob die Zigarette in ihren perfekt geschminkten roten Mundwinkel. »Lass mich dir helfen.«

Grace stand still, während Mallory ihr am Rücken den Reißverschluss zuzog. »Bestimmt hat Roger es genommen. Hier gehen andauernd Feuerzeuge verloren. Aber das ist mein Lieblingsfeuerzeug. Wenn er das verloren hat, bringe ich ihn um.«

Mallory zupfte an gut fünf Zentimeter Stoff, der sich eigentlich um Grace' Hüfte hätte schmiegen sollen. »Das Kleid ist viel zu weit. Du hast schon wieder abgenommen.« In ihrem Tonfall schwang ein leiser Vorwurf mit.

Grace ging zur Frisierkommode, zog eine Schublade heraus und entnahm ihr eine Schachtel Streichhölzer. Sie warf sie Mallory zu, und die fing sie – dank der sportlichen Reflexe einer Kindheit als Wildfang – mitten in der Luft auf. »Zünde mir auch eine an, ja?«

»Mit Vergnügen. Schließlich gehe ich heute Abend mit dir aus.«

»Danke.« Grace begegnete ihrem Blick im Spiegel und zwinkerte, während sie ein Paar Perlenclips anlegte. Sie wusste es durchaus zu schätzen, dass Mallory versuchte, ihr zu helfen. »Es war sehr nett von dir, mich einzuladen.«

»Es geht doch nicht an, dass du hier verkümmerst, wenn Roger verreist ist.« Mallory zündete zwei Zigaretten an und reichte eine Grace. »Abgesehen davon kommt es nicht oft vor, dass ich meinen Mann wegen jemandem stehen lasse, der tatsächlich zuhört, wenn ich etwas sage. Er mag Vanessa nicht; er findet, sie hat einen schlechten Einfluss.«

»Hat sie das?«

»Selbstverständlich.« Mallory nahm eine Broschüre zur Hand, die auf einem Stapel Bücher auf dem Tisch lag. »Was ist das?«

»Nichts.« Grace wünschte, sie hätte so viel Weitblick besessen, sie wegzulegen. »Nur ein Verzeichnis von Kursen.«

»Oxford & County Secretarial College?« Mallory blätterte darin, und die Broschüre fiel an der Stelle auseinander, wo Grace die Ecke abgeknickt hatte. »Maschinenschreiben für Fortgeschrittene und Büroverwaltung? Buchführung?« Sie verzog das Gesicht. »Wozu?«

»Man kann nie wissen.« Grace schlüpfte in die marineblauen Pumps. »Könnte ganz nützlich sein. Vielleicht eröffnet Roger ja eines Tages sein eigenes Büro. Dann könnte ich ihm helfen, seinen Terminkalender führen, Briefe tippen ...«

»Aber Grace, du *hast* einen Beruf«, erwiderte Mallory. »Du bist seine Frau.«

»Das ist doch kein Beruf, Mal.«

Mallory sah sie an. »Ehrlich nicht? Da frage ich mich doch, ob du versäumt hast, das Kleingedruckte auf dem Trauschein zu lesen. Deine Aufgabe ist es, ein Heim zu schaffen, eine Familie und eine Vision davon, wo euer Platz in der Welt ist und was ihr erreichen wollt. Überleg mal, auf welche Schulen die Kinder gehen sollen, wo ihr die Wochenenden verbringt … euer ganzer gesellschaftlicher Umgang – das hängt alles an dir.« Sie sprach mit übertrieben vornehmem Akzent weiter: »Oh, die Munroes? Selbstverständlich kenne ich die! Ist sie nicht phantastisch? Ihr Sohn ist mit unserem Ältesten in Harrow. Und ich bin ganz begeistert, was sie aus dem Haus gemacht hat, nicht wahr?« Mallory nahm noch einen Zug an der Zigarette und warf die Broschüre auf den Tisch. »Glaub mir, Schatz, du hast einen Beruf. Abgesehen davon sind wir hier nicht in Oxford. Wie oft muss ich dich noch daran erinnern, dass du jetzt in London lebst?«

»Ja, aber die Kurse dauern nur ein paar Monate.«

»Ein paar Monate? Bist du verrückt? Was soll Roger denn machen, während du dort bist?« Mallory stieß den Rauch aus. »Ehrlich, du solltest in deiner freien Zeit etwas Nützliches lernen.«

»Zum Beispiel?«

»Ich weiß nicht …« Sich aus eigenem Antrieb weiterzubilden wäre Mallory niemals in den Sinn gekommen. »Blumenstecken. Oder Harfe spielen vielleicht.«

»Harfe spielen? Wozu soll das denn gut sein?«

Mallory überlegte einen Augenblick. »Es ist tröstlich. Oder nicht? Und du kannst in der Öffentlichkeit etwas zwischen deinen Beinen streicheln!«

»Gütiger Himmel, was bist du verdorben!« Grace lachte. »Ich sage dir, was tröstlich ist: einen Aktenschrank aufzuräumen, Büromaterial nachzubestellen und die Buchführung auf Vordermann zu bringen.«

»Grace …« Voller Verzweiflung hob Mallory die Hände. »Hörst du überhaupt zu, wenn ich etwas sage? Ehrlich, du bist nicht mehr in Oxford. Lass mich dir ein kleines Geheimnis anvertrauen.« Sie senkte die Stimme zu einem Bühnenflüstern. »Männer mögen keine klugen Frauen, sondern charmante!«

»Nein!«, keuchte Grace und tat schockiert. »Findest du mich nicht charmant?«

Mallory verdrehte die Augen. »Du bist köstlich. Ich sag doch nur …«

»Ich verstehe«, fiel Grace ihr ins Wort. Mallory ließ sich nicht überzeugen. Jedes Mal, wenn sie sich trafen, kam sie mit neuen Vorschlägen zur Verbesserung ihrer hausfraulichen Fähigkeiten – Talente, an denen es Grace ihrer Meinung nach eindeutig mangelte. Warum sollte es heute Abend anders sein?

Mallory überprüfte im Spiegel der Puderdose ihren Lippenstift. »Wann kommt Roger eigentlich nach Hause?«

»In einer Woche. Vielleicht auch früher.«

»Er war lange geschäftlich unterwegs. Du vermisst ihn sicher.«

Grace sagte nichts.

»Wenn er zu Hause ist, vergisst du den ganzen Unsinn da. Also, hast du einen Gürtel?« Sie raschelte hinter ihr. »Ehrlich! Hat dir nie jemand erklärt, dass du in den ersten Ehejahren Gewicht zulegen sollst? Wie soll ich denn Patentante werden und die Kleinen verhätscheln, wenn du dich nicht allmählich daran machst, ein wenig runder zu werden?«

Etwas veränderte sich in Grace' Augen. Sie schnappte nach Luft und wandte sich ab. »Ich glaube nicht, dass ich einen Gürtel habe«, sagte sie leise und sah die Sachen durch, die im Kleiderschrank hingen.

Mallory betrachtete Grace' schlanken Rücken.

Sie hatte offensichtlich einen wunden Punkt getroffen.

»Hier.« Mallory reckte sich und zog eine breite Schärpe aus schwarzem Samt von einem anderen Abendkleid heraus. »Mit der wird's gehen«, sagte sie und legte sie Grace um die Taille.

Grace kam ihr klein vor heute Abend und noch jünger als sonst. Sie erinnerte Mallory an ein kleines Mädchen, das mit den Sachen seiner Mutter Verkleiden spielte. Es war die Frisur, sie war konservativ und bieder und hätte einer älteren Frau gut gestanden, doch bei Grace unterstrich sie nur ihre Jugend. Ihre weit auseinanderstehenden, mandelförmigen graugrünen Augen wirkten heute noch größer als sonst.

»Findest du es gut so?« Mit angespannter Miene betrachtete Grace ihr Spiegelbild.

Es sah Grace gar nicht ähnlich, sich Sorgen darum zu machen, was andere über sie dachten. Plötzlich begriff Mallory, dass das zu den Dingen gehörte, die sie trotz ihres ständigen Geplänkels insgeheim an ihrer Freundin bewunderte.

»Es ist perfekt«, versicherte sie ihr. »Lass uns gehen, sonst verpassen wir das Ganze noch.«

Am Fuß der Treppe blieb Grace stehen, um die Nachmittagspost durchzusehen, die auf dem Tisch in der Halle lag.

»Oh, schau!« Sie hielt einen Briefumschlag hoch. »Ein Luftpostbrief! Aus Frankreich. Wie aufregend!« Sie riss ihn auf. »Wen kenne ich denn in Frankreich?«

»Von deinem Onkel?« Mallory zog ihren Mantel an.

»Nein, er ist auf Vortragsreise in Amerika.« Grace faltete einen Brief auseinander und begann zu lesen.

Mallory wartete ungeduldig. »Wir müssen gehen.« Sie holte den Autoschlüssel heraus. »Was ist das überhaupt?«

»Das ergibt doch überhaupt keinen Sinn.«

»Ist der Brief auf Französisch?«

»Nein. Nein, er ist auf Englisch.« Grace setzte sich auf den Stuhl in der Halle. »Und es liegt ein Flugschein bei.«

»Ein Flugschein? Wohin?«

»Nach Paris.« Grace schaute auf und reichte ihr den Brief. »Das kann nur ein Missverständnis sein. Ein sehr bizarres Missverständnis.«

Mallory nahm den Brief.

Er war auf schweres Papier von guter Qualität getippt, das auf amtliche Korrespondenz deutete. In der Ecke standen der Name und die Adresse einer Anwaltskanzlei in der Pariser Innenstadt: Frank, Levin et Beaumont.

Sehr geehrte Mrs Munroe,
bitte erlauben Sie uns, Ihnen unser aufrichtiges Beileid für Ihren jüngsten Verlust auszusprechen. Unsere Kanzlei kümmert sich um

den Nachlass der verstorbenen Madame Eva d'Orsey, und es ist unsere Pflicht, Sie darüber zu informieren, dass Sie in ihrem Testament als Hauptnutznießerin genannt werden. Wir bitten Sie, so bald wie möglich unsere Kanzlei aufzusuchen, damit wir die Einzelheiten der Erbschaft besprechen können.

Wir möchten uns noch einmal dafür entschuldigen, dass wir Sie in dieser Zeit der Trauer belästigen, und wir freuen uns, Ihnen in nächster Zukunft zu Diensten sein zu können.

Mit freundlichen Grüßen
Edouard A. Tissot, Esq.

»Oh!« Mallory schaute auf. »Das tut mir sehr leid. Ich wusste ja nicht, dass du kürzlich jemanden verloren hast, Grace.«

Grace' Miene war ungerührt. »Ich auch nicht.«

»Wie bitte?«

»Mallory, einer Frau namens Eva d'Orsey bin ich nie begegnet. Ich habe keine Ahnung, wer das sein soll.«

Vanessa Maxwell wusste, wie man Partys feierte. Es war das, was sie am besten konnte, und für diejenigen, die sie gekannt, wenn nicht gar geliebt hatten, würde es zweifellos ihr bleibendes Vermächtnis sein, lange nachdem sie gegangen war.

Die erste Regel war, dass ihre Partys fast immer spontan gefeiert wurden. Im Gegensatz zu anderen Gastgeberinnen, die einen Monat im Voraus Einladungen verschickten, begriff Vanessa, dass der Erfolg der ganzen Unternehmung abhängig war von der delikaten Balance zwischen Erwartung und Erfüllung: War die Wartezeit dazwischen zu lang, hatte das nur Gleichgültigkeit und Langeweile zur Folge. Und ein Abend, der nicht hektisches Umarrangieren längst getroffener Verabredungen erforderte, einen Rattenschwanz von Notlügen und das Überprüfen persönlicher Loyalitäten nach sich zog, war es nicht wert, daran teilzunehmen.

Zweitens war Vanessa äußerst skrupellos bei der Auswahl ihrer Gäste. Sie erwiderte so gut wie nie eine Einladung mit einer eigenen. Ja, sie war berühmt dafür, Leute einzuladen, die sie kurz zuvor erst kennengelernt hatte, und diese auf unkonventionelle, sogar provozierende Art zusammenzubringen. Sie setzte ältliche Staatsmänner neben Filmsternchen, platzierte Mitglieder der königlichen Familie gegenüber Theaterautoren aus der Arbeiterklasse. Einmal schickte sie ihren Chauffeur in den Florida Club, und der kehrte mit einer ganzen Jazz-Band zurück, die er von der Bühne geholt hatte, und einem halben Dutzend Tänzern aus einer nur mit Männern besetzten Burleske in Soho, »um für ein bisschen Schwung zu sorgen«.

In letzter Zeit feierte sie in Räumlichkeiten, die viel zu klein waren und viel zu hell. Die Leute kämpften um einen Platz, landeten gelegentlich auf dem Schoß eines Fremden. Während andere Gastgeberinnen ihre Gäste mit weicher Beleuchtung und tiefen, bequemen Sofas einlullten, erwartete Vanessa, dass sich alle, ungeachtet ihres Alters oder ihrer gesellschaftlichen Stellung, in einen überfüllten Pub am Shepherd Market, am gefährlich rutschigen Rand eines öffentlichen Schwimmbeckens oder auf dem Balkon eines Privatclubs drängten. Die Leute mussten schreien, um sich zu verständigen, schnappten sich ein Glas von vorbeischwebenden Silbertabletts und belauschten schamlos vertrauliche Gespräche, während sie ihren Händen erlaubten, über die warmen Körper fremder Menschen zu streichen.

Eine Aura der Gefahr umgab diese Zusammenkünfte, der Schauder des Übermuts. Bei einer berühmt gewordenen Dinnerparty hatte Vanessa ein paar Schauspieler engagiert, die als Bedienstete und als unglücklicher Gast posierten, der dann während des ersten Gangs sehr dramatisch vergiftet wurde. Es blieb den übrigen Gästen überlassen, das Rätsel zu lösen, bevor die Polizei kam, oder selbst durch das eine oder andere abscheuliche Ende ausgeschlossen zu werden.

Solche und ähnliche verwegene Unternehmungen hatten sie und – wenn auch in Abwesenheit – ihren Mann, den Geschäftsmann und Tabakwarenhändler Phillip Maxwell, an die Spitze der gesellschaftlichen Szene Londons katapultiert.

Grace war noch nie zu einer Party bei Vanessa eingeladen gewesen; zu behaupten, sie verkehrten nicht in denselben gesellschaftlichen Kreisen, war freundlich formuliert. Grace' Mann Roger hatte beruflich mit Phillip Maxwell zu tun, und er hatte Vanessa gekannt, bevor die beiden geheiratet hatten. Doch Grace, die aus Oxford kam, war immer noch eine Außenseiterin.

Mallory dagegen war schon zweimal dabei gewesen; eine Auszeichnung, über die sie sich freute, auch wenn sie gern so tat, als läge ihr nichts daran. Sie war die Erste gewesen, die bei der berühmten mitternächtlichen Pool-Party ins Wasser gefallen war, und dann hatte sie alle bezaubert, weil sie den Rest des Abends völlig unbekümmert in ihrem klatschnassen Kleid herumgelaufen war, das sich halb durchsichtig an ihren bewundernswerten Körper schmiegte.

Der heutige Abend war im Vergleich dazu eine recht gediegene Angelegenheit. Als treue Mitglieder der Tory-Partei hatten die Maxwells zu einer Wahlkampf-Spendenparty geladen, um Anthony Edens Wahlkampf als Premierminister zu unterstützen. Eden, von Churchill bei dessen Rücktritt zum Nachfolger ernannt, hatte für den 26. Mai allgemeine Wahlen ausgerufen und fand mit seinem Versprechen »Frieden geht immer vor« Anklang bei einer Nation, die der Opfer und Verluste müde war.

Um dieses herannahende Zeitalter des Wohlstands zu betonen, hatte Vanessa eine improvisierte »Sommerfete« in der Orangerie des Kensington Palace organisiert, mit traditionellen Speisen und Unterhaltung, darunter eine Wurfbude, einen Tauchbottich, Hufeisenwerfen, Eierlauf, Jongleure und sogar Ponyreiten, während Pimm's, Erdbeereis, Kaviartörtchen und Champagner herumgereicht wurden. Der einzige Unterschied war, dass die Eintrittskarten mit Pfund statt mit Pennies bezahlt werden mussten und die Buden mit berühmten Gesichtern von Bühne und Leinwand bemannt waren.

Sobald sie eintraten, zeigte das dichte Gewühl der Menschen ihnen, dass der größte Teil des eleganten London seine Aufwartung machte. Über dem Eingang hing ein riesiges Transparent mit dem Wahlspruch »Vereint für Frieden und Fortschritt«. Leute riefen und winkten einander über das Meer von Köpfen zu; Rauchwolken hingen dick und schwer über allem; das beharrliche Dröhnen einer Blaskapelle war wie ein pulsierender Herzschlag unter dem allgemeinen Lärm zu hören.

Die jungen Frauen fassten einander an der Hand und schoben sich durch die Menschenmenge.

»Kannst du sie sehen?« Grace suchte die lange Galerie ab.

»Da drüben!«, rief Mallory und wies auf eine dunkelhaarige Frau am anderen Ende des Raums, die von Menschen umringt war.

Sie zog Grace durch die Meute.

»Vanessa!«

Vanessa wandte sich um. Sie hatte scharfe, gleichmäßige Züge und recht kleine, dunkelbraune Augen und trug ein hauchdünnes Abendkleid aus mehreren Lagen schwarzen Chiffons. Sie war zwar nicht sehr groß, doch so zierlich und wohlproportioniert, dass sie trotz ihres wenig auffallenden Gesichts nicht anders als exquisit zu nennen war. Neben ihr wirkten andere Frauen meist ungepflegt und plump. Sie trug ein entspanntes, ja, fast gelangweiltes Verhalten zur Schau, als begrüßte sie ihre Gäste nicht, sondern ließe sie vielmehr vorsprechen. Und jedes Detail ihrer Person war makellos vollendet – von dem glatten Mittelscheitel ihres Haars, das sie hinter die Ohren kämmte, um ein Paar herrliche Smaragdclips zu zeigen, bis hin zu ihren langen, schlanken Fingern, die mit sahnig-blassem Nagellack betont wurden, und dem durchscheinenden Farbton des kleinen Sträußchens Rosenknospen, das ihre Taille schmückte. Vanessa lächelte und nahm langsam einen langen Zug an ihrer Zigarette. »Willkommen, Ladys! Ich hoffe, ihr habt gute Laune. Es gibt eine Tombola, bei der man eine goldene Damenuhr von Asprey gewinnen kann, und die Lose gehen weg wie warme Semmel. Der neue Komödiant Benny Hill leitet die Versteigerung.«

»Der aus dem Fernsehen?« Mallory machte große Augen.

»Genau der. Und lass dir sagen, im richtigen Leben ist er ganz anders!«

»Wie hast du das nur wieder hingekriegt?«

»So wie ich alles hinkriege: durch reine, hartnäckige Frechheit.« Sie wandte sich zu Grace um und betrachtete sie ruhig. »Sie sind also Rogers Frau. Wir haben uns schon gefragt, wohin er verschwunden ist.« Sie nahm noch einen tiefen Zug und betrachtete Grace mit offener Neugier, als wäre sie eine seltene Spezies, die im Museum ausgestellt wurde. »Sie sind mit Lord Royce verwandt, nicht wahr?«

»Er ist ein Cousin zweiten Grades von der Seite meiner Mutter. Er hat den Titel geerbt, als mein Großvater starb.«

»Verstehe.« Vanessa stieß einen langen, dünnen Rauchfaden aus der Nase. »Sie sind sehr hübsch, nicht wahr?«

Grace errötete ein wenig, denn sie fühlte sich plötzlich linkisch wie ein Kind, das vor dem Schlafengehen vorgeführt wird, um ältere Verwandte mit seinen guten Manieren zu beeindrucken. »Vielen Dank.«

»Und wo ist Ihr Mann heute Abend?«, fragte Vanessa.

»In Schottland. Geschäftlich.«

»Wie schrecklich für Sie.« Sie zog eine Augenbraue hoch. »Aber vielleicht auch nicht. Ich wäre entzückt, wenn Phillip verreisen würde.«

»Sie haben sich sehr ins Zeug gelegt«, bemerkte Grace, um das Gespräch auf ein anderes Thema zu lenken. »Die Spendenparty wird sicher ein voller Erfolg.«

»Ich tue mein Bestes. Seht euch um«, schlug Vanessa mit einer ausholenden Geste vor und wandte sich um, um andere Gäste zu begrüßen. »Und kauft jede Menge Lose, Ladys. Zum Wohle Britanniens.« Sie schenkte Grace ein kleines Lächeln. »Hat mich sehr gefreut, Sie kennenzulernen. Ehrlich.«

»Komm, wir holen uns was zu trinken«, beschloss Mallory und schlug den Weg zur Bar ein. »Und ich kann dir sagen, ich habe die goldene Uhr im Visier.«

Grace legte Mallory eine Hand auf den Arm. »Wieso wusste Vanessa so gut über meine Familie Bescheid?«

»Ich weiß nicht. Vermutlich ist es allgemein bekannt. Warum?«

»Nichts.« Grace runzelte die Stirn. »Es geht nur innerhalb der Familie das Gerücht um, mein Cousin könnte bald gezwungen sein, das Gut zu verkaufen. Roger ist darüber ziemlich erbost. Aber diese alten Kästen verschlingen einfach Unsummen, und die Schulden sind gewaltig.«

Mallory drückte ihre Hand. »Denk heute Abend nicht weiter darüber nach, Schatz. Wahrscheinlich ist es bloß Zufall, dass sie es angesprochen hat.«

Grace hatte nicht erwartet, sich zu amüsieren, doch der Abend erwies sich als überraschend unterhaltsam. Vanessas Politik der körperlichen Nähe bedeutete, dass man sehr schnell ins Gespräch kam, und die Volksfestbuden schufen ein wildes Gefühl konkurrierender Kameraderie. Mallory verlor fast zehn Pfund an der Wurfbude, bevor sie zum großen Entzücken der umstehenden Männer ein aufstrebendes Starlet im Tauchbottich versenkte. Grace tat sich beim Hufeisenwerfen hervor, musste sich schließlich jedoch der Herzogin von Kent geschlagen geben. Weder sie noch Mallory gewannen die goldene Uhr. Grace entdeckte ein paar vertraute Gesichter in der Menge, und die Freundinnen verspeisten mehrere Kaviartörtchen, die sie mit Champagner hinunterspülten.

Dann entdeckte Mallory den Mr-Memory-Stand, an dem Phillip Maxwell persönlich in Frack und Zylinder Dienst tat, und war nicht mehr zu halten.

»Schau! Das haben wir als Kinder die ganze Zeit gespielt.« Sie packte Grace am Arm und zog sie durch den Raum. »Darin bin ich Expertin. Komm. Ich trete gegen dich an.«

»Ich hab das noch nie gespielt.« Grace betrachtete die Reihe von Tabletts, die auf der Theke der Bude standen, eines größer als das andere. »Was muss man da machen?«

»Das ist die einfachste Sache der Welt, meine Damen!« Phillip Maxwell tippte an seinen Hut und bedachte sie mit einer übertriebenen Verbeugung. »Auf jedem Tablett sind fünfzehn oder mehr Gegenstände. Ich entferne das Tuch für eine Minute, decke es wieder zu, und dann haben Sie eine weitere Minute, um sich an möglichst viele Gegenstände zu erinnern. Derjenige, der die meisten Gegenstände korrekt aufzählt, hat gewonnen.«

»Ist das alles?« Das klang recht unkompliziert. »Gut, Mal, du fängst an.«

Phillip Maxwell reichte jeder einen Bleistift und ein Blatt. »Also, Sie dürfen erst anfangen zu schreiben, wenn das Tablett wieder vollständig zugedeckt ist, verstanden? Achtung, fertig, los!«

Er entfernte das Tuch, kontrollierte die Zeit mit einer Stoppuhr und deckte das Tablett wieder zu.

Mallory kritzelte wie wild, um ihre Liste anzulegen.

Grace dagegen rührte sich nicht.

»Die Zeit ist vorbei!«, rief Maxwell. »Reichen Sie mir Ihre Listen!«

Mallory reichte ihm ihre und sah Grace an. »Aber du hast ja gar nichts aufgeschrieben.«

Grace lächelte. »Brauche ich nicht.«

»Oh, ehrlich? Wieso?«

»Ich erinnere mich auch so«, sagte Grace.

Maxwell und Mallory tauschten einen Blick.

»Na, dann mal los!« Mallory verschränkte die Arme vor der Brust. »Beweise es!«

Grace atmete tief durch. »Ein Fingerhut, vier Nadeln verschiedener Größe, die in einem Nadelkissen in Form einer grünen Tomate stecken, ein kleiner roter Gummiball, eine Schachtel Bonbons, zwei Schillinge, einer mit dem Kopf nach oben, einer mit der Zahl, ein Glasring im Smaragdschliff, ein Brieföffner mit Elfenbeingriff, ein Brief, adressiert an den Anführer der Labour-Partei, ungeöffnet, ein Kamm aus Schildpatt, eine Taschenflasche in Leder, eine Quittung von der Buchhandlung Ogden in Bloomsbury für zwei Bücher über den Betrag von einem Pfund, zwei Schilling, eine zusammengefaltete Straßenkarte von Dorset, ein angebrochenes Päckchen Chesterfields, ein Jeton von einem Fahrgeschäft, ein Salzstreuer aus Porzellan in Form einer Ente, eine Nagelfeile und ein Teelöffel, auf dessen Griff die Initialen VM eingraviert sind.«

Mallory blinzelte. Sie wandte sich an Maxwell, der den Inhalt des Tabletts begutachtete.

»Mein Gott, das ist wirklich unheimlich!«, sagte er und hob den Blick.

»Wie machst du das?«, fragte Mallory.

Grace schüttelte den Kopf, ihre Wangen waren gerötet. »Ich weiß nicht. Es ist eine ziemlich nutzlose Begabung.«

»Weiter.« Mallory zeigte auf das größere Tablett. »Das auch noch.«

Auch dieses Tablett wurde für eine Minute auf- und dann wieder zugedeckt.

Grace schenkte Mallory ein Lächeln. »Kriege ich dafür noch einen Drink?«

»Auf jeden Fall!«

»Ein kleines, in schwarzes Leder gebundenes Notizbuch und ein goldener Bleistift, eine aufgewickelte Schnur, zwei Hornknöpfe, vermutlich von einem Pullover …« Auch diesmal zählte Grace in allen Einzelheiten und mit unheimlicher Präzision weitere zwanzig Gegenstände auf.

Inzwischen hatte sich eine kleine Menschenmenge um sie geschart.

»Was macht sie da?«

»Sie muss sich nicht mal was notieren!«

»Sie schummelt!«, rief jemand.

»Unmöglich!« Mallory wandte sich ihnen zu. »Sie hat das Spiel noch nie gespielt.«

»Das glaube ich nicht!«, meldete sich ein anderer zu Wort. »Das ist ein billiger Trick.«

»Hast du sie angeheuert, Maxwell? Ist das ein Witz?«

»Durchaus nicht«, versicherte er ihnen.

Die Menge wuchs weiter an.

»Sie soll noch eins machen!«

»Diesmal etwas richtig Schwieriges!«

Grace griff nach Mallorys Hand. »Komm, lass uns gehen«, flüsterte sie.

»Wir können jetzt nicht gehen. Die werfen dir vor, du würdest betrügen. Es wird aussehen, als wärst du schuldig. Abgesehen davon gewinnst du gerade«, fügte sie mit einem Grinsen hinzu.

Phillip Maxwell genoss die dramatische Situation offensichtlich.

»Gut«, lenkte er ein und leerte den Inhalt eines Tabletts auf die Theke. »Wir stellen diese junge Frau jetzt vor eine echte Herausforderung!« Er flüsterte einem Kellner etwas ins Ohr, und dieser eilte davon und kehrte wenige Augenblicke später mit einer mit schwarzen Jettperlen bestickten Abendtasche zurück.

Maxwell hielt sie in einer schwungvollen Geste hoch. »Ladys und Gentlemen, die Handtasche meiner Frau Vanessa! Wer weiß, welche Geheimnisse sich in ihren dunklen Tiefen verbergen!«

Gelächter.

»Diese junge Frau kann ihren Inhalt unmöglich kennen, nicht einmal ich kenne ihn, und offen gestanden bin ich mir nicht sicher, ob ich ihn kennen will!«

Noch mehr Gelächter und Applaus.

»Um es noch ein bisschen schwieriger zu machen, werde ich das Tuch nur für eine halbe Minute lüften! Also, drehen Sie sich um«, wies er Grace an, die tat, wie ihr geheißen, und sich zu der Menschenmenge umwandte, die sich hinter ihr drängte. Sie hörte, wie Maxwell die Handtasche auskippte und die Gegenstände auf dem Tablett verteilte.

Schließlich gab er ihr das Startsignal.

Mallory fasste Grace an den Schultern. »Bist du bereit?«

Grace nickte.

Mallory drehte sie um, und Maxwell hob das Tuch von dem Tablett. Nach nur dreißig Sekunden breitete er es wieder darüber.

»Zeit läuft!«, sagte er und schaute auf seine Stoppuhr.

Grace konzentrierte sich. »Ein Leinentaschentuch mit den Initialen VM in einer Ecke, mit weißem Seidenfaden gestickt, eine Puderdose aus grünem Emaille und Gold, ein Lippenstift von Hiver, ein Portemonnaie aus Krokodilleder, eine kleine Dose Wilson's Kopfschmerztabletten, ein silbernes Zigarettenetui, ein zerrissenes Cadbury-Einwickelpapier mit einem halben Stück Schokolade darin, ein leeres Streichholzbriefchen vom Hotel Carlisle, der Abriss einer Kinokarte für die Sieben-Uhr-zwanzig-Vorstellung im Regent Kino in Edinburgh, ein Hausschlüssel, ein Feuerzeug aus Perlmutt und Gold …«

Sie verharrte. Plötzlich war ihr sämtliche Farbe aus dem Gesicht gewichen.

»Ein Feuerzeug aus Perlmutt und Gold, in das auf einer Seite die Worte ›immer und immerfort‹ eingraviert sind.«

Die Menge brach in begeisterten Applaus aus.

»Einfach unglaublich!«, schwärmte Maxwell. »Absolut unglaublich! Wie konnten Sie überhaupt die Gravur auf dem Feuerzeug sehen?«

Doch Grace schien ihn nicht zu hören. »Verzeihung, aber haben Sie gesagt, das ist die Handtasche Ihrer Frau?«

»Ganz genau.« Er strahlte sie an. »Noch eine Runde Applaus für unseren Champion, Ladys und Gentlemen! Von jetzt an nenne ich diese Bude Mrs Memory!«

Jubel und Beifall.

Unbekannte Hände klopften Grace auf den Rücken, als sie sich durch die Menge schob und verzweifelt nach dem Ausgang suchte.

»Gut gemacht.«

»Sehr beeindruckend.«

»Was für ein kluges Mädchen!«

Ihr Kopf pochte, ihre Hände schwitzten, sie fühlte sich, als würde sie sich durch die verzerrte Landschaft eines Traums bewegen; ihre Gedanken konzentrierten sich auf einen einzigen schrecklichen Punkt.

Das konnte nicht wahr sein.

Ausgeschlossen.

Jetzt hatte sie die Tür im Blick. Sie war nur wenige Schritte entfernt.

»Also, denen hast du es aber gezeigt!« Mallory hatte sie eingeholt. »Wohin willst du?« Sie fasste sie am Arm. »Warte einen Augenblick, ich hol dir was zu trinken … Grace, was ist denn?«

»Lass mich los.« Grace zog ihren Arm fort. Sie trat durch die Tür und schaffte es gerade noch an den Rand des Bürgersteigs, bevor sie sich übergab.

»Gütiger Himmel! Was ist mit dir? Die Nerven?« Mallory kramte in ihrer Abendtasche und reichte ihr ein Taschentuch. »Nicht so stürmisch. Und pass auf, dass du nichts auf die Schuhe kriegst.« Sie trat vorsichtig zurück. »Oder auf meine.«

Als Grace fertig war, wischte sie sich den Mund ab und ließ sich auf die Eingangsstufen sinken.

»Glaubst du, du hast was Falsches gegessen?« Mallory setzte sich neben sie.

»Nein.«

»Vielleicht zu viel Champagner? Vielleicht waren es auch die Törtchen. Ach je.« Sie runzelte die Stirn. »Ich habe auch welche gegessen.«

»Mal …« Die Worte blieben Grace im Hals stecken. »Das war mein Feuerzeug.«

»Verzeihung?«

»Es hat meinem Vater gehört. Es ist eines der wenigen Dinge, die ich von ihm besitze.«

»Was für ein Feuerzeug? Wovon redest du?«

»Das Feuerzeug auf dem Tablett.«

Mallory brauchte eine Minute, um zu begreifen. »Ehrlich? Was tut es in Vanessas Handtasche?«

Grace sah sie an. »Unter den Sachen war auch ein Streichholzbriefchen vom Hotel Carlisle.«

Mallory sah sie ausdruckslos an.

»Das Hotel Carlisle ist in Schottland, Mal. Genau wie das Regent Kino. Und mein Mann.«

»Du meinst … oh.« Endlich ging Mallory ein Licht auf. »Oh. Verstehe.«

Grace ließ den Kopf sinken.

Es war eine wunderschöne, frische Nacht. Drinnen spielte die Band, Gelächter drang heraus. Die Party segelte ihrem Höhepunkt entgegen.

Die beiden Frauen hier draußen schwiegen.

Nach einer Weile stand Mallory auf. »Komm, Schatz, es ist kalt. Ich fahr dich heim.«

Grace erhob sich ebenfalls. »Ich will es zurückhaben.«

»Was?«

»Das Feuerzeug.«

Entsetzt starrte Mallory sie an. »Sei vernünftig, Grace! Lass es!«

»Es hat meinem Vater gehört.« Grace' Stimme klang hart. Mallory hatte sie noch nie so entschlossen erlebt. »Es ist das Einzige, was mir von ihm geblieben ist.« Sie öffnete die Tür. »Ich will es zurückhaben.«

Mallory hielt sie auf, indem sie ihr mit ausgestrecktem Arm den Weg versperrte. »Ich hol es dir. Hast du mich verstanden? Überlass das mir. Du hast einen schrecklichen Schock erlitten und machst es nur schlimmer. Und jetzt, Schatz«, sie fasste Grace fest an den Schultern, »bringe ich dich erst mal nach Hause.«

Drei Tage später stand Mallory wieder in der Halle am Woburn Square, doch diesmal sah sie zu, wie Grace ihren Regenmantel zuknöpfte und vor dem Spiegel ihren Hut zurechtrückte.

Leise seufzte sie. »Ich wünschte, du würdest mir erlauben, dich zu begleiten.«

»Ach, ich komme schon klar.« Grace zog ihre Handschuhe an.

Mallory wirkte besorgt. »Ich bin mir da nicht so sicher. Abgesehen davon ist mein Französisch besser als deines.«

»Jede Katze spricht besser Französisch als ich«, meinte Grace lächelnd. »Egal, ich bin dir dankbar, dass du mich zum Flughafen bringst.«

Grace öffnete die Haustür und trat in den frühen Morgennebel. Mallory folgte ihr mit dem Koffer und verstaute ihn im Kofferraum, während Grace die Haustür abschloss. Dann stiegen die jungen Frauen in Mallorys Wagen, einen blauen Aston Martin DB2.

»Hast du überhaupt mit ihm gesprochen?«, fragte Mallory.

»Nicht so recht. Ich habe ihm gesagt, ich müsste mich in Frankreich unerwartet um ein paar Angelegenheiten kümmern.«

»Das war alles?«

»Ja. Ich bin nicht in die Einzelheiten gegangen.« Dann fügte sie leise hinzu: »Und er hat nicht gefragt.«

»Hm.« Darüber musste Mallory nachdenken.

Die Sache stand schlimmer, als sie gedacht hatte.

Sie ließ den Motor an. »Es gefällt mir nicht, dass du allein fliegst.« Sie fädelte sich in den Verkehr, scherte direkt vor einem langsamen Milchwagen ein. »Das geht alles so schnell. Und, na ja, du hast einen schrecklichen Schock erlitten. Erzähl mir noch mal, was die Anwälte in Paris gesagt haben, als du sie angerufen hast.«

Grace seufzte. Sie hatten es schon etliche Male durchgekaut.

»Ich habe mit einem Mann namens Tissot gesprochen und ihm erklärt, es müsse ein Missverständnis sein, sie hätten den Brief eindeutig an die falsche Person geschickt. Doch er hat darauf beharrt. Er sagte, er sei sich sicher, dass die Information korrekt sei. Ich solle das Testament lesen und mich mit eigenen Augen davon überzeugen.«

»Und das war's?«

»Das war's.«

»Vielleicht hat er dich nicht richtig verstanden.«

»Nein, er hat mich verstanden. Sein Englisch war ausgezeichnet.« Grace rutschte auf dem Sitz herum. »Übrigens«, fügte sie in möglichst beiläufigem Tonfall hinzu, »hast du es gekriegt?«

»Es ist in meiner Handtasche.«

»Darf ich?«

»Nur zu.«

Grace öffnete Mallorys Handtasche und nahm das Perlmuttfeuerzeug heraus. Sie wollte nicht danach fragen, aber sie konnte einfach nicht anders. »Was hat Vanessa denn gesagt, als du sie darum gebeten hast?«

Mallory konzentrierte sich auf die Straße. »Nichts. Sie hat es mir nur gegeben.«

»Nichts?« Das hatte Grace nicht erwartet. »Und was hast du gesagt?«

Mallory riss das Lenkrad herum und schaffte es gerade noch, nicht das Heck eines Busses der Linie 19 zu schrammen. Sie atmete tief durch. »Ich habe gesagt, ich glaubte, sie habe etwas in ihrem Besitz, was nicht ihr gehöre, und wüsste es zu schätzen, wenn sie es mir gäbe, damit ich es der wahren Besitzerin zurückgeben könne.«

»Oh.«

Da hatte Grace aber etwas Schärferes erwartet; sie war davon ausgegangen, es würde Partei ergriffen und Ehre verteidigt werden. Die taktvolle Höflichkeit von Mallorys Worten war wie ein Schlag ins Gesicht.

Mallory spürte das. Doch sie wollte Grace nicht die Wahrheit sagen, nämlich, dass Vanessa kaum auf die Bitte geantwortet hatte. Ja, sie war geradezu grandios gewesen in ihrer Gleichgültigkeit.

Sie hatte kaum eine schwarze Augenbraue gehoben. »Oh? Und was soll das sein?«, hatte sie kühl gefragt.

Mallory war verlegen gewesen und hatte Vanessas Blick kaum erwidern können. »Ein Feuerzeug«, hatte sie gemurmelt. »Mit Perlmutt.«

Vanessa hatte bereitwillig in ihrer Handtasche gekramt und ihr mit einem entspannten, offenen Lächeln das Feuerzeug gereicht. »Man kriegt heutzutage kaum mit, wo man die immer aufliest!«

Das war's.

Keine schuldbewussten Blicke, keine gespielte Überraschung. Wenn überhaupt, dann war Mallory diejenige, die sich entschuldigte, weil sie sie mit der Angelegenheit belästigt hatte.

Erst später fiel ihr auf, dass Vanessa nicht gefragt hatte, wem das Feuerzeug gehörte.

Sie musste nicht fragen.

Trotzdem traf Grace' Enttäuschung bei ihr einen wunden Punkt. Sie wusste, dass sie sich der Lage nicht gewachsen gezeigt hatte. Und zu ihrer Schande musste sie sich eingestehen, dass sie insgeheim sogar beeindruckt gewesen war von Vanessas raffinierter Mischung aus Gelassenheit und Unverfrorenheit.

»Was hätte ich denn sagen sollen?«, erwiderte Mallory ein wenig gereizt.

Grace schaute aus dem Fenster. »Ich weiß nicht.«

Sie war Mallory gegenüber unfair. Immerhin hatte sie ihr Feuerzeug wiederbekommen.

Grace schob es in die Manteltasche, wo sie es üblicherweise mit sich herumtrug – in Reichweite. Das Seidenfutter war an der Stelle schon ein wenig abgewetzt.

»Es war ganz schön unangenehm, das kann ich dir sagen. Wir waren beim Frühlings-Lunch der Royal Horticultural Society«, fügte Mallory hinzu, als machte das ihre Bemühungen um so heroischer. »Tu mir einen Gefallen, zünde mir eine Zigarette an, ja?«

Grace zündete zwei an.

Sie rauchten eine Weile.

Mallory schaltete das Radio ein, suchte einen Musiksender und schaltete es wieder aus.

Die Spannung blieb.

Bald kehrte Mallory zu ihrem Lieblingsthema zurück. »Und was hast du mit Roger vor?«

»Ich weiß nicht.«

»Der verdammte Idiot!« Mallory stieß Zigarettenrauch aus. Es war leichter, über sein Versagen zu sprechen als über ihres; es sprang einem schließlich ins Auge. »Männer sind strohdumm, man könnte sie erwürgen.«

Grace sagte nichts.

»Was hat er sich nur dabei gedacht?« Jetzt kam sie in Schwung. »Hat er sich überhaupt irgendetwas gedacht? Ich bezweifle es. Wie konnte er dir das nur antun?«

Grace drehte das Feuerzeug ein ums andere Mal in der Tasche und spürte sein beruhigendes Gewicht in der Hand. »Vermutlich ist es nicht allein seine Schuld«, erwiderte sie leise.

»Nicht allein seine Schuld?« Mallory wandte den Kopf und sah sie an. »Was, um Himmels willen, redest du da?«

Grace zögerte und rutschte unsicher herum. »Es gibt noch andere Faktoren, Mal. Sachen, über die du nichts weißt.«

»Was für Faktoren? Du kannst ihn doch unmöglich verteidigen.«

»Tue ich nicht. Eigentlich nicht.«

»Es klingt aber ganz danach.«

»Es ist nur … also, es ist so, dass …« Grace unterbrach sich. Sie hätte sich unglaublich gern jemandem anvertraut. Und hier, im Auto, neben Mallory, fühlte sie sich sicher; sie musste ihr dabei nicht in die Augen sehen … sie konnte es einfach sagen. »Unsere Ehe ist schon seit geraumer Zeit recht schwierig.«

Mallory sah sie an. »Was redest du da?«

Grace wich ihrem Blick aus. »Wenn ich ehrlich bin, dann bin ich gewissermaßen eine Enttäuschung für Roger.«

»Eine Enttäuschung?« In Mallory kochte die Empörung hoch. »Wenn, dann ist *er* ja wohl die Enttäuschung! Also, es gab mal eine Zeit, da konntest du nichts falsch machen. Er hat dich angebetet!«

Dass Mallory die Vergangenheitsform benutzte – »er *hat* dich angebetet« – traf Grace.

Sie nahm noch einmal allen Mut zusammen. »Ich bin schwanger geworden, Mal. Kurz nach unserer Hochzeit.«

»Was? Das hast du mir nie erzählt.«

»Ich habe es niemandem erzählt. Um ehrlich zu sein: Ich bin schon vor der Hochzeit schwanger geworden.«

»Oh.« Mallory blinzelte Grace überrascht an, als sähe sie sie zum ersten Mal. Sie schien ihr gar nicht der Typ zu sein – so kontrolliert und naiv.

»Und dann hatte ich eine Fehlgeburt«, fügte Grace wie betäubt hinzu.

»Warum hast du mir das nicht erzählt? Ich hätte dir doch helfen können.«

»Weil es vorbei war, bevor es wirklich begonnen hatte. Eines Nachts bin ich unter schrecklichen Schmerzen wach geworden. Da war ich im vierten Monat. Überall war Blut. Es war schrecklich.«

»Das tut mir sehr leid, Schatz. Aber, weißt du«, fuhr Mallory freundlich fort, »das ist beim ersten Mal nicht ungewöhnlich. Manchmal braucht es ein paar Anläufe, bis es klappt.«

»Ja, aber weitere Anläufe wird es nicht geben«, erwiderte Grace leise. »Ich hatte eine Infektion, und davon sind Narben zurückgeblieben. Ich kann keine Kinder bekommen.«

»Bist du dir da ganz sicher?«

»Ja.«

»Aber warst du beim Arzt?«, hakte Mallory nach.

»Bei dreien.«

Schweigen.

Grace kurbelte das Fenster herunter, sie brauchte frische Luft.

»Eine Zeit lang danach«, fuhr sie fort, »hat Roger mich zum Essen ausgeführt. Er hat einen Tisch in dem Restaurant reserviert, wo er mir den Antrag gemacht hatte. Die Kellner waren alle da, schüttelten ihm die Hand und hießen uns willkommen. Alfonse, der Oberkellner, führte uns zu unserem Lieblingstisch, an dem Roger zwei Jahre zuvor vor mir auf die Knie gesunken war. Erinnerst du dich daran?«

Mallory nickte. »Er hat dir einen Diamantring geschenkt, wie ich seither keinen mehr gesehen habe.«

»Ja. Also, wir haben uns gesetzt und Champagnercocktails und gebratene Hochrippe bestellt. Es war lange her gewesen, seit wir das letzte Mal zusammen ausgegangen waren, nur wir zwei. Wir hoben die Gläser und stießen an, und Roger sah mich an und schüttelte den Kopf. ›Du wirst nie wieder dieselbe sein, nicht wahr?‹, sagte er. ›Du wirst nie wieder die reizende junge Frau sein, die ich geheiratet habe.‹ Erst verstand ich gar nicht, was er damit meinte. Er trank einen Schluck und fuhr fort: ›Und was machen wir jetzt?‹«

Mallory sah sie verdutzt an.

»Ich nehme an, für ihn war das das Ende. Er war seither nicht mehr mit mir zusammen, weißt du, also, er hat nicht mehr mit mir geschlafen.«

»Aber was passiert ist, war doch nicht deine Schuld, Grace!«

Grace wischte sich mit dem behandschuhten Finger eine Träne ab. »Das spielt keine Rolle, Mal. Ich bin kaputt. Defekt. Ich kann ihm nicht geben, was er will. Jetzt bereut er, dass er mich überhaupt geheiratet hat.«

Es fing an zu regnen, ein feines, nebliges Nieseln, während sie sich durch den Londoner Morgenverkehr quälten.

Mallory schaltete den Scheibenwischer ein.

Sie war verunsichert. Sämtliche Schwierigkeiten in ihrer Ehe hatten mit zusätzlichen Cocktails und besänftigenden Besuchen beim Juwelier beigelegt werden können.

Doch die Romanze zwischen Grace und Roger war von Anfang an sehr extrem gewesen; die strahlende Technicolor-Version des Schwarz-Weiß-Lebens der anderen. Von ihrem ersten Treffen beim Grosvenor Square Ball an war Roger fast beängstigend vernarrt in Grace gewesen. Sie war neu in London, ungekünstelt und charmant in ihrer Arglosigkeit. Seine Aufmerksamkeiten hatten etwas Obsessives gehabt und nicht vor üppigen Geschenken und der sehr öffentlichen Zurschaustellung seiner Bewunderung haltgemacht. An ihrem Geburtstag hatte er bei Scott's eine Überraschungsparty gegeben, mit fünfzig seiner engsten Freunde, obwohl sie sich da erst wenige Monate kannten, und ihr eine Perlenkette geschenkt. Mallory erinnerte sich, dass sie ein wenig neidisch gewesen war und sich gefragt hatte, ob Geoffrey sich nicht auch ein bisschen mehr Mühe geben könnte.

Und Grace hatte sich blenden lassen. Zu dem Zeitpunkt, da sie ihre Verlobung bekanntgaben, war es längst keine Überraschung mehr.

Seltsam, dass so starke Zuneigung in vollkommene Gleichgültigkeit umschlagen konnte.

Mallory bemühte sich um einen entspannten, ruhigen Tonfall, als spräche sie mit einem Kind oder einem Kranken. »Vielleicht ist es nur ein Stadium. Vielleicht muss er sich einfach darauf einstellen. Sich an den Gedanken gewöhnen.«

»Ich glaube, er hat sich darauf eingestellt, Mal. Und es geht ihm ohne mich anscheinend sehr gut.«

Grace' Beichte schien sie erschöpft zu haben; sie lehnte den Kopf an das Fenster.

»Ich habe Träume …«, sagte sie nach einer Weile. »Albträume. Ich laufe durch einen Wald und suche etwas oder jemanden. Aber so schnell ich auch laufe, ich kann es nicht finden. Manchmal denke ich, es ist direkt vor mir, doch dann verschwindet es wieder. Dann stürze ich in einen schwarzen, schrecklichen Abgrund und wache auf. Als Kind hatte ich diesen Traum andauernd. Und jetzt habe ich ihn nur, wenn etwas nicht stimmt, wenn etwas ganz und gar nicht stimmt.« Sie schaute zu Mallory hinüber. »Ich hatte den Traum wieder in der Nacht vor der Party.«

»Grace …«

»Es ist hoffnungslos, Mal«, unterbrach Grace sie mit einem Seufzer, bevor Mallory fortfahren konnte. Sie war nicht in der Stimmung für Beschwichtigungen. »Ich habe immer gedacht, es würde besser und er würde mich im Laufe der Zeit wieder mit denselben Augen betrachten wie früher. Doch das Gegenteil ist der Fall. Es wird schlimmer.« Mit leerem Blick sah sie aus dem Fenster, wo grauer Nebel sich in dicken, trüben Schleiern auf den Hyde Park senkte. »Vermutlich war es nur eine Frage der Zeit, bis so etwas passiert.«

Mallory wusste nicht, was sie sagen sollte. Sie dachte an die Broschüre der Sekretärinnenfachschule in Oxford. Dass Grace nach einem Ziel gesucht hatte, einer Möglichkeit, etwas Nützliches zu tun. Und dann erinnerte sie sich voller Scham daran, dass sie die Vorstellung rundweg abgetan hatte.

Sie fuhren an der U-Bahn-Station Holland Park vorbei und kamen nach Shepherd's Bush. London sah an diesem Morgen wie ein Aquarell von Turner aus; in verschwommene, veränderliche Blau- und dunkle Grüntöne gehüllt, nass, zerlaufen.

Mallory warf ihren Zigarettenstummel aus dem Fenster und schaute zu Grace hinüber, betrachtete die tiefe Falte zwischen ihren Augenbrauen, die fest zusammengekniffenen Lippen.

Sie hätte sich gern entschuldigt, Grace' Hand genommen und ihr etwas Beruhigendes gesagt. Doch sie wusste nicht, wie und was. Besäße sie doch nur den Mut, Vanessa in Grund und Boden zu stampfen.

Und so tat sie das, was ihre Mutter immer getan hatte – eine der wenigen Gesten der Zuneigung, die sie ihr je hatte zuteil werden lassen: Mallory holte ein frisches Taschentuch aus ihrer Manteltasche. Es duftete leicht nach *Lily-of-the-Valley*-Eau-de-Toilette von Yardley, dem Parfüm, das die Schlafzimmer ihrer Kindheit erfüllt hatte, und drückte es Grace in die Hand.

»Nimm das hier, Schatz. Für alle Fälle.«

Grace faltete es noch einmal und steckte es in ihre Handtasche. »Danke.«

»Wer weiß?« Mallory zwang sich zu einem Lächeln und versuchte, positiv zu bleiben. »Vielleicht tut der Ortswechsel dir ja gut.«

»Kann ich Ihnen behilflich sein, Ihren Platz zu finden, Madame?«

Die hübsche schlanke Stewardess lächelte sie an. Ihr brünettes Haar steckte unter einem adretten flachen, runden Hut, und ihr Lippenstift passte perfekt zu dem Ton ihrer gepflegten roten Dienstkleidung.

»Ja, bitte.« Grace sah sich unsicher in der Kabine um, wo es sich die anderen Passagiere bereits auf ihren Plätzen bequem gemacht hatten und in Zeitschriften blätterten oder sich unterhielten.

Die Stewardess warf einen Blick auf ihren Flugschein. »Sie sitzen gleich hier, auf der linken Seite. Erlauben Sie mir, Ihren Mantel aufzuhängen.«

»Vielen Dank.«

Grace setzte sich und sah durch das seltsame kleine Fenster dem Bodenpersonal dabei zu, wie es das Gepäck in den Frachtraum lud. Dann ließ sie den Blick über die Reihen von silbern schimmernden Flugzeugen schweifen, die wie riesige lange Autos geparkt waren, eines neben dem anderen. Vor Nervosität und Aufregung wurde ihr beinahe übel.

Die Stewardess war wieder da. »Reisen Sie das erste Mal nach Paris?«

»Ja. Und ich bin noch nie geflogen.«

»Es ist vollkommen sicher«, versicherte die Stewardess ihr. »Darf ich Ihnen ein Glas Champagner bringen, damit Sie sich ein wenig entspannen können?«

»Meinen Sie wirklich? Ich meine, verschütte ich den nicht?«

Die Stewardess lachte. »Nein, keine Sorge. Sie werden sehen. Die ganze Sache geht viel ruhiger vonstatten, als Sie glauben. Lehnen Sie sich zurück und versuchen Sie, nicht zu viel daran zu denken. Wir sind im Nu dort.«

Grace sah zu, wie sie in die enge Küche trat, die aus kaum mehr zu bestehen schien als aus einer Reihe von Metallkästen mit Schubladen. Bald war das typische Ploppen eines Champagnerkorkens zu hören. Kurz darauf kam die Stewardess mit einem Tablett entspannt den Gang entlang und verteilte Gläser wie die Gastgeberin einer Dinnerparty.

Bald schien es auch wie auf einer Party zu sein; die Leute tranken und unterhielten sich lachend über den Gang miteinander. Der Pilot, dem seine Uniform ausnehmend gut stand, blieb vorn stehen, bevor er ins Cockpit ging, um sie alle an Bord zu begrüßen, ja, er machte sogar einen Witz darüber, dass es seltsam sei, über den Ärmelkanal zu fliegen, ohne beschossen zu werden, wofür er spontanen Applaus erhielt.

Dann wurden die Türen geschlossen. Die Motoren heulten auf, und das Flugzeug schauderte und zitterte. Schon holperten sie über die Rollbahn und nahmen Geschwindigkeit auf.

Grace schaute aus dem Fenster und versuchte, den Moment zu spüren, in dem sich die Räder vom Boden lösten. Doch ohne dass sie es recht mitbekam, waren sie schon in der Luft und stiegen steil auf, um dann eine Linkskurve zu fliegen.

London mit seinen kleinen gewundenen Straßen identischer Backsteinhäuser in tausend verschiedenen Grauschattierungen verschwand rasch, als sie in den dunklen, nassen Wolkennebel eintauchten. Dann zeigte sich hoch über der dicken Wolkendecke ganz unvermittelt ein blauer Streifen Horizont; ein goldener Ort, weit weg von dem schlechten Wetter unter ihnen.

Grace lehnte sich zurück, trank einen Schluck kalten Champagner, öffnete ihre Handtasche und holte den Brief heraus.

Sie hatte ihn unzählige Male gelesen, seit er eingetroffen war, doch es drängte sie immer wieder, ihn noch einmal zu studieren, als könnte sie diesmal etwas entdecken, was sie bisher übersehen hatte.

Madame Eva d'Orsey.

Eva d'Orsey.

Der Name sagte ihr nichts.

Doch er besaß eine gewisse Poesie, einen weichen, beschwingten Rhythmus, der ihre Phantasie beflügelte.

Vielleicht war sie eine Freundin ihrer Eltern gewesen. Eine Schriftstellerin, wie ihre Mutter, oder eine Kollegin ihres Vaters.

Vielleicht unternahm sie aber auch die weite Reise nach Paris, um zu entdecken, dass die ganze Sache doch ein Missverständnis gewesen war.

Jedenfalls war England inzwischen ganz unter den Wolken verschwunden, und vor ihnen lag nur der endlose, leere Himmel.

New York City, 1927

Mrs Ronald, die Hausdame, lehnte sich auf ihrem Stuhl zurück und seufzte. »Das ist sehr ungewöhnlich. Normalerweise arbeiten wir mit einer Agentur zusammen. So läuft das bei uns nicht, Mr Dorsey. Ganz und gar nicht.«

Antoine d'Orsey, der zweite Küchenchef, stand reglos da und sagte nichts, blickte lediglich geduldig auf die Stelle zwischen seinen Füßen. Er hatte eine sehr ungewöhnliche Bitte vorgetragen, und seiner Erfahrung nach war die beste Methode, etwas zu bekommen, die, einfach abzuwarten. Viele Ehejahre hatten ihn das gelehrt: Sag, was du willst, und dann behaupte deinen Standpunkt. Da er seit dem Tag der Eröffnung im *Hotel* (wie das Warwick von den Hotelangestellten, die dort arbeiteten, genannt wurde) arbeitete, kannte er Mrs Ronald gut genug, um zu wissen, dass sich unter ihrer rauen Schale ein sentimentales Naturell verbarg, gepaart mit einem scharfen, praktischen Verstand. Es war allgemein bekannt, dass Personalknappheit herrschte, und die Sommersaison begann gerade erst. Also brauchte sie auch seine Hilfe.

Nicht, dass sie das freiwillig eingestanden hätte. »Spricht sie überhaupt Englisch?«

»Selbstverständlich.« Er verlagerte leicht das Gewicht. »Also, meine Frau hat eine Stellung bei einer Familie in Westchester angenommen. Sie kann sonst nirgends hin.«

Mrs Ronald dachte darüber nach, während sie energisch an ihren Backenzähnen saugte. Sie hatte Mitgefühl mit Antoine. Sie kannte ihn als fleißig, still, stur, vielleicht ein wenig zu anspruchsvoll. Sein Spitzname lautete »Escargot« – eine Anspielung darauf, dass der Küchenchef fand, er bewegte sich im Schneckentempo. Doch er war immer einer der Ersten, die am Morgen kamen, und einer der Letzten, die am Abend gingen, ein Eckpfeiler des Küchenpersonals.

Sie seufzte noch einmal und betrachtete das junge Mädchen, das vor ihr stand.

Klein und dünn war sie und hatte dunkles Haar, das ihr glatt über die Schultern fiel. Ihr Gesicht war eher bedauernswert als hübsch, und sie hatte weit auseinanderstehende Augen von einer seltsamen Farbe, die sich nach oben bogen wie bei einer Katze, und eine ziemlich lange, schmale Nase. Es waren adlerartige Züge, dazu sinnliche Lippen, die Mrs Ronald irgendwie obszön fand: viel zu groß für ihr Gesicht. Sie war einfach gekleidet, ein schlichter marineblauer Rock und eine weiße Bluse, die billigen Stoffe vom vielen Tragen abgewetzt, doch ordentlich gebügelt. Den Blick hatte sie zu Boden gerichtet.

Mrs Ronald wandte sich wieder an Antoine. »Sie sieht aus, als wäre sie zu jung.«

»Sie ist vierzehn Jahre alt«, sagte er. »Sie ist klein für ihr Alter. Aber sie arbeitet seit zwei Jahren – sie hat ein Zeugnis von einer Familie in Brooklyn.«

»Und warum ist sie nicht dort geblieben?«

»Sie stammten aus Österreich und waren nur für kurze Zeit hier.«

Er nickte dem Mädchen zu, und sie nahm einen Umschlag aus der Tasche und reichte ihn der Hausdame.

»Eva«, las Mrs Ronald laut und schürzte die Lippen. »Ein seltsamer Name. Eva Dorsey.« Aus ihrem Mund klang es hässlich.

Antoine war versucht, sie zu korrigieren, doch das würde ihrer Sache nur schaden. Er war es eigentlich gewohnt, dass sein Nachname verändert wurde, bis er seinem amerikanischen Pendant einigermaßen entsprach. Doch heute tat es weh.

»Sie ist das Kind der Schwester meiner Frau. Die Eltern sind beide tot. Ich habe ihr meinen Familiennamen gegeben, als wir hierherkamen.«

In seiner Stimme schwang etwas Hartes mit. Er hatte nichts übrig für die Geschichte seiner Nichte, und einen Großteil davon erzählte er Menschen wie Mrs Ronald lieber nicht. Doch das Letzte, was er wollte, war, dass jemand Eva irrtümlich für seine Tochter hielt.

Sie war ein stilles Mädchen, pflichtbewusst und gehorsam, doch instinktiv misstraute er ihr. Ihre Mutter war unehelich schwanger geworden und an Tuberkulose gestorben. Eva war unvermeidlich aus demselben Holz geschnitzt und eine unwillkommene Belastung für ihn.

Mrs Ronald hob eine Augenbraue. »Ich sehe, dass du als Kammerzofe gearbeitet hast. Das könnte nützlich sein.« Sie gab ihr den Brief zurück. »Wir haben mehrere weibliche Gäste, die sich als Ladys betrachten, obwohl nichts weiter von der Wahrheit entfernt sein könnte. Komm her«, befahl sie ihr. »Lass mich dein Haar anschauen.«

Eva senkte den Kopf, damit Mrs Ronald ihr Haar absuchen konnte. »Keine Spur von Läusen. Gut. Zeig mir deine Hände.«

Eva tat, wie ihr geheißen.

»Sie ist sauber«, versicherte Antoine ihr. »Da ist meine Frau streng. Und gesund.«

Mrs Ronald verschränkte die Arme vor der Brust. »Trotzdem, das ist harte Arbeit. Ich bin nicht überzeugt, dass du die Plackerei schaffst.« (So leicht gab sie nicht nach.) »Hast du etwas dazu zu sagen?«

Eva zögerte und schaute von Mrs Ronald zu ihrem Onkel. »Ich glaube, Madame, dass Sie es am besten wissen. Aber ich wäre dankbar, wenn ich die Gelegenheit bekäme, es zu versuchen.«

Das Mädchen war klug und höflich. Und sie wusste, wie man jemanden ansprach, der gesellschaftlich über ihr stand.

Mrs Ronald nickte. »Dein Vertrauen in mein Urteil gefällt mir.«

Antoines Schultern entspannten sich.

»Ich nehme sie auf Probe«, erklärte Mrs Ronald und sah ihn an. »Mehr kann ich nicht versprechen.« Sie notierte rasch etwas in dem Hauptbuch, das vor ihr lag. »Du musst einiges über die Arbeit hier lernen. Sei gewarnt, Miss Dorsey. Das Warwick ist anders als andere Hotels in New York City. Und aus gutem Grund. Mr Hearst hat dieses Hotel zur selben Zeit gebaut wie das Ziegfeld Theatre. Die Stars der Follies verlassen sich auf uns; vor allem brauchen sie einen Ort, an dem sie Behaglichkeit und Diskretion erwarten können. Wir sind ihr zweites Zuhause. Was du hier siehst und erlebst, bleibt innerhalb dieser Mauern. Hast du das verstanden?«

Eva nickte.

»Viele unserer Gäste sind Tänzerinnen oder Schauspielerinnen; sie benehmen sich manchmal wie die Idioten, glaub mir. Trotzdem sind sie Mr Hearsts Gäste. Was auch immer ein Gast will, das bekommt er. Und wir erledigen die Arbeit hier auf die altmodische Art – deine Anwesenheit sollte zu spüren sein, aber nicht zu sehen. Du bist hier, um mit dem Mobiliar zu verschmelzen. Das heißt, kein Gesichtspuder, kein Schmuck, kein Lippenstift, und du musst zu jeder Zeit eine Haube tragen. Wenn ein Gast dich bemerkt, insbesondere ein männlicher Gast, dann hast du in deinen Pflichten versagt.«

Sie stand auf, nahm einen schweren Schlüsselring aus ihrer Tasche und schloss am anderen Ende des Büros einen Schrank auf, in dem Dienstkleidung hing. »Ich erwarte, dass du rechtzeitig hier bist und nicht zu spät kommst, dass du die Bedürfnisse deiner Gäste vorausahnst, statt darauf zu warten, dass du gerufen wirst. Und vor allem verlange ich Höflichkeit.« Während sie fortfuhr, kramte sie auf der Suche nach der richtigen Größe in dem Schrank. »Was Diebstahl angeht, nehmen wir eine sehr strenge Haltung ein. Jeder wird angezeigt, ausnahmslos.« Sie hielt ein graues Baumwollkleid hoch. »Das ist wahrscheinlich zu groß, aber ich fürchte, es muss reichen. Kannst du nähen?«

»Ja, Madame.«

»Dann mach es enger. Aber wohlgemerkt, nicht zu eng.« Sie schloss den Schrank wieder ab. »Und wenn mir zu Ohren kommt, dass du mit der Presse oder einem Klatschkolumnisten gesprochen hast, dann kannst du augenblicklich deine Siebensachen packen. Hast du mich verstanden?«

Eva nickte.

»Jedes Zimmermädchen ist für fünfzehn Zimmer verantwortlich, sie sauber zu halten und die Gäste zu bedienen. Doch wenn du im Dienst bist, stehst du voll und ganz den Gästen zur Verfügung. Wenn es sich irgendwie ermöglichen lässt, darf einem Gast keine Bitte ausgeschlagen werden. Wir haben unsere Standards, und die sind viel höher und sehr viel weitreichender als in anderen Etablissements.«

Sie wandte sich an Antoine. »Vermutlich braucht sie ein Zimmer.«

»Also, wenn das nicht zu viel …«

»Sie muss sich eines teilen«, fiel Mrs Ronald ihm ins Wort. »Und es versteht sich von selbst, dass in diesem

Hotel zu keiner Zeit irgendwelche Besucher erlaubt sind, weder weibliche noch männliche. Habe ich mich klar ausgedrückt?«

Wieder nickte Eva.

»Wenn du deine Sachen holen willst, dann kannst du heute Nachmittag anfangen.«

»Das sind meine Sachen, Madame.«

Mrs Ronald blickte nach unten. Zu Füßen des Mädchens stand ein kleines, in braunes Papier eingewickeltes Paket.

»Verstehe. Dann rufe ich eines der anderen Mädchen, damit es herunterkommt und dir dein Zimmer zeigt. Mrs Crane wird dich in deine Pflichten einweisen. Das ist alles.«

»Vielen Dank, Madame.«

Sie verließ das Büro.

Antoine zögerte an der Tür.

»Ich bin Ihnen sehr verbunden«, sagte er.

»Ja, schon gut.« Mrs Ronald setzte sich wieder hinter ihren Tisch. »Wollen wir hoffen, dass sie Sie stolz macht, Mr Dorsey. Ich hätte kein Vergnügen daran, sie rauszuwerfen, aber ich hätte auch kein Problem damit.«

Er trat in den Flur, wo Eva wartete.

Sie sah zu, wie er eine selbst gedrehte Zigarette aus der Hemdtasche nahm und anzündete. Er bedachte sie mit einem strengen Blick, als hätte sie bereits etwas falsch gemacht.

Eva senkte die Augen und konzentrierte sich auf den Fußboden. Wo andere Menschen nur verschiedenfarbige Fliesen sahen, sah sie tröstliche Muster und Gleichungen. Auf siebenundachtzig weiße Fliesen kamen neunundzwanzig schwarze. Drei weiße Fliesen auf jede schwarze. Eine ganze verborgene Welt der Ordnung und Symmetrie entfaltete sich, wenn man nur genau hinschaute.

»Wenn du in Schwierigkeiten gerätst, stehst du allein da. Hast du mich verstanden? Von jetzt an bist du alt genug, um die Folgen deines Tuns zu verantworten.«

»Ja, Sir.«

Dann wandte er sich um und machte sich auf den Weg in die untere Küche, verschwand in dem riesigen Gewirr aus Korridoren, das unter dem Hauptgebäude des Hotels lag.

Zum ersten Mal seit Stunden wagte Eva es, tief durchzuatmen.

Das Gewicht, das ihr den ganzen Morgen wie ein Stein auf die Brust gedrückt hatte, löste sich allmählich. Sie faltete das graue Kleid, legte es auf das kleine Paket mit ihren Habseligkeiten, lehnte sich an die Wand und wartete.

Sie hatte den ganzen Vormittag noch nichts anderes zu sich genommen als Kaffee, schwarz und stark. Ihr Onkel aß im Hotel, und jetzt, da ihre Tante fort war, gab es seiner Ansicht nach keinen Grund, irgendetwas

Essbares in der Wohnung zu haben oder die Wohnung überhaupt zu halten. Ihr Magen verkrampfte sich und grummelte.

Sie wollte sich kein Zimmer mit einer Fremden teilen müssen. Sie war sich nicht einmal sicher, ob sie eine Arbeit als Zimmermädchen wollte. Doch was sie wollte, spielte keine Rolle.

Eva kniff die Augen zu.

Auf dem Fußboden in Mrs Ronalds Büro waren 778 Fliesen gewesen, 426 graue und 352 weiße. Wenn man die beiden Zahlen multiplizierte, ergab das 149 952. Wenn man 352 von 426 abzog, blieben 74, und wenn man 4 und 2 und 6 zusammenzählte, ergab das 12, und wenn man 3 und 5 und 2 zusammenzählte, ergab das 10, und wenn man 778 durch 12 teilte …

»Kaum angefangen und schon eingeschlafen, was?«

Sie riss die Augen auf. Vor ihr stand ein blondes Mädchen, ebenfalls Zimmermädchen, nur dass ihre Dienstkleidung passte. Sie hatte eine Hand in die Hüfte gestemmt, und es war ihr irgendwie gelungen, die Haube ein wenig schräg aufzusetzen, direkt zwischen zwei blonden Locken, die ihre breite Stirn zierten, was ganz bezaubernd aussah. Sie strahlte etwas Adrettes aus, und ihre großspurigen Bewegungen zeugten von Selbstsicherheit.

»Ich bin Sis, Abkürzung für Cecily.« Sie reichte Eva die Hand und schüttelte sie kräftig. »Ich komme aus Virginia, falls du das noch nicht bemerkt hast. Sieht so aus, als würden wir uns ein Zimmer teilen. Ich hab gewusst, dass mein Glück nicht von Dauer sein kann. Hatte das Zimmer fast eine ganze Woche für mich allein. Egal.« Sie seufzte. »Ich glaube, ich soll dir alles zeigen. Komm mit.«

Sis führte Eva den langen Flur hinunter und eine Hintertreppe hinauf. Als sie ins Erdgeschoss kamen, hielt sie inne. »Warst du schon mal im Foyer?«

Eva schüttelte den Kopf. Sie war so nervös, dass sie kein Wort herausbrachte. Schon jetzt verehrte sie Sis mit ihrem trägen Südstaatenakzent und ihrer lockeren, entspannten Art. Sie hatte Angst, den Mund aufzumachen, falls Sis ihren Akzent nicht mochte. Das war ihr in dem Haus in Brooklyn so gegangen, wo die schottische Köchin darauf bestand, sie »die Fremde« zu nennen, obwohl ihre Arbeitgeber Deutsch sprachen und ihr eigener Glasgower Akzent kaum zu verstehen war.

»Schon mal einen Blick hineingeworfen?«, fragte Sis.

Wieder schüttelte Eva den Kopf.

»Wundert mich nicht. Du siehst aus wie jemand, der sein ganzes Leben lang ums Haus herum zum Dienstboteneingang gegangen ist. Komm.« Sie schoben sich durch die Tür, und sie spähten in das Foyer.

Für ein Hotel war es recht bescheiden, ja, geradezu intim. Doch wenn es auch nicht das größte oder prächtigste Hotelfoyer in New York war, so war es doch gewiss eines der glamourösesten.

Der Marmorfußboden glänzte unter den Orientteppichen, die Sofas waren mit Samt- und Seidenkissen bestückt, und die facettierten Spiegel, welche die Wände säumten, reflektierten die schönen Profile der Revuetänzerinnen, die auf dem Weg zur Bar daran vorbeispazierten.

Sorgfältig nach körperlicher Perfektion ausgewählt, waren sie alle von derselben Größe und besaßen lange, wohlgeformte Beine. Ihr Lachen war durchsetzt vom Klappern ihrer hohen Absätze und dem Rascheln ihrer wagemutig kurzen Röcke. Klaviermusik wehte durch den Raum, und jemand sang.

Ein Hotelpage mit einem Silbertablett schob sich zwischen den Gästen hindurch, die in kleinen Gruppen zusammenstanden. »Madame Arpeggio«, rief er laut. »Madame Arpeggio.« In der Luft lag der Geruch nach Messingpolitur, Zigarrenrauch und der üppigen, überreifen Süße frisch geschnittener Tigerlilien.

Eva sah zu, wie eine ganz in Schwarz gekleidete, kleine mollige Frau, einen Samtturban auf dem Kopf, der von einer großen Rubinbrosche gehalten wurde, mit zwei riesigen zottigen, grauen irischen Wolfshunden eintrat. Ihre schwarzen Lederhalsbänder waren mit Perlen besetzt.

Augenblicklich brachte ein Portier Porzellanschüsseln mit Wasser herbei, das sie lautstark schleckten, was zu Pfützen auf dem Marmorfußboden führte, während die Frau stehen blieb, um sich eine Zigarette anzuzünden und an der Rezeption nach Nachrichten zu schauen.

»Wer ist das?« Eva war so fasziniert, dass sie vergaß, dass sie eigentlich den Mund halten wollte.

»Niemand.« Sis zog die Nase hoch. »Irgend so eine

dreckige preußische Gräfin. Badet nie und geht nicht auch nur annähernd oft genug mit den Hunden raus. Ihr Zimmer stinkt wie ein Zoo. Einmal musste der Teppich ausgewechselt werden.«

Die Mädchen sahen zu, wie sie sich umwandte und mit majestätischem Schritt zum Aufzug ging.

»Es ist nämlich so«, vertraute Sis ihr an, »dass die wirklich wichtigen Leute hier ganz gewöhnlich aussehen, und die, die um jeden Preis auffallen wollen, normalerweise pleite oder auf Abenteuer aus sind. Ich sag's dir, du bist in einer Welt gelandet, die auf dem Kopf steht«, fügte sie kopfschüttelnd hinzu. »Es dauert vielleicht ein bisschen, aber du gewöhnst dich dran.«

Eva und Sis teilten sich ein Mansardenzimmer mit einem Waschbecken in einer Ecke, einem schmalen Schrank und zwei schmalen Betten. Das Fenster führte auf den Lichtschacht des hohen Gebäudes gegenüber und auf die Gasse. Vom Himmel konnte man nur einen schmalen Streifen sehen.

Nicht dass es eine Rolle gespielt hätte. Die Mädchen standen um sechs Uhr morgens auf und frühstückten um halb sieben in der unteren Küche, die dem Personal auch als Kantine diente. Dann stellten sie sich in einer Reihe auf und warteten darauf, dass Mrs Ronald ihre Dienstkleidung und ihr Erscheinungsbild inspizierte.

Eva war es gelungen, das graue Kleid abzuändern; doch die hauchdünne weiße Schürze und die Haube waren immer noch zu groß, sie sah fast ein wenig lächerlich darin aus. Es war schwierig, Mädchen einzustellen, die unter den Gästen keine Aufmerksamkeit erregten, und dafür zu sorgen, dass sie Mrs Ronalds Vorstellung des allumfassenden eleganten Stils des Hauses entsprachen. Also teilte sie Eva in den nicht ganz so gefragten, unteren Etagen ein und hoffte, dass sie über den Sommer noch ein paar Zentimeter wuchs.

Nachdem sie die Haare und Fingernägel der Mädchen überprüft hatte, setzte Mrs Ronald sie darüber in Kenntnis, welche Gäste an diesem Tag erwartet wurden und welche abreisten, und machte sie mit ihren besonderen Vorlieben bekannt.

Unter ihnen war die Schauspielerin, die verlangte, dass in ihrer Suite schwarze Samtvorhänge aufgehängt wurden, damit sie tagsüber schlafen konnte, und deren Räume nur nachts sauber gemacht werden konnten, wenn sie einen Häuserblock weiter in den Ziegfeld Follies auf der Bühne stand. Und der Filmproduzent, der sich vor allem ekelte, was von anderen Menschen schon einmal benutzt worden war. Wenn er zu Gast war, musste sein Bett samt Matratzen und Bettzeug jedes Mal gegen ein neues ausgetauscht werden, und die Laken mussten getrennt von denen anderer Gäste gewaschen werden, eine Aufgabe, die er nur Mrs Ronald anvertraute (die sie jedoch regelmäßig an eines der Mädchen delegierte).

Hinzu kamen die üblichen Wünsche: zusätzliche Eiskübel, Satinlaken, besondere Vorkehrungen für gewisse Arten von Blumen – Gewächshausrosen und Gardenien waren am beliebtesten. Manche Gäste wollten in ihren Räumen keine Gemälde oder Kunstwerke vorfinden, während andere bestimmte Farben nicht mochten und sie aus ihrer Sichtweite verbannt wissen wollten. Importierte Lebensmittel wurden unter hohem Kostenaufwand bereitgehalten: Schokolade aus Paris, frische Ananas aus Mexiko, schwarzer Tee aus Indien und dicke, lange kubanische Zigarren. Fast jeden Tag wurden Klaviere angeliefert, genau wie exotische Haustiere, neue Automobile und Jagdgewehre, und die Polizei eskortierte als Begleitschutz Lieferwagen mit Schmuck, der in dem gewölbten Hoteltresor verwahrt wurde.

Tanzflächen wurden frei geräumt, damit Bühnenstars ihre Nummern einüben konnten, Mobiliar entfernt, Massagetische und Sportgeräte aufgebaut. In einer Woche wurde der große Ballsaal komplett zu einem richtigen Boxring umgestaltet, als Jack Dempsey im Yankee Stadion gegen Jack Sharkey antrat.

Nicht selten geschah es, dass Gäste ihr eigenes Personal mitbrachten. Diese Kammerdiener und Kammerzofen hielten sich am Rand des Foyers auf, denn außerhalb ihres alltäglichen Wirkungskreises waren sie sich ihres Platzes nicht recht sicher. Sie waren keine richtigen Gäste, doch wenn ihre Arbeitgeber tagsüber außer Haus waren, konnten sie sich auch nicht zu den Hotelbediensteten gesellen, und so war die neu entdeckte Freiheit für sie oft ebenso verdächtig wie berauschend.

Die Stadt selbst hatte eine gefährliche Wirkung auf ihre normalerweise zurückhaltende Art. Mehr als einer verlor nicht nur den Kopf, sondern auch seine Stellung.

Ein Kammerdiener gab sich als sein Arbeitgeber, der Prince of Wales, aus und häufte als dieser in Harlem riesige Spielschulden an, bevor er mit einer schwarzen Prostituierten in flagranti im Bett seines Herrn erwischt wurde. Eine Kammerzofe, die vorher noch nie Alkohol getrunken und der Versuchung nachgegeben hatte, wachte irgendwo in der Nähe des Flusses neben einem italienischen Hafenarbeiter auf, der sie in gebrochenem Englisch höflich darüber informierte, dass sie verheiratet waren und er gern Anspruch auf seine ehelichen Rechte erheben würde.

Eva sollte von Rita Crane in ihre Pflichten eingewiesen werden, einer Frau unbestimmten Alters und wahrscheinlich die erfolgloseste heimliche Trinkerin der Welt. In den Tiefen des Wäschewagens verwahrte Rita eine Taschenflasche, in ihrem Schließfach eine alte Franzbranntweinflasche mit Gin und in ihrer Handtasche ein Fläschchen Morphium, das der Arzt ihr für ihre schwachen Nerven verordnet hatte. Jeden Morgen tauchte sie mit zitternden Händen auf, die Arme von blauen Flecken übersät. Eva fragte sich, ob sie mit einem Stock geschlagen worden war, konnte sich aber natürlich nicht danach erkundigen.

Früher war Rita vermutlich einmal eine Schönheit gewesen. Doch zu viel Alkohol, zu viele Exmänner und eine Schwäche für die gute alte englische Küche hatten sie recht rund werden lassen. Ihr Busen war gewaltiger als ein Schiffsbug, ihre stämmigen Beine waren von Krampfadern überzogen. Ihre Züge waren in den weichen Falten ihrer weißen Haut verloren gegangen, und ihre seltsam schrägen Augen ließen Rita immer traurig aussehen. Ihre Lippen waren so schmal, dass sie kaum mehr darstellten als die Idee eines Mundes. Rita bewegte sich, als grollte sie über die Schwerkraft, als verursachte allein die Vorstellung eines Körpers ihr ungezählte Unannehmlichkeiten. Im Ganzen war sie wie ein unter Wasser aufgewachsenes Geschöpf, ohne Licht, sodass Augen nicht zwingend nötig waren und ein Rückgrat einen absoluten Luxus bedeutete.

Wenn Rita putzte, lag darin etwas Gewalttätiges, wenn sie Betten machte, dann mit zornigem Eifer, und sie staubte mit ausgesprochener Wut ab, sodass Eva zu dem Schluss kam, sie sei nicht nur eines Mordes fähig, sondern vermutlich äußerst erfahren darin. Ihr letzter Mann war vor elf Jahren gestorben. Jetzt war sie mit dem Hotel verheiratet. Dabei hasste und verachtete sie diese Arbeit und stieß unablässig geflüsterte Flüche aus, so wie eine Nonne den Rosenkranz herunterleiert. Doch sie widmete sich voll und ganz dem Bemühen, jede Aufgabe ihren strengen Maßstäben gemäß zu erfüllen. Im Laufe der Jahre hatte Rita ihre Erwartungen an das Leben und an andere Menschen entsprechend angepasst – sie vermutete an jeder Ecke das Schlimmste und entdeckte sogar am strahlend blauen Himmel das feuchte, dunkle Potenzial von Wolken.

Zwei ganze Wochen lang überwachte Rita jede Handbewegung und jeden Schritt, den Eva tat, kritisierte ihre Putztechnik der Toilettenschüssel, bestand darauf, dass sie sämtliche Teppiche in vollkommen geraden Bahnen längs staubsaugte und dann noch einmal quer, tadelte sie für den Mangel an Kunstfertigkeit, mit der sie die Leinenhandtücher arrangierte, während sie Eva, sooft sie es für nötig hielt, wegen ihrer Jugend kritisierte, wegen ihrer äußeren Erscheinung und ihrer allgemeinen Fremdheit.

Eva lernte bald, dass der Umgang mit Rita weitaus leichter war, wenn diese betrunken war. Ja, wenn sie nach dem Dienst in der Kantine saß, konnte sie sogar richtig lustig sein.

In Lille hatte Eva einen Großvater gehabt, der Alkoholiker gewesen war. Wenn ihre Großmutter ihn wegen eines wichtigen Anlasses nüchtern brauchte, ließ sie ihn in den besonderen Genuss seiner Lieblingsschokolade kommen. »Der Zucker beruhigt ihn«, sagte sie dann immer.

Eva konnte es sich nicht leisten, Schokolade zu kaufen, doch sie machte Rita im Laufe des Tages immer mal wieder eine Tasse sehr süßen Tee. Rita murrte und beschwerte sich, doch sie trank den Tee. Er machte sie zwar nicht unbedingt freundlicher, doch sie war nicht mehr ganz so gemein.

Als Eva ihre Ausbildungszeit beendete, hatte sie alle Künste erlernt, die sie als Zimmermädchen beherrschen musste, einschließlich der richtigen Anordnung von Handtüchern.

Eva gewöhnte sich bald an den regelmäßigen Rhythmus des Hotellebens. Am Abend wuschen und bügelten die Mädchen ihre Kleider, besserten sie aus und plauderten dabei. In der Vorratskammer der unteren Küche stand ein Radio, und das Personal versammelte sich davor und lauschte dem Silverton Cord Orchestra oder den komischen Mätzchen von Amos 'n' Andy. Alkohol war absolut tabu, in der Hinsicht war Mrs Ronald äußerst streng. Wenn sie tanzten, dann nur miteinander. Ein großes, schlaksiges schwarzes Mädchen namens Wallace erwies sich als Charleston-Expertin, und für eine Coca-Cola war sie bereit, den Tanz den anderen beizubringen, auch wenn es durchaus sein konnte, dass die frisch erworbenen Künste nie erprobt werden konnten. Am Samstagabend gingen sie zur Beichte nach St. Boniface, und am Sonntagmorgen besuchten sie die Frühmesse.

Ab und zu gab es eine Belohnung: Nachmittagsvorstellungen, zu denen sie sich im Strand Theatre auf den Balkonen drängten, und hinterher ein Sandwich an der Theke des Riker's Drug Store. Manchmal gingen sie zum Times Square, um sich die Lichter anzusehen und darauf zu warten, dass die Zuschauer aus den Theatern strömten, und darüber zu diskutieren, was die modebewussten Frauen trugen.

Bei anderer Gelegenheit spazierten sie durch den Central Park zur Fifth Avenue und schlenderten an den prächtigen Kaufhäusern vorbei, doch hineinzugehen wagten sie nicht. Im East End gab es kleine, von Einwanderern geführte Läden, wo man Stoffe, Mäntel und Schuhe kaufen und Schmuck versetzen konnte.

Sis nahm Eva mit in die öffentliche Bücherei und zeigte ihr, wie man einen Leseausweis bekam. Woche für Woche las Eva sich durch die Werke von Charles Dickens, Jane Austen, Anthony Trollope, Henry James und Elizabeth Gaskell. Sie träumte von Heldinnen aus bescheidenen Verhältnissen, die nie dagewesene Aufmerksamkeit erregten, von phantastischen Liebesgeschichten über alle gesellschaftlichen Grenzen hinweg und von plötzlichen, unerwarteten Glücksfällen. Auf diesen Buchseiten war alles möglich, sogar für ein Mädchen wie sie.

»Das Problem mit dir ist, dass du eine Romantikerin bist«, erklärte Sis eines Sonntagnachmittags, als sie alle in der Küche vor dem Radio saßen und strickten. »Das führt doch zu nichts. Du musst praktisch denken. Romantikerinnen bekommen nur allzu leicht das Herz gebrochen.«

»Das stimmt«, pflichtete Rita ihr ausnahmsweise bei, die ihre geschwollenen Beine auf eine leere Gemüsekiste hochgelegt hatte. »Du brauchst einen Mann mit einer guten, soliden Arbeit, der weder trinkt noch spielt. Einen, der dich und die Kinder nicht zu oft schlägt und der in die Kirche geht. Von meinen Männern hat keiner je die Messe besucht. Lass dir das eine Lehre sein«, meinte sie warnend. »Um die Wahrheit zu sagen, sie waren am Sonntagmorgen selten nüchtern genug, um überhaupt aus dem Bett zu kommen.«

Sis überlegte. »Vielleicht kennt Charlie einen interessanten Mann.«

Sie war schon mit einem jungen Portier aus dem Iroquois Hotel verlobt und galt als überlegene Konstrukteurin der Beziehungen des Hotelpersonals. Sis ging das Heiraten an wie einen Handstreich; eine strategische Überwältigung des natürlichen männlichen Instinkts, der systematisch angegriffen und mittels militärischer Unbarmherzigkeit und innerer Stärke unter Kontrolle gehalten werden musste.

Mit siebzehn Jahren hatte sie bereits mehr Männer auf Herz und Nieren geprüft und ihnen eine Abfuhr erteilt als alle übrigen Mädchen. Ihren ersten Monatslohn hatte sie in einen Ballen echter irischer Spitze für ihr Hochzeitskleid investiert. Sis wusste, in was für einer Gegend sie wohnen wollte, und hatte klare Vorstellungen von dem Typ Haus, das sie akzeptieren würde, und die Namen und Berufe ihrer zukünftigen Kinder (allesamt Jungen) hatte sie längst entschieden.

Trotz ihrer bescheidenen Lebensumstände hatte sie eine beträchtliche Aussteuer zusammengetragen, Porzellan und Leinen, verstaut in einer Truhe unter dem Bett, die sie ihre »Hoffnungskiste« nannte.

Charlie war nur wenige Jahre älter als Sis und wartete noch auf den ersten Kuss von ihr. Doch schon kümmerte Sis sich um sein Geld und seine Karriere; sie ließ ihn zusätzliche Schichten arbeiten und in der Hoffnung, irgendwann an die Rezeption aufzusteigen, einen Abendkurs in Buchführung besuchen.

Und er lag ihr zu Füßen. Manchmal traf er sich mit ihnen im Park oder nach dem Kino (sie erlaubte nicht, dass er im Dunkeln neben ihr saß, damit er nicht auf dumme Gedanken kam), und Eva konnte die Mischung aus Stolz und Angst in seinem Gesicht sehen, wenn er mit Sis zusammen war.

»Such dir einen Mann mit einer herrischen Mutter«, riet Sis ihr. »Charlies Mutter ist Witwe, sie hat sieben Münder zu stopfen und nur eine Bibel, um alle warm zu halten. Von dem Augenblick an, da er morgens die Augen aufschlägt, hat Charlie Schuldgefühle, aber vor allem ist er es gewohnt, von einer Frau Befehle entgegenzunehmen.«

Eva nickte.

Es wäre ihr nicht in den Sinn gekommen, Sis' Rat zu widersprechen. Wenn man einen ruhigen Abend wollte, war es nicht vernünftig.

»Gütiger Himmel!« Rita lachte und wies auf Eva. »Mit der hast du es aber auch nicht leicht! Sie wird viel schwerer an den Mann zu bringen sein als du, Sis.«

Alle sahen Eva an.

Sie merkte, dass ihre Wangen rot wurden.

»Sie ist bloß noch nicht ausgewachsen, das ist alles!«, gab Sis zurück. »Abgesehen davon hast du auch ein paar Männer an Land gezogen, und du bist nicht gerade die Königin von Saba!«

Als das Gespräch sich einem anderen Thema zuwandte, stand Eva auf und ging hinaus.

Es stimmte: Sie war zu dünn, und ihr Gesicht war zu lang, ihre Züge schienen in die Länge gezogen wie bei einer Comicfigur aus der Sonntagszeitung.

Sis war groß und blond wie ein lächelndes Gibson Girl auf einem Werbeplakat.

Eva war klein und dunkel und fremdländisch.

Sie spazierte hinaus in die schmale Gasse und setzte sich allein auf die Stufen. Die warme, feuchte New Yorker Luft klebte an der Nacht, nicht bereit, ihren erstickenden Griff zu lockern. Doch für Eva lag unter allem das fröhliche Summen unendlicher Möglichkeiten, eine stete Vorwärtsbewegung, die Veränderungen verhieß, komme, was da wolle.

Die Heldinnen sämtlicher Bücher, die sie je gelesen hatte, hatten unter Selbstzweifeln und ungerechter Kritik gelitten. Und das hatte immer nur dazu geführt, dass ihre Entschlossenheit wuchs. Abgesehen davon, was wusste Rita schon? Wenn Eva ihr Leben lang Toiletten schrubben wollte, konnte sie Ritas Rat folgen. Doch das wollte sie nicht. Sie wollte mehr.

Sie wusste nicht genau, was das war oder wie sie es erreichen konnte. Doch darüber musste sie sich im Augenblick keine Gedanken machen. Sie würde einfach hier sitzen und sich im Schein der gar nicht so fernen Sterne erholen, die irgendwo sein mussten und hinter der dicken Wolkenschicht, die den Abendhimmel verbarg, blinkten.

Paris, Frühling 1955

Die Kanzlei Frank, Levin et Beaumont lag in der Rue de Rivoli, in den Stockwerken über den Arkaden. Grace hatte den letzten Termin am Nachmittag, und nach einer wegen ihres stockenden Französisch etwas schwierigen Unterredung mit der Sekretärin hatte man sie in Monsieur Tissots Büro geführt, das in einer Ecke des Gebäudes lag und zwei Fenster hatte, die auf den Nordflügel des Musée du Louvre blickten.

Ohne den Mantel abzulegen, setzte Grace sich und nahm die Handtasche auf den Schoß. Es kam ihr unwirklich vor, hier zu sein, wie ein allzu lebhafter, leicht beängstigender Traum.

Sie war es nicht gewohnt, allein zu reisen. Mallory hatte ihr ans Herz gelegt, ein Zimmer im Hôtel Raphael zu nehmen, denn dort hatte sie vor dem Krieg einmal mit ihrer Mutter gewohnt. Es lag in der Nähe der Champs-Élysées, war diskret und auf ruhige Art prächtig; viel hübscher als alles, was Grace selbst ausgesucht hätte. Ihr Zimmer war nicht besonders groß, doch es hatte eine hohe Decke und war in hellen Rosatönen und sehr blassem Nilgrün dekoriert, feminine Zuckerwatte-Farben, die sich in den Bettrollen aus Seidentaft und der dicken, bestickten Tagesdecke wiederfanden. In der vergangenen Nacht hatte sie auf dem Bett gelegen und staunend den Blick schweifen lassen. Die Franzosen rechneten eindeutig damit, dass sich in so einem Hotelzimmer etwas weitaus Interessanteres ereignete, als die Engländer sich vorstellten.

Das Zimmer hatte einen kleinen Balkon, kaum dreißig Zentimeter tief. Grace öffnete die Türen, trat hinaus und blickte die breite, von Bäumen gesäumte Straße hinunter.

Die Stadt erschien ihr schamlos schön in ihrer Extravaganz. In London hatte der Krieg ganze Häuserblocks dem Erdboden gleichgemacht; ganze Viertel ausgetilgt. Die Stadtlandschaft war durchsetzt mit klaffenden Wunden und Haufen verkohlter Trümmer; groteske Monumente einst prächtiger Gebäude. Doch hier waren die Gehwege glatt und eben, die Silhouette unversehrt. Welche Schäden die Besatzung auch angerichtet hatte, Paris hatte sie überwunden.

Selbst die Luft roch besser, nicht nach feuchter, öliger Kohle, sondern klar, nach kontinentalem Sonnenschein und Wärme.

Der Kaffee beim Frühstück war schockierend stark gewesen, das Croissant luftig und buttrig – eher wie ein Biskuit oder ein Kuchen. Wie dekadent, dass Menschen so etwas jeden Tag aßen! Allein die mögliche Scham darüber, vielleicht erwischt zu werden, hatte Grace davon abgehalten, sich ein zweites Croissant in die Handtasche zu stopfen.

Als sie am Nachmittag durch den Jardin des Tuileries zu ihrer Verabredung spaziert war, hatte ein Schwindelgefühl sie erfasst, begleitet von einer plötzlichen Erkenntnis: Niemand kannte sie hier. Diese Anonymität war aufregend und desorientierend zugleich.

Der Empfangschef hatte ihr eine Straßenkarte gegeben, aber sie konnte sich nicht auf die ordentlichen, kleinen beschrifteten Linien konzentrieren, da sie doch von der Stadt selbst umgeben war. Sie hatte immer gehört, Paris sei elegant, hatte sich jedoch nicht recht vorstellen können, wie. Sie war davon ausgegangen, die Stadt wäre streng und würde entweder Gleichgültigkeit verlangen oder Perfektion. Doch jetzt, wo sie hier war, konnte sie nur darüber staunen, wie entspannt und natürlich alles war. Von den hohen, schlanken Bäumen, deren Laub hoch über ihr raschelte, bis zu dem hellen Kies, der unter ihren Füßen knirschte, oder den klassisch proportionierten, in einheitlichem Stil errichteten Gebäuden aus hellem Stein war alles so eingerichtet, dass es das Licht festhielt. Die ganze Stadt war eingehüllt in einen weichen, strahlenden Schein.

Die Franzosen beherrschten die Sprache der Schönheit, genau wie man ihr gesagt hatte. Doch Schönheit wurde in dieser Stadt weit subtiler und umfassender zelebriert, als Grace es je erwartet hatte. Ja, es ergab alles einen Sinn. Wer würde die Ecken der Gebäude nicht mit einer leichten Rundung versehen, statt dass zwei Linien spitz aufeinander zuliefen, wenn er es könnte und es ihm gefiele? Und wer würde nicht dafür sorgen, dass alle Dachpfannen im Stadtbereich zueinander passten, damit sie eine harmonische Landschaft aus schräg abfallenden Blau-Grau-Schattierungen bildeten, überragt von Schornsteinaufsätzen aus Terrakotta? Alles andere erschien nachlässig.

Auch die Menschen: Die Männer und Frauen waren von Natur aus nicht attraktiver als ihre englischen Pendants, doch sie kleideten sich mit einer Selbstsicherheit und einer Aufmerksamkeit für das Detail, die in England als schiere Arroganz gegolten hätten. Hier war es anscheinend nichts Geringeres als eine Bürgerpflicht, eine gewisse Eleganz zu pflegen.

Selbst in der Anwaltskanzlei herrschte eine Einheitlichkeit und Präzision der Farben, Formen und Größen des Mobiliars, als sei der Herausgeber einer Wohnzeitschrift durchgegangen und habe alles Ablenkende weggeräumt.

Die Tür ging auf, und zwei Männer traten ein.

Der Erste war ein älterer Gentleman mit steifem, formellem Betragen und einem ordentlich gestutzten, weißen Schnurrbart. Ein jüngerer Mann hielt sich respektvoll im Hintergrund.

»Madame Munroe?« Der ältere Gentleman begrüßte sie ohne ein Lächeln mit einem kurzen Nicken. »Ich bin Henri Levin«, erklärte er auf Englisch mit starkem Akzent. »Dies ist meine Kanzlei. Und dies ist Edouard Tissot, mein Teilhaber. Er wird sich um Sie kümmern. Ich vertraue darauf, dass seine Dienste Sie zufriedenstellen.«

Dann bedachte er sie mit einer forschen kleinen Verbeugung, machte auf dem Absatz kehrt und ging hinaus.

Grace wusste nicht recht, was sie von dieser knappen Vorstellung halten sollte.

»Bitte nehmen Sie es ihm nicht übel.« Monsieur Tissot trat vor. Er war Mitte dreißig und groß und schlank, was durch den traditionellen Nadelstreifenanzug noch betont wurde. Sein dunkles Haar passte zu seinen schwarzen Augen; seine Miene war reserviert und intelligent. »Er ist es nicht gewohnt, Englisch zu sprechen«, erklärte er und senkte dabei diskret die Stimme. »Er hat Angst, Sie könnten ihn etwas fragen, was er nicht versteht.«

»Oh. Ach so«, sagte sie und nickte.

Er streckte die Hand aus. »Erlauben Sie mir, Sie in Paris willkommen zu heißen, Madame.«

»Vielen Dank.« Grace streckte ebenfalls die Hand aus, um die seine zu schütteln.

Doch er hob sie an, bis seine Lippen knapp über der blassen Haut ihres Handgelenks schwebten, und ließ sie wieder los.

Es war eine formelle und doch recht intime Geste; seine Lippen hatten ihre Haut nicht berührt. Trotzdem kribbelte die Stelle, wo sie sie beinahe berührt hätten.

»Lassen Sie mich damit beginnen«, fuhr Monsieur Tissot fort, »Ihnen zu versichern, wie leid mir Ihr Verlust tut. Bitte erlauben Sie mir, Ihnen für die Dauer Ihres Aufenthaltes in jeglicher Weise behilflich zu sein.«

»Haben Sie vielen Dank«, murmelte Grace und

wandte den Blick ab. Sie hatte beschlossen, wenig oder gar nichts zu sagen, bis sie mehr erfahren hatte. So lenkte sie das Gespräch auf allgemeineres Terrain. »Ihr Englisch ist sehr gut, Monsieur Tissot.«

»Vielen Dank.« Er quittierte das Kompliment mit einem Nicken. »Genau deswegen hat man mich mit Ihrem Fall betraut.« Er nahm hinter seinem Schreibtisch Platz und kramte in einem Stapel juristischer Akten. »Es tut mir leid, dass Sie den weiten Weg auf sich nehmen mussten, Madame Munroe. Doch die Bedingungen des Testaments sind sehr präzise formuliert. Und natürlich ist eine ganze Reihe Unterschriften erforderlich und andere Einzelheiten, um die man sich kümmern muss.« Er zog die richtige Akte heraus und überflog die darin enthaltenen Dokumente. »Da wären wir. Das Erbe beinhaltet im Wesentlichen den zu erwartenden Erlös aus dem Verkauf einer Immobilie sowie ein Aktienpaket, das im Augenblick von den Wertpapierhändlern Lancelot & Delp verwaltet wird.«

Sie musste ihn falsch verstanden haben. »Verzeihen Sie, haben Sie ›eine Immobilie‹ gesagt?«

»Ja. Eine Wohnung. Oder ein Apartment, wie man in England sagt. Die Verstorbene hat bis zu ihrem Tod darin gewohnt, sodass sie nicht früher verkauft werden konnte. Wir haben die Wohnung taxieren lassen, und ich kann Ihnen versichern, dass sie recht wertvoll ist.« Er nahm einige offiziell aussehende Dokumente zur Hand und legte sie auf dem Tisch aus. »Madame d'Orsey hat eine Vollmacht unterzeichnet, sodass wir den

Verkauf für Sie tätigen können. Ich brauche nur noch Ihre Unterschrift.« Er schaute auf. »Vielleicht gehe ich aber auch fälschlicherweise von der Annahme aus, dass Sie es vorziehen, wenn wir uns um die Angelegenheit kümmern?«

Grace beugte sich vor, um einen Blick auf die Unterlagen zu werfen, doch sie verstand sie nicht. »Sie sind auf Französisch, nicht wahr?«

»Ah! Ja«, gestand er mit einem Kopfschütteln. »Ich muss mich entschuldigen. Ich gehe sie gern mit Ihnen durch. Aber wenn Ihnen das lieber ist, können Sie auch Ihren englischen Anwalt bitten, sie zu prüfen. Ich könnte mich auch um eine Übersetzung kümmern …«

»Es tut mir leid«, unterbrach Grace ihn, »aber ich bin mir nicht ganz sicher, ob ich Sie richtig verstehe. Wären Sie so freundlich, mir alles noch einmal zu erklären? Langsam?«

»Ja, selbstverständlich. Vielleicht habe ich mich nicht besonders klar ausgedrückt. Sehen Sie, laut Testament bekommen Sie den ganzen Erlös, abzüglich der Transaktionskosten, aus dem Verkauf von Madame d'Orseys Immobilienbesitz. Wir möchten Angebote von verschiedenen führenden Maklern einholen und die Wohnung dann, Ihr Einverständnis natürlich vorausgesetzt, auf den Markt bringen. Dazu gelangt ein Wertpapierbestand in Ihren Besitz. Doch der wird woanders verwaltet.«

Grace' Mund stand offen, doch sie sah sich außerstande, ihn zu schließen. »Ich habe Aktien und … eine Wohnung geerbt? In Paris?«

»Nun«, Monsieur Tissot machte eine kurze Pause, »nicht ganz. Das Testament bestimmt, dass Sie den Erlös aus dem Verkauf der Immobilie erhalten sollen. Ich habe es so verstanden, dass Madame d'Orsey wollte, dass Sie das Geld bekommen und nicht die Immobilie selbst. Es war wohl ihre Absicht, Ihnen ein hübsches Sümmchen für Ihre persönlichen Zwecke zu vermachen.«

»Ein hübsches Sümmchen? Für meine persönlichen Zwecke?« Unvorstellbar, dass eine Fremde in solchen Einzelheiten für ihre Zukunft vorgesorgt hatte, selbst wenn diese Fremde es gut mit ihr gemeint hatte.

»Ja, und eine wahrlich beträchtliche Summe obendrein.«

»Aber sie hatte doch gewiss nicht die Absicht, das Geld mir persönlich zukommen zu lassen?«

»Ganz im Gegenteil, das ist exakt das, was ihr vorschwebte. Ich habe es so verstanden, dass sie Sie finanziell unabhängig machen wollte. *Le droit de choisir*, so hat sie es formuliert. Das Recht, zu wählen.«

Grace wurde schwindlig, und ihre Hände kribbelten. »Aber nicht für mich persönlich. Ich will sagen, ich erbe dies doch wohl in Abwesenheit, sozusagen?«

»In Abwesenheit?« Er runzelte die Stirn.

»Ja, ich meine, das Erbe war ursprünglich doch gewiss für jemand anderen bestimmt, oder?«

»Madame, Sie werden im Testament ausdrücklich als Erbnehmerin genannt.«

»Sind Sie sich da ganz sicher?«

Die Falten in Monsieur Tissots Stirn vertieften sich.

Grace versuchte zu schlucken, doch ihr Mund war so trocken, als wäre ihre Zunge aus Filz. Finanzielle Unabhängigkeit. Ein hübsches Sümmchen. »Dürfte ich Sie um ein Glas Wasser bitten, Monsieur Tissot?«

»Selbstverständlich.« Er ging zur Tür und sprach mit der Sekretärin.

Einen Augenblick später reichte er ihr ein Glas. »Geht es Ihnen gut? Ihre Wangen sind ganz blass. Vielleicht sollten Sie sich hinlegen, Madame Munroe.«

Grace trank einen Schluck. »Ich bin nur ein wenig müde, mehr nicht. Ich bin es nicht gewohnt, allein zu reisen, und dies ist doch ein kleiner Schock.«

»Natürlich.«

»Haben …« Sie unterbrach sich und begann noch einmal. »Es tut mir leid, aber haben Sie sie gekannt? Madame d'Orsey?«, fragte sie bemüht beiläufig.

»Ich habe ihr bei der Formulierung des Testaments geholfen. Aber das war alles. Sie war eine starke Persönlichkeit. Es ist eine Schande, dass sie so jung starb.« Besorgnis überschattete seine Züge. »Und Sie wollen auch ganz sicher nicht ein Weilchen allein sein? Ich gehe gern für ein paar Minuten hinaus.«

»Nein, vielen Dank. Es geht mir schon besser.« Grace stellte das Glas ab und zwang sich, ihm in die Augen zu sehen. »Monsieur Tissot, sind Sie sich ganz sicher … Ist es nicht möglich, dass ich die falsche Grace Munroe bin?«

Monsieur Tissot betrachtete sie misstrauisch. »Warum fragen Sie das?«

»Sind Sie sich ganz sicher«, wiederholte Grace, »dass ich die richtige Frau bin?«

Er griff noch einmal nach der Akte, holte einen Briefumschlag heraus und reichte ihn ihr. »Sind Sie das?«

Grace öffnete ihn. Darin war ein altes Zeitungsfoto, das aus der Gesellschaftsseite der *Times* ausgeschnitten worden war. Darauf waren Grace und zwei andere junge Debütantinnen in langen, weißen, trägerlosen Ballkleidern zu sehen. Sie standen auf der riesigen geschwungenen Marmortreppe des Grosvenor House. Die Bildunterschrift lautete: »Miss Grace Maudley, Lady Sophia Hapswood und Miss Daphne Sherbourne besuchen den Ball im Grosvenor House.« Daneben fand sich ein zusammengefaltetes Blatt Papier. Grace öffnete es. Es war von weiblicher Hand beschrieben, fließende, leicht geneigte Buchstaben.

Grace Jane Munroe (geborene Maudley)
39 Woburn Square
London, NW1
Geboren am 30. Mai 1928
Einziges Kind von Jonathan und
Catherine Maudley,
The Great Hall, West Challow,
Oxfordshire, England.

Grace starrte darauf. Die Worte schienen zu schweben, verschwammen auf dem Blatt miteinander.

»Madame Munroe?«

Plötzlich war es ihr in dem Raum viel zu heiß und viel zu eng. Die Blätter glitten ihr aus den Händen und flatterten zu Boden.

»Wären Sie so freundlich, mir ein Taxi zu rufen?«, hörte sie sich sagen. »Ich glaube, mir ist doch ein wenig übel.«

Monsieur Tissot fuhr sie zurück ins Hotel. Sie schwiegen. Grace blickte aus dem Fenster auf die engen, gewundenen Straßen und die Menschen, die ihr so viel lebhafter vorkamen als in London, Läden und Geschäfte betraten und verließen. Sie schien viel mehr von diesen Menschen zu trennen als nur die Sprache. Französische Menschen, die ein französisches Leben führten. Wie kam es, dass alles, was man nicht gleich verstand, geheimnisvoll und glamourös wirkte?

Als sie vor dem Hotel vorfuhren, legte sie rasch die Hand an den Türgriff und drückte die Tür auf. »Vielen Dank.«

»Madame Munroe«, sagte Monsieur Tissot, schaltete den Motor aus und sah sie an. »Ich möchte nicht aufdringlich erscheinen, doch ich bin neugierig. In welcher Beziehung standen Sie zu Madame d'Orsey?«

»Nun, Monsieur Tissot …« Grace richtete sich auf und schlug einen möglichst hochmütigen Tonfall an. »Ich … ich bin mir nicht sicher, ob Sie das etwas angeht.«

Er war beunruhigend unempfindlich für ihre Grobheit, sah sie nur mit einer ausgeprägt französischen Mischung aus Amüsement und Nachsicht an. »Ich bin mir dessen ganz sicher.«

Sie griff noch einmal nach der Tür.

»Sie sind ihr nie begegnet«, riet er.

Grace starrte ihn böse an. »Das ist widersinnig!«

»Es *ist* widersinnig! Aber es stimmt, oder?«

Sie runzelte die Stirn und presste die Lippen fest aufeinander. Sie hätte ein Taxi nehmen sollen.

Er lehnte sich in seinem Sitz zurück. »Ich habe unzähligen Testamentseröffnungen beigewohnt. Und ich habe noch nie eine Begünstigte erlebt, die so perplex war wie Sie. Habe ich recht, Madame Munroe?«

Grace zögerte. »Sozusagen.«

»Also.« Er verschränkte die Arme vor der Brust. »Sie haben etwas von einer Frau geerbt, der Sie nie begegnet sind. Ist das korrekt?«

»Ja.«

»Einer Frau, von der Sie, wenn ich richtig liege, noch nie etwas gehört haben.«

Sie bedachte ihn mit einem Blick. »Woher wissen Sie das?«

»Habe ich recht?«, hakte er nach, ohne auf ihre Frage einzugehen.

»Ja.«

»Also«, er zuckte die Schultern, »warum haben Sie das nicht gleich gesagt?«

»Ich … ich weiß nicht.« Ihr versagte die Stimme. In

ihrer Panik hatte sie sich weit dramatischere Folgen ausgemalt – womöglich eine Fahrt zur nächsten Polizeidienststelle oder zur britischen Botschaft. »Ich war mir nicht sicher, was dann passieren würde.«

»Nichts wird passieren. Das Erbe gehört Ihnen, ob Sie die Erblasserin gekannt haben oder nicht. Sie haben nichts falsch gemacht.«

»Es kommt mir vor, als würde ich stehlen«, gestand sie und löste die Hand vom Türgriff.

»Ungewöhnlich ist es schon.«

»Ja. Aber sie hatte meinen Namen und meine Adresse und dieses Bild aus der Zeitung.«

»Ist sie eine Freundin der Familie?«

»Es könnte sein, dass sie meine Eltern kannte, bevor diese starben. Doch was für ein Mensch vermacht sein ganzes Geld einer Fremden? Und welche Fremde nimmt es einfach so an?«

»Ich weiß nicht.« Die ganze Sache schien ihn zu interessieren, nicht zu beunruhigen.

»Hat sie Ihnen das Vermächtnis je erklärt?«

»Nein. Ich bin ihr, wie gesagt, nur einmal begegnet, als sie das Testament aufgesetzt hat. Sie kam auf Vermittlung eines anderen Mandanten zu uns, Jacques Hiver.«

»Hiver?«, wiederholte Grace und überlegte. »Wo habe ich den Namen schon einmal gelesen?«

»In den Schaufenstern sämtlicher Drogerien der Stadt. Er ist der Besitzer einer der größten Kosmetikfirmen Frankreichs.«

»Ja, natürlich!«

Hiver Rouge – sie warben mit der Zeichnung einer schönen dunkelhaarigen Frau, die Lippenstift in einem sehr tiefen Rotton aufgelegt hatte. Ihre Augen waren mit einem Seidenschal verbunden. Darunter stand nur: *Embrasse-moi* – küss mich. Die Werbung war Eva aufgefallen, denn das Bild war ihr ausgesprochen kühn erschienen; in England bekam man so etwas nicht zu sehen.

»Also«, fuhr sie fort, indem sie eins und eins zusammenzählte, »dann war Madame d'Orsey seine Frau?«

»Ähm, nein …« Er sah sie von der Seite an. »Er verstarb Anfang des Jahres. Seine Frau lebt noch. Also, wir haben uns nicht um Monsieur Hivers … wie soll ich sagen? … offiziellen Angelegenheiten gekümmert. Damit hatte er eine andere, sehr viel größere Kanzlei beauftragt. Uns hatte er mit den Angelegenheiten betraut, die einen taktvolleren Umgang erforderten.«

»Inwiefern taktvoll?«

»Ich glaube, sie war seine Geliebte.«

»Oh!«

Grace blickte auf die kopfsteingepflasterte Straße vor ihr. Spontan war sie geneigt, diese Frau zu verurteilen. Doch so einfach war das nicht, wenn man die Nutznießerin von so viel Großzügigkeit war.

Sie schwiegen einen Augenblick.

»Hat sie Ihnen gegenüber … also, hat sie, als Sie das Testament für sie aufsetzten, angedeutet, warum sie mir das Geld zukommen lassen will?«

Er schüttelte den Kopf. »Die Frage hat sich nicht gestellt. Sie hatte die Informationen, die ich Ihnen gezeigt habe, und sie hat sie mir zurückgegeben, sobald wir angefangen hatten. Ich erinnere mich nicht, dass wir überhaupt über persönliche Aspekte des Testaments gesprochen hätten. Sie war vorbereitet, als sie zu uns kam. Ich weiß noch, dass ich sehr beeindruckt war, wie klar sie ihre Wünsche formulierte und wie unkompliziert alles war. Ihre größte Sorge schien zu sein, dass der Nachlass so schnell wie möglich liquidiert wird. Und dass Sie das Erbe persönlich entgegennehmen. Allein.«

»Ehrlich?« Eine seltsame Bedingung.

Er nickte. »Wenn Sie in Begleitung gekommen wären, war ich angewiesen, sie oder ihn zu bitten, draußen zu warten.«

»Verstehe.« Ihr lief ein Schauder über den Rücken angesichts der Sorgfalt, die diese Fremde ihr zuliebe aufgewandt hatte.

Ein weicher Nieselregen fiel auf die Windschutzscheibe.

»Wie sah sie aus?«, fragte Grace leise.

»Sehr auffallend, mit dunklem Haar und sehr attraktiv. Sie kann bestenfalls Anfang vierzig gewesen sein. Doch man sah, dass sie Schmerzen hatte, und ich glaube, der Ausflug hat sie erschöpft; man sah es an ihrem Gesicht.«

Grace starrte weiter auf die Pflastersteine, die jetzt feucht im flackernden Lampenschein schimmerten. »Ich weiß nicht, was ich machen soll.«

»Aber Sie müssen nichts tun. Ich kann Ihnen versichern, dass das Testament rechtlich einwandfrei und bindend ist. Sobald Sie die Papiere unterzeichnet haben, können Sie den Verkaufserlös nehmen und nach London zurückkehren.«

»Aber wie?« Begriff er nicht, dass das unmöglich war? »Ich kann doch nicht einfach so weiterleben, ohne zu wissen, wer sie war und warum sie mir das Geld vermacht hat. Es würde mich in den Wahnsinn treiben!«

»Betrachten Sie es doch als Lotteriegewinn«, schlug er vor.

»Ich glaube nicht an Glücksspiel, Monsieur Tissot. Es gibt keinen Zufall. Das Universum ist mit unsichtbaren Fäden verbunden. Wir müssen sie nur ein wenig entwirren, um das zugrunde liegende Muster zu erkennen.« Sie sah ihn an. »Sind Sie sich wirklich ganz sicher, dass es kein Irrtum war?«

Er richtete sich auf, eindeutig verärgert über das, was er daraus schließen musste. »Ich kann Ihnen versichern, dass es nicht meine Gewohnheit ist, derartige Fehler zu machen. Und es deutete auch nichts darauf hin, dass Eva d'Orsey sich geirrt haben könnte. Ganz im Gegenteil, bis jetzt sind alle Informationen, die sie mir gegeben hat, richtig.«

Grace seufzte und fuhr sich mit der Hand über die Augen. Es gab keine Antworten, nur immer noch mehr Fragen. Allmählich bekam sie Kopfschmerzen. »Ich weiß weder ein noch aus. Ich habe ehrlich keine Ahnung, was ich machen soll.«

Er überlegte einen Augenblick.

Er war von den Seniorpartnern angewiesen worden, die Angelegenheit so schnell und so diskret wie möglich abzuwickeln. Sie wollten auf keinen Fall einen Skandal, der die noch lebenden Mitglieder der Familie Hiver in Mitleidenschaft ziehen würde. Doch er hatte nicht damit gerechnet, dass die ganze Situation Madame Munroe so mitnehmen würde. Und er fand ihr Zögern, das Erbe einfach anzunehmen, faszinierend. Dass sie darauf beharrte, mehr zu erfahren, deutete auf einen starken Charakter; etwas, was heutzutage nur noch selten anzutreffen war. Und so traf Monsieur Tissot, den Anweisungen seiner Seniorpartner zum Trotz, eine unorthodoxe Entscheidung. »Also, dann.« Er startete den Motor. »Sie brauchen Hilfe«, stellte er sachlich fest.

»Wohin fahren wir?«

»Madame Munroe, ich wäre Ihnen gern behilflich, aber bevor ich nicht zu Abend gegessen habe, kann ich gar nichts für Sie tun.« Er fuhr los. »Um die Ecke ist ein Bistro.«

Sie sah ihn überrascht an. »Und Sie nehmen mich mit?«

»Haben Sie etwas anderes vor?«

»Ich … nein.«

»Dann scheint es mir doch freundlich und angemessen zu sein.« Und zum ersten Mal lächelte er – ein ziemlich überraschendes, steifes Grinsen, von zwei Grübchen flankiert. »Ich kann Ihr Rätsel nicht lösen, aber ich kann wenigstens dafür sorgen, dass Sie etwas zu essen bekommen.«

Monsieur Tissot führte Grace in ein Café mit einem Bistro auf der einen Seite und einem eleganteren Restaurant auf der anderen. Die Kellner schienen ihn zu kennen und geleiteten sie zu einem Ecktisch, an dem sie nebeneinander saßen, den Blick in den Raum gerichtet. Seit sie verheiratet war, hatte Grace nicht mehr mit einem Mann gespeist, der nicht ihr Ehemann war. Doch es war leichter, als sie es sich vorgestellt hatte – vielleicht wegen der Begleitumstände, vielleicht auch wegen der fremden Sprache. Monsieur Tissot schien Konversation weder zu brauchen, noch zu erwarten. Er saß nur da und sah den anderen Gästen zu – eine faszinierende Beschäftigung an sich.

Grace überflog die Speisekarte. »Ich glaube, ich nehme das *ragout de cou d'agneau*«, beschloss sie und klappte die Karte zu.

»Den Lammnacken? Ausgezeichnete Wahl.«

»Lammnacken?« Sie griff noch einmal nach der Speisekarte.

Er grinste. »Soll ich für uns beide bestellen?«

»Also …« Auf der Suche nach etwas, was ihr bekannt vorkam, überflog sie noch einmal die Vorspeisen. »Ich fürchte, ich habe keinen besonders verfeinerten Gaumen. Nach französischen Maßstäben, meine ich.«

»Also, dann«, sagte er, lehnte sich zurück und streckte seine langen Beine aus, »sagen Sie mir doch einfach, was Sie zu Hause gern essen, und ich berate Sie.«

»Also, ich … ich esse wohl sehr viel … Toast.«

»Toast?« Er neigte den Kopf, als hätte er sie womöglich nicht richtig verstanden. »Verzeihung? Aus freien Stücken?«

»Die Sache ist die, dass ich nichts gewohnt bin, was … was zu französisch ist.«

»Sie sind in Paris, Madame.«

»Ja, aber Sie verstehen, was ich meine, oder? Gerichte mit zu viel Geschmack.«

»Wie kann etwas denn zu viel Geschmack haben?«

»Ich meine, zu viele starke Aromen wie Zwiebeln und Knoblauch …«

Sie sahen einander über einen tiefen kulturellen Graben an.

Grace gab auf und legte die Speisekarte zur Seite. »Ja. Ich vertraue Ihnen.«

Der Kellner kam, und Monsieur Tissot bestellte für sie beide – *salade mixte, poule au pot* und eine Flasche *vin rouge*.

Er schenkte ihr ein, und als er ihr das Brot reichte, merkte sie erst, dass sie großen Hunger hatte. Zur Mittagszeit hatte sie vollkommen vergessen, etwas zu essen. Sie riss sich ein Stück von dem knusprigen, weichen und innen noch warmen Baguette ab. Erstaunlich, dass etwas so Einfaches, so Grundlegendes so köstlich sein konnte. Und so ganz anders als sein englisches Pendant.

»Wer ist diese Frau?«, fragte Grace laut, während sie sich das Brot schmecken ließ. »Das ist die Frage. Und warum, um alles in der Welt, vermacht sie mir so viel Geld?«

»Natürlich.« Er nickte. »Doch was ich gern wissen

würde: Was schwebt Ihnen denn vor, was Sie damit anfangen?«

Darüber hatte sie noch gar nicht nachgedacht, vielleicht, weil sie nicht recht glauben konnte, dass das Geld tatsächlich ihr gehörte.

»Ich weiß nicht.« Sie trank einen Schluck Wein.

»Sie könnten ein neues Haus kaufen, reisen, eine Kunstsammlung anlegen oder es investieren …«

»Vielleicht.« Sie war es nicht gewohnt, finanzielle Entscheidungen zu treffen. »Das Beste wäre vermutlich, es mit einem Anwalt zu besprechen.«

Er faltete die Hände auf dem Tisch. »Ich bin Anwalt.«

»Ja, aber ich brauche jemanden, der sich im englischen Recht auskennt.«

»Ja, aber auch er kann Ihnen nur raten. Was *möchten* Sie denn damit machen?«, hakte er nach.

Grace überlegte einen Augenblick. »Leben, Monsieur Tissot. Ich würde gern in großer Behaglichkeit leben. Und in Frieden.« Und dann fügte sie zu ihrer Überraschung hinzu: »Ohne dass mir jemand vorschreibt, was ich tun oder lassen soll.«

Er hob sein Glas. »Ein vortreffliches Ansinnen!«

»Machen Sie sich über mich lustig?«

»Nein, das ist mein voller Ernst. Die Menschen nehmen für selbstverständlich, was in Wirklichkeit eine Kunst ist. Sich ein gutes Leben nach eigenen Maßstäben behaglich einzurichten, das erfordert eine gewisse geistige Reife, einen außergewöhnlichen Charakter, einen wahrlich kultivierten Geschmack und …«

»Und Geld.« Sie brach sich noch ein Stück Brot ab.

»Es hilft.«

Sie sah ihn von der Seite an. Vielleicht lag es daran, dass sie in Paris war, vielleicht war es auch die bizarre Situation, doch sie war so frei, zu fragen: »Leben Sie nach Ihren eigenen Maßstäben?«

Er überlegte einen Augenblick. »Ich glaube, es ist ein Privileg, Madame. Eines, das man sich durch ein gewisses Maß an Mut und Widrigkeiten verdient.«

Sie lachte und schüttelte den Kopf. »Sie haben meine Frage nicht beantwortet.«

»Manchmal.« Er lächelte. »Manchmal schon, und manchmal tue ich, was von mir erwartet wird.«

Es erforderte eine gewisse Offenheit, so etwas zu sagen, doch Grace verstand. Sie hatte allerdings noch nie gehört, dass jemand es offen aussprach. Er wandte den Blick ab und brachte das Gespräch auf sicheres Terrain zurück. »Und wo würden Sie dieses behagliche Leben führen?«

»Ich weiß nicht. Vielleicht am Meer. Aber wo auch immer es ist, man müsste dort dieses Brot kaufen können.«

»Und Ihr Mann? Was hält er von dem Ganzen?«

Er hatte sie überrumpelt. Zum ersten Mal seit Stunden dachte sie an Roger. Und jetzt wusste sie zu ihrer Überraschung nicht recht, was sie sagen sollte. »Mein Mann?«

»Ja. Was hält er davon?«

Sie senkte den Blick und strich ein paar Krümel vom Tischtuch. »Ich weiß nicht. Um ehrlich zu sein, hatte ich noch nicht die Gelegenheit, mit ihm darüber zu sprechen.«

»Verstehe.« Es schien, als glaubte er ihr das nicht. »Also, er hat bestimmt ein paar eigene Ideen.«

»Ja, das ist sicher.«

Höfliches Schweigen breitete sich aus.

»Im Süden Frankreichs gibt es einige großartige Küstenabschnitte«, sagte Monsieur Tissot nach einer Weile.

»Ja«, pflichtete Grace ihm bei, dankbar, dass er nicht weiter nach ihrem Ehemann fragte. »Ich war noch nie dort, aber man hat es mir erzählt.«

Das mit Gemüse und kleinen Frühkartoffeln gegarte Huhn wurde in einem dicken roten Tontopf mit Deckel serviert. Das Gericht kam Grace verschwenderisch und exotisch vor. Als Monsieur Tissot ihr erklärte, es sei eigentlich ein bäuerliches Essen, staunte sie.

»Huhn im Topf«, erklärte er ihr mit einem leichten Achselzucken. »Sie haben gesagt, Sie wollten etwas Einfaches.«

»Es ist köstlich.«

Gäste kamen und gingen, einige, um zu Abend zu essen, andere nur auf einen Kaffee. Das Café war das Zentrum seines eigenen kleinen Universums, von den Gästen aus dem Viertel umkreist wie ein Planet. Alle schienen einander zu kennen und leidenschaftliche Ansichten zu vertreten, die für sich zu behalten ihnen nicht in den Sinn kam. Sie sprachen offen und tauschten von Tisch zu Tisch ungefragt Ratschläge und Meinungen aus. Eine Familie kam herein, mehrere Paare, zwei hübsch gekleidete ältere Frauen, einige junge Männer auf dem Weg in einen Club, ein alter Mann, der Zeitung las, zwei Frauen mittleren Alters …

Sie sahen zu und aßen, und zu Grace' Entzücken übersetzte Monsieur Tissot ab und zu etwas für sie.

Mit einem Nicken wies er in Richtung der zwei Frauen, die einander jetzt gegenübersaßen. »Sie waren im Kino«, sagte er leise. »Sie sagt, sie habe die Mutter nicht gemocht. Und der Hauptdarsteller sei zu dick gewesen, habe aber er ein hübsches Gesicht gehabt.«

»Was für ein Film?«

»Hm«, er lauschte angestrengt. »*Marty*? Anscheinend haben beide am Ende geweint. Und jetzt trinken sie ein Glas, um wieder bessere Laune zu bekommen.«

»O ja! Den will ich sehen. Ich habe gehört, er soll gut sein.«

»Und da drüben.« Er zeigte auf ein älteres Paar, das eine hitzige Diskussion führte – er schüttelte den Kopf, und sie faltete ihre Serviette, legte sie resolut auf den Tisch und machte sich daran, den Raum zu verlassen. »Er sagt, er finde das Kalbfleisch gut. Sie ist überzeugt, dass zu viele Kapern dran sind und nicht genug Zitrone.«

Grace konnte es nicht glauben. »Sie streiten sich über das Essen?«

Er nickte.

»So etwas gäbe es in England nicht.«

»Ich weiß.« Er lächelte.

Da es aufgehört hatte zu regnen, begleitete er sie nach dem Essen das kurze Stück zum Hotel.

Vor dem Eingang blieben sie stehen. »Monsieur Tissot, gehe ich nach dem, was Sie gesagt haben, recht in der Annahme, dass Sie Zugang zu Madame d'Orseys Wohnung haben?«

»Ja, natürlich.«

»Und dass sie noch nicht verkauft ist?«

»Ja.«

»Verstehe.« Grace verschränkte die Arme vor der Brust. »Dann würde ich sie gern sehen. Bitte.«

Er zögerte. »Meine Anweisungen lauteten, sicherzustellen, dass Sie den Erlös aus dem Verkauf der Wohnung erhalten. Ich glaube, es lag nicht in Madame d'Orseys Absicht, dass Sie die Wohnung besichtigen.«

»Vielleicht«, entgegnete Grace, »aber ohne meine Unterschrift unter den Dokumenten wird es nichts mit dem Verkauf. Habe ich recht?«

»Ja …«, sagte er langsam, »das stimmt.«

»Und die Situation erfordert eine taktvolle juristische Herangehensweise.«

Er kniff die Augen zusammen. »Sie sind ziemlich hartnäckig, nicht wahr?«

»Und ich glaube, Sie machen Ausflüchte.«

Monsieur Tissot schaukelte auf den Fersen und schob die Hände tief in die Taschen. Sie war einfallsreicher, als er ihr zugetraut hatte. Zudem war sie intelligent und auf sehr spezielle, englische Weise amüsant. Er konnte ihr ohne Probleme die Wohnung zeigen und das Geschäft trotzdem zügig abwickeln. »Sehr wohl, Madame Munroe. Wann darf ich Sie morgen abholen?«

New York, 1927

Fast jeden Abend wurde im Hotel irgendeine Party gefeiert. Oft fingen sie in der Bar an und gingen oben in den Zimmern weiter. Doch häufig wurde auch nur spontan getanzt und getrunken, und dann loderte es plötzlich auf und griff ohne Vorwarnung auf ganze Etagen über wie eine improvisierte Orgie. Türen wurden geöffnet, und Gäste, die sich bis dahin allenfalls mit einem Nicken gegrüßt hatten, versammelten sich in den Fluren, standen an den Türen herum und lachten, die Luft erfüllt von Musik und Zigarettenqualm. Schwarzgebrannter Alkohol tauchte auf, Flaschen wurden herumgereicht; mehr Eis und Gläser wurden verlangt. Innerhalb von einer Stunde fuhren vom anderen Ende der Stadt oder aus den Vororten draußen Wagen vor, beladen mit Nachschub; Mädchen saßen einander auf dem Schoß, kreischten vor Entzücken, und junge Männer trugen Abendjacketts, als hielten sie sich für eine solche Gelegenheit permanent bereit. Sie liefen am Portier vorbei und folgten dem Lärm wie Bluthunde, die einen Geruch aufgenommen haben und fürchten, »die besten Happen« könnten ihnen entgehen.

Die Revuetänzerinnen waren berühmt für diese unablässigen lärmenden Festlichkeiten, unterbrochen nur von Anfällen von Nüchternheit und gelegentlichen komatösen Schlafperioden. Die ganze Besetzung der Follies schien zu dem Sisyphus'schen Schicksal verdammt zu sein, auf ewig von Zimmer zu Zimmer, von Etage zu Etage zu taumeln, auf der Suche nach dem nächsten Cocktail, dem nächsten Tanzpartner, dem nächsten intensiven Erlebnis. Am folgenden Morgen – oft genug auch erst am späten Nachmittag – konnte man Überlebenden begegnen, die mit verquollenen Augen durch die Flure und das Foyer wanderten, ohne Schuhe, ohne Handtasche, Männer, die sich an ihre Autoschlüssel klammerten, oft aber nur eine vage Erinnerung daran hatten, wo sie geparkt hatten, und sich höflich erkundigten, wo sie seien, bevor sie wieder von dannen zogen.

Nach diesen Partys aufzuräumen war bei Weitem nicht so aufregend. Nicht selten entdeckten die Zimmermädchen, dass jemand sich auf dem Balkon in den Topf einer Palme oder in einen Eiskübel erleichtert hatte; verstreute Socken und verschollene Unterwäsche war um Bettpfosten geschlungen, in stumme Diener gezwängt und zwischen Sofakissen gestopft; Erbrochenes lockte Fliegen und Schaben an, was, genau wie Blut und Lippenstift, intensives Schrubben erforderte, um es wieder aus dem Teppich zu entfernen. Ungefähr einmal die Woche tauchte irgendwo ein Halbtoter auf, der manchmal recht tot aussah, sich gewöhnlich aber nur in einem Zustand extremer Trunkenheit befand; ein Mensch, den niemand kannte und an den sich niemand erinnerte und der schließlich von der Polizei ins nächste Krankenhaus geschafft wurde.

Zur selben Zeit fanden sich Kino- und Broadwaystars ein wie plötzliche, blendende Erscheinungen. Douglas Fairbanks, Will Rogers, John Gilbert und W. C. Fields bezauberten junge Frauen in der Bar, während man einen kurzen Blick auf Ruth Etting, Marion Davies und Fanny Brice erhaschen konnte, die, in Pelze gehüllt, durch das Foyer eilten, bevor sie in Autos mit Chauffeur verschwanden.

Die Luft knisterte von dem, was alles möglich war: Ruhm, Rausch, unvermutete sexuelle Begegnungen – willkommene wie unwillkommene – ergaben sich so unaufhaltsam und unvorhersehbar wie das Wetter.

Und im Sommer wurde es nur noch schlimmer.

»Mr Waxman hat schon wieder einen Selbstmordversuch unternommen«, sagte Sis mit einem Seufzer, als sie an einem stickigen Dienstagmorgen Wäsche zusammenlegten.

»Was meinst du mit ›schon wieder‹?«

»Er tut es ab und zu. Trinkt zu viel, schreit herum, tritt raus auf den Fenstersims und steht eine Weile dort. Er muss das Haus verlassen. Sie haben ihn schon einmal gebeten zu gehen, aber diesmal sehen sie sich gezwungen, die Polizei zu holen.«

»Warum macht er das?«

»Die Frage ist doch, warum macht er es *nicht*? Ich meine, wenn einer springen will, dann soll er springen! Das ganze Hin und Her ist doch nervtötend. Er soll eigentlich das Drehbuch für einen Film schreiben oder so, und ab und zu muss er einfach da raus und ein bisschen für Aufregung sorgen. ›Es gibt nichts, wofür es sich zu leben lohnt! Das war's! Es gibt keinen Gott! Nichts kann einen retten!‹ Letztes Jahr sind alle in Panik geraten. Dieses Jahr haben sie ihn einfach machen lassen, und nach einer Weile ist er wieder reingeklettert und hat sich ein Bad eingelassen.«

»Weiß er nicht, dass Selbstmord eine Sünde ist?«

»Auf dem Fenstersims zu stehen und alle aufzuregen ist auch eine Sünde. Abgesehen davon ist Mr Waxman Jude. Die können machen, was sie wollen.«

»Wer weiß.« Eva sortierte ein paar frische Laken. »Vielleicht hat er ja recht.«

Sis starrte sie wütend an. Es war schon viel zu heiß, was bei allen zu leichter Gereiztheit führte. »Was ist los mit dir?«

»Ich weiß nicht. Ich sag doch nur …«

»Ehrlich!« Mit einer herrischen Geste schüttelte Sis ein Badehandtuch aus. »Gott hat Besseres zu tun, als Mr Waxman vom elften Stock herabzutragen. Und ich lasse mir von so einem Verrückten keine Vorschriften über die Natur des Göttlichen machen.« Dann hielt sie inne. »Hey, Heidin, woher hast du die Schuhe da?«

»Gefallen sie dir?« Mit ein paar drehenden Tanzschritten präsentierte Eva die Schuhe mit den raffinierten T-Riemchen. Sie waren nur an der Ferse ein wenig zu groß.

»Klar. Aber wo hast du sie her?«

»Gino hat sie mir gegeben. Hat gesagt, seine Schwester wäre rausgewachsen.«

»Du meinst Töpfe und Pfannen?«

Eva nickte.

Gino war Spüler in der Küche.

Sis stemmte die Hände in die Hüften. »Und er hat dir die Schuhe da gegeben? Was macht seine Schwester überhaupt mit so einem Paar Schuhe?«

»Ich weiß nicht.« Eva zuckte mit den Schultern. Warum machte Sis so ein Theater darum? »Ich fand es nett von ihm.«

»Hm.« Sis runzelte die Stirn.

»Was soll das heißen?«

»Niemand gibt etwas weg, ohne etwas zu erwarten.«

»Das ist zynisch.«

»Und du bist zu jung, um hochhackige Schuhe zu tragen. Er hat was vor mit dir.«

Eva zog die Nase kraus. »Er ist ein alter Mann! Abgesehen davon sind sie kaum getragen.«

Sis wandte sich dem Handtücherstapel zu, den Eva gerade auf die andere Seite des Schranks geräumt hatte. »Alt oder nicht, er ist ein Mann. Gib sie ihm zurück, oder du lebst bald mit seiner ganzen Familie in einem Zwei-Zimmer-Apartment in Brooklyn.«

»Auf gar keinen Fall.«

»Schatz, meines Wissens hat er überhaupt keine Schwester.«

Eva verließ der Mut. »Ehrlich nicht?«

Sis schüttelte den Kopf. »Sag, sie würden dir nicht passen, und gib sie ihm zurück. Sag, deine Tante kauft dir ein Paar neue. Man kann nicht vorsichtig genug sein.« Sie schaltete das Licht aus und schloss die Tür des Wäscheschranks. »Mr Waxman ist nicht der einzige Verrückte hier.«

Wehmütig blickte Eva auf ihre Füße hinunter. Die Schuhe waren ohne Zweifel das Aufregendste, was sie je im Leben getragen hatte. Dann dachte sie an Töpfe und Pfannen, an seinen kahlen Schädel und die Art, wie sich in seinen Mundwinkeln der Speichel sammelte und beim Sprechen kleine Blasen bildete. »Ich glaube, du hast recht.«

»Selbstverständlich habe ich recht.« Sis ging den Flur hinunter. »Und was auch immer du tust, sprich nicht mit Mr Lambert in 313.«

»Warum nicht?« Eva lief los, um sie einzuholen, was in ihren neuen roten Schuhen schwieriger war, als sie gedacht hatte.

»Er ist gefährlich. Du kennst doch Otto von der Rezeption?«

»Den mit dem roten Schnurrbart?«

»Genau den. Er weiß aus verlässlicher Quelle, dass Mr Lambert Kommunist ist. Weißt du, was das ist?«

»Nicht so genau.«

Sis drehte sich zu ihr um. »Oh, das sind die Schlimmsten! Die glauben zum Beispiel an gemeinsamen Besitz. Weißt du, was das bedeutet? Was mir gehört, gehört auch dir und umgekehrt. Ist das nicht barbarisch?«

Eva dachte an Sis' Ballen irischer Spitze. »Vermutlich.«

»Otto sagt, er glaubt daran, dass Schwarze Weiße heiraten, dass Weiße überhaupt nicht heiraten, dass Menschen in Kommunen zusammenleben und an den Sturz der Demokratie.«

Eva versuchte, sich vorzustellen, wie es wäre, wenn ein Schwarzer eine Weiße heiratete. Welche Farbe wohl ihre Kinder hätten?

»Und die richtigen Kommunisten, drüben in Russland, haben überhaupt keine Religion. Sie ist verboten. Da gibt es auf Tausenden von Kilometern keine einzige Kirche!«

»Und was machen sie am Sonntagvormittag?«

»Nichts. Kein Gott, kein Himmel, keine Hölle. Ich meine, das schreit doch nach Ärger.« Sis seufzte tief. »Er ist ein gefallener Mann. Verlassen. Er bleibt nur hier, weil sie ihn wegen des Vorfalls mit den Austern nicht mehr im Continental arbeiten lassen.«

Eva machte große Augen. »Was für ein Vorfall mit den Austern?«

»Glaub mir«, erklärte Sis und drohte Eva mit dem Finger, »das willst du gar nicht wissen! Aber ich sag dir eines, die junge Dame, die darin verwickelt war, war sehr unangenehm berührt.«

Sie waren am Ende des Flurs angekommen, wo der Zimmermädchenwagen stand.

»Es kann sein, dass du sein Zimmer machen musst«, fuhr Sis fort, »aber sprich nicht mit ihm. Und lass dir von ihm nichts von seinen Ideen erzählen.«

»Okay.« Eva zog ihren Wagen heraus und rückte noch einmal ihre Haube zurecht, die ihr immer wieder über die Ohren rutschte.

Ein Springer in Zimmer 1129, und ein Staatsfeind in 313.

Sie würde auf jeden Fall zusätzliche Handtücher brauchen.

In der ersten Woche bekam Eva Mr Lambert kaum zu sehen. Dann bemerkte sie ihn eines Tages, als er sein Zimmer abschloss und den Flur herunterkam.

Er hatte den Kopf gesenkt und eilte mit großen Schritten an ihr vorbei. Er sah aus wie irgendein Mann mittleren Alters; durchschnittliche Größe, weder zu dick noch zu dünn, braune Haare. Sein Gang war seltsam, als hätte er Mühe mit einem Bein, doch es schien ihn nicht zu stören.

Sie betrachtete ihn eindringlich.

Er sah nicht aus wie ein gefallener Mann. Oder doch?

»Guten Morgen, Mr Lambert.«

Sie wusste nicht recht, warum sie das tat. Und sie sagte es leise, fast flüsternd.

Er hatte sie nicht gehört.

Also sagte sie es noch einmal, ein wenig lauter.

»Guten Morgen, Mr Lambert.«

(Sis würde sie umbringen.)

Er blieb stehen, hob den Kopf und sah sie an. Er strahlte nicht den eifrigen Enthusiasmus der Amerikaner aus, doch er schien abzuwägen, ob er etwas sagen sollte oder nicht.

»Guten Morgen.« Seine Stimme klang tief und kultiviert, und er tippte sich ganz leicht an den Hut, bevor er weiter den Flur hinunterging.

Erschrocken und aufgeregt sah Eva ihm hinterher, bis er um die Ecke bog.

Seine Augen waren unglaublich blau, fast marineblau, und er hatte einen schmalen, dunklen Schnurrbart, genau wie der Schauspieler John Gilbert. Sis hatte vergessen zu erwähnen, dass er gut aussah.

Eva schloss sein Zimmer auf.

Darin herrschte die besondere Ruhe, die nach hektischen Aktivitäten entsteht, ein greifbares Gefühl von Energie, die sich allmählich verflüchtigt. Eva ging ins Bad. Die Luft war noch feucht und dunstig und roch nach Seife, warmer Haut und Rasierwasser.

Sie hob die nassen Handtücher vom Boden auf, spülte die dunklen Haare aus dem Ablauf, wischte alles ab und rückte Rasierzeug und Zahnbürste im rechten Winkel links und rechts des Waschbeckens zurecht. Sie sammelte die schmutzige Wäsche ein, zog einzelne Socken unter den Sesseln hervor und strich die zerknitterten Laken seines Betts glatt, wo er vor zwanzig Minuten noch gelegen und, auf einen Arm gestützt, die Morgenzeitung gelesen und Kaffee getrunken hatte. Bildete sie sich das nur ein, oder waren sie noch ein wenig warm?

Sie empfand eine Nähe zu diesem Mann, die sie zu keinem anderen Gast empfand. Eine räumliche Nähe, die sich als Intimität ausgab.

In seinem Zimmer standen mehrere Gläser, eines mit Lippenstift in einem billigen, wächsernen hellen Pinkton verschmiert. Welcher Mann wollte so etwas im Gesicht einer jungen Frau sehen?

Eva stellte die Gläser in ihren Zimmermädchenwagen und holte frische heraus. Doch beim Staubwischen und -saugen entdeckte sie nichts weiter Verdammenswertes – keine seltsamen Broschüren mit Wahlsprüchen, die zum Sturz der westlichen Zivilisation aufriefen, keine ausländischen Zeitungen oder Telegramme in fremden Sprachen, nicht einmal ein Buch auf Russisch.

Eva öffnete das Fenster, um frische Luft hereinzulassen, und drehte sich um. Das Zimmer war sauber.

Trotzdem blieb sie noch ein wenig länger als notwendig.

Wenn man Sis glaubte, dann waren Männer dumm und gefährlich, etwa so wie Giftsumach, der eine von Gottes dümmsten Ideen war und mit dem man doch leicht in Berührung kam. Aber zwischen den High-Heel-Backformen von Pots and Pans und der kultivierten Verdorbenheit von Mr Lambert lagen eindeutig Welten.

Gefallene Frauen waren alltäglich; dafür musste man

sich nur auf Sex vor der Ehe einlassen. Doch dass ein Mann strauchelte, dafür war einiges mehr erforderlich – ein vorsätzliches Abwenden von Gott, eine bewusste Entscheidung. So etwas war selten. Die Religion zu vernachlässigen war schnell geschehen. Doch die Religion ganz abzulehnen, das erforderte moralische und intellektuelle Überzeugungen.

Aus diesem Grund – und weil er sich an den Hut getippt hatte und zudem so unnatürlich blaue Augen besaß – befand Eva, Mr Lambert sei des Respekts durchaus würdig.

Paris, Frühling 1955

Es lag ein Frösteln in der Luft, als sie aus Monsieur Tissots winzigem roten Citroën stiegen und durch den Park mitten auf der Place des Vosges spazierten, dem ältesten städtischen Platz von Paris. Er war eine riesige, elegante Anlage, ein Triumph früher Stadtplanung, von einer ästhetischen Einheitlichkeit, die man selten zu sehen bekam. Imposante Backsteingebäude begrenzten den Park auf allen Seiten, mit Arkaden, die Läden und Restaurants beherbergten.

Grace ließ den Blick durch den symmetrisch angelegten Park mit seinem formellen Springbrunnen, Reihen von dichten, kastenförmig geschnittenen Linden und ordentlichen Kieswegen schweifen. »Sehr elegant.«

»Ja, äußerst elegant. Die Anlage des Platzes geht auf das frühe siebzehnte Jahrhundert zurück.«

»Ich hatte ja keine Vorstellung, dass es so elegant ist. Das ist gewiss eine sehr teure Gegend.«

»Ich glaube, die Wohnung war ein Geschenk.«

»Von wem?«

»Wenn ich es richtig verstanden habe, dann war sie schon seit Langem im Besitz der Familie Hiver.«

»Ist das normal?« Es kam Grace besonders ungehörig vor, dass zwei Welten so eng miteinander verwoben sein sollten. »Ich meine, einer Geliebten etwas aus dem Familienbesitz zu schenken?«

»Die Reichen stellen die Regeln auf.«

»Mit so etwas hatte ich nicht gerechnet.« Unsicher biss sie sich auf die Unterlippe.

Monsieur Tissot sah sie an. »Hatten Sie auf eine Mansarde gehofft?«

»Ich weiß nicht … vermutlich.«

»Wir müssen nicht reingehen, wenn Sie nicht möchten.«

»Ich weiß.« Grace schob die Hände tiefer in die Manteltaschen und schloss die Finger um das alte Feuerzeug ihres Vaters. »Aber ich möchte gern.«

Monsieur Tissot führte sie durch die Arkaden zu einem schmalen Durchgang mit einem schmiedeeisernen Tor. Er drückte es auf, und sie traten in einen rechteckigen, kopfsteingepflasterten Innenhof mit einem kleinen Springbrunnen in der Mitte. Efeu streckte seine langen Ranken, dick und dunkelgrün, am Gebäude hinauf, das klassische Proportionen hatte, der rote Backstein war mit elfenbeinfarbenem Stein abgesetzt. Hohe Fenstertüren, die auf kleine Balkone führten, blickten auf den Hof. Die Steinplatten der Treppe, mit ihrem gebogenen schmiedeeisernen Handlauf, waren in der Mitte von jahrhundertelangem Gebrauch abgewetzt. Und die Haustür bestand aus abgelaugter Eiche, zwei massive Bogentürflügel mit schimmernden Messingknäufen.

»Ich spreche mit der Concierge. Sie hat die Schlüssel.« Monsieur Tissot ging zu einem Seitengang und klopfte an die Tür der Concierge. Grace wartete ein wenig abseits, außer Sichtweite. Nach ein paar Minuten kehrte er zurück.

»Wir haben Glück. Die Wohnung ist leer. Sie wurde vor ein paar Tagen ausgeräumt. Ich habe ihr erklärt, Sie seien Madame d'Orseys Erbin, und sie war sehr zuvorkommend.«

Er schloss die Haustür auf, und Grace folgte ihm in den Eingangsbereich. Eine Wendeltreppe schraubte sich nach oben. Sie hatte das unbehagliche Gefühl, sich irgendwo unerlaubt Zutritt zu verschaffen. Doch jetzt war es zu spät; ihre Füße waren bereits in Bewegung, folgten Monsieur Tissot hinauf in den ersten Stock. Er schloss die Tür auf und öffnete sie.

»Nach Ihnen.«

»Vielen Dank.« Grace straffte die Schultern, um Selbstbewusstsein zu zeigen. »Aber ich glaube, ich würde gern allein hineingehen, wenn das für Sie in Ordnung ist.«

»Sicher. Ich bin unten, falls Sie mich brauchen.«

Grace wartete, bis er gegangen war. Dann atmete sie tief durch und betrat die Wohnung.

Ihre Absätze klapperten auf dem glatten Parkettfußboden im Flur, dass es durch die ganze Wohnung hallte. Von dort ging es in einen großen formellen Salon mit drei hohen Fenstertüren, die auf einen Balkon führten, der die prächtige begrünte Place des Vosges unten überblickte. Es war ein riesiger Raum, gut elf Meter lang, mit hoher Decke und detaillierten Stuckarbeiten. Allein seine Größe war atemberaubend. Ein eindrucksvoller schwarzer Kamin beherrschte ihn, darüber funkelte ein Kronleuchter. Die hellen Rechtecke auf der Toile-de-Jouy-Tapete verrieten Grace, wo Gemälde gehangen hatten; die Schatten, wo Stühle und Tische einst an den Wänden gestanden hatten.

Nein, das war ganz und gar nicht das, was sie sich vorgestellt hatte – vielleicht nicht gerade eine Mansarde, doch etwas von weitaus bescheidenerer Größe, diskreter. Aber dies war ein riesiger Salon, in dem man in großem Stil Gäste bewirten konnte. Es kam ihr nicht nur extravagant vor, sondern irgendwie kühn, einer Geliebten so eine pompöse Wohnung zu schenken.

Sie trat in den Raum dahinter.

Dies war das Schlafzimmer, es war kleiner, doch ebenfalls von luxuriösen Proportionen. Sobald Eva eintrat, wurde sie von Parfümduft umfangen. Nicht blumig oder ausgefallen, sondern raffiniert, stark. Wie eine Hand, die sich ihr über eine unmögliche Entfernung entgegenstreckt, um den trennenden Schleier zu durchstoßen, drückte es gegen ihre Brust und ließ sie innehalten. Es besaß eine metallene Schärfe, fast aufdringlich in seiner Originalität.

Grace stellten sich die Nackenhaare auf. Diese Frau war real, keine sanfte, mildtätige Märchenpatin aus einer Kindergeschichte. Grace befand sich jetzt auf ihrem Territorium.

Mitten im Zimmer stand der geschnitzte Holzrahmen eines Doppelbetts im Lit-Bateau-Stil mit einer komplizierten Einlegearbeit im Kopfteil – das einzige Möbelstück, das sich noch in der Wohnung befand.

Grace schaute auf.

Die Decke war in einem sehr hellen Blau gestrichen, das von einem inneren goldenen Licht strahlte und auf geschickte Weise die zarten Schattierungen eines Sommerhimmels nachempfand.

Hier hatte Madame d'Orsey ihren Geliebten unterhalten, ihre Kunst praktiziert.

Der Gedanke jagte Grace einen Schauer über den Rücken. Sie konnte nicht anders, als an Vanessa zu denken; ihr Geist schien lautlos durch diese Räume zu schweben, selbstbeherrscht und alles andere als reumütig, tappte sie mit nackten Füßen über den Holzfußboden.

Liebe war eine Kunst, die von geschickten Spielern kultiviert und manipuliert wurde.

Ein Spiel, auf das Grace sich nicht verstand.

Sie wandte sich ab und spähte in das Badezimmer mit seiner frei stehenden Badewanne und dem rätselhaften, niedrigen Bidet. Die Schränke standen offen, sie waren leer; die Wasserleitungen gurgelten beruhigend laut, weil der Wasserbehälter der Toilettenspülung immer wieder volllief.

Sie ging weiter in die Küche.

Sie war winzig. Der kleinste, unauffälligste Raum in der ganzen Wohnung mit grüner Resopal-Arbeitsplatte und einem tiefen, rechteckigen Spülbecken. Sie stieß auf einen schlichten Einbautisch mit Bänken an einer Wand, darauf ein Aschenbecher und eine Morgenzeitung.

Grace setzte sich. Dieser Raum mit seiner niedrigen Decke war dunkel und warm wie eine Gebärmutter. Über dem Herd tickte eine billige Plastikuhr. Die Zeitung, *Le Figaro*, war nach dem Lesen wieder zusammengelegt worden. Sie drehte sie um und suchte nach dem Datum. Sie war über einen Monat alt. Am unteren Rand der Seite fand sie eine Reihe gleichmäßiger, mit Kugelschreiber gezeichneter Kreise – das müßige Gekritzel einer Frau, die in Gedanken mit etwas anderem beschäftigt war.

Sie fuhr mit dem Finger sachte über den Rand des Aschenbechers, ein billiges Modell, das an den Stil der Zwanzigerjahre erinnerte; ein schlichtes Rechteck aus schwerer Keramik. Er war zerbrochen und wieder geklebt worden. Doch es schien ihr nicht die Art von Gegenstand zu sein, die es wert war, ihn zu retten. Sie drehte ihn um. Rechts unten in einer Ecke war gerade noch die verblasste Aufschrift *Riker's Drug Store, New York City* zu erkennen.

Die anderen Räume kamen ihr unwirklich vor, wie Teile eines Bühnenbilds. Doch dieser Raum war intim, still. Hier hatte die geheimnisvolle Madame d'Orsey gesessen, dem Ticken der Uhr gelauscht, dem dumpfen Brummen des Kühlschranks; sie hatte geraucht und die Zeitung gelesen. Eine Frau mittleren Alters, eine Frau, deren Gesicht, wie Monsieur Tissot es formuliert hatte, vor Schmerz verzerrt gewesen war.

Grace starrte auf den kaputten Aschenbecher.

Le droit de choisir.

Ein ums andere Mal wiederholte sie in Gedanken diese Phrase.

Noch nie war jemand für ihre Unabhängigkeit eingetreten. Der Erfolg ihrer Ehe und ihre Karriere als Frau hingen zum größten Teil von ihrer fröhlichen, unkomplizierten Abhängigkeit ab, zuerst von ihrer Familie und dann von ihrem Mann. Doch diese Fremde forderte sie jetzt heraus, Entscheidungen zu treffen, Verantwortung zu übernehmen.

Warum?

Dies setzte eine Vertrautheit voraus, Erwartungen. Aber Grace kannte diese Frau nicht, ganz zu schweigen davon, dass sie Eva d'Orsey akzeptierte.

Sie öffnete ihre Handtasche, nahm eine zerknitterte Packung Chesterfields heraus und zündete sich eine an.

Hübsche Mädchen führten kein unabhängiges Leben; hatte Eva d'Orsey das nicht gewusst? Ihr Erfolg wurde daran gemessen, wie schnell sie sich von einem Paar wartender Arme in das nächste bewegten. Die weniger vom Glück begünstigten Mädchen – die »Vernünftigen« und »Klugen« – mussten sich der Welt allein stellen. (Als sie jung war, steckte immer ein Hauch von Kritik darin, wenn ein Mädchen als »intelligent« bezeichnet wurde, und nichts beschrieb umfassender die Hoffnungslosigkeit ihrer zukünftigen Situation als das Etikett »klug«.)

Langsam stieß Grace den Rauch aus und sah zu, wie er über ihrem Kopf schwebte.

Und doch verschaffte ihr Nachteil ihnen Freiheit – genau die Art von Freiheit und Verantwortung, die diese unbekannte Frau jetzt von ihr einforderte.

Grace stützte das Kinn auf die Hand und schlug die Zeitung auf.

Wenn sie wirklich die Begünstigte war, warum hatte sie dann das Gefühl, Madame d'Orsey würde ihr etwas wegnehmen, statt etwas zu geben?

Sie schlug die Seiten um und versuchte, die wenigen Worte aneinanderzureihen, die sie erkannte. Die Galeries Lafayette machten einen Schlussverkauf und versprachen eine neue Saison von raffiniert konstruierten Hüfthaltern und BHs, die in kühnen Zeichnungen umrissen waren … ein Foto von einem Sportunfall, in den ein junger Mann und ein Rennauto verwickelt waren … Todesanzeigen … Kleinanzeigen … hier war etwas mit schwarzem Kugelschreiber eingekreist …

Avis de saisie vente de boutique, 23 Rue Christine, Saint-Germain, Paris.

Boutique … das hieß Laden, oder? *Avis de saisie vente* … Ihr Französisch war nicht gut genug, um den Rest zu verstehen.

Grace blickte aus dem Fenster über der Spüle und sah zu, wie der Schatten, den die Sonne warf, über die gegenüberliegende Mauer des Innenhofs kroch.

Die kleine Küche war tröstlich, vertraut in ihrer Häuslichkeit. Die Uhr tickte; hier war die Stadt weit weg.

Ich weiß nicht, was ich machen soll, dachte sie, rückte den kaputten Aschenbecher näher heran und nahm noch einen Zug an der Zigarette. Ich tappe völlig im Dunkeln.

Le droit de choisir.

Das Recht, zu wählen. Schön, aber was?

Grace war es nicht gewohnt, Entscheidungen zu treffen, und sie war sich nicht sicher, ob es ihr gefiel. Woher sollte sie wissen, ob es die richtigen waren?

Seufzend ließ sie die Asche von der Spitze ihrer Zigarette in den Aschenbecher fallen.

Es klopfte an der Tür.

Grace zuckte zusammen und drückte ihre Zigarette rasch aus.

»Monsieur Tissot? Monsieur Tissot, sind Sie das?« Sie stand auf.

Keine Antwort.

»Hallo?«

Wieder klopfte es.

Grace ging in den Flur. Lauschte. Wenn sie nicht reagierte, hörte es vielleicht auf.

Doch das tat es nicht, es klopfte noch einmal.

Grace öffnete die Tür. »Oh, hallo!« Sie lächelte erleichtert.

Auf dem Treppenabsatz stand ein Mädchen mit einem Pappkarton in der Hand. Sie war vielleicht dreizehn oder vierzehn Jahre alt und hatte ein ernstes Gesicht und glatte braune Zöpfe.

»Kann ich dir helfen?«

»Bonjour, madame. Parlez-vous français?«, fragte sie, indem sie die einzelnen Wörter überdeutlich aussprach.

»Ah, well, oui … un peu … mais je ne parle pas très bien …«

»Ich spreche ein wenig Englisch.« (Offensichtlich lautete die Antwort auf die Frage des Mädchens »Nein«.) »Der Mann unten hat gesagt, Sie wären, ähm, die Erbin? Stimmt das?«

»Ja, das bin ich wohl.«

»Ja, ähm, meine Mutter, sie wollte, dass Sie das hier bekommen.« Das Mädchen reichte ihr den Karton.

»Verzeihung, aber, wer ist deine Mutter?«

»Pardon.« Das Mädchen senkte den Blick. »Sie ist die Concierge, Madame Assange. Sie hat gesagt, das hier ist für Sie.«

»Ehrlich?«

»Sie sind Engländerin, ja?«

»Ja.«

»Und das sind Sie, ja?« Sie zeigte auf den Deckel des Kartons.

In einer Ecke stand ihr Name: Grace Munroe.

Grace fröstelte. Er war in derselben starken, geneigten Handschrift geschrieben, die sie auf dem Blatt in Monsieur Tissots Büro gesehen hatte. »Ja«, sie nickte, »das bin ich.«

Grace öffnete den Deckel.

In dem Karton befand sich ein halbes Dutzend kleiner Porzellanfiguren, die in Zeitungspapier eingewickelt waren; zierliche Schäferinnen mit weißen Gesichtern und geblümten Kleidern – billiger, sentimentaler Nippes, wie Grace ihn verabscheute.

»Madame d'Orsey hat sie Maman gegeben, damit sie

sie sicher für Sie verwahrt. Sie wollte nicht, dass Monsieur Migret sie bekommt.«

»Wer ist Monsieur Migret?«

»Monsieur Migret besitzt … ah … *l'antiquaire* … *Il vend* … er verkauft *les bibelots* … ähm … *les deuxième main* …« Das Mädchen zeigte auf seine Hand.

»Ein Gebrauchtwarenladen?«, erriet Grace. (Sie war immer gut gewesen bei Scharaden.)

»Ja.« Das Mädchen nickte. »Aus zweiter Hand. Er räumt die Wohnung, wenn jemand stirbt.«

»Und er hat diese Wohnung ausgeräumt?«

»Ja.« Das Mädchen wandte sich ab, um zu gehen.

»Warte«, bat Grace sie. »Dieser Monsieur Migret – weißt du, wo sein Laden ist?«

»Er ist … ähm … in der Rue Saint-Claude.«

»Rue Saint-Claude«, wiederholte Grace, um es sich einzuprägen. »Ist das in der Nähe?«

»Ein paar Straßen weiter.«

»Danke.« Grace machte einen Schritt in den Flur. »Glaubst du, ich könnte deine Mutter kennenlernen? Ich würde mich gern bei ihr bedanken und mit ihr sprechen, über Madame d'Orsey.«

Das Mädchen zögerte, ihr Gesichtsausdruck war plötzlich wachsam. »Meine Mutter spricht kein Englisch, Madame.«

»Ja, aber vielleicht kannst du mir helfen«, schlug Grace lächelnd vor. »Du könntest zwischen uns sitzen. Oder Monsieur Tissot, der Mann, den du unten getroffen hast, er könnte auch helfen.«

Das Mädchen runzelte die Stirn. »Sie mag kein Gerede.«

»Aber ich möchte nicht klatschen. Ich möchte nur gern wissen, wie Madame d'Orsey war.«

»Ja, also …« Das Mädchen trat von der Tür zurück. »Ich sage es ihr. Aber heute hat sie viel zu tun.«

Sie wollte die Treppe hinuntergehen.

»Hast du sie gekannt?«, rief Grace ihr hinterher.

Das Mädchen drehte sich um. »Madame d'Orsey?«

»Ja.«

Sie überlegte. »Einmal hat sie mir zum Geburtstag eine Puppe geschenkt. Da war ich fünf. Sie war sehr hübsch und hatte blonde Locken aus echtem Haar und ein Porzellangesicht. Die schönste Puppe, die ich je hatte.«

»Dann war sie eine Freundin der Familie?«

Das Mädchen sah sie verständnislos an. »O nein, Madame. Meine Mutter hat mir nicht erlaubt, die Puppe zu behalten.«

»Warum nicht?«

Das Mädchen trat von einem Fuß auf den anderen. »Das müssen Sie sie selbst fragen, Madame.«

Grace sah zu, wie sie in den Schatten des Treppenhauses trat und nach unten lief. Sie hörte drängende, gedämpfte Stimmen, die etwas auf Französisch sagten. Dann wurde eine Tür geschlossen, und es war wieder still.

New York, 1927

Wenn man das Zimmer eines Gastes betreten wollte, musste man dreimal anklopfen. Zuerst klopfte man. Dann klopfte man noch einmal etwas lauter und rief: »Zimmerservice.« Schließlich schloss man die Tür auf, wartete kurz, sagte: »Zimmerservice«, und klopfte noch einmal. Trotzdem geriet man leicht in unangenehme Situationen, und dass ein Gast in diesem Augenblick gerade aus dem Bad kam, war dabei noch das Geringste.

Eva fand es erstaunlich, wie viele Gäste sie rufen hörten, sich von ihr aber nicht im Geringsten gestört fühlten. Ihr war aufgefallen, dass sie unsichtbar wurde, sobald sie ein Häubchen und eine weiße Schürze trug. In Situationen, in denen sie normalerweise aufgefallen wäre, hätte sie normale Kleidung getragen, verschmolz sie ganz einfach mit dem Mobiliar.

So machte Eva es auch, als sie zusätzliche Handtücher in Zimmer 313 brachte.

Sie erhielt keine Antwort.

Die Badezimmertür war nur angelehnt, und sie hörte, dass Wasser lief.

»Zimmerservice«, rief sie noch einmal. »Ich lege Ihnen noch ein paar Handtücher aufs Bett, Sir.«

»Danke.«

Sie legte sie ab.

Auf dem Tisch waren Karten ausgebreitet, manche in Reihen, andere zu Stößen aufeinandergelegt. Eva hatte schon oft gesehen, wenn Leute Solitär spielten, aber so ein Kartenspiel hatte sie noch nie vor sich gehabt. Doch sie erkannte sofort ein Muster.

Sie trat näher.

Es war nicht augenfällig.

Es war mehr als nur die passenden Farben …

»So.« Mr Lambert stand, nur mit einem Handtuch bekleidet, in der Badezimmertür und wischte sich Rasierschaum vom Kinn. »Was würdest du als Nächstes tun?«

Verdutzt schnappte sich Eva die Handtücher. »Tut mir leid, Sir.« Sie eilte zur Tür.

Er lehnte sich an den Türrahmen. »Hast du nicht etwas vergessen?«

Sie starrte ihn an. Das Handtuch war um seine Taille geschlungen; er war gut gebaut, und auf seiner gebräunten Brust kringelten sich dunkle Locken.

Er lächelte.

»Oh!« Sie merkte, dass sie rot wurde, und reichte ihm die Handtücher. »Verzeihen Sie, Sir.«

»Du bist das Mädchen, das mich im Flur gegrüßt hat, nicht wahr?«

»Ich … ja.«

Mit einem Nicken wies er auf die Karten. »So, wie du sie betrachtet hast, habe ich gedacht, du versuchst vielleicht, es zu lösen. Das können nicht viele, weißt du.«

Es klang wie eine Herausforderung.

»Na los«, meinte er grinsend, »sag mir, was du siehst.«

Sie blickte wieder auf die Karten. »Es sind Primzahlen, nicht wahr? Oder höhere Farben, je nachdem, was zuerst kommt.«

»Das ist richtig.« Er nickte. »Jetzt sag nicht, du hast es schon einmal gespielt.«

»Nein, Sir. Karten sind keine gute Idee.«

»Das kann man von den meisten Dingen sagen. Aber wenn du nicht spielst, wie bist du dann dahintergekommen?«

»Ich bin ziemlich gut mit Zahlen.«

»Ehrlich?« Er kniff die Augen zusammen. »Woher weißt du das?«

Plötzlich fühlte sie sich in der Defensive, auf schwankendem Grund. »Es tut mir leid. Es war ein Missverständnis.«

Mr Lambert ging zur Frisierkommode und zündete sich eine Zigarette an. »Glaubst du, ich würde dir etwas tun oder dich in Schwierigkeiten bringen?«

»Sie stellen viele Fragen.«

»Mr Lambert lächelte. »Ich langweile mich. Das ist wohl kaum ein Verbrechen, oder?«

Sie schüttelte den Kopf.

»Also«, er setzte sich auf die Bettkante, »willst du mir antworten oder nicht?«

»Ich habe bei einer Familie in Brooklyn gearbeitet. Der Mann war Professor. Er hat den ganzen Tag in seinem Arbeitszimmer an Aufgabenstellungen gearbeitet, und manchmal, also, dann hat er Rätsel an der Tafel stehen lassen.«

»Was für Rätsel?«

»Ich weiß nicht, wie man so etwas nennt. Zahlenrätsel. Sie wiesen Muster und Folgen auf. Einige Zahlen waren schon da, und dann habe ich versucht, die Leerstellen zu füllen.«

»Wie ist er denn auf die Idee gekommen, ein Hausmädchen könnte das? Wir hatten auch Hausangestellte, und ich sag dir, die meisten konnten kaum das Wechselgeld nachzählen.«

»O nein, Sir! Ich habe sie nicht auf die Tafel geschrieben«, erklärte sie ihm. »Im Kopf. Sehen Sie, eines Tages habe ich beim Saubermachen aus Versehen etwas weggewischt, ein Problem, an dem er gearbeitet hat. Aber das konnte ich doch nicht wissen. Seine Frau ist außer sich geraten vor Zorn. Doch ich konnte es wieder hinschreiben, genau wie es dagestanden hatte. Also behielt ich meine Arbeit. Und er hat es nie erfahren. Es ist unter uns geblieben.«

»Ehrlich?« Sein Interesse war geweckt. »Erinnerst du dich noch daran?«

»Ähm … vielleicht.«

Er ging zum Tisch und reichte ihr einen Stift und ein Blatt Papier. »Dann mal los.«

Eva runzelte die Stirn und konzentrierte sich. Dann fing sie an zu schreiben und füllte das ganze Blatt.

Mr Lambert starrte darauf. »Wie kommt es, dass du

dir so eine komplizierte Gleichung merken kannst? Hast du eine mathematische Ausbildung?«

»Ich muss mich nicht an die Gleichung erinnern, Sir. Ich sehe sie. Sie ist wie ein Bild in meinem Gehirn. Ich muss nur in meinen Kopf sehen und niederschreiben, was ich sehe.«

Er überlegte einen Augenblick. Dann fragte er: »Warum bist du gegangen?«

»Wie bitte?«

»Warum arbeitest du nicht mehr für die Leute?«

»Sie sind weggezogen. Sie sind zurück nach Österreich. Und die Frau, also, sie mochte mich nicht besonders.«

»Das kann ich mir vorstellen. Also«, er nahm einen kräftigen Zug an der Zigarette und schlug ein Bein über das andere, »ist das nicht eine nützliche Geschichte?«

»Für ein Mädchen nicht, Sir.«

»Und was hast du mit den Rätseln gemacht, die er auf der Tafel stehen ließ?«

Sie überlegte einen Augenblick. »Ich glaube, ich habe das ganz gut hingekriegt, Sir. Manchmal hatte ich sie vor ihm gelöst.«

Mr Lambert zeigte wieder auf die Karten auf dem Tisch. »Und welche würdest du hier spielen?«

Eva merkte, dass ihr Herz schneller schlug. Sie wies auf ein Kreuz. »Die da, Sir.«

»Gut. Und danach?«

»Würde ich die Neun da hinüberlegen.«

»Warum?«

»Weil es die höchste Karte ist, die noch übrig ist.«

»Woher weißt du das?«

Ihr schien es offensichtlich. »Na ja, wegen dem, was auf dem Tisch liegt. Es sind nur zweiundfünfzig Karten. Das stimmt doch, oder?«

»Wie lange bist du schon hier drin?«

»Nicht lange, Sir.«

»Hast du irgendetwas angefasst?«

Sie schüttelte den Kopf.

»Aber du kannst sagen, wie viele Karten gespielt wurden und wie viele noch übrig sind, obwohl du das Spiel nicht kennst?«

Sie nickte.

»Na, das wollen wir doch mal sehen …« Er kam näher, setzte sich und machte sich daran, die Karten umzudrehen. Als er damit fertig war, sah er auf und lächelte. »Es sieht so aus, als hättest du recht. Aber du spielst nicht Karten.«

»Nein, Sir. Mein Onkel hat Karten gespielt, bis er sehr viel Geld verloren hatte, das er nicht besaß. Danach waren Karten im Haus nicht mehr erlaubt.«

»Ja, so etwas passiert schon mal. Aber du spielst nicht?«

»Das fragen Sie immer wieder.«

»Ja, das frage ich immer wieder.« Er lehnte sich an den Tisch und verschränkte die Arme vor der Brust. »Was besitzt du da doch für eine interessante Gabe.«

Eine Minute verstrich.

Er neigte den Kopf zur Seite. Es war schwierig, zu

sagen, ob er lächelte oder nicht. Er verzog die Lippen, doch da lag keine Wärme in seinen Augen.

»Sind Sie Kommunist?«, platzte Eva schließlich heraus, weil sie die Stille nicht mehr ertrug.

»Warum? Bist du Kommunistin?«

»Ich? Ich glaube an nichts.«

»Na, da wären wir schon zu zweit.«

So hatte sie das nicht gemeint.

»Sind Sie … ich meine«, es war ihr fast zu peinlich, um zu fragen, »stimmt es, dass Sie einen Titel besitzen, Sir?«

Er verzog das Gesicht. »Wo hast du denn das aufgeschnappt?«

»Das hat meine Freundin mir erzählt. Sie sagt, in England wären Sie Lord Lambert, doch Sie würden den Titel nicht gern benutzen.«

»Sie hat recht. Ich ziehe Mr Lambert vor. Abgesehen davon, ganz unter uns, verfüge ich nicht über die nötigen Mittel, um standesgemäß zu leben.« Er lächelte. »In der letzten Zeit habe ich sogar schon überlegt, mich Mr Hammel zu nennen … Was meinst du?«

Eva unterdrückte ein Kichern.

»Wenn man schon einen Decknamen braucht, dann kann man sich ruhig damit amüsieren.«

»Aber warum brauchen Sie einen Decknamen?«

Er zuckte mit den Schultern. »So wenig es mich auch interessiert, was andere über mich denken, so möchte ich doch möglichst keine Schande über meine Familie bringen. Viele Familienmitglieder mag ich nicht besonders, aber diejenigen, die ich mag, mag ich sehr. Weißt du, was ich bin?« Er grinste. »Ich bin das, was man einen Schurken nennt, meine Liebe. Oder, in kraftvolleren Worten, ein Hurensohn.«

»Oh, Sir! So etwas sollten Sie nicht über Ihre Mutter sagen.«

Er schnippte ein wenig Asche in den Aschenbecher. »Wenn du sie nur kennen würdest. Sie ist dafür verantwortlich, dass ich enterbt wurde. Doch das ist eine andere Geschichte.« Er zeigte mit seiner Zigarette auf sie. »Ich bringe Unglück. Ich hatte alle Chancen, und ich habe sie vermasselt. Mir mangelt es an Selbstbeherrschung, Rückgrat, Charakter … ›Der Seelen Tod in schimpflicher Zerstörung‹!« Er sah zu ihr hinüber, als sie ihn mit großen Augen anstarrte. »Shakespeare, mein Kind. Wenn schon schwadronieren, dann doch bitte in jambischen Pentametern. Was ist los?«

»Bitte, Sir …« Es stand ihr nicht zu, trotzdem fuhr sie fort: »Bitte, sagen Sie so etwas nicht über sich selbst.«

Mr Lambert runzelte die Stirn, und sein Blick wurde weicher. »Wie heißt du?«

»Eva, Sir.«

Er verneigte sich ein wenig. »Es freut mich sehr, deine Bekanntschaft zu machen, Eva.« Dann öffnete er eine Schublade, holte ein neues Kartenspiel heraus und reichte es ihr. »Hier. Die würde ich dir gern geben.«

Eigentlich durfte sie keine Geschenke annehmen. »Sind Sie sich sicher?«

»Absolut.«

»Vielen Dank, Sir.«

Eva verließ das Zimmer und trat benommen in den Flur. Ihr Herz pochte laut, ihre Hände schwitzten. Sie bekam kaum Luft, so als wäre sie gelaufen.

Da kam Sis mit einem Frühstückstablett um die Ecke. »Was ist los mit dir?«

Eva schob die Karten in ihre Tasche. »Wieso?«

»Du bist ganz rot im Gesicht.«

Eva hob die Hände an die Wangen. Sie waren heiß. »Mir geht's gut.«

»Hier.« Sis nahm das Glas mit Eiswasser vom Tablett. »Trink einen Schluck. Du siehst irgendwie krank aus.«

»Nein. Mir geht's gut.«

»Kotz mir bloß nicht auf den Teppich.«

»Mit mir ist alles in Ordnung.«

»Wie du meinst.« Sis zuckte mit den Schultern und ging den Flur hinunter. »Aber du siehst aus wie Rote Bete.«

Eva saß allein auf der Feuertreppe, die sich an der Rückseite des Gebäudes nach unten wand, die Schachtel mit den Karten in der Hand. Sie waren wunderschön und auf der Rückseite mit Bienen bedruckt.

Sie zeigte nie jemandem, was sie mit Zahlen machen konnte. Es war ein Geheimnis, etwas Privates, was sie tat, um sich zu beruhigen, um ihre Gedanken von Dingen abzulenken, die ihr Angst machten, oder um sich die Zeit zu vertreiben, wenn sie sich langweilte. Und die Rätsel waren ihr heimliches Vergnügen; die einzige Art der Unterhaltung, die sie in diesem ernsten, stillen Haus gehabt hatte. Ja, sie konnte sich nicht an eine Zeit erinnern, in der Zahlen ihr nicht wie leuchtend bunte Formen erschienen waren, die sich durch das Chaos in ihrem Kopf gruben und Ordnung schufen.

Ein seltsames Gefühl, dass ausgerechnet Mr Lambert jetzt Bescheid wusste. Doch er hatte sie weder verspottet, noch damit aufgezogen. Er hatte ihr vielmehr etwas geschenkt.

Es war nicht richtig, die Karten zu behalten, und gegen die Vorschriften war es obendrein. Was Sis wohl sagen würde, wenn sie es wüsste?

Dass sie sich kaufen ließ und dass es der erste Schritt in die Verderbtheit war.

Eva dachte an die Familie in Brooklyn, bei der sie gearbeitet hatte. Wie die Frau des Professors ihr durchs Haus gefolgt war und ihre Arbeit überprüft hatte. Wie sie bei jeder Kleinigkeit aufgebraust war und wie sie Eva angestarrt hatte, wenn sie sich unbeobachtet fühlte, als hasste sie Eva. Frau Brohemer hatte ihren kleinen Sohn verloren, kurz nachdem sie nach Amerika gekommen waren; er war an einer Lungenentzündung gestorben, die er sich wahrscheinlich auf der Reise geholt hatte. Das hatte sie bitter und gemein gemacht.

Da war es im Hotel viel besser. Sie sollte dankbar sein für das, was sie hatte.

Doch Mr Lambert war nur nett zu ihr. Was war denn falsch daran, nett zu sein? Sie wollte sich die Karten nur ansehen, sie ein paar Minuten betrachten.

Eva öffnete das Siegel an der Verpackung und fächerte sie auf.

Schon ordneten sich Zahlen und Farben in ihrem Kopf zu komplizierten Mustern, und in ihrer Brust breitete sich ein warmes, vertrautes Gefühl der Zufriedenheit aus.

Nach ein paar Minuten wusste sie, dass sie sie niemals zurückgeben würde.

Ein paar Tage bekam Eva Mr Lambert nicht zu Gesicht, doch die Karten trug sie in der Tasche ihrer weißen Schürze die ganze Zeit bei sich. Zum einen hatte sie Angst, sie in dem Zimmer zurückzulassen, das sie sich mit Sis teilte, aber sie wollte sie auch unbedingt bei sich haben. Er hatte sie ihr geschenkt.

Als sie ihn schließlich wiedersah, begleitete er gerade eine lachende Blondine in sein Zimmer und flüsterte ihr etwas ins Ohr.

Eva, am anderen Ende des Flurs, erstarrte und stand steif mit Eimer und Mopp da.

Die beiden schwankten, hielten einander umklammert und kicherten über einen Witz.

Den einen Arm um die Taille der Blondine, schloss

Mr Lambert mit der anderen Hand die Zimmertür auf und öffnete sie.

Sie warf ihm die Arme um den Hals und hob ihm das Gesicht entgegen, als sie hineintaumelten.

Die Tür ging zu.

Die lachende Blondine trug denselben unglückseligen Lippenstift, den Eva an den Gläsern gefunden hatte.

Sie schloss die Finger um die Karten in ihrer Tasche und starrte auf die geschlossene Tür.

So sind Männer, sagte sie sich. Sie mögen billige Mädchen, deren Lachen zu willig und zu laut ist.

Wahrscheinlich waren ihm ihre lächerlich roten Lippen gar nicht aufgefallen.

Aber ihr hatte er wahrscheinlich auch nichts geschenkt.

Am nächsten Morgen war die Blondine fort. Als Eva klopfte, trank Mr Lambert Kaffee und las die Zeitung, die über seinem Frühstückstablett schwebte.

»Guten Morgen, Sir«, sagte sie strahlend.

Er blätterte um. »Guten Morgen.«

Schweigen breitete sich aus.

»Ich … ich möchte mich bei Ihnen noch für die Spielkarten bedanken, Sir.«

»Sehr gern.«

Sie blieb hinter seinem Stuhl stehen.

»Das war sehr nett von Ihnen«, fügte sie hinzu.

Mr Lambert trank einen Schluck Kaffee. »Ich bin ein netter Mann; der Netteste, dem du je begegnen wirst. Und ich brauche noch Toilettenpapier.«

»Ja, Sir.« Sie stand unbeholfen da und wusste nicht, was sie als Nächstes tun sollte. Sie wünschte sich, er würde sich mit ihr unterhalten, so wie vor ein paar Tagen, doch sie wusste nicht, wie sie ein Gespräch beginnen sollte.

»Abgesehen davon«, meinte er, faltete die Zeitung zusammen und legte sie weg, »dachte ich, du hättest gesagt, Karten wären keine gute Idee. Die Wurzel allen Übels. Ich bin überrascht, dass du sie behalten hast.«

»Also, ich …« Plötzlich verlor sie den Boden unter den Füßen. »Warum haben Sie sie mir denn gegeben, wenn Sie meinen, ich sollte sie gar nicht haben?«

Er zuckte die Schultern und zündete sich eine Zigarette an. »Unschuld zu verlieren, das macht – genau wie bei Jungfräulichkeit – mehr Spaß, als sie zu bewahren.«

»Aber beides hat einen hohen Preis, Sir.«

»Also!« Er lachte. »Bist du nicht ein Quell kluger Bemerkungen? Hast du schon einmal gespielt?«

»Nur für mich allein.«

Er stieß den Rauch durch die Nase aus wie ein Stier. »Das bringt doch nichts. Setz dich.«

Er schob die Zigarette in den Mundwinkel, nahm ein Kartenspiel aus der Jackentasche und mischte. »Ich zeige dir ein Spiel, das ›Einundzwanzig‹ heißt. Manche sagen auch ›Siebzehn und Vier‹ dazu.«

Fasziniert beobachtete sie, wie er die Karten zwischen den Fingern tanzen ließ. Sie war noch nie jemandem begegnet, der immer und überall ein Kartenspiel mit sich herumtrug.

Außer sie selbst, fiel ihr mit einem Anflug von Nervosität auf.

»Ist es ein gutes Spiel?«

»Was meinst du damit?«

»Ich meine, ist es ein Glücksspiel?«

»Das ist ja eine interessante Frage. Schauen wir mal: Du kannst darauf wetten, ob es morgen regnet oder nicht. Wenn du eine Spielernatur bist, ist alles ein Glücksspiel. Spielen heißt per definitionem, sich dem Zufall zu überlassen. Also, wenn ich dich richtig einschätze, dann bedeutet deine Begabung für Zahlen, dass der Zufall keine große Rolle spielt und das Risiko damit sehr gering ist. Also spielst du im Grunde gar nicht. Du machst einfach mit dem weiter, was du für richtig hältst, das ist wie Glauben – ehrlich –, aber mit der spirituellen Dimension dieser Übung werden wir uns ein andermal beschäftigen.«

»Wirklich?«

»Unterbrich mich nicht. Du siehst also, dass du dasselbe tun kannst wie ich. Ich spiele, weil ich sehr wenig weiß und daher ein sehr großes Risiko eingehe – natürlich rein hypothetisch. Ich möchte betonen, dass ich extrem erfahren bin in dem, was ich tue …«

»Und was ist das, Sir?«

»Ich bin ein Connaisseur des Zufalls, ein Pionier der

Wahrscheinlichkeit, kleines Mädchen. Und, wie ich bereits sagte, ich kann spielen, weil ich nur sehr wenig weiß. Du dagegen mit deiner einzigartigen Begabung kannst einfach eine ziemlich komplizierte Gleichung lösen, deren Ergebnis nur du siehst. Also lauten die Antworten auf deine Frage ›nein‹, ›ja‹ und ›manchmal‹.« Er hatte die Karten ausgegeben. »Die Regeln sind wie folgt: Zur Demonstration spielen wir mit einem Kartenspiel, aber normalerweise sind es sechs. Ich will es dir erklären.«

Sie betrachtete seine attraktiven Züge. »Warum zeigen Sie es mir?«

Er blickte zu ihr auf, als wäre das offensichtlich. »Eines Tages wird es dir von Nutzen sein. Und vergiss nicht, was ich gesagt habe: Es ist nur dann ein Spiel, wenn man nicht weiß, was man tut.«

Und so brachte Mr Lambert ihr bei, wie man »Einundzwanzig« spielte. Am nächsten Tag führte er sie in die Grundzüge des Pokerns ein. Sie lernte beängstigend, aufregend schnell und besaß eine entwaffnende Ruhe. Zuerst lernte sie ein Spiel, und dann schlug sie ihn. Eine Runde nach der anderen, ohne die geringste Nervosität zu zeigen.

Für sie war es leicht; sie wusste, was passieren würde.

Eva war nie besonders gut gewesen bei irgendetwas. Und sie wollte Mr Lambert zufriedenstellen.

Sie konzentrierte sich ganz auf die Karten, die er austeilte, und auf die Zahl der bereits gespielten Karten; sortierte die Fakten auf der einen Seite ihres Gehirns.

Vor ihrem geistigen Auge sah sie all die verschiedenen Möglichkeiten und Kombinationen. Dann wurde die nächste Karte ausgespielt, und die Zahl der Möglichkeiten sank. Nicht mehr lange, und sie konnte fast das ganze Spiel im Kopf vor sich sehen, und dann war es nur noch die Frage, in welcher Reihenfolge die Karten ausgespielt wurden, und nicht mehr, welche. Wenn das geschah, wurde Mr Lambert ganz aufgeregt. Seine Augen leuchteten, und er betrachtete sie, als wäre sie ganz reizend und einfach unglaublich.

Eva hatte noch nie erlebt, dass so ein Blick auf sie gerichtet war, doch nach allem, was sie gelesen und was man ihr erzählt hatte, sah Mr Lambert sie an, als wäre er in sie verliebt.

Und dann kehrte die lachende Blondine zurück.

Nur, dass sie nicht mehr lachte.

Sie hatte einen Kater, rauchte eine Zigarette und zupfte die Kruste von einer Scheibe kaltem Toast.

Eines Morgens war sie ohne Vorwarnung da, als Eva an die Tür klopfte, um Mr Lamberts Zimmer aufzuräumen.

Doch das Schlimmste war, dass ihr Koffer in der Ecke stand.

In stummer Verzweiflung starrte Eva auf den Koffer. Die Frau war das Eine. Der Koffer war etwas ganz anderes.

Die Blondine blinzelte sie mit geröteten Augen an. »Ja?« Sie hatte Falten auf der Stirn und hohle Wangen. Im hellen Tageslicht war sie nicht halb so schön.

»Es tut mir leid, Madame«, sagte Eva steif und gab sich Mühe, ihre Gefühle nicht zu verraten. »Ich bin hier, um das Zimmer sauber zu machen. Soll ich später wiederkommen?«

Die Blondine zuckte mit den Schultern, biss in ihren Toast und warf ihn auf den Teller. »Klar. Obwohl ich mich wohl besser anziehen sollte«, meinte sie seufzend, »wenn wir den Mittagszug kriegen wollen.«

»Den Zug?« Die Worte rutschten ihr heraus, bevor sie sie daran hindern konnte.

Die Blondine stand auf und zog den Gürtel ihres Morgenmantels enger um ihre Taille. Sie war so dünn, dass es aussah, als würde er sie durchschneiden. »Ja. Niagarafälle.« Sie lächelte in sich hinein und schnippte Asche in ihre Kaffeetasse, die zischend verlöschte. »Sehr romantisch, findest du nicht?«

Eva spürte, wie alle Hoffnung schwand. »Verzeihen Sie, dass ich Sie gestört habe. Ich komme später wieder, Madame.«

Als sie die Tür hinter sich zuzog, konnte Eva die Blondine leise vor sich hin singen hören: »It had to be you.«

Auf halbem Weg den Flur hinunter merkte sie, dass sie weinte.

Paris, Frühling 1955

Der Laden in der Rue Saint-Claude war, wie die meisten Gebrauchtwarenläden, vom Boden bis zur Decke wahllos mit allen möglichen Möbeln und Gegenständen vollgestopft: Lampen, Geräte, Kissen, Vorhänge, Vasen, Bilder, Bücher. Holzstühle hingen an Haken von der Decke, zusammen mit Kronleuchtern und Trockengestellen; sämtliche verfügbaren Oberflächen waren nicht nur mit einem, sondern mit mindestens fünf nicht zueinandergehörenden Gegenständen vollgestellt. Als sie die Ladentür öffneten, läutete eine kleine Glocke. Es roch nach Schimmel, feuchtem Stoff und Staub.

Grace zwängte sich durch die Tür, und Monsieur Tissot folgte ihr. Das hier lief ganz und gar nicht nach seinem Plan. Inzwischen sollten sie längst wieder in seinem Büro sein und nicht im Abfall herumwühlen. »Erklären Sie mir bitte noch einmal, warum wir hier sind, Madame?«

»Die Tochter der Concierge hat gesagt, der Mann hier hat Eva d'Orseys Wohnung ausgeräumt.«

»Ja, aber was hat das mit uns zu tun?« Er wich einer Holzkiste aus, die bis oben hin mit alten Türgriffen gefüllt war. »Suchen Sie etwas Bestimmtes? Was hoffen Sie denn zu finden?«

»Ich weiß nicht. Irgendetwas. Ein Adressbuch und ein kompletter Satz persönlicher Terminkalender wären nützlich.«

»Ein Adressbuch?« Ungläubig sah er sie an.

»Ich nehme Sie nur auf den Arm. Aber es könnte doch sein, dass hier etwas ist, das uns einiges über Madame d'Orsey verrät, etwas Persönliches.«

Er sah sich in dem Durcheinander um. »Hier?«

»Man weiß nie.« Grace setzte ihren Weg fort. Sie hob einen kleinen Gegenstand aus Metall auf, der aussah wie ein Zuckerstreuer, sich aber als Vergrößerungsglas aus dem frühen achtzehnten Jahrhundert herausstellte. Es war arg verrostet, und das Glas war zerbrochen. »Abgesehen davon hätten Sie nicht mitkommen müssen, Monsieur Tissot. Ich bin mir sicher, dass Sie dringenderen Angelegenheiten nachzugehen haben.«

»Sie sind meine Angelegenheit, Madame Munroe.« Er wischte einen Staubfleck vom Ellbogen seiner Anzugjacke, eine freundliche Gabe von einem Paar mottenzerfressener Samtvorhänge. »Ich bin Ihr Anwalt.«

»Mein Anwalt?« Grace stellte das Vergrößerungsglas weg. »Es tut mir leid, aber ich dachte, Sie wären Madame d'Orseys Anwalt.«

»Ja, aber ihre Interessen sind jetzt auch die Ihren. Solange der Verkauf der Wohnung nicht abgeschlossen ist, ist meine Aufgabe nicht erfüllt. Es sei denn«, fügte er hinzu, »Sie möchten nicht, dass ich Sie vertrete.«

»Verstehe.« Das hatte Grace nicht erwartet. »Geht das hier nicht ein wenig über Ihren Aufgabenbereich hinaus?«

»Ich hatte noch nie eine Mandantin in Ihrer Situation. Insbesondere keine, die zusätzliche Beweise wollte, bevor sie das Erbe annahm.« Er verschränkte die Arme vor der Brust und sah sie an. »Also befinden wir uns beide außerhalb unseres Aufgabenbereiches, meinen Sie nicht?«

»Sieht so aus, obwohl ich Sie auf keinen Fall mit Beschlag belegen will, Monsieur Tissot. Sie sollten nicht das Gefühl haben, den ganzen Tag auf mich aufpassen zu müssen.«

»Ja, aber ich kann auch nicht zulassen, dass Sie ohne Begleitung durch ganz Paris spazieren«, erklärte er. »Allein wegen Ihres Französisch könnten Sie verhaftet werden.«

»Also«, Grace richtete sich auf, »ich dachte ja eigentlich, ich würde Fortschritte machen.«

»Da täuschen Sie sich.«

»Und was schlagen Sie dann vor?«, erwiderte sie und verschränkte ebenfalls die Arme. »Ich hoffe, Sie verstehen, dass ich eine solche Summe nicht einfach annehmen kann, ohne zu wissen, woher sie kommt und warum sie mir zufällt. Ich brauche ein paar Antworten.«

»Und wenn es keine Antworten gibt?«

Sie blieb hartnäckig. »Dann habe ich die Fragen wenigstens gestellt.«

Seufzend fuhr sich Monsieur Tissot mit einer Hand über die Augen. Sie war überraschend stur. Nicht viele Menschen stritten je mit ihm. Und er war es nicht gewohnt, klein beizugeben. Doch er kam zu dem Schluss, dass sie am schnellsten fertig waren, wenn er ihr noch eine Stunde ihren Willen ließ. Und wenn er ehrlich war, hatte er Respekt davor, dass sie nicht von ihren Prinzipien abließ.

»Schön«, sagte er, »dann helfe ich Ihnen. Wie ich schon sagte, Ihre Interessen sind auch die meinen.« Plötzlich verzog er das Gesicht und nieste heftig, dreimal in rascher Folge. »*Mon dieu!* Der Staub hier drin. *Allô! Bonjour!*«, rief er.

Ein kleiner Mann mittleren Alters steckte den Kopf hinter einer Wand aus Teppichen hervor. Er trug eine abgewetzte Ledermütze und hatte eine dicke Brille auf seiner spitzen Nase. »*Oui? Qu'est-ce que vous cherchez?*«

»Bitte, erklären Sie ihm, dass ich nach etwas aus dem Besitz von Madame d'Orsey suche«, sagte Grace.

Monsieur Tissot setzte an, doch bevor er seinen Satz zu Ende gesprochen hatte, unterbrach der Mann ihn.

»Er sagt«, übersetzte Monsieur Tissot, »dass die meisten Möbel sehr schnell weg waren. Er hatte Kunden, die haben schon darauf gewartet und haben sich gegenseitig überboten.«

»Heißt das, es ist nichts mehr da?«

Monsieur Tissot befragte den Mann erneut. Doch der schüttelte nur den Kopf und machte eine wegwerfende Handbewegung.

»Er sagte, er sei kaum dazu gekommen, die Sachen vom Lastwagen zu laden.«

Grace sah ihn ungläubig an. »Ist das normal?«

Bevor er antworten konnte, fing der Mann wieder an zu reden, sehr schnell, und wedelte hektisch mit den Händen durch die Luft. Was auch immer er sagte, es wühlte ihn sehr auf.

»Anscheinend hatte sie einen gewissen Ruf«, führte Monsieur Tissot aus.

»Ehrlich?« Das hörte Grace gar nicht gern. »Was für einen Ruf?«

»Jeder hat sie gekannt. Genauer gesagt«, verbesserte er sich, »hatte jeder schon mal von ihr gehört.«

Grace wurde ungehalten. Plötzlich hatte sie das Gefühl, diese Fremde verteidigen zu müssen. »Und was genau bedeutet das?«

Monsieur Migret antwortete nicht, sondern spuckte auf den Boden und kniff misstrauisch die Augen zusammen.

»Was ist mit dem Bett?«, hakte Grace nach. »Warum hat er das dagelassen?«

Wieder fragte Monsieur Tissot, und der Mann schüttelte den Kopf.

»Anscheinend konnte er das Bett nicht verkaufen«, erklärte Monsieur Tissot. »Es ist eine Antiquität, und es gehört der Familie Hiver. Der neue Besitzer wird es abholen.«

»Arnaud Hiver«, unterbrach Monsieur Migret ihn mit einem leisen, höhnischen Kichern. *»Le souvenir de son père!«*

»Eine Erinnerung an seinen Vater«, flüsterte Monsieur Tissot.

Grace starrte Monsieur Migret wütend an. Sie mochte ihn ganz und gar nicht. »Ist das üblich?«, fragte sie Monsieur Tissot flüsternd. »Seinem Sohn so etwas zu hinterlassen?«

Monsieur Tissot zuckte die Schultern. »Ich weiß nicht, was üblich ist, wenn man eine Geliebte hat, einen Sohn oder ein antikes Bett, Madame.«

Der Mann trat vor. *»J'ai quelques plaques, des bagages, quelques lampes …«* Er zeigte auf einen Tisch in der Ecke, der mit allem möglichen Kram vollgestellt war.

»Ein paar Sachen sind noch übrig, da drüben auf dem Tisch.«

Grace eilte ungeduldig zu dem Tisch, und Monsieur Tissot folgte ihr.

Sie fand ein Paar schwarze Lampen im chinesischen Stil, einen Stapel blau-weißer Porzellanteller und zwei große Lederkoffer … Grace bückte sich, um in einer Kiste mit Büchern zu stöbern, doch sie waren alle auf Französisch, während Monsieur Tissot halbherzig eine Kiste mit Tischdecken durchsah. Sie hatte über ein Adressbuch und Kalender gewitzelt, doch sie hatte trotzdem gehofft, etwas zu finden, was ihnen ein wenig mehr verriet. Aber die Bücher sahen aus wie ganz gewöhnliche Liebesromane. Es waren keine versteckten Nachrichten darin, keine verräterischen Widmungen, keine unterstrichenen Sätze.

Monsieur Tissot holte eine alte Ledermappe heraus.

»Die ist eigentlich gar nicht schlecht. Erinnert mich an eine Tasche, die ich als Student hatte.«

Grace stand auf und kramte in einer Kiste mit Küchengeschirr – Vorlegelöffel, verschiedene Besteckteile … nichts.

Dann sah sie eine Kiste mit Kunst- und Ausstellungskatalogen durch, kramte in einem Haufen alter Schuhe und öffnete einige Handtaschen und drehte sie um. Das war's. Innerhalb weniger Minuten hatten sie alles durchgesehen, was übrig war.

Und hatten nichts gefunden, nichts, was irgendwie besonders oder auch nur im Entferntesten persönlich war.

Monsieur Tissot war immer noch mit der Ledertasche beschäftigt und hantierte an dem Verschluss herum. Typisch Mann, diese Faszination für das Verborgene.

Mit wachsender Frustration sah Grace sich noch einmal in dem Laden um. Der Gedanke an den Gebrauchtwarenladen hatte ihre Phantasie beflügelt. Jetzt war sie kindisch enttäuscht. »Gehen wir«, sagte sie niedergeschlagen. »Hier ist nichts.«

»Würde mich interessieren, was er dafür will.« Monsieur Tissot drehte die Tasche um.

Zuerst musste sie ihn hierherschleifen, und jetzt bekam sie ihn nicht mehr hinaus. Allmählich verlor sie die Geduld. »Der Riemen ist kaputt. Und ich mag den Mann nicht, er ist unverschämt. Bitte, Monsieur Tissot, Sie hatten recht. Das hier war die reinste Zeitverschwendung. Lassen Sie uns gehen.«

Der Verschluss sprang auf. »Hier drin ist etwas.«

Er holte etwas heraus, das aussah wie eine fein gearbeitete Bluse. Doch es war keine Bluse.

Grace beugte sich darüber. »Was ist das?«

»Ich glaube, ein Kleid.« Er hielt es hoch. »Ein sehr kleines Kleid.«

Es war ein Trägerkleid aus weißem Leinen, vergilbt vom Alter, abgeschlossen mit einer Smokarbeit und mit winzigen gelben Blüten bestickt. Er legte es auf den Tisch.

»Seltsam.«

»Vielleicht hat es jemand anderem gehört.« Monsieur Tissot sah noch einmal in die Tasche. »Sie ist leer.«

Grace strich behutsam mit den Fingern über die Passe. Es war kein Kleid von der Stange, sondern es war von Hand genäht. Der zarte Seidenfaden schimmerte noch, betonte die bezaubernden Einzelheiten und die vorzügliche Handarbeit. Ein wahrer Liebesdienst; selbst die winzigen Blättchen der Blüten waren in verschiedenen kontrastierenden Grüntönen ausgeführt.

»Als ich klein war, besaß ich ein Taschentuch mit kleinen gestickten Blumen wie die hier«, erinnerte Grace sich.

»Kleine Mädchen haben Blumen auf allem. Oder?«

»Das sind kleine Osterglocken ... Narzissen. Sie blühen im Frühling. In England nennt man sie Paperwhites.« Als sie es sagte, merkte sie, dass ihr die Röte in die Wangen stieg. Plötzlich war sie verlegen. »Vermutlich ist es nur ein Zufall, aber es sind seit je meine Lieblingsblumen. Jemand hat sich große Mühe damit gegeben. Solche Stickereien erfordern sehr viel Begabung. So etwas habe ich lange nicht mehr gesehen.«

»Schauen Sie mal hier.« Monsieur Tissot hielt den verkratzten Leder-Gepäckanhänger hoch. »Vermutlich gehörte er doch jemand anderem.«

Auf einem verblassten, vergilbten Etikett stand eine Adresse.

M.A. Valmont
23 Rue Christine, Paris

Grace runzelte die Stirn und konzentrierte sich. »Ich kenne die Adresse. Ich habe sie schon einmal gesehen, in Evas Wohnung!«

»Und ...?«

Sie blickte auf. »Wissen Sie, wo das ist? Rue Christine? Ist das weit weg?« Er starrte sie an. »Ich meine, nicht dass ich erwarte, dass Sie mich da hinbringen oder so ...«, stotterte sie.

Er war selbst schuld. Er hätte ihr niemals die Wohnung zeigen sollen.

»Also, Madame«, meinte Monsieur Tissot, indem er die Tasche wieder auf den Tisch stellte und sich den Staub von den Händen klopfte. »Es gibt wohl nur einen Weg, es herauszufinden.«

Die Rue Christine war eine der schmalen kurzen Straßen auf der Rive Gauche. Monsieur Tissot fuhr an den Bordstein und schaltete den Motor aus. »Hier ist es, Madame. Nummer dreiundzwanzig.«

Grace verließ der Mut. »Sind Sie sich sicher?«

»Ganz sicher.«

Sie parkten vor einem verlassenen Gebäude, dessen Türen und Fenster mit Brettern vernagelt waren. Eine zerrissene schwarze Markise flatterte im Frühlingswind.

»Oh.« Angesichts des trostlosen Anblicks machte Grace ein langes Gesicht. »Also, vermutlich hatten Sie recht«, räumte sie ein. »Das war's dann. Vergebliche Mühe.«

Einen Augenblick zuvor war sie noch voller Hoffnung und Erwartung gewesen. Jetzt lehnte sie sich resigniert zurück. Anscheinend war die Sache ihr sehr viel wichtiger, als er gedacht hatte.

Und zum zweiten Mal in zwei Tagen tat Monsieur Tissot etwas, was er sonst so gut wie nie tat: Er handelte aus einem Impuls heraus.

»Das wollen wir doch mal sehen.« Er öffnete die Tür und stieg aus.

Grace folgte ihm. »Was haben Sie vor?«

»Ich dachte, Sie wollten Antworten, Madame Munroe«, rief er über die Schulter und eilte zur Eingangstür.

»Will ich auch. Aber das Haus steht leer!«

Er spähte durch die vernagelten Fenster in den Raum. »Es sieht aus wie ein Laden.«

»Ein Laden?« Grace trat neben ihn, um durch die

schmutzigen Fensterscheiben sehen zu können. »Was für ein Laden?«

»Ich weiß nicht genau. Finden wir es heraus.« Monsieur Tissot trat zurück und riss das lange Brett herunter, das über die Eingangstür genagelt war.

»Was machen Sie da?«, fragte Grace voller Panik.

»Ich führe in Ihrem Interesse eine gründliche Recherche durch.« Dabei beugte er sich leicht vor und drückte mit der Schulter gegen die Tür, doch sie war verschlossen.

»Hören Sie sofort damit auf!« Sie sah sich hektisch um, ob jemand sie bemerkt hatte. »Das will ich nicht! Das ist gesetzwidrig, oder?«

»Das kommt auf die Absicht an. Sie haben doch nicht die Absicht, etwas zu stehlen, oder?« Er drückte noch einmal gegen die Tür, diesmal fester. Das morsche Holz des Türrahmens splitterte, und die Tür gab knarrend nach. »*Voilà!*«, sagte er mit einem triumphierenden Lächeln.

»Sie sind verrückt!«

»Keine Ursache.«

Vorsichtig traten sie ein.

In der kühlen Düsternis konnte Grace vage die Umrisse einer Ladentheke erkennen und hohe Regale, welche die Wände säumten. Die Luft war stickig, und es roch modrig. Durch eine kaputte Fensterscheibe pfiff der Wind.

Monsieur Tissot drehte am Lichtschalter, vergeblich. »Kein Strom.« Er zog die schweren Samtvorhänge an den Fenstern zurück, und Licht strömte herein.

»Gütiger Himmel!« Grace keuchte auf.

Selbst in seinem extrem vernachlässigten Zustand war der Raum atemberaubend. Wände aus Glas und Spiegeln reflektierten das hereinfallende Licht, sodass Grace einen Augenblick regelrecht geblendet war. Als sich ihre Augen daran gewöhnt hatten, sah sie, dass der Laden als Abfolge kühner Kontraste gestaltet worden war. Die dunkle Ladentheke war aus warmem Mahagoniholz. Der Boden war mit schwarz-weißen Marmorfliesen belegt. An einer dicken, schwarzen Seidenkordel hing von der Decke ein matter Kronleuchter herab, auf dem sich in dicken Schichten Staub und Spinnweben abgelagert hatten. Endlose Reihen schlanker Glasfläschchen, grau vor Schmutz, säumten die Regale.

Im Erker standen zwei Salonstühle, mit schwarzem Samt bezogen, der verblasst und zerschlissen war, und ein mit Leopardenfell bezogener Polsterschemel. Grace bückte sich und strich mit der Hand darüber. Es war echt.

Die Wände waren mit silbrigweißem Seidentaft bespannt, der große Wasserflecken aufwies und sich in Streifen löste. An der Decke hing ein riesiger Spiegel, doch eine Ecke war geborsten, sodass sich lange Sprünge durch das Glas zogen. Irgendwo im hinteren Bereich tropfte Wasser in einen Eimer, der längst überlief.

Auf der Ladentheke stand eine Reihe von hübschen Glasflaschen in verschiedenen Größen mit Kristallstopfen.

»So einen Laden habe ich noch nie gesehen«, sagte

Grace. »Er kommt einem eher vor wie ein Nachtclub. Aber er ist in einem schrecklichen Zustand … als wäre er ausgeraubt worden.«

»Er ist offensichtlich seit Jahren geschlossen, aber vielleicht wurde er auch von den Nazis geplündert. Sie waren nicht gerade für ihre guten Manieren bekannt. Und in letzter Zeit hatten wir viele Streiks, bei denen es auch zu gewalttätigen Ausschreitungen gekommen ist.«

Grace schob einen Vorhang zur Seite und spähte ins Hinterzimmer. »Was glauben Sie, was das hier einmal war? So etwas wie eine Apotheke?«

»Ich weiß nicht.« Monsieur Tissot nahm einen Flakon vom Regal. Sie sah zu, wie er den Stopfen öffnete. Ein reicher Blumenduft breitete sich aus.

Er zog eine Augenbraue hoch und sah sie an. »Ich glaube, wir sind in einer Parfümerie.«

Staunend betrachtete Grace die Wände mit den vielen hundert, ja, tausend winzigen Flaschen. »Sie meinen, die sind alle mit Duft gefüllt?«

Allein ihre Anzahl verschlug ihr den Atem.

»Ich muss zugeben, dass ich so eine Parfümerie noch nie gesehen habe.« Monsieur Tissot stellte den Flakon wieder in das Regal. »Eine traditionelle Parfümerie führt nur einige Duftkategorien – floral, orientalisch, grün oder zitrusfrisch –, vielleicht ein Dutzend Flakons von jeder …«

Grace sah ihn an. »Woher wissen Sie so viel über Parfüm?«

»Das ist allgemein bekannt. Ich weiß nur, was jeder weiß«, erwiderte er. »Jeder Mann hat schon einmal Parfüm gekauft.«

»Mein Mann hat mir noch nie Parfüm geschenkt.«

»Ihr Mann ist kein Franzose. Abgesehen davon lieben alle Frauen Parfüm.«

»Alle, außer mir.«

»Madame Munroe«, sagte er mit einem Seufzer und schüttelte den Kopf, »Sie sind ein Musterbeispiel an Verdrehtheit!«

»Das ist nicht gerade ein Kompliment, oder?«

»Was haben Sie gegen Parfüm?«

»Ich weiß nicht. Vermutlich habe ich nie eines gefunden, was mir nicht zu … zu laut war.«

»Sie meinen intensiv«, verbesserte er sie.

»Nein, laut. Ich mag es nicht, wenn man mir widerspricht, Monsieur.«

»Ich auch nicht.«

»Ich hätte mir etwas gewünscht, das flüstert, nicht schreit. Ich habe es schon vor langer Zeit aufgegeben.«

»Also, wenn Sie sich für Parfüm interessieren würden, wäre das hier der richtige Ort gewesen, das garantiere ich Ihnen. Wahrscheinlich können Sie mit Ihrem entsetzlichen Französisch diese Beschriftungen nicht lesen, aber erlauben Sie mir, für Sie zu übersetzen.« Er zeigte auf ein Regal. »Hier sind ganze Duftsammlungen aufgeführt unter dem Stichwort Sonne, Meer, Luft, Erde – es gibt Verweise und Querverweise … sogar Altersangaben.« Er zeigte auf ein anderes Regal. »Diese Reihe ist Frauen zwischen dreißig und fünfunddreißig Jahren gewidmet und diese hier drüben Frauen zwischen siebenundvierzig und neunundvierzig Jahren.«

Fasziniert trat Grace näher. Jeder Flakon stand auf einer kleinen Karte mit handschriftlichen Notizen. Sie zeigte auf eine. »Was steht da?«

»›Verjüngt‹«, las er vor und wandte sich der nächsten Karte zu. »›Trägt sich gut.‹ Sehen Sie sich die an! ›Vorsicht! Hält länger als erwünscht.‹« Er schnaubte. »Ich habe im Theater schon neben Frauen gesessen, die das aufgelegt hatten. Aber da ist noch mehr.« Er zeigte auf andere Flakons. »›Romantisch‹, ›Realistisch‹, ›Eitel‹, ›Weltklug‹, ›Sinnlich‹, ›Schüchtern‹, ›Extrem‹, ›Ruhig‹, ›Nervös‹, ›Redselig‹, ›Klug‹, ›Sanft‹ … und hier finden sich die Namen von Göttinnen und Göttern: ›Aphrodite‹, ›Artemis‹, ›Narziss‹, ›Hera‹.«

»Wie kommt jemand nur auf so eine Idee?«, überlegte Grace laut. »Es ist eher wie ein Labor oder eine Hexenküche.«

Sie nahm einen Flakon vom Regal. *Jasmin de la Mer*, stand auf dem Etikett. Sie öffnete ihn und schnupperte am Korken. Der Inhalt war längst verdunstet und hatte am Boden des Fläschchens einen leicht körnigen Rückstand hinterlassen. Doch sie nahm die Essenz der intensiv weißen Blüte auf, unterlegt von einer Kühle, einer beinahe metallischen Luftigkeit, die durch die immer noch vorhandene Tiefe und Üppigkeit schnitt.

Es war bestürzend, wie schnell der Duft sie gefangen nahm; sie empfand eine flüchtige Euphorie und ein Gefühl der Weite, die absolut nichts mit ihrer Umgebung zu tun hatten. Es war, als spielte ihr jemand einen Streich. Das hier war etwas ganz anderes als die biederen, auf einer einzigen Note basierenden Düfte, die sie gewohnt war – Penhaligon's Talkumpuder und Zerstäuber mit einer niedlichen kleinen Zeichnung einer Sternhyazinthe auf dem Etikett.

Monsieur Tissot beugte sich vor und schnupperte ebenfalls daran. »Frappierend!«

Sie verschloss den Flakon wieder. »Ist das eine Sammlung? Die Namen sagen mir alle nichts. Nicht, dass ich Expertin wäre, aber hier sind keine bekannten Parfümmarken. Aber … aber«, sie drehte sich um und betrachtete die vielen tausend Flakons, »das ist unmöglich, oder? Ein Mensch müsste vollkommen besessen sein, um so eine umfassende Duft-Bibliothek zu schaffen!«

Sie wanderten weiter durch den verlassenen Laden.

An einer Seite stand ein schmaler, schwarz lackierter, orientalischer Schrank. Mit einigen Schwierigkeiten bekam Grace die Türen auf. Darin fanden sich noch mehrere hundert kunstvolle Parfümflakons. Jeder war mit einem Namen versehen – Auftragsarbeiten. Unter jedem Flakon lag eine Karte mit Notizen. Andere waren eindeutig noch nicht fertig, sie waren nur mit Nummern bezeichnet. Grace griff ins oberste Fach, wo ganze Stapel von Hauptbüchern lagen, ledergebundene Journale, die, als Grace sie aufschlug, Kundendaten enthielten und lange Listen von Duftbausteinen, vermutlich Formulierungen von Düften.

»Sehen Sie sich das an!«, rief sie aufgeregt.

Monsieur Tissot trat näher und beugte sich über ihre Schulter, um zu lesen, was darin geschrieben stand.

Manche Seiten waren einer einzigen Kundin gewidmet. Zum Beispiel hatte eine gewisse Mademoiselle Dallois ein Parfüm in Auftrag gegeben. Neben ihrem Namen fand sich eine Liste. Grace versuchte, die Worte zu entziffern: »›Rosafarbene Rosen‹, ›frisch gewaschenes Haar‹ …« Sie zeigte auf die nächste Zeile. »Was heißt das?«

»›Papas Pfeife. Und Kuchen‹!«, las er vor. »Mein Gott, das klingt nach einem Kind!«

»Was?«

»Mademoiselle Dallois' Parfüm.«

Sie reckte sich auf die Zehenspitzen und griff nach den Flakons weiter hinten.

War es jemandem gelungen, ein Parfüm zu kreieren, das den Duft von Kuchen und rosafarbenen Rosen heraufbeschwor?

»Lassen Sie mich«, erbot sich Monsieur Tissot.

Etwas fiel zu Boden, eine verblasste, vergilbte Karteikarte.

Grace bückte sich, um sie aufzuheben, da krachte es plötzlich laut hinter ihnen auf der Ladentheke.

Sie wandten sich erschrocken um.

»*Dehors! Sortez!*« Eine ältere Frau, groß und sehr dünn, in einem ziemlich altmodischen schwarzen Wollkleid, das an ihrer hageren Gestalt herunterhing, hatte einen Spazierstock wie eine Waffe auf sie gerichtet. »*Sortez!*«

»Es … es tut mir schrecklich leid.« Grace bewegte sich rückwärts und stolperte gegen Monsieur Tissot, der sie auffing.

Ein kleiner Terrier kam hereingesprungen und schoss seinem Frauchen unter wildem Gekläffe um die Füße.

»*Je ne crois pas!*«, erklärte die alte Frau, schwang drohend den Spazierstock und trat einen Schritt vor.

»*Doucement! Doucement!*«, versuchte Monsieur Tissot zu vermitteln. »*C'est ma faute! Ne vous en faites pas!*«

»*Qu'est-ce que vous faites?*«, fuhr die alte Frau ihn zornig an. »*Allez-vous en! C'es mon accueil! Balayeur de rue!*«

»Sie hält uns für Diebe«, übersetzte Monsieur Tissot und schob sich zwischen Grace und die Frau.

»Vielleicht, weil wir uns verhalten wie Diebe. *Pardon, Madame*«, flehte Grace. »*Nous cherchez l'information à Madame d'Orsey!*«

»*Pardon? Que voulez-vous?*«

»*Nous … nous cherchons …*« Grace konnte nicht schnell genug denken. »Wir brauchen Ihre Hilfe, Madame«, platzte sie heraus.

Die alte Frau beäugte sie misstrauisch. »Warum? Was wollen Sie?«

»Sie sprechen Englisch!«, rief Grace erleichtert.

»*Pardon.*« Monsieur Tissot trat vor. »Ich bin Edouard Tissot, und dies ist Madame Munroe aus London. Ich bin Anwalt, Madame, und ich kümmere mich um den Nachlass von Eva d'Orsey.«

»Was?« Die Miene der alten Frau veränderte sich.

»Ich bin Anwalt. Ich vertrete Eva d'Orsey«, wiederholte er.

Grace machte zögernd einen Schritt auf die Frau zu. »Haben Sie sie gekannt?«

Doch die Frau schien sie nicht zu hören. »Eva ... Eva d'Orsey ist tot?«

»*Oui, Madame*«, sagte Monsieur Tissot leise.

»Eva ...«

Es schien sie zu treffen wie ein Faustschlag. Einen Augenblick lang sah es so aus, als würde sie umkippen. »Verschwinden Sie von hier.«

Sie sagte es so leise, dass Grace zuerst dachte, sie hätte sich verhört.

»Verzeihung?«

»Raus!«, schrie die alte Frau und hob wieder den Stock. »Raus hier! Sie sind nicht die Ersten, die hier einbrechen, um zu plündern und zu stehlen.«

»Was? Wovon reden Sie?«, fragte Monsieur Tissot.

»Ich habe sie in ihren großen schwarzen Autos gesehen. Lügner, alle miteinander! Und jetzt raus hier!« Sie ließ den Stock noch einmal auf die Ladentheke krachen, diesmal gefährlich nah. »Verschwinden Sie von hier!«

Sie drehten sich um und stolperten aus dem Gebäude hinaus in die strahlende Nachmittagssonne.

Mit wild pochendem Herzen drehte Grace sich um und betrachtete noch einmal die Ladenfront.

Der Hund kläffte weiter. Die Ladentür schlug hinter ihnen zu, doch vorher erhaschte sie noch einen kurzen

Blick auf das Gesicht der alten Frau, auf die hageren, ausgemergelten Züge und ihre großen, schwarzen Augen, die ins Nichts starrten.

Die zerrissene Markise flatterte in den kalten Böen des Frühlingswinds, die goldenen Buchstaben des Namens waren kaum noch zu erkennen: *Recherchez-moi*.

Such mich.

New York, 1927

Die Dame in Zimmer 512, eine Russin, war unter dem Namen Madame Zed bekannt. Sie war, was die Franzosen als *jolie laide* bezeichneten; mit ovalem, länglichem Gesicht und dunklen Augen unter schweren Lidern. Ihre Lippen waren schmal, und für gewöhnlich zog sie beim Lächeln nur einen Mundwinkel nach oben. Doch meistens saß sie da, trank, rauchte lange schwarze Zigaretten und unterhielt sich auf Russisch oder Französisch mit einer kleinen Clique begeisterter Anhänger, die sie jeden Tag im Hotel besuchten. Sis meinte, viele von ihnen seien Angehörige der russischen Aristokratie, die durch die Revolution vertrieben worden waren. Sie reisten von einem Land ins andere, von Hotel zu Hotel, immer auf der Suche nach jemanden, der sich daran erinnerte, wer sie einst gewesen waren.

Madame Zed wurde von einer gewissen inneren Ernsthaftigkeit beherrscht. Ihre Stimme war tief und wohltönend und zog die Umstehenden an wie ein Sog. Sie war von hochgewachsener Gestalt, kerzengerade und hager, doch ihre Bewegungen waren fließend und ausgesprochen schön anzusehen, und sie kleidete sich mit einer Schlichtheit, die diese Bewegungen noch unterstrich. Bei all ihren körperlichen Unvollkommenheiten besaß sie eine vieldeutige, jenseitige Sinnlichkeit. Wenn sie ihre schwarzen Augen auf einen richtete, dann war man gleichermaßen schockiert wie fasziniert, dass sie einen anstarrten, ohne zu blinzeln und ohne den geringsten Gefühlsausdruck.

Sie war direkt aus Paris gekommen und teilte sich eine Suite mit ihrem Assistenten, einem jungen Mann namens Valmont. Er war von schmächtiger Statur und grüblerisch und hatte große, ernste braune Augen. Er stand in ihrem Schatten, hörte ihr zu, nickte zustimmend, lachte über ihre geistreichen Bemerkungen, führte ihren Terminkalender und kümmerte sich um ihre Bedürfnisse. Für den Fall, dass sie etwas wollte, stand die Tür zwischen ihren Zimmern immer offen.

Zu seinen vielen Pflichten gehörte es, dafür zu sorgen, dass die Vorhänge in ihren Räumen immer zugezogen waren und der Ventilator unablässig auf höchster Stufe lief. Madame Zed war unglaublich sensibel für Gerüche. Fast alles beleidigte ihre empfindliche Nase. Deswegen war sie auch unglaublich kritisch wegen der Reinigungsmittel, die in ihren Gemächern benutzt wurden. Bevor Eva zu putzen anfangen durfte, schnupperte Valmont an allen Substanzen und kräuselte in übertriebener Abscheu die Oberlippe. »Für dich ist das nichts. Doch für sie ist es äußerst wichtig. Sie muss die ganze Nacht in diesen widerlichen Gerüchen verbringen!«

So etwas Lächerliches hatte Eva noch nie gehört. »Bleiche ist das einzige Mittel, mit dem sich Seifenränder vollständig aus der Badewanne entfernen lassen. Würde sie es nicht vorziehen, wenn das Zimmer wirklich sauber wäre? Der Geruch nach Bleiche sagt einem, dass es sauber ist.«

Er sah sie an, als wäre sie etwas Ekliges, was unter seinen Schuhsohlen klebte. »Wenn ich deinen Rat brauche, bitte ich dich darum. Und sprich nie wieder in diesem Ton mit mir.«

Eva wandte sich ab. Sie konnte es nicht leiden, von einem Jungen, der kaum ein paar Jahre älter war als sie, herumkommandiert zu werden. »*Je peux dire ce que je veux*«, murmelte sie mit gesenktem Kopf.

»Was hast du gesagt?«

»Ich habe gesagt, dass sich im ganzen Hotel noch nie jemand beschwert hat.«

»Die anderen Gäste sind auch keine Meisterparfümeure! Und ich weiß nicht, wer dir beigebracht hat *parler français*, aber du hast einen Akzent wie ein Bauer.«

Der hatte Nerven.

»Ich *bin* Französin!«, erwiderte sie. »Meine Familie stammt aus dem Süden.«

»Dem Süden von was? New Jersey? Mit diesem widerlich stinkenden Putzmittel kommst du hier jedenfalls nicht rein.«

»Und was schlagen Sie dann vor?«

Valmont verschränkte die Arme vor der Brust. »Was schlagen Sie vor, Sir?«

Eva biss die Zähne zusammen. »Was schlagen Sie vor, Sir?«

»Ich schlage vor, dass du dich um eine Lösung des Problems bemühst.«

»Tausche mit mir«, flehte Eva Sis an diesem Abend im Bett an. »Ich tue alles für dich, wenn du dieses Zimmer übernimmst.«

»Bist du verrückt?«, schnaubte Sis. »Ich hab so schon genug Probleme auf meinem Flur. Da ist eine bekloppte alte Herzogin, die will, dass ich sie jeden Abend zu Bett bringe. Sie ist mindestens dreiundneunzig Jahre alt, nennt mich Nanny und bittet mich, sie in den Schlaf zu singen. Sehe ich aus wie ein Kindermädchen?«

»Ich übernehm sie. Bitte, Sis!«

»Nein. Und frag mich nicht noch mal. Find dich damit ab, die wirst du nicht los, Schatz. Du musst irgendwie mit ihnen klarkommen, bis sie wieder abreisen. Solche hat jede von uns ein paar im Jahr. Und ich sag dir was, es könnte schlimmer sein.« Sie drehte sich auf die Seite und kehrte Eva den Rücken zu. »Es könnte immer noch viel schlimmer sein.«

Eva war so verzweifelt, dass sie sogar ihren Onkel in der Küche aufsuchte, um ihn um Rat zu fragen. Es war die

Zeit zwischen den Hauptmahlzeiten, und die meisten Bediensteten nahmen ein frühes Abendessen zu sich. Die Küchen waren leer, bis auf einen Konditor, der Zitronen in Hälften geschnitten hatte und den Saft ausdrückte, um *tarte au citron* zu machen. Die ganze Küche war erfüllt von frischem Zitronenduft.

Eva sah zu, wie er die ausgepressten Hälften in einen Eimer zu seinen Füßen warf.

»Verzeihung«, fragte sie nach einer Weile und zeigte auf die Zitronenschalen, »machen Sie damit noch etwas?«

Überrascht sah er auf. »Wie bitte?«

Sie sah sich in der Küche um. »Was passt Ihrer Meinung nach zu Zitronensaft?«

»Zitronensaft? Zucker«, erwiderte er lachend. »Jede Menge!«

»Nein, nicht zum Essen.« Aus einer Kiste mit Gemüse nahm sie einen Strauß frischer Minze und hielt ihn sich unter die Nase. »Zum Riechen.«

Am Ende braute sie ein Gemisch aus Zitronensaft, ein paar Tropfen Rosmarinöl und einer beträchtlichen Menge Backpulver zusammen, das sie zu einer dicken, schmirgelnden Paste verrührte. Als sie am Nachmittag zu Madame Zed zurückkehrte, um das Bad zu putzen, musste sie sich eingestehen, dass das erfrischende Kräuteraroma ihren Bemühungen etwas Belebendes verlieh.

»Nicht schlecht.«

Eva drehte sich um und entdeckte Valmont, der, die Hände in den Taschen, am Türrahmen lehnte. »Obwohl ein wenig Lavendel nicht geschadet hätte.«

Sie erhob sich von Händen und Knien. »Sie täuschen sich.«

Er kniff die Augen zusammen. »Verzeihung, was hast du gesagt?«

Sie verteidigte ihren Standpunkt. »Lavendel wäre keine Verbesserung gewesen.«

»Du widersprichst mir?« Er lachte ungläubig. »Was befähigt dich wohl, mich zu korrigieren?«

Sie hob ihren Eimer hoch. »Nichts. Aber ich habe recht.«

»Ich möchte dich davon in Kenntnis setzen, dass Madame Zed eine weltbekannte Parfümeurin ist und ich ihr einziger Lehrling bin!«

Eva atmete tief durch. »Ja, aber eine Nase besitzt jeder.«

Plötzlich wurden sie von einem tiefen, kehligen Lachen unterbrochen.

»Bravo!« Madame Zed trat aus dem düsteren Schlafzimmer hinter ihnen und klatschte in die Hände. »Dieses kleine Zimmermädchen hat dich durchschaut, Valmont! Sie weiß, was dein Untergang ist – du fügst immer noch eine Note hinzu und verkomplizierst die Dinge. Sie hat recht, weißt du. Einfach ist sauberer, eleganter.«

Valmont senkte den Blick. »Ich verstehe, Madame«, murmelte er.

»Nichts ist schwieriger als Schlichtheit«, fügte Madame Zed hinzu und kehrte ihnen den Rücken. »Und daher gibt es auch nichts Raffinierteres.«

Danach hielt Valmont Eva keine Strafpredigten mehr, und am nächsten Morgen fiel Eva auf, dass Madame Zed ein Wasserglas mit einer kleinen weiße Rose neben das Waschbecken gestellt hatte.

Sie nahm es als Zeichen der Anerkennung.

Im Laufe der Zeit lernte Eva die exzentrische Madame Zed respektieren, ja sogar bewundern. Statt sich zum Beispiel an ihre Umgebung anzupassen, verwandelte sie ihr Umfeld. Madame Zeds Räume waren erfüllt von persönlicher Geschichte, als lebte die Bewohnerin dort schon seit Jahren und nicht erst seit Wochen. Mithilfe weniger ausgewählter Gegenstände schuf sie eine geheimnisvolle, exotische Atmosphäre. Bestickte Seidenschals wurden über Lehnstühle geworfen, weiche Brokat- und Samtkissen waren einladend auf dem Boden drapiert wie in einem orientalischen Harem. Weiße Orchideen mit wachsartigen Blättern verströmten einen hypnotisierenden Duft, und auf Silbertellern war pastellfarbenes französisches Konfekt verteilt. An der hinteren Wand reihten sich Überseekoffer mit Aufklebern aus aller Herren Länder, aus denen lange, flatternde Kleider in üppigen Farben und seltsam asymmetrisch geschnittene Gewänder quollen. Die dicken Vorhänge ließen nur wenig Licht herein, sodass die Räume selbst tagsüber eine verruchte Dekadenz ausstrahlten, eine Welt, die in nicht enden wollende Nacht getaucht war.

Eines Nachmittags war Eva fast fertig mit Madame Zeds Zimmer, als ihr auf der Frisierkommode ein runder schwarzer Flakon mit goldenem Stöpsel auffiel. Er war von einer soliden, gefälligen Form, die Eva dazu verlockte, ihn zu nehmen und sein Gewicht in der Hand zu spüren.

Sie wusste, dass es sich nicht gehörte, die Besitztümer eines Gastes anzufassen, doch der schwarzen Flasche konnte sie einfach nicht widerstehen.

Sie nahm sie in die Hand.

My Sin stand in goldenen Buchstaben auf dem Etikett.

Ganz behutsam öffnete sie sie und schnupperte an dem goldenen Stöpsel. Die intensiven blumigen Kopfnoten von Narzissen und Fresien stiegen ihr in die Nase und erwärmten sich zu einem dunklen, fast animalischen Moschus. Es roch berauschend schön und gleichzeitig gefährlich und voller unangenehmer, verborgener Tiefen.

Ein Geruch, den sie wiedererkannte, nach dem sie sich sehnte; der hypnotische Schleier der Sinnlichkeit, der an der Haut klebte, an den Kleidern, ja, der sogar die Laken der Revuetänzerinnen, Salonlöwinnen und Filmstars durchdrang, die das Foyer des Hotels zierten.

Sie schloss die Augen und atmete noch einmal tief ein.

»Das bedeutet wohl, dass es dir gefällt.« In der Tür stand Madame Zed, in einen dunklen Spitzenschal gehüllt, das Gesicht halb im Schatten verborgen. Sie rauchte eine Zigarette, die in einer langen Perlmuttspitze steckte.

Eva stellte den Flakon weg. »Ich bitte um Verzeihung, Madame. Es tut mir schrecklich leid.«

»Vorsichtig! Das ist die Einzige, die ich habe. Sonst muss ich es kaufen. Kannst du dir vorstellen, die eigene Kreation zu kaufen?« Sie kicherte ein wenig, kam in den Raum und verschloss den Flakon.

»Es tut mir schrecklich leid.«

Madame Zed deutete nur ein Achselzucken an. »Es stört mich nicht. Ich kann auch nicht widerstehen, anderer Leute Parfüms zu riechen. In fünf Minuten kann ich ihre ganze Duftpalette zerlegen. Aber das«, sie zeigte auf die schwarze Flasche, »das gefällt dir?«

Eva stieg vor Verlegenheit die Röte in die Wangen. »So etwas habe ich noch nie gerochen. Es ist so … so«, sie hatte Mühe, die richtigen Worte zu finden, »so voller verschiedener Dinge.«

Madame Zed zog an ihrer Zigarette und betrachtete sie eingehend mit ihren schwarzen Augen. »Komplex«, sagte sie schließlich. »Es ist ein sehr komplexes Parfüm.«

»Ja. In der einen Minute ist es hübsch und blumig und in der nächsten voller Gewürze und Hitze und … ich weiß nicht, wie ich es ausdrücken soll …«

»Sex«, warf Madame Zed ein. »Es ging immer um Sex, von Anfang an.«

»Oh.« Eva machte große Augen.

»Warum nicht? Jeder will Sex.« Madame Zed setzte sich in einen Sessel. »Vermutlich ist es deswegen so beliebt. Natürlich musste ich es stärker machen, als ich eigentlich wollte.«

»Es ist Ihre Kreation?«

Sie nickte. »Das ist mein Beruf. Ich bin eine ›Nase‹, wie man so sagt. Ich mische Parfüms, seit ich so alt war wie du. Doch jetzt bin ich fertig.«

»Aber warum?«

»Um ehrlich zu sein«, sagte sie und schnippte ein wenig Asche von ihrer Zigarette, »ertrage ich es nicht, dass alle gleich duften. Es ist vulgär. Und das da …«, fuhr sie fort und wies auf den Flakon *My Sin* auf der Frisierkommode. »Schon riecht ganz Paris danach und der größte Teil von New York. An einem Raum voller Frauen, die alle gleich riechen, ist etwas falsch, vollkommen falsch.«

»Aber so etwas schaffen zu können, das ist wie … als wäre man ein Künstler oder Zauberer!«

Madame Zed lachte. »Du bist noch sehr jung.«

»Mir würde es nichts ausmachen, so zu riechen.«

»Oh, aber wirklich!«, protestierte Madame Zed. »Stell dir vor, ein Mann tanzt in einem überfüllten Ballsaal mit einer hübschen jungen Frau. Er drückt die Nase in ihr weiches Haar und atmet den Duft ein. Und zwei Minuten später tanzt er mit einer anderen jungen Frau, die genauso riecht. Wozu soll das gut sein? Ein Parfüm sollte eine Geschichte erzählen – die Geschichte derjenigen, die man ist, die man sein könnte, vielleicht sogar, die man Angst hat zu werden … all das ist möglich. Ihr Duft ist ein sehr intimes Element einer Frau, genau wie ihre Unterschrift oder der Klang ihrer Stimme. Und er übermittelt Gefühle und Zustände, für die es keinen Namen gibt und keine Sprache. Seine Vieldeutigkeit macht ihn ehrlicher als Worte, denn anders als Worte kann er weder manipuliert noch missverstanden werden. Verstehst du, es ist nicht das Parfüm selbst, das nichts taugt, es ist ein Original, eines der besten des Jahrzehnts. Aber ich bin es leid, Träume von der Stange zu produzieren. Ich möchte eine Herausforderung, die meiner Kunst würdig ist.«

»Der Name, Madame …« Eva brachte ihn kaum über die Lippen, ohne zu erröten.

»*My Sin*«, sagte Madame Zed langsam, ohne zu blinzeln. »Was ist damit?«

Eva zögerte. »Ich meine nur … also … was bedeutet er? Welche Sünde?«

Madame Zed schwieg einen Augenblick und sah an Eva vorbei oder vielmehr durch sie hindurch, als wäre sie transparent. Schließlich antwortete sie. »Weißt du, was Sünde bedeutet?«

»Etwas Falsches zu tun?«

Madame Zed schüttelte den Kopf. »Das ist nur eine Bedeutung. Aber es gibt noch eine andere, von dem griechischen Wort *hamartia*, das übersetzt heißt ›das Ziel verfehlen‹. Das ist die Bedeutung, die ich vorziehe.«

»Das Ziel verfehlen«, wiederholte Eva, um es sich einzuprägen.

»Ja«, fuhr Madame Zed fort, »wir versuchen es und scheitern wie ein Bogenschütze, der zielt, das Ziel jedoch verfehlt.« Eva sah zu, wie sie den Spitzenschal ablegte. »Wenn du älter bist und in den Strom des Lebens hinausgeschwommen bist, wirst du sehen, dass es keine ›guten‹ Menschen gibt, kleines Mädchen. Wir alle versuchen es und scheitern, wir bemühen uns zu sehr und scheitern zu oft. Vergiss das nicht. Am Ende sollten wir nicht zu hart über die Sünden anderer urteilen.«

»Nein, Madame, natürlich nicht.«

Eva war sich nicht sicher, ob Madame Zed ihre Frage beantwortet hatte.

Doch die ältere Frau sank in den Sessel, streckte die Beine auf dem Polsterschemel aus und zog noch einmal an ihrer Zigarette. Ihre Stimme wurde zu einem Flüstern. »Manchmal glaube ich, das Einzige, was uns gemeinsam ist, sind unsere Unzulänglichkeiten.«

Eva war wie gebannt.

Madame Zed atmete einen langen Rauchfaden aus und schloss die Augen. Ihr Kopf sank zur Seite.

Eva wartete, dass sie fortfuhr.

Madames Hand entspannte sich.

Die Zigarette fiel zu Boden.

Eva stürzte sich darauf, um sie auszumachen, bevor sie ein Loch in den Teppich brannte.

Dann fing Madame Zed so laut an zu schnarchen, dass Valmont hereinkam.

»Oh, du«, sagte er und rammte die Hände mürrisch in die Taschen. »Hätte ich mir denken können.«

Eva stemmte die Hände in die Hüfte. »Was soll das heißen?«

Er ging nicht auf ihre Frage ein. »Himmel! Sie war wieder in Chinatown. Hilf mir, sie aufs Bett zu schaffen«, befahl er Eva und hob Madame Zed hoch.

Widerwillig packte Eva die Beine. »Du meine Güte!«, keuchte sie. »Für jemanden, der so dünn ist, ist sie ganz schön schwer!«

Zusammen hievten sie sie aufs Bett. Madame Zed rollte sich schwer auf die Seite.

»Ich habe noch nie jemanden so laut schnarchen hören.«

»Es ist ein bisschen laut«, räumte Valmont ein. »Nachts dringt es durch die Tür. Ich schlafe mit ungefähr vier Kissen auf den Ohren. Jetzt ist sie für den Rest des Tages ohnmächtig.«

»Sie riecht aber nicht nach Alkohol.«

Er verdrehte die Augen. »Weißt du denn überhaupt nichts? Opium«, erklärte er ihr, »sie hat Opium geraucht.«

»Oh.« Ehrfürchtig betrachtete Eva die schlafende Frau. Eine Opiumhöhle. Wie schrecklich, schäbig und aufregend.

»Wir reisen bald nach Marokko, dann wird es noch schlimmer.«

»Marokko? Was machen Sie da?«

»Ingredienzen kaufen. Da gibt es unter anderem die beste Jasminernte der Welt. Normalerweise kaufen wir alle Essenzen über einen Händler, aber wenn wir persönlich hinfahren, finden wir sicher nicht nur reinere Absolues zu einem besseren Preis, sondern ich habe auch das Gefühl, wir könnten auf seltene heimische Ingredienzen stoßen, die man in Europa noch nicht kennt. Und danach suchen wir – eine neue Duftpalette, etwas wirklich Ursprüngliches.«

Eva lächelte in sich hinein und holte ihren Staublappen von der Frisierkommode.

»Warum grinst du über mich?«, wollte Valmont wissen.

»Ich grinse nicht.«

»O doch.«

»Sie reden immer, als hätten Sie das Sagen«, erwiderte Eva.

»Nun, ich habe Einfluss. Sie schätzt meine Meinung. Sie ist einer der größten Parfümeure der Welt, und ich bin schließlich ihr einziger Lehrling.«

»Das sagen Sie immer wieder. Abgesehen davon dachte ich, Sie wären ihr Sekretär.«

»Ich bin mehr als das. Verstehst du«, erklärte er und folgte ihr ins Bad, wo er sich an den Türrahmen lehnte. »Man kann nicht in die Schule gehen, um die Kunst des Parfümeurs zu erlernen. Man muss ein natürliches, von Gott gegebenes Talent besitzen und erlernt die Geheimnisse des Berufsstandes dann von einem Meister. Ich bin Lehrling bei Madame, seit ich neun Jahre alt war.«

»Neun? Wie alt sind Sie jetzt?«

»Achtzehn.«

Sie schnaubte. »Sind Sie schwer von Begriff?«

»Es ist eine Kunst!« Er sah sie zornig an. »Man braucht allein Jahre, um sich die verschiedenen Ingredienzen einzuprägen. Es geht nicht nur darum, Duftnoten zu mischen, sondern auch, eine Duftpalette zu entwickeln, ein Verständnis für Duft und seine Wirkung. Hast du eine Ahnung, wie schwer es ist, einen Duft zu kreieren, der sich auf der menschlichen Haut richtig entfaltet und hält?«

Eva verschränkte die Arme abwehrend vor der Brust. »Und woher hat Madame gewusst, dass Sie Talent dafür besitzen?«

»Vermutlich wusste sie es einfach.« Dieses Mädchen stellte wirklich die dreistesten Fragen. »Schon als kleiner Junge konnte ich Düfte zerlegen, sie auseinandernehmen und die verschiedenen Bausteine identifizieren. Man erzählt sich die Geschichte, dass Madame mich eines Tages entdeckte, als ich im Garten des Nachbarn an einem Rosmarinstrauch stand. Ich war so versunken, dass ich nicht hörte, wie man mich rief. Es war das bei Weitem am besten duftende Ding im ganzen Dorf«, schwelgte er in seinen Erinnerungen.

»Und Ihre Eltern haben Sie ihr einfach so überlassen?«

»Nein! Natürlich nicht!«, fuhr er auf.

»Ich frag doch nur!«, fauchte sie zurück. »Haben sie sie dafür bezahlt?«

»So viel Geld haben meine Eltern nicht. Sie sind aus Preußen gekommen. Sie sind während der Revolution geflohen und hatten nur das bei sich, was sie tragen konnten. Mein Vater war Kantor.«

»Was?«

»Kantor«, wiederholte er, und eine leichte Röte überzog seine Wangen. »Kantor nennt man den Vorbeter in der Synagoge.«

»Oh.« Sie hatte sich noch nie mit einem Juden unterhalten.

»Ein heiliger Beruf – eigentlich eine Berufung, die von Generation zu Generation weitergegeben wird«, fuhr er fort. »Sie dachten vermutlich, ich würde eines Tages in die Fußstapfen meines Vaters treten. Doch meine Eltern konnten es sich nicht leisten, uns alle zu behalten – meine Brüder und Schwestern sind jünger als ich. Und ein Kantor verdient nicht viel. Eine Weile habe ich bei Nachbarn gelebt. Sie waren, glaube ich, ganz nett. Schneider. Ich habe die Kleidungsstücke gebügelt, Bestellungen ausgeliefert und das Schneideratelier aufgeräumt, um meinen Lebensunterhalt zu verdienen.«

»Wie alt waren Sie da?«

»Ich weiß nicht … sechs oder sieben Jahre. Und dann kam Madame vorbei und suchte nach einem Assistenten, jemanden, den sie ausbilden konnte. Ihr Angebot war eine seltene Gelegenheit.«

»Sie waren trotzdem sehr jung«, sagte Eva leise. »Haben Sie Ihre Eltern je wiedergesehen?«

Er schüttelte den Kopf.

»Sie vermissen sie gewiss sehr.«

»Ach, ich weiß nicht. Ich denke nicht darüber nach.«

So leicht ließ Eva sich nichts vormachen. »Meine Mutter starb bei meiner Geburt, in Lille«, sagte sie. »Meine Tante und mein Onkel haben mich hierhergebracht. Aber sie wollten mich eigentlich nicht. Das ist nicht lustig, oder? Wie sehr man jemanden vermissen kann, den man gar nicht gekannt hat.«

»Kann sein.«

Eva hängte den Blecheimer und den Mopp seitlich an ihren Zimmermädchenwagen. »Manchmal frage ich mich, wie es gewesen wäre, wenn meine Mutter nicht gestorben wäre. Ob ihr überhaupt etwas an mir gelegen hätte.«

Ihre Worte rührten ihn.

Er fragte sich auch, ob seine Eltern je an ihn dachten und ob es ihnen leichtgefallen war, ihn gehen zu lassen. Selbst jetzt hörten sie nichts voneinander. Er wusste nicht, ob es daran lag, dass es ihnen so lieber war, oder ob sie sich zu sehr schämten, um den Kontakt zu suchen. Er glaubte eher Letzteres.

»Vermutlich ist es besser, es nicht so genau zu wissen«, fügte sie mit einem schiefen Lächeln hinzu. »Dann kann man sich ausmalen, was man will. Und wir müssen Trost da suchen, wo wir ihn finden können, meinen Sie nicht?«

Er nickte.

Das Gespräch erinnerte ihn daran, wie schrecklich es gewesen war, seine Eltern zu verlassen, sein Dorf, selbst seine Brüder und Schwestern, obwohl er doch nur aus der Familie vertrieben worden war, weil sie so viele waren. Und an die fremde, dunkle Gestalt von Madame Zed, die seine kleine Hand fest in die ihre genommen und ihn zum Bahnhof geführt hatte.

»Wir haben etwas gemein«, hatte sie ihm erklärt, als sie allein in dem kalten Zweite-Klasse-Abteil saßen und der Zug losfuhr.

Er hatte nicht sprechen wollen, denn er hatte Angst, er würde anfangen zu weinen, sobald er nur den Mund aufmachte. Doch er fragte trotzdem: »Was?«

»Wir sind beide Exilanten«, antwortete sie und fixierte ihn ruhig mit ihren schwarzen Augen.

Und während der Zug durch die Landschaft rollte, erzählte sie ihm die Geschichte, wie ihre Familie während des Roten Terrors auf ihrem Gut außerhalb von Sankt Petersburg verhaftet und exekutiert worden war. Und wie ihre alte Kinderfrau, eine fromme Frau, der nicht viel an ihrem eigenen Leben lag, sie in einem Heuwagen versteckt und hinausgeschmuggelt hatte, gekleidet wie eine Küchenmagd und ein Messer unter dem Mantel verborgen.

Als sie ihm von ihrer Reise von Sankt Petersburg nach Odessa erzählt hatte, mittellos und halb verhungert, von der unerwarteten Freundlichkeit des Marineoffiziers, der ihr Asyl auf einem britischen Schiff nach Konstantinopel gewährt hatte, und von ihrer anschließenden Reise von Malta nach Marseille, waren sie schon fast in Paris. Die Lampen in dem Abteil glühten sanft. Es war wärmer geworden; von einem Handwagen hatten sie Tee und Kekse serviert bekommen, und Madame Zed hatte ihn mit ihrer dicken wollenen Reisedecke zugedeckt.

Sie schaute aus dem Fenster auf die Sonne, die hinter ihnen versank, ihre langen, spitzen Züge ein scharf umrissener Schatten gegen das Glas. »Du wirst sehen. Wir machen unser Glück, du und ich, und niemand wird uns je wieder vorschreiben, wo oder wie wir zu leben haben. Oder zu sterben.«

Keiner von ihnen hatte je wieder über ihre Vergangenheit gesprochen.

Jetzt sah Valmont zu, wie Eva ihre Reinigungsutensilien zusammensuchte.

Sie war ein seltsames Mädchen.

Sie erinnerte ihn an die frischen Zitronen, die sie als Putzmittel benutzte, aber mit weniger Rosmarin und mehr Bergamotte: aggressiv, scharfkantig, doch auch von einer unerwarteten Weichheit.

Und ohne etwas zu sagen, hielt er ihr die Tür auf, als sie ihren Wagen hinaus in den Flur schob.

Paris, Frühling 1955

»Nun.« Monsieur Tissot versuchte, die Sache philosophisch zu betrachten. »Das ist nicht ganz so gelaufen, wie wir gehofft hatten.«

In der Nähe eines kleinen kiesbedeckten Spielplatzes hatten sie die Straße zur gemauerten Uferstraße überquert. Kinder liefen zwischen Bäumen herum und spielten Fußball. Und sie erholten sich von etwas, was seiner Meinung nach nur als reine Torheit beschrieben werden konnte.

»Wer war die Frau?« Grace war überzeugt davon, ihr Herz würde nie mehr in seinen normalen Rhythmus zurückfinden. »Sie ist aufgetaucht wie aus dem Nichts!«

»Sie wohnt bestimmt über dem Laden. Vielleicht die neue Besitzerin? Sie hat sich jedenfalls angehört, als wäre es ihr Laden.«

»Sie hat Eva d'Orsey gekannt, so viel ist sicher. Haben Sie verstanden, wovon sie noch gesprochen hat? Etwas über Männer in einem schwarzen Auto, die eingebrochen sind?«

»Nein. Um ehrlich zu sein, sie kam mir ganz schön verrückt vor. Wahrscheinlich senil.«

»Glauben Sie?« Die alte Frau war ihr nicht verrückt vorgekommen; sie schien Angst gehabt zu haben. Und wie sie auf die Nachricht über Eva d'Orseys Tod reagiert hatte. Das war mehr gewesen als ein Schock … aber was? Zorn? Bedauern?

Sie gingen weiter durch den Park, ohne Absicht oder Ziel, eher, um ihre Nerven zu beruhigen.

Monsieur Tissot schlug den Kragen seines Jacketts hoch und zog es gegen den Wind enger zusammen. Er war ein erwachsener Mann, ein angesehener Anwalt, und doch hatte er sich an diesem Nachmittag von einer Rentnerin aus einem verlassenen Gebäude jagen lassen. Dies konnte man wohl kaum seine größte Stunde nennen. Doch er war entspannt, ja, regelrecht fröhlich gestimmt. »Sieht so aus, als wären wir keine besonders guten Detektive.«

»Es war Ihre Idee«, erinnerte sie ihn. »Betreiben Sie das als Hobby – Einbrüche?«

»Männer sehen sich gegenüber Frauen zu lächerlichen Zurschaustellungen von gespielter Tapferkeit gezwungen.«

Sie blieb stehen. »Dann ist es also meine Schuld?«

Sie stand mit verschränkten Armen vor ihm. Einzelne Strähnen hatten sich aus ihrem Haarknoten gelöst, und der Wind spielte damit, sodass sie ihr Gesicht umtanzten. Mit ihren seltsam klaren Augen sah sie ihn eindringlich an.

»Natürlich.«

»Nur weil ich eine Frau bin?«

Wie sie sich, selbst in diesem aufgelösten Zustand und mit flatterndem Haar, weigerte, ihm das letzte Wort zu lassen, das war einfach großartig. Er schob die Hände in die Taschen und zuckte mit den Schultern. »Sie sind nicht nur eine Frau, Madame Munroe. Mancher Mann würde womöglich sehr viel mehr tun, um Sie zu beeindrucken.«

Das schien sie zu überraschen.

Grace merkte, dass ihr die Röte in die Wangen schoss. Sie wandte sich rasch ab und ging weiter. »Aber es war unglaublich, nicht wahr?«, sagte sie, indem sie das Thema wechselte. »Ich fasse es nicht, wie viele Parfümflakons in den Regalen standen. Glauben Sie, die Düfte wurden alle von einem einzigen Menschen kreiert? Oder ist es so etwas wie eine Sammlung?«

»Schwer zu sagen. Abgesehen davon dachte ich, Sie hassten Parfüm?«

»Ich habe nicht gesagt, dass ich Parfüm hasse. Ich halte es nur nicht für erstrebenswert, wie ein ganzer Blumenstand zu riechen.«

»Das stimmt«, pflichtete er ihr lächelnd bei. »Wer will schon zu laut sein, nicht wahr?«

Sie drehte sich zu ihm um. »Wissen Sie, Monsieur Tissot, ich glaube, Sie machen sich über mich lustig.«

»Verzeihen Sie, Madame.« Er deutete spöttisch eine kleine Verbeugung an. »Aber ich finde die Engländer amüsant. Dinge, die laut riechen, Aromen, die zu stark schmecken …«

»Ja, nun, ich bin nicht bloß eine Vertreterin meines

Landes. Ich kann Ihnen versichern, dass meine … meine Verschrobenheiten ganz allein die meinen sind!«

»Ich wollte Sie nicht beleidigen«, sagte er ernst.

Verlegen deutete sie ein Kopfschütteln an. »Zu Hause nennt man eine wie mich ein schräges Huhn.«

»Ehrlich?« Er sah sie an. »Ein Huhn?«

»So etwas wie ein komischer Kauz«, erklärte sie. »Egal. Es ist in Ordnung. Ich bin daran gewöhnt.«

Er blieb trotzdem stehen. »Inwiefern komisch?«

»Ach, ich weiß nicht.« Sie schaute über die Seine, folgte mit dem Blick den Touristenbooten auf dem bewegten Wasser. Instinktiv griff sie wieder nach dem Feuerzeug in ihrer Tasche und ließ es durch die Finger gleiten. »Vermutlich war ich immer schon ein bisschen seltsam. Ich bin interessiert an Dingen, die mich eigentlich nichts angehen, und gleichgültig gegenüber solchen, die wichtig sind.«

»Und was ist wichtig?«

Grace war es nicht gewohnt, sich einem Mann anzuvertrauen, und gewiss nicht einem, der so provozierend war wie Monsieur Tissot. Doch diesmal schwieg er und sah sie mit echtem Interesse an. »Also«, sie überlegte einen Augenblick, »zum Beispiel ist es mir egal, was ich anziehe oder was ich Gästen zum Abendessen serviere, aber ich bin nahezu besessen davon, herauszufinden, wie wahrscheinlich es ist, dass der Zug pünktlich ist.«

»Und sind Ihre Voraussagen korrekt?«

»Meistens.«

»Und warum denken Sie überhaupt über so etwas nach?«

»Ich weiß nicht«, gestand sie. »Ich rechne gern etwas aus. Keine langweiligen Aufgaben wie die Frage, neben wem platziere ich diesen oder jenen bei einer Dinnerparty, sondern größere, abstraktere Probleme. Nur, dass sie für mich nicht abstrakt sind. Sie kommen mir sehr praktisch und bedeutsam vor.«

»Inwiefern?«

»Ach, ich weiß nicht.« Über dieses Thema hatte sie sich noch nie mit jemandem unterhalten. »Also, zum Beispiel denke ich oft über die Bomben im Krieg nach. Warum fällt eine Bombe vom Himmel und landet genau hier, auf diesem Haus, und nicht auf einem anderen. Meine Mutter ist im Blitzkrieg umgekommen, also treibt mich wohl eine morbide Neugier an. Aber, sehen Sie, wenn man das Gewicht der Bombe wüsste und auch, wie schnell das Flugzeug fliegt und in welcher Höhe, und wenn man die Richtung und Stärke des Winds kennen würde, dann wäre es kein Rätsel, dann könnte man es ausrechnen. Dann wäre nichts mehr zufällig oder willkürlich.«

»Und Sie glauben nicht an den Zufall, oder?«, erinnerte er sie.

»Nein.«

»Aber dann erklären Sie mir, an welcher Stelle Gott in die Gleichung passt?«

»Dort, wo Gott immer schon war: irgendwo zwischen dem Gewicht der Bombe und dem Haus.«

Er lachte. »Sie sind kein Huhn, Sie sind eine Eule – eine Intellektuelle!«

»Ach, ich weiß nicht.« Sie lächelte schüchtern. Und dann fragte sie, ohne zu überlegen: »Glauben Sie an Gott?«

Von Kindesbeinen war ihr eingebläut worden, dass Politik und Religion keine passenden Themen für höfliche Konversation waren. Doch Grace wurde von einem Hunger getrieben, reale Dinge zu diskutieren, Themen, die sie insgeheim beschäftigten, über die sie aber weder mit Roger, noch mit Mallory noch mit irgendjemandem in ihrem Kreis sprechen konnte.

Er sah sie überrascht an. »Ja«, sagte er nach einem Augenblick, »ich glaube an Gott, auch wenn ich ihn nicht verstehe und nicht unbedingt einer Meinung mit ihm bin. Die Kraft zwischen dem Flugzeug und der Bombe«, fügte er hinzu.

Sie gingen weiter.

Nach einer Weile ergriff Monsieur Tissot das Wort. »Mir hat der Laden gefallen.«

»Ja, mir auch.«

»Mir gefällt auch der Name. Haben Sie ihn bemerkt?«

»*Recherchez-moi?*«

»Ja, aber darunter. *L'Apothicaire des Sens*.«

»Die Apotheke der ...«

»Der Sinne.«

»Verstehe. Ja, ganz schön sinnträchtig, was?«

»Ihr Engländer habt eine Phrase: ›Come to your senses‹.«

»Ja. Zu Sinnen kommen.«

»Was glauben Sie, was das bedeutet?«

»Es bedeutet, besonnen zu sein, vernünftig.« Sie sah ihn an. »Oder nicht?«

»Vielleicht.« In seinen dunklen Augen spiegelte sich das Nachmittagslicht.

»Was sollte es denn sonst bedeuten?«

»Vielleicht ist es eine Einladung. Vielleicht müssen wir wortwörtlich zu unseren Sinnen kommen, müssen zu unserem Sinn für Geschmack, Berührung, Sehen, Duft und Hören zurückkehren und Nahrung und Inspiration darin finden. Schließlich ist das ganze Leben eine sinnliche Erfahrung. Unsere Sinne haben die Macht, uns durch Zeit und Raum zu transportieren, aber auch, uns zu erden. Uns zu Menschen zu machen.«

Sie starrte ihn erstaunt an. »Ich fürchte, Monsieur Tissot, Sie sind so etwas wie ein Philosoph … und ein Sensualist.«

Er senkte den Blick und scharrte mit den Füßen im Kies. »Lassen Sie sich versichern, dass nichts weiter von der Wahrheit entfernt sein könnte.«

»Nun, Sie sind voller Widersprüche. In der einen Minute sind Sie ein analytischer Anwalt, in der nächsten steigen Sie durch Fenster und befürworten die vollkommene Niederlage des Verstands.«

»Der Verstand wird völlig überschätzt, es sei denn, natürlich, ich bin derjenige, der ihn benutzt. Und darf ich Sie daran erinnern, dass wir durch die Tür eingetreten sind?« Er zeigte auf eine Bank. »Wollen wir?«

Sie setzten sich und blickten in einen schmalen Park.

»Es scheint, als wären wir mit unseren Nachforschungen in eine Sackgasse geraten, Monsieur Tissot«, sagte Grace und stützte die Ellbogen auf die Knie.

»Vielleicht. Aber wir haben ja noch den Termin bei Lancelot & Delp. Ich bin sehr gespannt, was wir über diese Aktien herausfinden.«

»Ja, aber was machen wir jetzt?«

Er hätte ihr erklären müssen, dass sie nichts mehr tun konnten; dass im Büro Papiere lagen, die auf ihre Unterschrift warteten. Doch diese junge Engländerin war interessant. Er hoffte darauf, dass sie weitersprach, damit er noch ein bisschen zuhören konnte, wie ihr Verstand arbeitete. Bei ihr wurde sein eigener Verstand herausgefordert – wie ein Hund, dem man im Park Stöckchen warf. Und es war ein gutes Gefühl, auf die Probe gestellt zu werden.

»Ich finde, wir sollten abwarten«, erklärte er.

»Was abwarten?«

»Ich weiß nicht.« Er lehnte sich zurück, streckte seine langen Beine aus, betrachtete die Frühlingswolken, die über den Himmel fegten, und sog die süße Luft des späten Nachmittags ein. »Aber wenn Sie auch nicht wissen, was wir machen sollen, dann machen wir am besten gar nichts.«

»Ist das Ihr professioneller Rat?«

Er drehte das Gesicht in die Sonne und schloss die Augen. »Absolut.«

Grace lehnte sich ebenfalls zurück und sah den Kindern auf dem Spielplatz gegenüber zu, die die Mäntel abgelegt hatten und mit vor Freude geröteten Gesichtern ausgelassen lachten. Sie waren so lebendig und gingen vollkommen in ihrem Spiel auf. Grace versuchte, sich an eine Zeit zu erinnern, da sie so gewesen war, und erkannte, dass sie sich nicht erinnern konnte.

Sie hatte völlig verlernt, unbefangen zu sein. Stattdessen schien sie den ganzen Tag auf sich herabzuschauen, sich zu mustern, über sich zu urteilen und sich unzulänglich zu finden.

»Madame Munroe …«

Grace sah Monsieur Tissot an, betrachtete sein Profil mit der Adlernase, den vollen Lippen und den dunklen Wimpern. »Ja?«

Ohne die Augen zu öffnen, sagte er: »Sie wissen, was wichtig ist.«

»Finden Sie?«

»Man sollte nicht unterschätzen, wie wichtig es ist, ob ein Zug pünktlich ist. Oder den Abstand zwischen dem Flugzeug und der Bombe dem Zufall überlassen.«

Grace lächelte in sich hinein. Sie schloss die Augen und wandte das Gesicht der Sonne zu. »Ja, das finde ich auch.«

New York, 1927

New York wurde von einer Hitzewelle heimgesucht. Mitte Juli hatten brennende Sonne und zähe Luftfeuchtigkeit eine solche Intensität erreicht, dass es unmöglich war, auch nur ein paar Blocks zu Fuß zu laufen, ohne vor Schweiß zu vergehen. Im Hotel verkrochen sich die Gäste in abgedunkelten Zimmern, ließen sich Eispackungen gegen ihre Kopfschmerzen und zusätzliche Ventilatoren bringen; lagen nackt auf dem Bett, zu matt, um einander zu berühren, oder versanken in kühlen Badewannen und tranken eimerweise Eistee und süße Limonade, versetzt mit schwarzgebranntem Gin.

Eva und den übrigen Zimmermädchen blieb die wenig beneidenswerte Aufgabe überlassen, in Anwesenheit der Gäste die Zimmer zu richten.

Mrs Ronald machte keine Zugeständnisse an das heiße Wetter; sie erwartete von den Mädchen, dass sie ihre normale Dienstkleidung trugen, einschließlich der dicken schwarzen Strümpfe. »Wir haben Standards, Mädchen!«, ermahnte sie sie täglich. »Sauberkeit fängt bei eurer äußeren Erscheinung an.«

Es wäre wahrscheinlich gar nicht so schlimm gewesen, hätten sie die Zimmer am frühen Morgen sauber machen können, doch da kaum jemand vor dem Nachmittag aufstand, kämpften die Mädchen in den heißesten Stunden des Tages mit schmutzigen Laken und schrubbten Fußböden.

»Wenn ihr das Gefühl habt, ihr könntet ohnmächtig werden, entschuldigt ihr euch und tut es in der Abgeschiedenheit des Dienstbotenflurs«, ermahnte Mrs Ronald sie. »Es ist äußerst unerfreulich, sich um ein bewusstloses Mädchen kümmern zu müssen. Und achtet auf eure Blicke. Ein Gast sollte niemals gezwungen sein, euch direkt anzusehen, habt ihr das verstanden? Ihr seid unsichtbar, ein Paar nicht zu sehende Hände.«

Leider war das leichter gesagt als getan.

Eines Nachmittags traf Eva auf Madame Zed, die in einer ihrer flatterigen durchscheinenden Kreationen kalten Schwarztee trank und unablässig rauchte. Sie schien sich von den Strapazen der vergangenen Nacht zu erholen. Reglos saß sie in einem Lehnstuhl, die Augen geschlossen, als könnte sie die Temperaturen mit reiner Willenskraft senken.

Eva machte sich so unauffällig wie möglich daran, die Bettlaken zu wechseln. Das Kleid war feucht in den Achseln, unter der gestärkten Haube klebten die Haare an der Stirn. Sie fühlte sich träge vor Hitze, als würde sie sich durch Wasser bewegen. Selbst die kleinste Anstrengung kostete sie größte Mühe.

Schließlich schlug Madame Zed die Augen auf. »Wie heißt du?«

»Eva, Madame.«

»Eva, würdest du mir bitte Valmont herholen? Ich kann mich einfach nicht bewegen. Ich bin wie gelähmt.«

»Ja, Madame.«

Eva ging zu der Zwischentür, die geschlossen war. Sie versuchte, sie zu öffnen. »Sie ist abgeschlossen, Madame.«

»Dann schließe sie auf!« Madame Zed seufzte und verdrehte in einer übertriebenen Geste absoluter Hoffnungslosigkeit die Augen. »Mein Kopf zerspringt noch! Ich brauche ihn.«

Eva holte ihren Hauptschlüssel heraus und schloss auf. Dann klopfte sie mehrmals an. Es kam keine Antwort, also schob sie die Tür schließlich behutsam auf.

Das Zimmer hatte nur ein Fenster, und da die Vorhänge zugezogenen waren, war es darin überraschend dunkel. Als ihre Augen sich an die Düsternis gewöhnt hatten, konnte Eva die Umrisse von Valmont ausmachen, der gekrümmt auf der Seite auf dem Bett lag. Er schlief nackt, nur ein Laken um die Taille. Sein Körper war blass und mager.

Vorsichtig machte Eva ein paar Schritte. Die Luft in der diesigen Dunkelheit war drückend feucht von Schweiß und Schlaf. Alles erschien irreal, in einem traumähnlichen Zustand schwebend.

Vorsichtig beugte sie sich über ihn. »Pst! Sir! Wachen Sie auf!«

Er rührte sich, rollte auf den Rücken.

Sie versuchte es noch einmal.

Sie beugte sich weiter vor und rüttelte ihn an der Schulter. »Sir!«

Er schlug die Augen auf und blinzelte.

»Es tut mir leid, aber Madame braucht Sie«, erklärte Eva flüsternd. »Sie sagt …«

Plötzlich packte er ihr Handgelenk. »Scht!« Im Nebel des Schlafes gefangen, zog er sie näher.

Eva konnte sich nicht auf den Füßen halten und landete in seinen Armen.

Valmont atmete ein.

Zuerst erschien ihr natürlicher Duft ihm unkompliziert, schlicht – das leicht scharfe, fast sahnige Aroma von feuchter Kinderhaut. Doch darunter sickerte ein reiches, moschusartiges Element durch und entfaltete sich ganz allmählich, weitete und dehnte sich aus zu einer tiefen, primitiven, animalischen Essenz. Die Komplexität ihres Geruchs war erstaunlich. Die Wirkung höchst erregend. Es war das Verlockendste und zutiefst Sinnlichste, dem Valmont je begegnet war.

Entsetzt richtete Eva sich auf. »Was machen Sie da?«

»Du riechst …«, murmelte er.

»Ja, vielen Dank! Das müssen Sie mir nicht sagen!«, zischte sie. »Madame möchte Sie sehen …«

»Nein, du verstehst mich nicht.« Er streckte wieder die Hand nach ihr aus und atmete kurz und hart ein, ergötzte sich an den Duftnoten und erkundete sie mit seiner feinen Nase. »Einzigartig. Absolut einzigartig.«

»Lassen Sie mich los!« Eva schlug nach ihm.

Plötzlich rührte sich im Bett etwas. Neben Valmont reckte sich jemand und rollte sich auf den Bauch.

Es war ein Mann.

Eva schrak zurück und stolperte rückwärts zur Verbindungstür.

»Nun?« Madame Zed schlug die Augen auf. »Du scheinst allein zu sein«, bemerkte sie ausdruckslos.

Eva fühlte sich schwindlig und musste den Blick auf den Fußboden konzentrieren. »Er schläft, Madame.«

»Dann weck ihn!«, keuchte Madame Zed wütend und fuhr sich mit der Hand müde über die Augen. »Ich brauche ihn!«

Das war schrecklich, durch und durch schrecklich.

Eva versuchte, sie hinzuhalten. »Er ist nicht angekleidet, Madame. Ich kann Ihnen helfen. Soll ich Ihnen etwas aus dem Drugstore holen?«

Mit einem tiefen Seufzer hievte Madame Zed sich aus dem Sessel und marschierte in Valmonts Zimmer. Eva blieb in der Tür stehen und sah in schmachvoller Faszination zu.

Madame Zed verharrte einen Augenblick im Dunkeln. Dann machte sie auf dem Absatz kehrt.

Unter weiterem Stöhnen und Seufzen kramte sie in einer ihrer vielen Handtaschen, bis sie ein paar lose Münzen hervorholte und Eva in die Hand drückte. »Ich brauche Aspirin. Und eine Flasche Wolcott's, bitte. Ich habe rasende Kopfschmerzen, wie die Menschheit noch keine erlebt hat.«

Eva starrte sie an. Hatte Madame Zed gesehen, was sie

gesehen hatte? Hatte sie einen Begriff davon, was für eine Todsünde das war?

Es war, als wären ihre Gedanken laut zu hören.

Madame Zed wandte sich ihr zu. »Weißt du«, setzte sie an, »im Leben eines Mannes gibt es viele Stadien. Besonders junge Männer sind sehr leicht erregbar. Sie brauchen eine größere Vielfalt, müssen mehr Erfahrungen machen als Mädchen. Verstehst du?«

»Ja, Madame«, log sie.

»Solche kleinen Liebeleien sind nur das Vorspiel zu den richtigen Zwischenspielen. Das gibt sich mit der Zeit. Natürlich«, fügte sie hinzu und kehrte zu ihrem Sessel zurück, »mache ich mir Sorgen um Andre. Klatsch ist die Pest der Müßigen und Unsicheren. Ich verlasse mich auf deine Diskretion.«

»Ja, Madame. Selbstverständlich.«

»Dann verlieren wir kein Wort mehr darüber. Und mach bitte die Tür zu.« Sie schloss wieder die Augen. »Wir hätten sie wohl besser gar nicht erst geöffnet.«

Andre Valmont lag hellwach auf dem Rücken und starrte in die Dunkelheit. Der Junge, den er in dem Club in Harlem aufgegabelt hatte, lag leise schnarchend neben ihm.

Er schloss die Augen.

Er konnte ihren Duft förmlich sehen; er glühte an der Innenseite seiner Augenlider wie reines, schimmerndes Gold bis zu tiefdunklem Bernstein. Und er konnte jede einzelne Duftnote schmecken; die schmelzende Abfolge auf seiner Zunge genießen, die schockierende, perfekte Kombination von Kontrasten, untermauert von einem sahnigen, höchst fleischlichen Kern roher Sinnlichkeit. Er wollte sich in ihrem Fleisch vergraben und sich ihre sämtlichen Moleküle einverleiben, einen Atemzug nach dem nächsten.

Normalerweise empfand er so etwas nicht für Mädchen.

Er schlug das Laken zurück. Er war hart, die Erektion tat beinahe weh. Er spuckte in seine Hand und schloss noch einmal die Augen.

Dann stellte er sich vor, wie er sie aus ihrer Dienstkleidung schälte, jede Schicht ihrer Kleider feuchter von ihrem warmen Schweiß als die vorige, bis nichts ihn mehr von ihrer Haut trennte, die ihren Duft verströmte und sie beide mit dem schimmernden dunklen Tau ihres unglaublichen Geruchs bedeckte … Er zitterte, Ekstase baute sich auf und durchzuckte ihn.

Endlich einmal eine Geschichte, die er verstand. Ein Lied der Jugend, der aufkeimenden, reifenden Sexualität, der Enttäuschung und Sehnsucht … Nymphe und Femme fatal, gefangen im Körper eines reizlosen jungen Mädchens … eine mythische Parabel, die nur in Parfüm wirklich eingefangen werden konnte.

Vor allem aber strahlte ihr natürlicher Geruch. Als würde er von der Spitze eines hohen Berges strömen. In seinem samtenen Glühen konnte sich die trübe Landschaft seiner kreativen Begabungen endlich konzentrieren.

Andre Valmont stand auf, wusch sich und zündete sich eine Zigarette an. Dann weckte er den Jungen aus Harlem und schickte ihn nach Hause.

Auf ihn wartete Arbeit.

Paris, Frühling 1955

Zwei Tage später stand Grace im Foyer der Büros von Lancelot & Delp, das in einem auffallend modernen Gebäude in der Nähe von Les Halles lag. In dem spärlichen Marmorfoyer mit seinen deckenhohen Fenstern stand ein Tisch, an dem junge Frauen saßen, die Kopfhörer mit Mikrofonen trugen wie Telefonistinnen. Monsieur Tissot erklärte, dass sie einen Termin hatten, und kurz darauf trat ein junger Mann aus einem der zehn Aufzüge und eilte durch das Foyer, um sie in Empfang zu nehmen.

Er trug einen modernen, schmal geschnittenen Anzug mit einer dünnen, leuchtend gelben Krawatte und eine dicke Hornbrille. Seine Haare, ein Berg dunkler Locken, standen in die Luft. Wie er so mit ausgestreckter Hand auf sie zukam, erinnerte er Grace mit seiner zielgerichteten Energie an ein menschliches Ausrufezeichen.

»Guten Tag! Willkommen! Ich bin Albert Dubois.« Er schüttelte ihnen energisch die Hand. »Freut mich sehr, Sie kennenzulernen! Möchten Sie Kaffee? Tee? Waren Sie schon einmal hier?« Während er sprach, führte er sie zum Aufzug, ohne eine Antwort abzuwarten.

»Wie schön, dass Sie Englisch sprechen«, bemerkte Grace, als sie in den Aufzug traten und die Tür sich schloss.

»Oh, ich spreche auch Deutsch, Spanisch, Portugiesisch und ein wenig Japanisch. Wo ich immer Fehler mache, ist im Amerikanischen!«, erwiderte er lachend und schob seine Brille die Nase hoch.

»Japanisch!« Monsieur Tissot sah ihn an, als wäre er verrückt. »Wozu?«

»Ich sage Ihnen, die kommen so langsam auf Touren, die sind bald eine Kraft, mit der zu rechnen ist.«

»Das möchte ich doch ernsthaft bezweifeln«, widersprach Monsieur Tissot.

Die Aufzugtür öffnete sich, sie traten hinaus und gingen durch eine Glastür.

Ein ungeheurer Lärm schlug Grace entgegen; der Geräuschpegel von hundert Menschen, die alle gleichzeitig sprachen. Tischreihe um Tischreihe erstreckte sich bis ans Ende des riesigen Büros, auf jedem Tisch standen mindestens zwei Telefone; junge Männer in Hemdsärmeln riefen einander etwas zu, und an der hinteren Wand hing eine große Tafel, wo weitere junge Männer von einem Ende zum anderen liefen und unablässig die Zahlen korrigierten.

»Tut mir leid.« Monsieur Dubois führte sie in ein privates Büro und bat sie, Platz zu nehmen. »New York hat gerade eröffnet, und dann wird es hektisch. Also.« Er setzte sich ihnen gegenüber an seinen Schreibtisch und holte eine Akte heraus. »Sie sind hier wegen des Aktienbestands von Madame d'Orsey, ist das richtig? Oh, tut mir leid für Ihren Verlust«, fügte er hinzu und sah Grace an.

»Danke«, murmelte sie und wich Monsieur Tissots Blick aus.

»Also, ich muss sagen«, bemerkte er lächelnd, während er die Akte aufschlug, »Eva d'Orsey war eine meiner Lieblingskundinnen. Sie hatte wahrlich ein Näschen für dieses Spiel!«

»Was meinen Sie damit?« Monsieur Tissot beugte sich interessiert vor.

Monsieur Dubois sah die Unterlagen durch. »Sie ist vor fünf oder sechs Jahren mit einer Handvoll Hiver-Aktien zu mir gekommen. Ein Geschenk, sagte sie. Sie wusste nichts über den Aktienmarkt und suchte jemanden, der sie beraten konnte. Schön. Ich gab ihr ein paar vorsichtige Empfehlungen – Rohstoffe, Gold, Anleihen, so etwas in der Art. Doch bevor ich mich's versah, rief sie mich an und machte Vorschläge. Hatte ich schon gehört, dass Citroën eine neuartige Bremsvorrichtung entwickelt habe? War mir bekannt, dass Goodyear in Mexiko expandierte? Was hielt ich von dem neuen amerikanischen Rock'n'Roll-Fieber?«

»Ehrlich?« Monsieur Tissot lachte ungläubig.

»Sie war außergewöhnlich. Sie verstand etwas von Zahlen und hat sich informiert.« Er reichte Grace einen Bericht, der zuoberst in der Akte lag. »Sie hat diese Handvoll Kosmetik-Aktien genommen und mit viel Finesse daraus einen wertvollen, langfristigen Wertpapierbestand gemacht.«

Grace betrachtete die lange Liste von Firmennamen – United States Steel, EMI, Standard Oil, Firestone, Citroën, *Le Monde*, Amoco … Irgendwo am Ende fiel ihr Hiver ins Auge. Und neben jedem Eintrag stand ein Betrag in Francs. Sie ertrank in Informationen. »Es tut mir leid, aber was bedeutet das alles, Monsieur Dubois?«

Er wies mit einem Nicken auf die Akte. »Dieser Wertpapierbestand stellte Madame d'Orseys einzige Einkommensquelle dar. Und sie war äußerst raffiniert – mit jedem Mehrgewinn hat sie weitere Aktien gekauft. Und das bedeutet«, erklärte er, ein Funkeln in den Augen, »dass Sie eine sehr reiche Frau sind, Mrs Munroe.«

Als sie die Büros von Lancelot & Delp verließen, wandte Grace sich an Monsieur Tissot. »Das ist verrückt! Ein abstruser Irrtum.« Ihr war schwindlig und ein wenig übermütig zumute angesichts der Neuigkeiten. »Ich werde jeden Augenblick aus meinem Traum hochschrecken, und dann taucht plötzlich die richtige Grace Munroe auf, wahrscheinlich aus Australien oder so, und mich schickt man wieder heim nach London.«

»Sie sind die richtige Grace Munroe. Sie stehen nur unter Schock.« Er bot ihr den Arm, und sie überquerten die Straße zu seinem Wagen. »Sie müssen etwas essen.«

Lächelnd schüttelte sie den Kopf. »Wissen Sie, essen ist nicht die Antwort auf alles.«

»Sagt die wahre Engländerin.« Er öffnete ihr die Wagentür. »Ich kenne das perfekte Lokal.«

»Sie können mich nicht dauernd zum Essen ausführen«, protestierte sie. »Es ist zu … zu extravagant.«

»Beruhigen Sie sich, ich wollte nicht das Maxim's vorschlagen«, meinte er. »Aber das ist doch ein Grund zu feiern. Und ich bin der einzige Mensch, den Sie in Paris kennen, also müssen Sie wohl mit mir vorliebnehmen.«

Sie fuhren zurück in die Innenstadt, und er parkte vor dem Fouquet's an den Champs-Élysées.

Als sie aus dem Auto stiegen, blickte Grace hinauf zum Himmel. Die Wolken waren dunkel und schwer geworden; die Temperatur fiel. »Hätten Sie etwas dagegen, draußen zu sitzen?«

»Nein, nicht das Geringste.«

Sie setzten sich unter die charakteristische rote Markise, und bevor sie ihn daran hindern konnte, bestellte Monsieur Tissot für sie beide Austern und Champagner.

»Haben Sie schon einmal Austern gegessen?«, fragte er, als der Kellner eine Platte auf den Tisch stellte.

Sie biss sich auf die Unterlippe. »Nein.« Die Dinger waren um einiges glitschiger und roher, als sie sich vorgestellt hatte. Dies ging über die engen Grenzen ihres normalen Abendessens aus Tee und Toast weit hinaus.

»Keine Angst. Es ist nicht annähernd so schwierig, wie es aussieht.«

»Ich habe keine Angst.«

»Sie haben schreckliche Angst.« Er schenkte Champagner ein. »Und Ihre Lippe kräuselt sich.«

»Sie sehen aus wie etwas, auf das man auf der Straße auf keinen Fall treten möchte.«

»Seien Sie nicht so bourgeois.«

»Bourgeois!« Sie kniff die Augen zusammen. »Also, dann erklären Sie mir mal, wie man die essen soll, ohne sich lächerlich zu machen?«

»Ganz einfach.« Er zeigte es ihr, indem er eine Austernschale in die Hand nahm. »Sie lassen sie einfach hinuntergleiten.«

Voller Entsetzen sah sie ihm zu. »Man kaut sie nicht?«

»Nein. Ich mag sie mit einem Spritzer Zitrone, das ist alles.« Er nahm eine Zitronenscheibe und träufelte frischen Saft auf das Muschelfleisch.

»Und wenn ich daran ersticke?«

»Dann setze ich mich an einen anderen Tisch. Na los«, forderte er sie auf. »Den Kopf in den Nacken und die Kehle entspannen!«

Grace zog die Handschuhe aus und griff argwöhnisch nach einer Auster. »Sie machen das mit Absicht, nicht wahr? Spielen ›Quäle die Engländerin‹.«

»Vertrauen Sie mir, wenn ich Sie quälen wollte, gäbe es dafür billigere Methoden.«

»Na schön.« Sie schloss die Augen, wappnete sich und schluckte. »O Gott!«, keuchte sie mit weit aufgerissenen Augen.

»Und jetzt«, er reichte ihr ein Glas, »trinken Sie schnell einen Schluck Champagner hinterher.«

Die frischen, kalten Bläschen explodierten an ihrem Gaumen. »O ja.« Sie lachte überrascht. »Das ist gut!«

»Bravo! Auf die englische Erbin!«, rief er.

»Auf die Hochstaplerin!«, hielt sie dagegen. »Wie viele darf ich davon essen?«

»So viele, wie Sie wollen. Solange Sie die sechs hier in Ruhe lassen, denn das sind meine, also: Finger weg!«

»Spielverderber.«

Er lehnte sich zurück, zündete sich eine Zigarette an und sah zu, wie sie vorsichtig Zitronensaft auf die Austern träufelte und sie verzehrte.

»Geht es Ihnen jetzt besser?«, fragte er nach einer Weile.

»Ja, danke, in der Tat.«

Er lächelte.

»Also«, fuhr sie fort, »ich fühle mich wie ein Blatt Papier, das jemand in winzige Stückchen gerissen und in die Luft geworfen hat. Aber die Luft in Paris ist sehr schön.« Grace schlürfte eine weitere Auster. Sie waren einfach sündhaft köstlich. »Sehen Sie, jetzt können Sie mich nicht mehr bourgeois nennen.«

»Ich könnte schon«, verbesserte er sie und trank einen Schluck, »aber es entspräche nicht der Wahrheit.«

»*Mon Dieu*! Sind Sie immer so pedantisch?«

»Immer. Und bitte, sprechen Sie kein Französisch – das ist, als würde man mit den Fingernägeln über eine Tafel kratzen.«

»Haarspalterei ist wohl in Ihrem Beruf sehr nützlich.« Sie lehnte sich zurück, öffnete ihre Handtasche und holte eine Packung Chesterfields heraus. Er beugte sich über den Tisch und gab ihr Feuer. Als sie den beißenden Rauch einsog, vermischte er sich mit der Salzlake der Austern und der kühlen, feuchten Luft – eine unerwartete, erdige Kombination. Sie trank noch einen Schluck Champagner. »Und, ist das Recht Ihr Leben, Monsieur Tissot?«

»Nicht ganz.«

»Verbringen Sie viel Zeit mit Ihrer Familie?«

Er schüttelte den Kopf. »Ich bin Junggeselle.«

»Oh!« Der Schock war nicht zu überhören. Aus irgendeinem Grund war sie ganz selbstverständlich davon ausgegangen, er wäre verheiratet.

Er bemerkte es und senkte lächelnd den Blick. »Nicht jeder ist für das Familienleben gemacht«, erklärte er.

»Nein, natürlich nicht«, pflichtete sie ihm rasch bei. »Ich habe mich oft gefragt, ob ich wohl dazugehöre.«

»Außerdem hatte ich bisher nicht das Glück, eine Frau zu finden, die meine schillernde Persönlichkeit akzeptieren konnte.«

Sie lachte. »Die Frauen sind sicher ganz geblendet. Sie sollten Sonnenbrillen bereithalten.«

Er schnippte ein wenig Asche in den Aschenbecher. »In meiner Freizeit repariere ich gern Sachen.«

»Ehrlich?« Sie war erleichtert, dass er das Thema gewechselt hatte. »Was denn?«

»Fahrräder, Spielzeug, Uhren. Einmal habe ich sogar einen Revolver repariert, aber dabei habe ich mir fast das Ohr abgeschossen.« Er pfiff. »Ganz dicht vorbei. Ich bin vor Schock beinahe tot umgefallen. Hinter meinem Haus habe ich eine Garage mit Werkbank und Werkzeug, und von der Decke baumeln alle möglichen Ersatzteile.« Er senkte den Blick und lächelte in sich hinein. »Bei den Kindern in der Straße bin ich sehr beliebt. Und ich spiele Gitarre.«

»Spielen Sie gut?«

Er schlürfte noch eine Auster. »Ich bin ein begnadeter Künstler. Gefangen im Körper eines Mannes ohne jegliche musikalische Begabung.« Er neigte den Kopf nach hinten und schluckte. »Doch davon lasse ich mich nicht beirren.«

»Da beneide ich Ihre Nachbarn aber nicht«, sagte sie lächelnd.

»Ich auch nicht. Und Sie, haben Sie Kinder, Madame?«

Grace schüttelte den Kopf. »Nein.«

Ein kaum wahrnehmbarer Schatten huschte über ihre Augen. Sie zog noch einmal an der Zigarette und blickte auf die geschäftige Straße, auf der sich der Verkehr und die Passanten drängten. Ihr Schweigen verriet ihm, dass sie dieses Thema nicht weiter verfolgen wollte.

»Die Beschreibung Ihrer Werkstatt erinnert mich an meinen Vater«, sagte sie nach ein oder zwei Minuten. »Er hat gern Sachen hergestellt.«

»Etwas herzustellen erfordert mehr Vorstellungskraft. Ich repariere. Für mich liegt die Herausforderung darin, den Fehler zu finden und zu beseitigen.« Er schenkte ihnen nach. »Lebt Ihr Vater noch?«

»Nein, er starb an einem Herzinfarkt, als ich noch klein war.«

»Das tut mir leid.«

Es donnerte, ein Blitz zuckte über den Himmel, und schon begann es, heftig zu regnen. Die Leute stoben in alle Richtungen davon, und bald waren die Straßen leer. Fußgänger eilten mit gesenkten Köpfen vorbei, duckten sich in Türen und suchten Zuflucht auf den Stufen von Häusern. Die meisten Gäste zogen sich in das Café zurück.

Sie blieben allein draußen.

Grace beugte sich vor, stützte das Kinn in die Hand und sah zu, wie der Regen wie ein durchsichtiger Vorhang von der Markise herabströmte. Dahinter wurde Paris zu einem fernen Ort. »Es war sehr nett, dass Sie mit mir hergekommen sind. Ich bin Ihnen sehr dankbar für Ihre Aufmerksamkeit.«

Er wurde nicht oft bezichtigt, aufmerksam zu sein.

»Ist mir ein Vergnügen, Madame. Ihre Angelegenheit wird bald zum Abschluss gebracht sein. Und mit was für einem Ergebnis!«, erinnerte er sie freundlich.

»Ja, da haben Sie vermutlich recht.«

»Sobald Sie die Papiere unterzeichnet haben, können wir die Wohnung auf den Markt bringen, und Sie können nach England zurückkehren.«

»Ja.«

Grace schloss die Augen und atmete ein. Die Luft duftete köstlich nach fremden und vertrauten Dingen; sowohl feucht und grün als auch leicht modrig; so meerdurchtränkt wie die Austern, so erfrischend wie der Champagner. Sie zog noch einmal an ihrer Zigarette. »Würde es Ihnen etwas ausmachen, noch ein wenig hier sitzen zu bleiben?«

»Ganz und gar nicht.«

»Ich weiß nicht, warum«, gestand sie, »aber den Geruch nach Regen habe ich immer schon gemocht.«

»*Bonjour, madame.*«

»*Bonjour.*« Grace nickte dem Portier zu, der sie begrüßte, als sie das Foyer betrat.

Sie ging zum Empfang. »Verzeihen Sie, haben Sie eine Nachricht für Madame Munroe?«

»Schauen wir mal.« Der Empfangschef sah die Unterlagen auf seinem Tisch durch. »Ja!« Triumphierend hielt er ein Telegramm hoch und reichte es ihr mit einer kleinen Verbeugung. »Für Sie, Madame.«

Grace merkte, dass ihr Mund trocken wurde vor Nervosität. Endlich. »Vielen Dank.«

Auf dem Weg zum Aufzug riss sie ungeduldig den Umschlag auf: DARLING – STOPP – WAS FUER NACHRICHTEN – STOPP – MALLORY.

Ihr Herz sank.

Mallory interessierte sich mehr dafür, wie es ihr ging, als ihr Ehemann.

Es war inzwischen mindestens eine Woche her, seit

sie ihn mit mechanischer Höflichkeit über ihre geplante Reise nach Paris informiert hatte. Eine ganze Woche ohne einen Brief oder einen Anruf.

Sie knüllte das Telegramm zusammen und wollte es in ihre Manteltasche stopfen, doch da war schon etwas drin. Sie holte es heraus. Es war die Karte, die sie in dem Laden auf dem Boden gefunden hatte, als sie und Monsieur Tissot von der alten Frau zu Tode erschreckt worden waren. Sie hatte sie wohl, ohne zu überlegen, aus Versehen in ihre Tasche gesteckt.

Grace betrachtete sie.

Die Karte war mit einer stilisierten, energischen Handschrift beschrieben, und in dem vom Alter vergilbten Papier schimmerte ein Wasserzeichen auf. Grace drehte sie um und sah, dass auch die Rückseite eng beschrieben war. *Ma chérie, Quelle idée merveilleuse pour un parfüm!*, begann die Korrespondenz, doch weiter reichte ihr Französisch nicht. Sie brauchte Hilfe.

In ihrem Zimmer hatte sie ein französisches Wörterbuch.

Die Aufzugtüren glitten zur Seite, und sie trat auf den Flur.

Das Übersetzen würde sie vielleicht von dem dröhnenden Schweigen von jenseits des Ärmelkanals ablenken.

New York, 1927

»Andre, reich mir bitte das Buch, ja? Wir müssen heute in eine Buchhandlung gehen, sonst sind wir gezwungen, das zu lesen, was die Schiffsbibliothek bereithält, und das ist sicher fürchterlich.«

Valmont reichte Madame Zed den Roman von ihrem Nachttisch. Sie waren beim Packen – das Schiff nach Lissabon würde am nächsten Morgen ablegen –, und sie hatten Evas Hilfe angefordert. Diese hievte gerade einen Stapel Kleider aus dem Schrank und legte sie aufs Bett, um sie in Seidenpapier einzuschlagen.

Doch Madame Zed starrte sie nur entsetzt an. »Was machst du da?«

»Packen, Madame.«

»Nein, nein, nein, nein! Diese Kleider sind alt. Sie riechen nach den Gedanken und Sehnsüchten vom letzten Jahr. Absolut nicht! Hör sofort damit auf!«

Eva sah Valmont an, der die Augen verdrehte und näher trat, um zu vermitteln. »Und was sollen wir dann damit machen?«

»Das ist mir egal! Wir sind Geschöpfe der Mode, und bei Mode geht es um Veränderung. Um das Neue und Aufregende. Wir sollten nicht an der Vergangenheit kleben. Nein.« Sie wandte dem Kleiderhaufen den Rücken zu. »Allein bei ihrem Anblick werde ich matt vor Gleichgültigkeit.«

»Schön«, meinte Valmont seufzend, »aber irgendetwas müssen Sie anziehen. Oder sollen wir die ganze Reise in der Kabine verbringen?«

Madame Zed beugte sich über die Sofalehne und nahm sich ein französisches Konfekt von einem Tablett. »Also, das ist genau der Punkt. Zufällig habe ich in Chinatown einen klugen kleinen Mann kennengelernt, der die verführerischste Auswahl chinesischer Seidenstoffe anbietet, die man sich vorstellen kann, und ein wahrer Meister an der Nähmaschine ist. Ich habe eine neue Garderobe bestellt.« Sie steckte sich ein Bonbon mit rosafarbenem Zuckerguss in den Mund und setzte ihr typisches schiefes Grinsen auf. »Paris wird völlig aus dem Häuschen sein, wenn wir zurückkommen. In ganz Europa kriegt man so etwas nicht! Stellen Sie sich Elle um Elle fließender Seide vor, dazu passende bestickte, maßgeschneiderte Jacken mit steifem Mandarinkragen, exotische, glockenförmige Ärmel; alles in Edelsteinfarben, bei deren Anblick man weinen möchte vor Verlangen. Sobald wir im Hafen einlaufen, lasse ich mir ein Paar arabische Pantoffeln machen. Allerdings müssen Sie sie abholen, Andre. Er spricht kein Wort Englisch und hat nie einen Fuß außerhalb von Chinatown gesetzt. Er heißt Mr Wu.«

»Mr Wu«, wiederholte Valmont ausdruckslos. Eva hatte den Eindruck, es gebe über die ganze Welt verstreut unzählige Mr Wus und Madame Zed gelänge es immer, sich ihrer Dienste zu versichern. »Und wo finde ich diesen Mr Wu?«

»Oh, ganz leicht! Sein Laden ist in einem Keller. Irgendwo zwischen einem Lebensmittelgeschäft und einer Apotheke.«

»Leicht?« Valmont fuhr sich mit der Hand über die Augen. »Ein Keller. In Chinatown.«

»Aber die Apotheke ist einfach zu finden, denn vor dem Eingang halten zwei große Steindrachen Wache, die die Zunge herausstrecken, und in den Fenstern stehen große blaue Porzellantöpfe mit Kräutern. Die Schilder sind natürlich alle auf Chinesisch, also nützen sie gar nichts.« Sie stand auf. »Ich habe jedes Vertrauen in dich, mein Junge. Aber beeil dich. Wir haben nicht mehr viel Zeit, und es ist noch so viel zu tun.«

»Muss ich ihn bezahlen?«

Madame Zed verharrte und runzelte die Stirn. »Also, das ist eine gute Frage. Weißt du, ich kann mich nicht erinnern. Mir scheint, als hätte ich eines Nachmittags ziemlich viel Zeit dort verbracht. Wir haben in großen Mengen grünen Tee getrunken und hatten eine sehr lebhafte Konversation, die keiner von uns verstand; Maße wurden genommen, Stoffe diskutiert. Ich hatte wohl meine Geldbörse bei mir …«, sinnierte sie und sah sich im Zimmer um. »Hast du sie seither gesehen?«

»Ich nehme auf jeden Fall Geld mit«, beschloss Valmont und ging in sein Zimmer, um Jacke und Hut zu holen.

»Und jetzt«, wandte sie sich an Eva und winkte in Richtung des Haufens voluminöser Kreationen, der auf dem Bett lag, »tu mir den Gefallen und entferne das da. Ich ertrage den Anblick nicht mehr!«

Eva starrte auf die wunderschönen Stoffe. »Was soll ich damit machen, Madame?«

»Verbrennen! Ertränken! Tu damit, was man mit streunenden Katzen tut, die kein Zuhause haben. Wenn man die Vergangenheit hinter sich lassen will, darf man nicht sentimental sein.«

»Dürfte ich ...ich meine, würde es Ihnen sehr viel ausmachen, wenn ...«

»Nimm sie!«, schnitt Madame Zed ihr das Wort ab. »Solange ich sie nicht mehr sehen muss, ist es mir egal, was daraus wird.«

Als Valmont zurückkam, hielt er eine kleine Glasphiole in der Hand, die er Eva reichte. »Hier.«

Überrascht sah sie zu ihm auf. »Was ist das?«

Er schob die Hände in die Taschen. »Warum schnupperst du nicht einfach daran?«

Eva entfernte den Stopfen. Der Duft, der daraus aufstieg, war zuerst grün, moosig, kühl und frisch. Dann erwärmte er sich ganz allmählich zu einer süßeren, leicht moschusartigen Basisnote. Es war ein Parfüm, das die diffizile Balance hielt zwischen sich entfaltenden Schichten reiner, weißer Blüten und grüner Frühlingskräuter und etwas Dunklerem, Wissenderem.

»Wo haben Sie das her?«

»Ich habe es gemacht.«

»Sie …?« Ungläubig starrte sie ihn an.

Seine Wangen röteten sich ein wenig. »Ich habe dir doch gesagt, dass ich Parfüm machen kann«, sagte er, wandte sich ab und rückte im Spiegel seinen Hut zurecht.

»Aber das ist … wunderbar!«

»Du hast mir nicht geglaubt, oder?«

»Nein.«

»Also«, meinte er bemüht unbekümmert, »wenn du willst, kannst du es behalten.«

»Sie können mir das nicht schenken«, protestierte sie, verschloss die Phiole wieder und gab sie ihm zurück.

»Gefällt es dir nicht?«

»Doch, natürlich. Aber Sie dürfen es nicht vergeuden.«

»Vergeuden? Was wolltest du denn damit machen? Das ganze Zimmer besprenkeln?«

»Nein, natürlich nicht. Ich will nicht undankbar erscheinen …«

»Dann sei es auch nicht«, unterbrach er sie, schob es ihr wieder in die Hand und eilte zur Tür. »Jetzt wirst du nicht mehr so dumm sein, an mir zu zweifeln«, fügte er auf dem Weg nach draußen noch hinzu.

Madame Zed warf Eva einen Blick von der Seite zu und zündete sich noch eine Zigarette an. »Er will dich beeindrucken, weißt du.«

»Mich, Madame?«

»Ja, dich«, erwiderte sie lachend. »Männer sind nicht so kompliziert, wie sie scheinen. Sie wollen bloß von allen bewundert werden. Und«, mit einem Nicken wies sie auf die Phiole in Evas Hand, »es ist gut. Das erste richtig gute Parfüm, das er je kreiert hat. Wer hätte gedacht, dass er in der Hitze von New York City Inspiration finden würde? Oh, verdammt. Schau, er hat schon wieder seinen Schlüssel vergessen.« Sie drückte ihn Eva in die Hand. »Lauf hinter ihm her, ja? Ich weiß nicht, wo ich bin, wenn er zurückkommt.«

Eva rannte den Flur hinunter und holte Valmont ein, als er gerade in den Aufzug steigen wollte.

»Warten Sie!«, rief sie. »Sie haben Ihren Schlüssel vergessen.«

Er verharrte, die Aufzugtüren glitten zu. Sie waren allein im Flur.

»Ich würde dir gern etwas sagen«, setzte er an und senkte den Blick.

Sie war sich nicht sicher, ob sie es hören wollte. »Ja?«

»Also, es ist …« Er zögerte und zog die Stirn in Falten. »Ich wollte nur sagen, dass du wahrscheinlich recht hattest mit dem Lavendel.«

»Verzeihung?«

»Erinnerst du dich, der Lavendel in dem Putzmittel, das du angerührt hast?«

Hatte er wirklich die ganze Zeit daran gedacht? »Da habe ich keinen Lavendel reingetan.«

»Ja, das meine ich ja. Du hattest recht, keinen hinzuzufügen. Es war eine Reihe von Duftnoten, auf die man sich konzentrieren konnte, alle gleichermaßen interessant«, fuhr er in seinem vertrauten, hochmütigen

Tonfall fort, »und obwohl ich Lavendel schon mit phantastischer Wirkung eingesetzt habe, weiß ich doch anzuerkennen, dass deine … deine«, er suchte nach den richtigen Worten, »also, deine Lösung des Problems besaß Niveau.«

»Vielen Dank.« Sie war sich nicht sicher, wofür sie sich überhaupt bei ihm bedankte.

»Es scheint, dass du ein gutes Verständnis für Düfte hast.«

»Kann sein.«

»Hast du es probiert? Ich habe noch nie ein Parfüm für jemanden speziell gemacht«, gestand er plötzlich. »Hast du es aufgelegt?«

Sie nickte schüchtern. »Nur ein wenig.«

»Darf ich?« Er streckte die Hand aus.

Eva hielt ihm den Arm hin. Valmont nahm ihn und drückte seine Lippen auf die weiße Haut ihres Handgelenks.

Die Wirkung war weit intensiver, als er es sich hatte vorstellen können. Sein Parfüm betonte ihre jugendliche Frische und verschmolz doch ganz natürlich mit ihren reichen, moschusartigen Untertönen. Es »vollendete« sie, verlieh ihr eine geschliffene Eleganz, verband die gebrochenen Teile von ihr miteinander. Er staunte, wie viel sie seiner Komposition noch hinzufügte und wie sehr sie seine Phantasie beflügelte. Er war beseelt. Schon wirbelten ihm ein halbes Dutzend Verfeinerungen und Variationen durch den Kopf.

Eva sah ihn an. Sein Gesichtsausdruck war ihr vertraut; es war dieselbe Mischung von Transzendenz und Ekstase, die sie jede Woche auf den Steingesichtern der Märtyrer und Heiligen in St. Boniface sah, die bedenklich zwischen Verzückung und Schmerz schwankten. Es machte ihr Angst.

Sie zog ihren Arm zurück. »Warum haben Sie es für mich gemacht?«

Valmont starrte sie erstaunt an. Er konnte unmöglich laut aussprechen, dass ihr Körpergeruch ihn inspiriert, ja, geradezu getrieben hatte, einen Duft zu kreieren, der der Komplexität ihrer Haut gerecht wurde.

»Ich musste«, sagte er.

»Was meinen Sie damit, Sie mussten? Sie mögen mich nicht mal.« Sie machte einen Schritt auf ihn zu. »Oder?«

Die Türen des Aufzugs öffneten sich erneut und schlossen sich wieder.

Keiner rührte sich.

»Du verstehst das nicht.« Seine Miene war ehrfurchtsvoll, fast ein wenig traurig. »Du bist einfach außergewöhnlich.«

Paris, Frühling 1955

Der Mann hinter der Theke schob seine Brille die Nase hoch und drehte die Karte stirnrunzelnd um, um sie zu lesen.

»Woher haben Sie die?«

Grace zögerte, ihm die Wahrheit zu sagen. »Ich habe sie gefunden. Eher durch Zufall.«

Sie stand im Laden von Guerlain an den Champs-Élysées Nummer 68 und unterhielt sich mit dem Meisterparfümeur Jakob Androski, einem der Assistenten des legendären Jacques Guerlain. Ein Verkäufer hatte ihn aus dem Labor gerufen, um ihr zu helfen. In seinem weißen Laborkittel, den er über Anzug und Krawatte trug, studierte er die Karte, die sie in dem verlassenen Laden auf dem Fußboden gefunden und eingesteckt hatte.

»Gefunden?«

Bei seinem Tonfall errötete sie.

»In einem verlassenen Laden, einer Parfümerie, auf der Rive Gauche.« Zu viele Einzelheiten wollte sie nicht preisgeben. »Ich … ich hatte dort etwas zu erledigen … musste das Haus sehen …« Mitten in ihren Lügen hielt sie inne. »Der Laden hieß *Recherchez-moi*. Kennen Sie ihn?«

Er sah sie seltsam an. »Selbstverständlich. Aber der ist seit dem Krieg geschlossen. Er hat Andre Valmont gehört.«

»Valmont?«

»Ja. Andre Valmont war Parfümeur; einer der besten von ganz Paris.« Er drehte die Karte wieder um.

Grace beugte sich über die Ladentheke. »Ich habe versucht, den Text zu übersetzen, aber ich habe es nicht hingekriegt. Ich fürchte, mein französisches Wörterbuch war mir keine große Hilfe – selbst die Wörter, die ich tatsächlich gefunden habe, haben im Zusammenhang keinen Sinn ergeben. Aber ich weiß, dass es um ein Parfüm geht und eine Art Rezept …?«

»Es ist kein Rezept, sondern eine Formel. Es ist fachlicher Natur – eine Korrespondenz zwischen zwei Parfümeuren. Genau genommen ist es eine Einkaufsliste sehr teurer Parfümingredienzen. Sehen Sie hier.« Er zeigte auf die zweite Zeile. »Oud – das ist ein sehr kostbares, starkes Öl, das aus dem Harz des Adlerholzbaumes gewonnen wird. Und Jonquillen sowie Narzissen aus Marokko. Dies sind äußerst seltene Blumen, deren Essenzen schwer zu extrahieren sind«, erklärte er. »Es erfordert eine erstaunliche Anzahl von Blüten, um auch nur ein einziges Gramm Absolue zu gewinnen.«

»Absolue?«

»Ja. Ein Absolue ist die reinste Form von ätherischem Öl, die reine Essenz«, erklärte er. »Es sieht aus, als wäre bei diesen Zutaten an nichts gespart worden. Neroli aus

Tunesien, bulgarische Tuberosen, Vanille aus Madagaskar. Aber hier«, er runzelte die Stirn, »das sind allerdings seltsame Wünsche.«

»Inwiefern?«

»Hier steht ›Haar‹.«

Grace fragte sich, ob sie ihn richtig verstanden hatte. »Haben Sie ›Haar‹ gesagt?«

»Ja«, antwortete er und übersetzte: »›Ich habe Mühe, eine Haarsorte zu finden, die die von Ihnen beschriebene Wärme und Tiefe ergibt. Vielleicht geht es mit blondem Haar. Doch ich glaube, Sie werden beeindruckt sein von dem Akkord von nasser Schafwolle.‹«

»Nasse Schafwolle?«

»So steht es hier.«

»Tut mir leid«, Grace hatte Mühe, Schritt zu halten, »aber können Sie mir erklären, was ein Akkord ist?«

»Selbstverständlich.« Er lächelte entschuldigend. »Ein Akkord ist das Zusammenspiel von zwei oder mehr Ingredienzen, die einen neuen Duft ergeben, der ganz anders ist als die einzelnen Zutaten. Ein großartiges Parfüm kann aus mehreren frischen, neuen Akkorden bestehen. Sie sind wie eine kleine Duftkomposition innerhalb eines größeren, weitreichenderen Gewebes. Die Komplexität und das Nebeneinander der beteiligten Akkorde macht den Unterschied zwischen einem wahrlich revolutionären Parfüm und einem nur angenehm riechenden Duft aus.«

»Aber warum sollte jemand Haar in seinem Parfüm haben wollen? Oder nasse Schafwolle?«

»Gänzlich undenkbar ist das nicht. Nicht jeder Duftbestandteil eines Parfüms ist blumig oder angenehm. Ja, wenn dem so wäre, besäße ein Parfüm sehr wenig Beständigkeit. Moschus, zum Beispiel, ist äußerst gewöhnlich. In der einen oder anderen Form ist es fast in jeder modernen Formulierung enthalten, doch es ist unglaublich stark, es riecht nach Wild – ein säuerlicher, sexueller Duftstoff, der aus den Drüsen des im Himalaja lebenden Moschushirsches stammt. Zibet von der Zibetkatze riecht wie Kot, und reines Oud ist unglaublich … es ist das Ergebnis einer Infektion des indischen Adlerholzbaumes. Als Reaktion auf den Pilz sondert der Baum ein unglaublich dichtes Bernsteinharz ab, das nach Schimmel riecht, süßem, faulem Holz, intensive, grüne Duftnoten. Die meisten Menschen verabscheuen diesen Geruch, wenn sie ihn das erste Mal in die Nase kriegen, und trotzdem setzt er sich in ihrer Phantasie fest und macht süchtig. Die dunkleren Duftnoten sind wie ein Herz, das im Zentrum eines großartigen Duftes schlägt.«

»Ich hatte ja keine Ahnung.«

Er beugte sich vor. »Eine meiner Lieblingsingredienzen ist Ambra. Schon mal davon gehört? Wissen Sie, woher es kommt?«

Sie schüttelte den Kopf.

»Es wird vom Pottwal erbrochen, wenn er zum Beispiel Tintenfisch verschlingt. Es ist eine grünliche, widerliche Masse, die auf der Meeresoberfläche schwimmt und in Sonne und Regen reift, bis sie ans Ufer geschwemmt wird. Und doch entwickelt sich aus diesen bescheidenen Anfängen ein absolut unbeschreiblicher Duft. Er entfaltet sich buchstäblich auf der Haut und kreiert einen Ausblick in die Sinne.«

»Wie ungewöhnlich. Aber wie wurden diese Ingredienzen entdeckt?«

»Wer weiß! Es geschieht wohl ganz instinktiv, dass man, wenn man auf etwas stößt, das man nicht kennt, es erst einmal aufhebt und daran riecht. Doch ich möchte nicht zu lange bei der Entdeckung der Zibetkatze verweilen. Sehen Sie, die meisten Menschen glauben, Parfüm würde nur aus zerstoßenen Blütenblättern gemacht, doch nichts könnte weiter von der Wahrheit entfernt sein. All diese Ingredienzen sorgen für Gewicht, Dimension und Kontrast. Ohne sie ist das Ergebnis flach und eindimensional. Aber«, er hielt die Karte hoch, »Haar hat eine sehr feine, flüchtige, erdige Qualität. Äußerst schwer zu gewinnen.«

Grace betrachtete ihn eingehender. »Haben Sie es je versucht?«

»O ja, viele Male«, gestand er ein wenig befangen. »Es ist mit das Erste, was einem auffällt, was man riecht, wenn man jemanden umarmt. Die Wärme des Haars der Geliebten.«

Sie spürte, dass sich ihre Wangen mit einer leichten Röte überzogen, und wandte den Blick ab. »So habe ich es noch nie betrachtet.«

Er überflog die Karte noch einmal. »Es scheint ein konkreter Auftrag zu sein. Genau wie die Schafwolle.«

Er unterbrach sich. »Als wollte jemand Akkorde einer Erfahrung kreieren. Oder eine Erinnerung.«

So etwas hatte Grace noch nie gehört. »Ist das möglich?«

»O ja«, antwortete er mit ernster Miene, »wenn auch nicht weit verbreitet. Wahre Kenner entwickeln schon mal eine Obsession für so etwas.« Er senkte die Stimme und zeigte auf die elegant gekleideten Frauen, die gemächlich von einer Ladentheke zur anderen schlenderten wie seltene, exquisite Geschöpfe, die nur zum Vorführen geschaffen waren. »Die meisten Kundinnen möchten wie die Frauen riechen, die sie sein wollen, nicht wie die, die sie in der Vergangenheit waren. Doch ein Parfümeur bemüht sich immer darum, die Düfte einzufangen, die uns an bestimmte Orte, Menschen und Augenblicke erinnern. Die größte Herausforderung ist es, nicht nur einen wahren Duft einzufangen, sondern einen, der die ganze Erfahrung wieder in Erinnerung ruft.«

»Geht das überhaupt?« Das klang eher nach Alchemie als nach Parfüm.

»Gelegentlich. Hier«, er bedeutete Grace, ihm zu folgen, »lassen Sie mich Ihnen etwas zeigen.«

Er führte sie um die gläserne Ladentheke herum in einen Lagerraum hinter dem Verkaufsraum. Dort holte er einen Schlüsselbund aus seiner Tasche und schloss die Tür zu einem dunklen, kühlen Raum auf, wo er einen Flakon auswählte.

»Schließen Sie die Augen«, wies er sie an und löste den Stöpsel. Dann tupfte er einen Tropfen auf ihr Handgelenk.

Grace schloss die Augen und atmete ein.

Plötzlich war sie nicht mehr zwischen vier Wänden und auch nicht mehr in Paris, sondern im ländlichen Oxfordshire auf dem niedrigen, abfallenden Hügel gegenüber dem Haus ihrer Eltern. Es war später Nachmittag, am Himmel hingen schwere, graue Wolken; die Lampen in den Fenstern des Hauses schimmerten hell wie Flammen. Die Luft schmeckte nach Eis.

Sie schlug die Augen auf und starrte den Mann an, während ihr Gehirn ein bestimmtes Gefühl zu greifen versuchte … eine bestimmte Zeit und einen Ort. »Ich kenne diesen Geruch! Aber woher?«

Er grinste entzückt. »Schnee.«

»Schnee! Natürlich.« Sie drückte das Handgelenk an die Nase. »Aber wie machen Sie das?«

»Es ist eine meiner eigenen Kreationen«, sagte er stolz. »Ich habe Jahre gebraucht, um diesen Duft zu perfektionieren. Sehen Sie, nichts ist unmittelbarer und umfassender als der Geruchssinn. Er besitzt die Macht, einen in einem einzigen Augenblick irgendwohin zu transportieren. Der Geruchssinn verbindet einen nicht nur mit der Erinnerung, sondern auch mit dem Gefühl, das man zu dieser bestimmten Zeit empfand. Eine Geruchserinnerung wiederzuerschaffen, das ist eine der größten Herausforderungen. Es ist Poesie in ihrer unmittelbarsten Form.«

Grace sah ihn staunend an. »Ich war ein Kind auf dem Hügel gegenüber dem Haus meiner Eltern.«

Er nickte. »Eine Geruchserinnerung ist etwas sehr

Persönliches, eine ganz private Erfahrung. Meine eigene Erinnerung könnte nicht unterschiedlicher sein. Ich laufe hungrig über ein gefrorenes Feld. Bei Einbruch der Dämmerung.« Sein Gesichtsausdruck veränderte sich, und ihr war, als wiche er vor ihr zurück und verschwände an einem anderen Ort. »Dann der Schnee.«

Monsieur Androski verschloss den Flakon wieder.

Grace erhaschte einen kurzen Blick auf das Etikett: *La Pologne, 1942*.

Polen.

Ein harter Winter.

Sie sah zu, wie er den Flakon wieder in den Lagerraum brachte und die Tür abschloss.

Sie gingen zurück in den Laden mit seinem goldenen Licht und den leise sprechenden Verkäuferinnen, wo die hypnotisierenden blumigen Kompositionen, für die Guerlain berühmt war, schwer in der Luft lagen.

Er gab ihr die Karte zurück. »Woran auch immer sie gearbeitet hat, es sollte kein gewöhnliches kommerzielles Parfüm werden.«

»Sie?«, fragte Grace. »Wieso sagen Sie ›sie‹?«

Er zeigte auf die Unterschrift. »›M. Zed.‹ Das kann nur Madame Zed sein. Wissen Sie, wer sie war?«

»Nein, tut mir leid.«

»Sie war eine bekannte Parfümeurin Anfang des zwanzigsten Jahrhunderts. Russin, glaube ich. Es ging das Gerücht, sie sei eine vor der Russischen Revolution geflohene Aristokratin. Sie wurde die ›Hausnase‹ von Lanvin und hat vierzehn oder fünfzehn Parfüms für sie kreiert. Und auf der Höhe ihres Erfolgs verschwand sie plötzlich von der Bühne. Ihre charakteristischste Schöpfung ist natürlich weltbekannt – *Mon Péché*.«

»*Mon Péché*?«

»*My Sin*. In der Tat eine sehr moderne Formel und einzigartig für ihre Zeit. Immer noch eines meiner Lieblingsparfüms. Danach hat sie sich ganz aus der Parfümwelt zurückgezogen. Doch sie hatte einen Lehrling, einen jungen Mann.« Er begegnete ihrem Blick. »Irgendwann hat er in der Nähe von Saint-Germain seinen eigenen Laden eröffnet.«

»Andre Valmont?«, riet sie.

»Genau.« Er seufzte. »Ich wüsste zu gern, woran sie gearbeitet haben. Ich hätte sehr gern daran gerochen. Madame Zed besaß eine ganz einzigartige Duftpalette. Ein wenig rau, herausfordernd. Doch am Ende sehr elegant. Was Valmont angeht«, er unterbrach sich und suchte nach den richtigen Worten, »er war geradezu ein Genie. Seine Sammlung von Akkorden und Absolues, die Komplexität und Variationsbreite seiner Formulierungen war geradezu verblüffend.«

»Haben Sie ihn gekannt?«

Er schüttelte den Kopf. »Leider nicht. Doch ich war, kurz nachdem ich nach Paris gekommen bin, einmal in seinem Laden. Das war unvergesslich. Wenn Guerlain eine Kathedrale ist, dann war Valmonts Laden ein Pantheon, ein heidnischer Schrein für alles, was möglich ist – nichts geschönt, nichts geleugnet. Regale vom Boden bis zur Decke, funkelnde Spiegel, feudale Stoffe.

Er war winzig, exklusiv, schrecklich schick. Eine Frau herrschte über das Ganze, womöglich das ungewöhnlichste Geschöpf, das mir je begegnet ist. Weder für Geld, noch für gute Worte bekam man einen Termin bei Valmont persönlich. Doch diese Erscheinung setzte sich mit einem hin, unterhielt sich und holte einen Flakon nach dem anderen, bis man trunken war von Düften!«

»Warum hat er nach dem Krieg nicht wieder eröffnet?«

Jakob Androski wurde ernst. »Andre Valmont war Jude. Er hat den Krieg nicht überlebt, Madame.«

»Oh.« Sie runzelte die Stirn.

»Er war kein gewöhnlicher Parfümeur«, fügte er hinzu. »Und er starb sehr jung. Wer weiß, was für Kreationen er in zehn oder zwanzig Jahren erschaffen hätte? Ein schwerer Verlust für unsere Zunft.«

Grace streckte ihm die Hand hin. »Haben Sie vielen Dank, dass Sie sich so viel Zeit für mich genommen haben und mich an Ihrem Wissen teilhaben ließen.«

Er schüttelte ihr die Hand. »Es war mir ein Vergnügen, Madame Munroe. Lassen Sie mich wissen, ob Sie noch etwas herausfinden. Ich bin ein großer Verehrer seiner Arbeit.«

Grace verließ den Laden und trat hinaus auf die geschäftigen Champs-Élysées.

Der Himmel war klar, die Luft mild.

Sie hob das Handgelenk und atmete ein.

Und plötzlich war sie wieder zurückversetzt in der

Zeit, stand an einem späten Novembernachmittag im Nebel auf dem Hang gegenüber dem Gartentor.

Sie sah ihre Mutter aus dem Haus kommen. Sie winkte ihr, sie solle hereinkommen. Und ihr Vater eilte mit gesenktem Kopf, tief in Gedanken versunken, den Pfad hinunter, der seitlich am Haus vorbeiführte. Er trug etwas bei sich – Notizen – und ging fort. Er kam nicht zum Abendessen herein.

Eine angsterfüllte, schmerzliche Sehnsucht machte sich in ihrer Brust breit.

Es war eines der letzten Male gewesen, dass sie ihn lebend gesehen hatte.

New York, 1927

Miss Waverley war eine wunderliche Erscheinung. Sie hatte schimmerndes, mahagonifarbenes Haar, das zu einem eleganten, geschmeidigen Bubikopf geschnitten war, und Augen von der Farbe dunkler Schokolade – große, von schwarzen Wimpern gerahmte Rehaugen. Ihre Haut war elfenbeinfarben, und ihre Proportionen waren erstaunlich – schlanke Taille, hohe, volle Brüste, wohlgeformte Beine. Sie bewegte sich mit solch lässiger Sinnlichkeit, dass es unmöglich war, sie nicht anzustarren. Und sie war es gewohnt, angestarrt zu werden.

Miss Waverley war im Hotel bestens bekannt. Sie war regelmäßig zu Gast, auch wenn sie kein zahlender Gast war. Sie tauchte einfach auf wie eine faszinierende Fußnote zu den Reisearrangements verschiedener wohlhabender Herren. Die baten dann um ein an ihre Suite angrenzendes Zimmer oder, wenn Diskretion von höchster Bedeutung war, auch schon einmal um eine zweite Suite, eine Etage höher. Während der Zeit ihres Aufenthaltes schmückte Miss Waverley das Hotel wie eine fremdartige, exquisite Blume; nur selten begleitete sie ihren Wohltäter in der Öffentlichkeit. Sie stand nie vor elf Uhr morgens auf und bekam jeden Tag um diese Zeit einen starken Kaffee, eine Schüssel Eiswürfel und Zitronenscheiben und eine halbe Pampelmuse aufs Zimmer serviert. Niemand wusste, was sie mit dem Eis machte. Eine halbe Stunde später marschierten, ungeachtet des Wochentags, eine Friseurin, eine Masseurin und eine Maniküre in ihr Zimmer. Zwei Stunden später tauchte sie dann auf, eine schimmernde Erscheinung von taufrischer Jugend, so anmutig und kunstlos arrangiert wie eine Wiese voller Wildblumen.

Sie hatte eine weiche, tiefe Stimme und einen ungezogenen, schockierenden Sinn für Humor. Gelächter folgte ihr auf Schritt und Tritt. Sie sammelte Bewunderer, männliche wie weibliche, wenn sie nur durch das Foyer ging, und konnte alle in ihre Späße einbeziehen. Verschwörerisch beugte sie sich vor, um zu einer alten Matrone, die mit versteinertem Gesicht auf ein Taxi wartete, etwas schalkhaft Zweideutiges zu sagen. Im nächsten Augenblick kicherten die beiden unkontrolliert, und Miss Waverley bot der alten Dame an, ihr Chauffeur werde sie dorthin bringen, wohin sie wollte.

Wenn sie unten im Restaurant speiste, wurden die anderen Gäste langsamer bedient, weil das Personal sich in der Küchentür drängte, um einen Blick auf sie zu erhaschen und zu sehen, was sie trug.

»Ist sie ein Filmstar?«, fragte Eva, als sie sie das erste Mal zu Gesicht bekam.

»Das wär sie wohl gern!« Rita schnaubte. »Sie ist eine Prostituierte. Wird besser behandelt als die Königin. Da sieht man's mal wieder, was? Was ist bloß aus dieser Welt geworden?«

Eva konnte es nicht glauben. Prostituierte waren Frauen in billigen Kleidern, die sich am falschen Ende der Stadt in düsteren Ecken herumdrückten. »Ehrlich, Rita«, tadelte sie, »du solltest nicht solche Gerüchte verbreiten.«

»Das ist kein Gerücht, sondern eine bekannte Tatsache. Und pass bloß auf, wen du hier als Lügnerin beschimpfst!« Mit hochgerecktem Kinn, beleidigt und erhaben, eilte Rita davon.

Ende Juli wohnte Miss Waverley für zehn Tage auf Veranlassung von Senator Henry Clayton Grimsby von der berühmten Familie Grimsby aus Boston in Zimmer 321. Doch Senator Grimsby reiste in Begleitung seiner Tochter und seines Sohnes, beide im Teenageralter. Daher hatte Miss Waverley ein Eckzimmer, nicht zu weit weg, nicht zu nah. Und sie hatte dank der Tatsache, dass es die erste Reise des Grimsby-Nachwuchses nach New York war, ein wenig mehr Zeit zur freien Verfügung.

Eva durfte ihr Zimmer erst nach drei Uhr nachmittags betreten. Und sie freute sich darauf wie ein Kind auf seinen Geburtstag. Um exakt drei Uhr schloss sie Miss Waverleys Zimmer auf und betrat eine Welt der Eleganz und des Luxus.

Die Schränke stöhnten unter Paketen von Modeschöpfern und Hutmachern. Wunderschöne Kleider hingen von der Nacht zuvor über Stuhllehnen. Hauchdünne Strümpfe lagen zusammengeknüllt auf dem Boden, zarte Unterwäsche aus Satin und Spitze, zu zart, um sich überhaupt vorzustellen, so etwas zu tragen, fand sich zerknittert auf dem Bett. Eva bewegte sich langsam und vorsichtig durch den Raum und genoss jeden Augenblick, da sie die Kleider aufhängte, das Bett machte und die Vorhänge zurückzog, um Licht und Sonne hereinzulassen. In der Luft lag ein exotisches, schweres Parfüm und kalter Zigarettenrauch. Neben der Badewanne standen volle Aschenbecher, halb volle Champagnergläser auf dem Balkon.

Alles an Miss Waverley faszinierte Eva. Und sie weigerte sich, zu glauben, dass eine Frau, die so kultiviert und charmant war, sich zu den von Rita beschriebenen moralischen Abgründen herabließ. Wahrscheinlich hatte sie sich einfach verhört; schließlich war Rita stets bereit, von jedem nur das Schlimmste anzunehmen.

Am liebsten räumte Eva die Frisierkommode auf, die vorderste Front weiblicher Alchemie. Die einzigen Toilettenartikel, die Eva besaß, waren eine alte Haarbürste, die sie seit der Kindheit hatte, und eine kleine Schachtel Haarnadeln, um ihren Hut festzustecken. Doch Miss Waverleys Frisierkommode quoll über vor geheimnisvollen Tiegeln, Flaschen und Puderdosen, goldenen Lippenstifthülsen, runden Puderquasten, Döschen mit Rouge, Lidstrich in Gestalt schwarzer Rechtecke und einem großen Parfümzerstäuber. Eva staubte alles ab, rückte es ordentlich zurecht und überlegte, was wofür benutzt wurde.

Dabei stellte sie sich gern vor, dies sei ihr eigenes

Zimmer, das sie sauber machte. Sie habe die ganze Nacht mit Mr Lambert getanzt, und die goldenen Schuhe auf dem Balkon und die halb leeren Champagnergläser seien die ihren. Dann tat sie so, als hängte sie ihr perlenbesticktes Kleid für den nächsten Abend heraus, und die teuren Nachthemden, die sie faltete, seien ihre.

Sie schmiegte die Wange an die kühle, glatte Seide. So fühlte es sich an, kultiviert zu sein, ja, so fühlte es sich an, eine erwachsene Frau zu sein.

»Es ist handgefertigt. Allein für das Mieder hatte ich vier Anproben. Du würdest nicht glauben, was ich auf mich nehmen musste, um es zu kriegen.«

Eva riss die Augen auf.

In der Tür stand Miss Waverley. Sie trug ein maßgeschneidertes schwarz-weißes Sommerkleid und einen schwarzen Sonnenhut mit breiter Krempe und hatte die Hände in die Hüften gestemmt, wodurch sie aussah wie ein gepflegtes, wenn auch zorniges Gespenst.

Eva ließ das Nachthemd fallen.

»Sachte, sachte! Hast du eine Ahnung, was das gekostet hat?«

»Nein, Madame.«

Miss Waverley warf ihre Handschuhe und die Handtasche aufs Bett. »Heb es auf. Und pass bloß auf, dass du es nicht zerreißt.« Sie nahm den Hut ab und schüttelte den Kopf, damit ihre Haare wieder richtig fielen. »Hast du etwas gestohlen?«

»Nein, Madame, das würde mir nicht im Traum einfallen! Es tut mir schrecklich leid, Madame.«

»Würde dir also nicht im Traum einfallen, was?« Sie sah Eva scharf an. »Vermutlich nur ein bisschen neugierig.«

»Ich bitte um Verzeihung, Madame.«

Sie holte ein silbernes Zigarettenetui heraus und zündete sich eine Zigarette an. »Wie alt bist du überhaupt?«

»Vierzehn.«

Sie inhalierte tief. »In deinem Alter war ich neugierig. Hat mich ganz schön in Schwierigkeiten gebracht.« Sie trat ans Fenster.

»Vielleicht sollte ich später wiederkommen, Madame. Das Zimmer später sauber machen.«

»Nein, nein. Später ist nicht gut.« Sie nahm noch einen Zug. »Später ist nie gut. Mach es jetzt.«

Sie ging auf den Balkon, setzte sich, ließ den Blick über den Horizont schweifen und rauchte, während Eva das Zimmer in Ordnung brachte.

Eines Tages tauchten Miss Waverleys gewohnte Friseurin, Masseurin und Maniküre nicht auf. Ihr Frühstückstablett blieb unberührt vor der Tür stehen. Irgendwann kurz nach dem Mittag rief sie unten an und verlangte zusätzliche Handtücher. Eva brachte sie hinauf. Sie musste wiederholt an die Tür klopfen und schließlich ihren Hauptschlüssel zum Einsatz bringen.

»Hallo?« Sie trat in das Schlafzimmer. Die Vorhänge waren noch zugezogen und die Bettlaken verheddert. Stark duftende Blumen in Vasen mit wolkigem, abgestandenem Wasser fingen an zu faulen.

»Hallo, Zimmerservice?« Eva stolperte beinahe über ein Paar Schuhe.

»Hier drin.« Die Stimme, die aus dem Bad kam, klang dünn, heiser.

»Soll ich die Handtücher hier draußen hinlegen?«

»Nein.« Und nach einem Augenblick: »Ich brauche Hilfe.«

Langsam schob Eva die Badezimmertür auf. Miss Waverley lag gekrümmt in der trockenen Badewanne. Sie trug ein hellrosa Seidennachthemd, das von der Taille abwärts rot war.

Sie hob den Kopf. Ohne Make-up sah ihr Gesicht kindlich klein aus. Ihre Augen waren gerötet und geschwollen. »Ich brauche einen Arzt«, erklärte sie Eva. »Aber du darfst auf keinen Fall an der Rezeption anrufen. Ich brauche einen Arzt, der über die Hintertreppe kommt, verstehst du das?«

Eva war sich nicht sicher, ob sie es verstand, doch sie nickte und legte die Handtücher auf das Waschbecken.

Sie lief aus dem Zimmer und stieß auf Rita, die gerade ihren Wagen den Flur herunterschob.

»Es gibt ein Problem!« Eva lief ihr entgegen. »Miss Waverley, sie ist krank. Sehr krank.«

»Himmel! Schrei nicht so, ja?« Rita zuckte zusammen. Sie hatte einen Kater.

»Was soll ich bloß machen?«

»Machen?« Sie sah sie an, als wäre sie verrückt. »Was geht dich das denn an?«

»Aber sie ist doch krank!«

»Das hat sie sich ganz allein selbst zuzuschreiben. Mach die Tür zu und erledige deine Arbeit, das sage ich.« Rita schniefte und gab ihrem Wagen einen kleinen Schubs.

Eva lief hinunter in das Foyer und wandte sich an Alfonse, den Portier der Nachtschicht, der noch im Dienst war. Wenn man etwas brauchte, war er der Mann, der es einem besorgen konnte, ohne Fragen zu stellen. Wenigstens hatte sie das gehört.

»Es gibt ein Problem«, keuchte sie. »Ich brauche einen Arzt.«

Er blickte nicht einmal von seiner Zeitung auf. »Geh zur Rezeption.«

»Nein, einen, der durch den Hintereingang kommen und gehen kann.«

Er schaute auf, kniff die Augen zusammen und legte die Zeitung weg. »Jemand vom Personal oder ein Gast?«

»Ein Gast.«

Er griff nach dem Telefonhörer. »Welches Zimmer?«

Sie sagte es ihm. Dann ging sie zurück zu Miss Waverley.

Eva klopfte leise. »Ich bin's.«

Sie lag noch in der Badewanne und hatte die Augen geschlossen. »Kommt der Arzt?«

»Ja.«

»Hol mir was zu trinken, ja?«

Eva hatte noch nie so viel Blut gesehen. Es sammelte sich in Strudeln um die blassen Füße und lief in dicken, dunklen Rinnsalen in den Abfluss. »Sollten wir … ich meine, sollten Sie …«

»Hol mir einfach was zu trinken.«

Eva ging nach nebenan, schenkte ihr einen Whisky ein und brachte ihn ins Bad. »Hier.«

»Danke.« Miss Waverleys Hand zitterte. Sie trank einen Schluck, zuckte zusammen und gab Eva das Glas zurück. »Du musst keine Angst haben. Es sieht schlimmer aus, als es ist. Weiß er, in welches Zimmer er kommen muss?«

»Ja.«

»Danke.« Sie schloss wieder die Augen und ließ den Kopf auf die Knie sinken. »Du kannst jetzt gehen.«

Eva legte die Hand auf Miss Waverleys feuchte Stirn. »Sie haben Fieber.«

»Allerdings.«

Eva drehte das Wasser auf und spülte das Blut fort. Dann nahm sie einen Waschlappen und machte ihn mit lauwarmem Wasser nass und drückte ihn ganz behutsam über Miss Waverley aus. Das Wasser lief über ihre schlanke Gestalt, zwischen ihren Schulterblättern hinab und über ihre Brust. Das Seidennachthemd klebte an ihrer Haut.

Das Telefon klingelte.

Eva stand auf.

Miss Waverley sah sie an, plötzlich stand Panik in ihrem Gesicht. »Er darf es nicht erfahren«, sagte sie.

Eva nahm den Hörer ab. »Hier ist das Zimmer von Miss Waverley.«

Die Person am anderen Ende zögerte. Schließlich sagte eine Männerstimme: »Ist sie da?«

»Tut mir leid, Sir. Miss Waverley ist unpässlich. Soll ich ihr etwas ausrichten?«

»Wer sind Sie?«

»Zimmerservice, Sir.«

»Nein. Nein. Sagen Sie ihr, ich … nein, keine Nachricht.«

Und er legte auf.

Als sie zurück ins Bad kam, hatte Miss Waverley den Kopf auf die Arme gestützt. »Du bist klug«, murmelte sie, ohne aufzublicken. »Du bist ein kluges Mädchen.«

Bald kam der Arzt, ein recht schäbiger Typ mit einer abgewetzten schwarzen Tasche. Während er Miss Waverley untersuchte, machte Eva das Zimmer sauber, wechselte die Laken und hängte die Kleider auf. Nach einer Weile kam er heraus und reichte Eva eine Flasche mit einer dicken, schwarzen Flüssigkeit.

»Ich nehme an, sie hat keinen Mann.« Es war eine Feststellung, keine Frage.

»Nicht, dass ich wüsste, Sir.«

Er rieb sich seufzend die Augen. »Sie will nicht ins Krankenhaus. Aber das wird sie gegen die Schmerzen brauchen. Und sie muss etwas essen und sehr viel trinken. Geben Sie ihr irgendetwas … solange sie sich ausruht und entspannt. Haben Sie verstanden?«

Sie nickte. »Was fehlt ihr?«

Er setzte seinen Hut auf. »Sie hatte eine Fehlgeburt. War eine richtig gute Idee, sich in die Wanne zu setzen. Hier.« Er reichte ihr einen Zettel. »Rufen Sie mich wieder an, falls sie Fieber bekommt oder die Schmerzen zu stark werden.«

Dann verließ er das Zimmer und ging zum hinteren Ende des Flurs in Richtung der Dienstbotentreppe.

Trotz ihrer anderen Pflichten kam Eva mehrmals zurück, um nach Miss Waverley zu sehen. Am frühen Abend war sie im Bett und ruhte, und Eva hatte sie dazu gebracht, ein wenig Eiscreme zu essen und eine Coca-Cola zu trinken.

Sie saß in der Ecke des Zimmers, während Miss Waverley einschlief und wieder aufwachte, das Gesicht abgespannt, farblose Lippen, verzerrt vor Schmerz. Der Mann hatte nicht noch einmal angerufen.

Kurz vor neun Uhr erwachte Miss Waverley und setzte sich im Bett auf.

»Du bist noch hier.« Sie streckte die Hand nach dem Nachttisch aus und tastete nach ihren Zigaretten. Sobald sie sich eine angezündet hatte, lehnte sie sich in die Kissen und nahm einen tiefen Zug.

»Sie müssen etwas essen.«

»Wo ist die Medizin?«

»Hier.«

Nachdem sie einen Schluck davon genommen und mit Whisky heruntergespült hatte, sah sie Eva an. »Warum bist du geblieben?«

»Sie brauchten Hilfe.«

»Von wo bist du?«

»Aus Frankreich. Vom Land, in der Nähe von Lille.«

Miss Waverley stieß den Rauch aus, der langsam zur Decke schwebte. »Ein Bauernhof?«

»Ja.« Eva nickte. »Meine Großeltern besaßen eine kleine Milchwirtschaft.«

»Ich stamme aus Minnesota. Ich kann die Kuhfladen immer noch riechen. Lieber würde ich sterben, als dahin zurückgehen.«

»Ehrlich? Ich dachte, Sie seien vielleicht aus New York.«

Ihr Lachen klang wie ein hartes, kleines Husten. »Also, dass müssen wir ja nicht unbedingt jedem verraten, oder? Leben deine Eltern noch?«

»Nein.«

»Das tut mir leid. Dann musst du allein zurechtkommen, nicht wahr?«

Es war Eva nie in den Sinn gekommen, dass es auch noch eine andere Möglichkeit geben könnte. »Ja. Vermutlich.«

Die Frau neigte den Kopf zur Seite. »Es gibt nicht viele Berufe, die ein Mädchen aus einfachen Verhältnissen ergreifen kann.«

»Nein, Madame.«

Miss Waverley verzog das Gesicht und drückte ihre Zigarette aus. Plötzlich wirkte sie wieder sehr erschöpft. »Du kannst jetzt gehen. Ich komme zurecht. Mach bitte das Licht aus. Niemand muss hiervon erfahren, verstanden?«

Am nächsten Tag nahm Miss Waverley wieder ihre gewohnten Morgenverabredungen wahr.

Und als Eva am Nachmittag bei ihr klopfte, um ihr Zimmer sauber zu machen, war sie ausgegangen.

Danach besuchte Eva Miss Waverley fast jeden Nachmittag. Oft hatte sie zu den seltsamsten Zeiten Gäste, schwarze Jazzmusiker aus Harlem, exotische Tänzerinnen und Nachtclub-Darsteller. Es gab Eimer voll Champagner und flaschenweise Gin, und unablässig spielte Musik. Sie und ihre Gäste behandelten Eva wie eine Kreuzung aus einem Schoßtier und einer kleinen Schwester und nannten sie aus keinem besonderen Grund, außer dass es sie zum Lachen brachte, Lulu. Sie zeigten ihr, wie man tanzte, und schickten sie ein ums andere Mal nach Zigaretten, Zeitschriften und Schokolade. Doch das machte ihr nichts aus. Ja, sie liebte das Gefühl, dem glamourösen Kreis von Miss Waverley anzugehören, wenn auch nur als Randfigur.

Manchmal war sonst niemand da, und Eva und Miss Waverley verbrachten die Zeit miteinander. Eva vermutete, dass sie nicht gern allein war, denn sie spürte, dass Miss Waverleys Stimmung, wenn sie nicht von vielen Menschen umgeben war, leicht umschlagen, ja, sogar morbid werden konnte. Sie brauchte Gesellschaft, es beruhigte sie. Dann amüsierte sie sich, indem sie verschiedene Kleider für ihre abendlichen Verabredungen anprobierte, und Eva half ihr, Schmuck und Accessoires auszuwählen. Bei anderer Gelegenheit nahm Miss Waverley in einem seidenen Morgenmantel ein Sonnenbad auf dem Balkon, während Eva ihre Kleider bügelte.

Miss Waverley schämte sich nicht ihres Körpers, sondern setzte ihn eher ein wie ein Mittel, um die Menschen in ihrem Umfeld zu entwaffnen. Sie hielt den Kopf hoch, straffte die Schultern und ließ die Hüften schwingen, wenn sie müßig von einem Zimmer ins nächste schlenderte. Und sie war faszinierend, ihre Brüste waren hoch und voll, mit rosafarbenen, aufgerichteten Brustwarzen. Ihr Schamhaar kräuselte sich in dicken, dunklen Locken. Sie neckte Eva und zwinkerte ihr zu, wenn sie vorbeiging: »Du weißt, dass du nicht so glotzen solltest.« Es trieb Eva die Röte in die Wangen, doch sie konnte nicht anders. Dabei wusste Eva nicht, ob Miss Waverley tatsächlich vollkommen war oder diese Vollkommenheit nur vortäuschte. Zudem war Eva schockiert und gleichzeitig fasziniert von ihrer überwältigenden erotischen Wirkung. Evas eigener Körper entwickelte sich eben erst – winzige Brüste und ein blasser Anflug von Körperbehaarung, was unerklärlicherweise gleichzeitig Scham und Angstgefühle in ihr weckte. Sie vermied es, sich im Spiegel zu betrachten. Doch Miss Waverley war wie eine wunderbare Göttin, dazu geschaffen, offen angebetet zu werden.

Eines Tages, als es zu heiß war zum Sonnenbaden, amüsierte Miss Waverley sich damit, Eva zu schminken und ihr zu zeigen, wie man in dicken Schichten schwarzen Lidstrich und roten Lippenstift auftrug.

»Dein Gesicht ist wie eine leere Leinwand. Zuerst glättest du es mit Puder, dann malst du um die Augen einen dunklen Rahmen. Man muss sich nicht darum bemühen, dass es natürlich aussieht. Es ist besser, wenn man übertreibt. Schüchternheit ist tödlich. Bei allem. Sei immer kühn. Sieh dich an!« Sie trat zurück und bewunderte ihr Werk. »Siehst du, wie verwandelt du bist?«

Eva starrte ihr Spiegelbild an: Das war nicht sie, sondern ein exotischer Eindringling, der sich ihres Körpers und ihrer Züge bediente. Sie konnte die Augen nicht von ihrem Spiegelbild lösen: Sie sah so anders aus, so viel älter.

»Du verstehst dich einfach nicht darauf, das Beste aus dir zu machen, das ist alles«, sagte Miss Waverley. »Ein ungeschliffener Diamant. So nennt man das.« Dann runzelte sie die Stirn und griff in Evas Haar. »Aber das stört. Und es ist nicht besonders modern. Du musst es schneiden lassen.«

»Schneiden?«

»Unbedingt!« Sie öffnete eine Schublade und holte eine Schere heraus. »Setz dich.«

»Aber …«

»Ich schneide es so wie meines. Willst du nicht aussehen wie ich?«

»Doch.« Mehr als alles, dachte Eva.

»Also.«

Miss Waverley zog einen Stuhl heran und setzte Eva vor den Spiegel. »Halt still«, befahl sie ihr, schenkte sich einen Drink ein und kippte ihn in einem Zug herunter.

Nervös sah Eva zu, wie sie eine dicke Strähne abschnitt. »Schneiden Sie sich selbst die Haare?«

»Bist du verrückt?«, schnaubte Miss Waverley. Eine weitere Strähne fiel zu Boden. »Sieh dir das an! Du hast tatsächlich einen Hals.«

Eva schloss die Augen. Wahrscheinlich war es besser, wenn sie nicht zusah.

Vierzig Minuten später stand sie neben Miss Waverley vor dem Spiegel, die ihr einen Arm um die Schultern gelegt hatte.

»Und, was meinst du?«

»Es dauert sicher eine Weile, mich daran zu gewöhnen.«

»Wir sehen aus wie Schwestern. Ich hatte noch nie eine kleine Schwester.«

Es stimmte. Eva war kleiner, doch sie waren beide von

zierlichem Körperbau, und jetzt hatten sie denselben glatten, dunklen Bubikopf.

Eva blinzelte, ihr Herz pochte wild. »Finden Sie?«

»Sicher. Ich weiß, du musst mal ein richtiges Kleid anziehen.«

Sie half Eva aus dem grauen Kleid und verharrte.

»Grundgütiger, ist das wirklich deine Unterwäsche?« Sie krümmte sich beim Anblick von Evas schäbiger Baumwollhose und dem fadenscheinigen Leibchen. Eva wurde knallrot vor Scham. »Das ist ja schrecklich! Du brauchst unbedingt etwas Neues.«

Miss Waverley zog Eva eines ihrer Kleider über den Kopf. Der glatte Jerseystoff fiel in sanften Falten über Evas Körper und lag kühl und seidig auf ihrer Haut. Miss Waverley stand hinter ihr und zog das Kleid um die Taille enger, sodass es im Spiegel aussah, als würde es perfekt passen. »Du siehst aus wie ein Filmstar!«

Fasziniert betrachtete Eva ihr Spiegelbild.

»Weißt du, wofür dieses Kleid ist?«, flüsterte Miss Waverley.

Eva schüttelte den Kopf.

»Zum Verführen!«

Das Wort schreckte Eva auf; war es doch voller unergründlicher Verlockungen der Sünde, gefährlicher moralischer Zweideutigkeit und der sicheren Aussicht auf zukünftige Reue. Doch noch schlimmer war die Andeutung geheimnisvoller Fertigkeiten, von denen sie sich keine Vorstellung machen konnte. »Ich wüsste gar nicht, wie man jemanden verführt«, murmelte sie.

Miss Waverley zog eine Augenbraue hoch. »Wenn du alt genug bist, einen Mann zu wollen, dann bist du auch alt genug, ihn zu verführen. Es ist leicht. Verführung ist nicht mehr, als zu wissen, dass man jemanden will, und ihm dann, ganz allmählich, ganz bedächtig, zu zeigen, dass man ihn will. Die Art, wie man es tut – zeigen, reizen, ignorieren, zurücknehmen –, macht die Verführung aus.«

»Aber woher weiß man, wann man zeigt, wann man zurücknimmt?«

»Ganz einfach. Man überlegt, was man selbst gern hätte, und tut es für den anderen.«

Das klang einleuchtend.

»Weißt du, wie viel dieses Kleid kostet?«, fuhr Miss Waverley fort. »Mehr, als du in einem Jahr verdienst. Aber schau«, sie zeigte auf den überquellenden Schrank, dessen Türen offen standen, »ich habe mehr Kleider, als ich tragen kann. Natürlich muss ein Mädchen klug sein. Wusstest du, dass ich in einer Konservenfabrik gearbeitet und Etiketten auf Dosen mit Bromsalz geklebt habe?«

Das konnte Eva unmöglich glauben. »Was ist passiert?«

»Eines Abends hatte ich ein kleines Gespräch mit meinem Boss. Weißt du, die meisten Mädchen verstehen Männer nicht und wissen nicht, was sie wollen.«

»Was wollen sie denn?«

»Tja ...« Miss Waverley schien etwas sagen zu wollen, überlegte es sich jedoch anders. »Wenn du es wirklich wissen willst, erzähle ich es dir irgendwann einmal. Aber vertrau mir, es ist nicht besonders kompliziert. Und jetzt häng das auf, ja? Und sei ein gutes Mädchen und räum das weg.« Sie zeigte auf das Durcheinander auf dem Boden. »Ich kaufe dir neue Unterwäsche in deiner Größe. Wenn ich zurückkomme.«

»Sie reisen ab?«

Doch Miss Waverley antwortete nicht.

Sie schenkte sich noch ein Glas ein, ging ins Bad und schloss die Tür.

»Was, in Gottes Namen, hast du denn mit deinen Haaren angestellt?«, fragte Sis entsetzt unten in der Waschküche.

Eva zog die Haube tiefer in die Stirn. »Ich war das nicht. Das war Miss Waverley.«

»O Gott!« Sis packte Eva an den Schultern und drehte sie um. »Sie hat ja alles abgeschnitten!« Mit den Fingern fuhr sie über die stumpfe Kante in Evas Nacken. »Alles weg!«

»Ich weiß. Aber so ist es viel leichter zu waschen«, fügte sie in einem vernünftigen Tonfall hinzu. Plötzlich lagen Sis' Hände schwer wie Zement auf ihren Schultern. Eva trat zurück.

»So kann man es auch sehen«, bemerkte Sis grimmig und reichte ihr einen Stapel nasser Leintücher. »Die Frau bedeutet Ärger.«

»Nein. Sie ist nur nett.« Eva nahm die Laken und schob sie zwischen die schweren Walzen der Wäschemangel. »Abgesehen davon hast du an allem was auszusetzen.«

»Ich weiß alles, was ich wissen muss. Und ich habe recht. Was willst du überhaupt mit der?«

»Nichts.« Eva konzentrierte sich lieber darauf, dass die Laken glatt durchliefen, als auf Sis' Gesichtsausdruck. »Ich helfe ihr beim Ankleiden und bügele ihre Kleider.«

»Warum hast du ihr erlaubt, dir die Haare zu schneiden?«

»Ich sehe älter aus. Das ist doch gut, oder?«

»Aber warum willst du denn älter aussehen? Das würde ich gern wissen.«

Angespanntes Schweigen breitete sich zwischen ihnen aus. Sis zog die gemangelten Laken aus der Walze heraus.

»Sie liegt nackt herum«, sagte Sis nach einer Weile, die es einfach nicht dabei belassen konnte. »Das weiß jeder.«

Eva verdrehte die Augen. »Sie nimmt ein Sonnenbad. In der Privatsphäre ihres Zimmers.«

»Ein Balkon mitten in New York hat keine Privatsphäre.«

»Bei eleganten Menschen ist es groß in Mode.«

»Wenn man aussehen will wie ein Landarbeiter. Von wegen elegant! Sie hat einen Ruf, weißt du.«

»Sie ist nett zu mir.«

»Was glaubst du wohl, wer ihre Rechnungen bezahlt?«

»Nicht alles ist schwarz oder weiß, Sis«, versetzte Eva.

»O doch.« Sis bedachte sie mit einem harten Blick. »Und je eher du das begreifst, desto leichter kommst du durchs Leben. Gut, schlecht, richtig, falsch. Wenn du in der Grauzone leben willst, stehst du bald ganz schön dumm da.« Sie hob den nächsten Stapel Laken hoch. »Und hör auf mich, aus grau wird verdammt schnell schwarz.«

Paris, Frühling 1955

Grace saß an einem Tisch vor einem Café in der Sonne und aß allein zu Mittag. Ihr ging noch durch den Kopf, was Monsieur Androski ihr erzählt hatte, und sie dachte über Parfüm und Erinnerungen nach.

Monsieur Tissot hatte sie damit aufgezogen, dass ihr Geschmacks- und Geruchssinn so sensibel waren. Er war nicht der Einzige. Ein Teil von ihr schien es immer schon gewusst zu haben: Dass gewisse Düfte wie Wächter der Erinnerung fungierten. Und sobald sie freigelassen wurden, war ihre Wirkung unmittelbar – als würde man einen Lichtschalter betätigen –, und sie überschwemmten die Sinne viel zu schnell und vollständig. Sie hatten die Macht, zu überwältigen. Aus diesem Grund musste man sich vor ihnen in Acht nehmen.

In Grace' Erinnerung gab es ganze Zeitabschnitte, die einfach nicht existierten. Ja, sie hatte sehr wenig Erinnerungen an alles, was vor ihrem achten Lebensjahr geschehen war. Vielleicht wäre das nicht ungewöhnlich gewesen, doch an alles andere konnte Grace sich bemerkenswert gut erinnern.

Es war, als würde sie innerlich die Luft anhalten und hätte Angst, das Leben in vollen Zügen einzuatmen.

Die Tische um sie herum füllten sich. Touristen, die bei einem Kaffee ihren Nachmittag planten, Geschäftsleute, die sich zum Mittagessen trafen, wohlhabende Frauen, die bei ihren Kauforgien eine Pause einlegten und die Köpfe zusammensteckten, um über andere zu lästern, während sich um ihre Füße die Einkaufstüten häuften.

Was für eine simple Freude und doch so befriedigend, draußen in der Sonne zu speisen. Grace trank einen Schluck ihres *citron pressé* und erfreute sich an dem erfrischenden Kontrast zwischen süßem Zuckersirup und Zitronensaft. Und sie ertappte sich dabei, wie sie über Monsieur Tissots Philosophie nachdachte: zu Sinnen kommen.

Gib dich ihnen hin.

Hatte sie sich je irgendetwas oder irgendjemandem vollkommen hingegeben? Die Welt unterstellte eine geistige Beweglichkeit, einen angeborenen Optimismus, den sie nie vollkommen für sich hatte beanspruchen können.

Nach dem Mittagessen spazierte Grace los, ohne Ziel und nur mit einer vagen Vorstellung davon, in welche Richtung sie ging. Sie hatte keinen Plan. Doch sich in Paris zurechtzufinden war viel einfacher, als sie sich vorgestellt hatte. London war wild aus dem Boden geschossen, ein einziges Durcheinander. Aber Paris war nach einem Entwurf entstanden. Hier waren historische Wahrzeichen geschmackvoll so platziert, dass sie die größtmögliche ästhetische Wirkung entfalteten.

Man musste nur von einer Sehenswürdigkeit zur anderen gehen, um jedes Ziel zu erreichen, einschließlich der Rive Gauche.

Und das Wetter, das in England stürmisch gewesen wäre, unterbrochen von kalten Regenschauern, war hier angenehm ruhig. Der Wind schob die Wolken mit großer Geschwindigkeit über den Himmel, doch die Sonne stand hoch und warm. Nicht lange, und Grace war wieder in der kleinen Seitenstraße in der Nähe der gemauerten Uferstraße – Rue Christine.

Vor ihr lag Andre Valmonts verlassener Laden.

Es war, als könnte sie nicht fortbleiben; ihre Neugier war einfach zu groß. Und jetzt, da sie mit Monsieur Androski gesprochen hatte, war sie sogar noch wissbegieriger.

Von der anderen Straßenseite aus sah sie zu, wie ein Handwerker die letzten Nägel in die Bretter über den Fenstern und der Tür des Ladens schlug und damit den von ihr und Monsieur Tissot angerichteten Schaden reparierte. Mit gesenktem Kopf ging Grace an der Eingangstür vorbei und hinten herum, um zu schauen, ob es irgendwo noch einen Eingang gab. In einer Gasse hinter dem Gebäude stieß sie auf eine diskrete, verblasste rote Tür.

Grace schaute auf. Hinter einem Fenster im ersten Stock brannte Licht.

Vielleicht hatte Monsieur Tissot recht, und die alte Frau lebte tatsächlich in der Wohnung über dem Laden.

Grace nahm allen Mut zusammen und klopfte an die

rote Tür. Sofort fing oben ein Hund aufgeregt an zu kläffen, und seine Krallen kratzten über das Holz, als er vor seinem Frauchen die Treppe herunterlief.

»*Oui?*«, rief eine Stimme durch die geschlossene Tür.

Grace atmete tief durch. »Madame, ich würde mich gern mit Ihnen unterhalten. Ich bin Grace Munroe, die Frau … die Frau, die in Ihrem Laden war.«

Sie wartete und lauschte.

Nichts.

Minuten verstrichen, ohne dass sich vor oder hinter der Tür etwas regte.

Schließlich hörte Grace, wie ein Riegel zurückgeschoben wurde, und dann ging die Tür einen Spalt auf.

Die alte Frau beäugte sie misstrauisch. »Ich sollte die Polizei rufen. Sie haben hier nichts verloren.«

»Es tut mir wirklich leid, dass wir Ihnen Angst eingejagt haben«, begann Grace taktvoll. »Es war falsch, einfach so einzubrechen. Mein Anwalt und ich haben geglaubt, der Laden wäre verlassen. Wir hatten ja keine Ahnung, dass Sie darüber wohnen.«

»Schön«, verabschiedete die Frau sie und machte eine wegwerfende Geste. »Betrachten Sie den Vorfall als vergessen.«

Sie wollte die Tür schließen, da holte Grace rasch die Karte aus ihrer Tasche und reichte sie ihr. »Die habe ich im Laden auf dem Boden gefunden. Als Sie uns überrascht haben, habe ich sie aus Versehen in die Tasche gesteckt. Gehört sie zufällig Ihnen?«

Die alte Frau starrte darauf, bevor sie sie nahm und

langsam umdrehte. »Was haben Sie und Ihr Anwalt mit Eva d'Orsey zu tun?«, fragte sie.

»Ich bin ihre Erbin.«

»Ihre Erbin?« Sie wirkte überrascht.

»Ja.«

Sie öffnete den Mund, um etwas zu sagen, hielt jedoch inne. »Haben Sie das gelesen?«, fragte sie nach einem Augenblick und hielt die Karte hoch.

Grace nickte. »Ja.«

Sie gab Grace die Karte zurück. »Es ist mir egal, was jetzt damit geschieht.«

Wieder wollte sie die Tür schließen, doch Grace drückte mit der Hand dagegen. »Verzeihen Sie, aber sind Sie vielleicht Madame Zed? Die berühmte Parfümeurin, Madame Zed?«

»Woher kennen Sie den Namen?«

»Sind Sie das?«

»Was geht Sie das an? Warum wollen Sie das wissen?«

»Also, es ist so«, erklärte Grace schnell, von Neuem erfüllt von der Absurdität der Situation, »dass ich Ihnen gern ein paar Fragen stellen würde, wenn ich darf. Sehen Sie, ich bin Eva d'Orsey nie begegnet. Sie ist mir völlig fremd, und ich weiß nicht das Geringste über sie.«

Madame Zed verharrte und dachte darüber nach. »Sie sind Engländerin, nicht wahr?«

»Ja, Madame.«

»Und wann sind Sie geboren?«

»Verzeihung?«

»Wie alt sind Sie?«, hakte sie nach.

»Ich bin am dreißigsten Mai 1928 geboren. Warum?«

»In London?«

»Nein, in Oxfordshire. Genauer gesagt – außerhalb.« Die Frau sah sie an, als erwartete sie noch mehr. »Meine Eltern starben, als ich klein war. Danach wurde ich von meinem Onkel aufgezogen, der Professor für Mittelalterliche Literatur am Balliol College ist.«

»Ein englisches Mädchen«, sagte Madame Zed.

»Ja.«

»Und wie haben Sie mich gefunden? Wer hat Sie hergeschickt?«

»Niemand. Ich bin in Eva d'Orseys Wohnung auf eine Zeitung gestoßen, in der etwas eingekreist war, diese Adresse hier.«

»Die amtliche Bekanntmachung der Zwangsenteignung?«, folgerte Madame Zed. »Ich bin überrascht, dass sie es mitbekommen hat. Also, in dem Fall.« Sie trat zurück und öffnete die Tür. »Ja, ich glaube, Sie kommen besser herein.«

Madame Zeds Wohnung war das genaue Gegenteil der ästhetischen Dekadenz des Ladens unten. Die hohen, schmalen Fenster hatten nur Klappläden, die Wände waren von einem hellen Blaugrau. Die wenigen Möbel im Art-déco-Stil standen auf einem blanken Holzfußboden. Die Wände zierte eine umfangreiche Sammlung kubistischer Gemälde, dazwischen Porträts alter Meister und Landschaften. Eine Ecke wurde von einem antiken Cembalo mit abgegriffenen, vergilbten Tasten dominiert. Darunter lagen hohe Notenstapel.

Es war eine Wohnung der Extreme – Klassik, Moderne – und unleugbar kultiviert. Hier waren so gut wie keine Zugeständnisse an Konventionen gemacht worden. Es war keine gesellschaftliche Bühne, sondern eher eine Zufluchtsstätte.

Eine ganz andere Welt als die, mit der Grace vertraut war. Sie hatte in England in alten Häusern gelebt, mit Chintz, Queen-Anne-Möbeln und Gemälden längst verstorbener Familienmitglieder – alle mit den Nasen und Augen an der richtigen Stelle. Dass ein Zuhause nicht fröhlich ein traditionelles öffentliches Ambiente zeigte, war sie nicht gewohnt. In seiner Gleichgültigkeit erschien es ihr wie der reine Luxus.

Madame Zed brachte eine Flasche Cognac und Gläser herbei. »Ich fürchte, es ist nicht sehr damenhaft, aber es ist mir lieber als Tee.«

»Sie haben ein schönes Zuhause«, sagte Grace voller Bewunderung.

»Ich *hatte* mal ein schönes Zuhause«, verbesserte Madame Zed sie und schenkte zwei Gläser ein. »Es ist aus der Mode gekommen. Aber ich bin alt und besitze weder die Kraft noch die Mittel, es zu renovieren.«

»Aus der Mode gekommen! Ganz im Gegenteil, ich finde es äußerst modern.«

Madame Zed reichte Grace ein Glas. »Mein ganzes Leben lang war ich ein Geschöpf der Mode. Bei der Mode geht es, wie beim Leben, nur um Veränderung. Darum, das Neue und Unbekannte willkommen zu heißen. Das hier ist alles alt. Ich stecke fest.«

»Dort, wo ich lebe, steckt alles fest.«

»Und das«, Madame Zed hob ihr Glas, »ist der Grund, warum niemand um die halbe Welt reist, um in London ein Kleid zu kaufen.«

Touché, dachte Grace lächelnd.

»Wenn ich es richtig verstanden habe, dann sind Sie Parfümeurin? Und Sie haben einige sehr denkwürdige Düfte kreiert?«

Madame Zed tat das mit einem leichten Achselzucken ab. »Ich habe zu meiner Zeit einige Erfolge genossen.«

»Machen Sie heute noch Parfüm?«

»Nein. Seit vielen Jahren nicht mehr. Das ist lange her.« Sie setzte sich ihr gegenüber in einen Sessel. »Aber jetzt erzählen Sie mir, wie sie hierhergekommen sind, ja?«

»Also, da gibt es nicht viel zu erzählen. Ich lebe in London. Ich bin verheiratet und führe ein vollkommen durchschnittliches Leben«, gestand sie. »Eines Tages erhielt ich einen Brief von Madame d'Orseys Anwalt, Monsieur Tissot, in dem er mich davon in Kenntnis setzte, dass ich ihre Alleinerbin sei. Ich war überzeugt, das könne nur ein Missverständnis sein. Doch Monsieur Tissot beharrte darauf. Also bin ich vor ein paar Tagen nach Paris gekommen, um mich persönlich davon zu überzeugen.« Sie stellte ihr Glas ab. »So bizarr es auch klingt, aber es sieht so aus, als wäre ich von einer Frau als Erbin eingesetzt worden, über die ich nicht das Geringste weiß. Die ganze Situation ist absurd!«

Madame Zed hob eine Hand, um ihr Einhalt zu gebieten. »Es tut mir leid, aber worin genau besteht denn das Erbe, wenn Sie mir die Frage erlauben?«

»Dem Testament zufolge erbe ich den Erlös aus dem Verkauf einer Wohnung an der Place des Vosges. Kennen Sie die Wohnung?«

»Oh.« Madame Zed runzelte die Stirn und verlagerte das Gewicht. »Verstehe. Sonst nichts?«

»Also, dazu noch einige Aktien.« Grace beugte sich vor. »Der Anwalt … ich glaube, er findet, ich soll das Geld nehmen und verschwinden. Aber das kann ich nicht. Ich suche jemanden, der Eva d'Orsey gekannt hat, denn ich suche einen Hinweis darauf, welche Verbindung zwischen uns besteht.«

Grace wartete, während sie inständig hoffte, dass Madame Zed bereit war, die Lücke zu schließen, doch diese trank mit unergründlicher Miene nur einen Schluck Cognac. Sie schien zu zögern, ja, sich geradezu zu sträuben, etwas preiszugeben.

Doch Grace erinnerte sich daran, wie die alte Frau auf die Nachricht von Eva d'Orseys Tod reagiert hatte. Sie versuchte es noch einmal. »Sie haben sie gekannt, nicht wahr?«

»Ja. Ja, ich habe sie gekannt.« Doch statt es weiter auszuführen, verfiel sie in nachdenkliches Schweigen.

»Wie war sie?«, hakte Grace nach.

»Eva?« Madames Zeds schwarze Augen waren in die Ferne gerichtet, als betrachtete sie ihre Erinnerungen. »Eva war die schöpferischste, eleganteste Frau, die ich, glaube ich, je gekannt habe. Aber sie hat sich auch sehr gequält. Zuweilen war sie sogar verzweifelt. Ich habe sie eine lange Zeit gekannt. Um ehrlich zu sein, wir hatten gewisse Erwartungen aneinander. Am Ende waren sie wohl zu hoch gewesen.«

»Was für Erwartungen? Was meinen Sie mit verzweifelt?«

Madame Zed sah Grace an. »Das ist eine komplizierte Geschichte, Mrs Munroe. Ich bin mir nicht sicher, ob ich sie überhaupt verstehe.«

Ihr ausweichendes Verhalten war frustrierend.

»Ich will doch nur etwas über sie erfahren.« Grace hatte das Gefühl, sie müsste betteln; vielleicht tat sie es ja schon. »Ich weiß gar nichts!«

Madame Zed überlegte einen Augenblick. »Was wäre, wenn Sie etwas erfahren würden und es würde Ihr Leben verändern?«

»Inwiefern?«

Madame Zed führte es nicht weiter aus. Sie musterte Grace nur, als versuchte sie einzuschätzen, wie groß deren Entschlossenheit war.

»Hat mein Leben sich nicht längst verändert?«, hielt Grace dagegen. »Der einzige Unterschied ist doch nur, dass ich im Augenblick nicht verstehe, warum.«

»Gut«, pflichtete Madame Zed ihr schließlich bei.

Dann stand die alte Frau zu Grace' Überraschung auf und verließ das Zimmer.

Als sie zurückkehrte, hatte sie drei verschiedene Parfümfläschchen dabei, die sie auf den Tisch stellte. Zwei schöne, mundgeblasene Glasflakons mit Kristallstopfen, der erste von schlanker, einfacher, rechteckiger Form, der zweite ein vielfach facettiertes Kristallfläschchen, das Regenbogen aus Licht an die Wände warf. Auf beiden Flakons klebte ein goldgeprägtes Etikett. Auf dem einen stand *La Première* und auf dem anderen *Auréole Noire*.

Das dritte Fläschchen war nur ein gewöhnliches Reagenzglas mit einem Korkstopfen. Auf einem vergilbten, halb abgeblätterten Etikett stand *Choses Perdus*.

Grace schaute auf. »Was ist das?«

Madame Zed setzte sich wieder ihr gegenüber hin. »Einst war ich Parfümeurin, Mrs Munroe. Jetzt bin ich nur noch Hüterin der Vergangenheit. Ich kann weder schreiben, noch malen, noch komponieren … meine Sprache ist der Duft – das Vokabular der Gefühle und Erinnerungen. Also verzeihen Sie mir, wenn ich die Geschichte, die ich Ihnen erzählen werde, auf etwas unkonventionelle Weise illustriere.« Sie zeigte auf die Parfümflakons. »Dies ist eine Geschichte. Ja, ein Liebesbrief.«

Grace betrachtete erneut die drei Flakons. »In Düften?«

Madame Zed nickte. »Nur dass diese Parfüms nicht meine Kreationen sind. Sie waren die Arbeit meines einzigen Lehrlings, Andre Valmont, eines außergewöhnlich talentierten jungen Mannes.«

»Der Laden unten hat ihm gehört, nicht wahr?«

»Das ist richtig. Ihm, mir … und in gewissem Grade auch Eva. Sehen Sie, Eva d'Orsey war seine Muse, seine größte Inspirationsquelle. Sie schenkte ihm Visionen. Und er gab ihr Klarheit und ein Ziel.«

Grace beugte sich vor, begierig, mehr zu erfahren. »Eine Muse? Dann war sie schön?«

»Als ich ihr zum ersten Mal begegnet bin, nicht. Da war sie nur ein linkisches, unkultiviertes Mädchen.«

»Tatsächlich?«

Madame Zed lächelte nachsichtig. »Die meisten Menschen gehen davon aus, eine Muse sei ein Geschöpf von vollkommener Schönheit, Haltung und Anmut. Wie die Gestalten aus der griechischen Mythologie. Sie irren sich. Vielmehr sollte eine Muse sich durch einen deutlichen Mangel an Perfektion auszeichnen – eine klaffende Lücke zwischen dem, was sie ist, und dem, was sie sein könnte. Die ideale Muse ist eine Frau, deren raue Kanten und Widersprüchlichkeiten einen antreiben, die Leerstellen ihres Charakters auszufüllen. Sie ist der Reizstoff für die eigene Kreativität. Eine bemerkenswerte Möglichkeit, die darauf wartet, geformt zu werden.«

Madame Zed nahm den Flakon, auf dem *La Première* stand. Ganz behutsam löste sie den Stöpsel und hielt ihn sich unter die Nase. Mit geschlossenen Augen atmete sie ein.

Sie reichte Grace den Flakon.

Vorsichtig roch auch Grace daran: Ein berauschender, überwältigender Duft, der sich zuerst fast hypnotisch zu einem blumigen, fruchtigen Bouquet entfaltete, träge und sinnlich, mit einer moschusartigen, fast staubigen Tiefe. Doch dann tauchte eine Schärfe auf, wunderschön, frostig, unerwartet. Grace war schier überwältigt von der Komplexität der Formulierung, der reinen, zügellosen Erotik, die sich in Wellen kontrastierender Noten entfaltete.

»Es ist blumig, erdig, und dann ist da der saubere Überzug aldehydhaltiger Wachse und sanfter Blumen«, erklärte Madame Zed. »Und dann darunter ein Hauch wilderer, gröberer Essenzen. Unter dem sauberen, unschuldigen Äußeren liegt eine sinnliche Präsenz. Nicht ohne Hintergedanken.«

Verzweifelt sah Grace sie an. Diese Sprache verstand sie nicht. »Verzeihung?«

Madame Zed schaute sie an. »Dies, Mrs Munroe, ist der Duft von Trunkenheit und Begierde. Das Parfüm der Verführung.«

New York, 1927

Der August näherte sich schon dem Ende, als Eva Miss Waverley wiedersah. Sie schlenderte am Arm eines dunkelhaarigen Mannes mit einem sehr dünnen Schnurrbart den Flur hinunter. In dem Moment kam Eva im dritten Stock aus der Wäschekammer.

»Oh, hallo!« Miss Waverley lächelte fröhlich, als wäre Eva eine alte Freundin.

»Sie sind wieder da!« Eva strahlte, lächerlich erfreut über ihren Anblick.

Lachend zog Miss Waverley ihren langen Chinchillamantel enger um die Schultern. »Ich habe es dir doch gesagt.«

Der Gentleman grüßte sie, indem er sich an den Hut tippte.

Miss Waverley drückte seinen Arm. »Dies ist Mr Wiener. Und dies, mein Lieber«, sagte sie und sah ihn an, »ist das kleine Zimmermädchen, von dem ich dir erzählt habe.«

Miss Waverley hatte sich tatsächlich an sie erinnert und sogar von ihr gesprochen. Eva schwoll die Brust vor Stolz.

»Ich bin entzückt«, sagte er mit deutschem Akzent

und nickte. Seine Augen musterten sie aufmerksam. Sie waren fast schwarz.

»Du bist also noch hier«, sagte Miss Waverley.

»Ja.«

Mr Wiener zündete sich eine Zigarette an. »Gefällt es dir?«

»Verzeihung, Sir?«

»Die Arbeit?«

Die beiden sahen sie sehr ernst an und warteten auf eine Antwort.

»Sie gefällt mir sehr gut, Sir.«

»Du hast also keine Ambitionen?«

»Ich weiß nicht, was Sie damit meinen, Sir.«

»Ehrlich? Sag bloß, du willst nicht zum Film wie der Rest der Welt?«

»Nimm sie nicht auf den Arm«, tadelte Miss Waverley ihn. »Sie weiß nicht, wovon du redest. Josef ist Filmregisseur. Und ein Weltklassezyniker.«

»So.« Er hatte eine Art, Eva direkt in die Augen zu sehen, die sie verunsicherte. »Du bist also das einzige Mädchen in New York, das kein Filmstar werden will, ist das richtig?«

»Ich glaube nicht, dass ich schauspielern kann, Sir.«

Er lachte. »Das hat noch niemanden daran gehindert! Jeder will irgendetwas. Komm, erzähl mir von deinen Träumen.«

»Ich?« Sie sah Miss Waverley an, die sie anlächelte. »Ich glaube, ich habe keine Träume, Sir.«

»Ehrlich? Schade. Denn ich könnte mir vorstellen, dir

ein paar zu erfüllen.« Er tippte noch einmal an seinen Hut, und sie gingen weiter.

Miss Waverley warf den Chinchilla über ihre Schulter, begegnete Evas Blick und zwinkerte ihr zu. »Komm später zu mir«, rief sie. »Ich habe ein Geschenk für dich. Aber erst nach Mitternacht. Vorher bin ich nicht da.«

Es war halb eins, als Eva an Miss Waverleys Tür klopfte.

Sie öffnete im Morgenmantel und lächelte. »Ich dachte schon, du kommst nicht.«

Der Raum wurde nur von ein paar Kerzen beleuchtet und lag im Halbdunkel, eine Schallplatte lief. Es war eine warme Nacht. Die Balkontüren standen offen. Eva konnte den dunklen Umriss eines Mannes erkennen, der auf einem Stuhl saß und rauchte.

»Oh.« Sie zog sich ein wenig zurück. »Sie haben Gesellschaft, Miss.«

»Ach, scher dich nicht um den.« Miss Waverley nahm Evas Hand und schloss die Tür. »Er stört uns nicht.« Dann ging sie zur Frisierkommode und schenkte Eva ein Glas Whisky ein. »Hier. Möchtest du? Es wird Zeit, dass du lernst, wie man mit Whisky umgeht.«

Eva betrachtete den Umriss des Mannes, das glühende Ende der Zigarette. Dann richtete sie den Blick wieder auf Miss Waverley in ihrem scharlachroten Seidenmorgenmantel und lächelte sie an.

Eva nahm das Glas und setzte sich auf die Bettkante. Sie wusste, wie man Whisky trank, sie hatte ihren Onkel dabei beobachtet. Sie kippte sich den Whisky in die Kehle, von wo aus er sich brennend seinen Weg in ihren Magen bahnte. Dann hielt sie Miss Waverley das Glas wieder hin, und die lachte.

»Sieh mal einer an! Verborgene Talente.« Sie schenkte nach. Dann holte sie oben aus dem Schrank ein kleines Päckchen, das in rosafarbenes Seidenpapier eingewickelt und mit einem weißen Band verschnürt war.

Sie legte es aufs Bett. »Hier. Mach's auf.«

Eva strich mit den Fingern über das Papier. Sie war ängstlich und ein wenig benebelt vom Whisky. Sie zog an dem Band, das Seidenpapier fiel in mehreren Lagen auseinander, und zum Vorschein kamen ein winziger muschelrosafarbener Halbschalen-BH, ein Schlüpfer und bestickte Seidenstrümpfe. Sie waren äußerst zart und exquisit, mit winzigen, von Hand aufgestickten Sternhyazinthen am Rand.

»Wie wunderschön.«

»Na los«, drängte Miss Waverley, »willst du es nicht anprobieren?« Sie lehnte sich in ihrem Sessel zurück und legte die Füße auf den Polsterschemel. »Ich will sehen, ob es passt.«

Eva stand auf, plötzlich von einer wirbelnden Welle der Ausgelassenheit getragen. Sie nahm die Unterwäsche mit ins Bad. Der Whisky hatte sie schier umgehauen; ihre Hände schienen meilenweit entfernt von ihrem Körper zu sein, ihre Finger kribbelten. Sie betrachtete sich im Spiegel.

Sie wollte sich nicht umziehen, doch sie wollte auch nicht unhöflich erscheinen. Außerdem hatten sie schon einmal Verkleiden gespielt.

Eva leerte ihr Glas. Dann zog sie den Slip, den BH und die Seidenstrümpfe an.

Als sie die Tür öffnete, hatte Miss Waverley eine andere Schallplatte aufgelegt. Ein langsames Lied. Die Kerzen schimmerten.

»Du siehst einfach perfekt aus. Wie eine richtige Dame.«

Der Mann stand im Schatten an der Tür.

»Und jetzt trag Lippenstift auf. Wie ich es dir gezeigt habe.«

»Ich weiß nicht, ob ich das will.« Evas Stimme klang leise.

Miss Waverley machte einen Schritt auf sie zu. »Natürlich willst du.« Sie senkte die Stimme zu einem Flüstern. »Er will uns mitnehmen. Nach Kalifornien. Wir werden in einem großen weißen Haus in den Hügeln leben, und jede von uns bekommt ein Auto, und wir werden Dienstmädchen haben und Haushälterinnen, und es werden Probeaufnahmen von uns gemacht!« Sie lächelte, ihre Augen brannten vor Aufregung. »Dies, meine Liebe, ist deine große Chance.«

»Sie wollen, dass ich mitkomme?« Eva traute ihren Ohren nicht.

»Selbstverständlich! Mach das hier richtig, und wir

landen in Kalifornien und drehen Filme. Dann musst du in deinem ganzen Leben keine Kehrschaufel und keinen Handfeger mehr in die Hand nehmen.« Sie zeigte auf die Frisierkommode. Dort lag ein roter Lippenstift, dessen Hülse schon abgeschraubt war. »Na los.«

Mit zitternder Hand nahm Eva den Lippenstift.

»Hier.« Miss Waverley half ihr, eine blutrote Spur zu ziehen. Sie stand hinter ihr. »Du willst doch bei mir sein, oder?«

Eva nickte.

»Gut. Mach mir einfach alles nach.« Und lauter sagte sie: »Na, wir sehen doch aus wie Schwestern, oder?« Mit den Händen strich sie über Evas Schultern und langsam ihre Arme hinunter. »Mir gefällt die Vorstellung, dir auch?«

An Miss Waverleys Spiegelbild vorbei blickte Eva auf den Mann, der rauchend in der Balkontür stand und sie anstarrte. Seine Zigarette glühte auf, als er gierig daran sog. Ihre Beine fühlten sich an wie Gummi, sie war wie betäubt. »Ich glaube, ich sollte gehen. Mir ist nicht gut.«

»Ehrlich?« Miss Waverley packte ihre Arme fester. »Ich glaube, jemand hat ein Dankeschön verdient, findest du nicht?«

»Vielen Dank, Madame.«

»Braves Mädchen.« Miss Waverleys dunkle Augen blitzten im flackernden Licht.

Plötzlich brachte Eva keinen Ton mehr heraus. Es war, als könnte ihr Mund sich zwar bewegen, als hätte sie jedoch vergessen, wie man Worte formte. Ihre Glieder waren taub und schwer.

Der Mann trat aus dem Schatten. Sie nahm den charakteristischen dünnen Schnurrbart wahr, die durchdringenden schwarzen Augen.

»Nur«, Miss Waverley neigte den Kopf und lächelte sie im Spiegel freundlich an, »dass ich nicht diejenige bin, die das alles bezahlt hat.«

»Steh auf.« Jemand schüttelte sie, zuerst behutsam, dann entschlossener. »Komm schon. Zeit, aufzustehen!«

Eva wollte die Augen aufschlagen, doch ihre Lider waren unglaublich schwer. Der Schlaf umfing sie erneut.

Weiteres Schütteln, diesmal energischer. »Willst du deine Arbeit verlieren? Steh auf!«

Eva erkannte die Stimme. Es war die Stimme, die sie zwei Wochen lang unaufhörlich gescholten und getadelt hatte: die von Rita.

Sie zwang sich, die Augen zu öffnen. Rita stand über ihr, die Hände in die Hüften gestemmt. Es war heller Tag, und Eva lag im Bett, doch im falschen Bett, nicht in ihrer schmalen, harten Koje, sondern auf einer breiten, weichen Matratze mit Bergen von Kissen. Ihr ganzer Körper schmerzte, und ihr Kopf pochte. Sie wollte sich aufsetzen. Der Raum drehte sich. »Mir ist nicht gut«, flüsterte sie.

»Gütiger Himmel!« Rita schnappte sich den Papierkorb und riss Eva mit einem kräftigen Ruck hoch. »Kotz da rein. Und bloß keine Spritzer!«

Eva übergab sich in den Papierkorb, und Rita wischte ihr mit einem Waschlappen das Gesicht ab. Dann sank Eva wieder in die Kissen. Sie hörte, dass Rita Badewasser einließ.

Ihre Atemzüge verlangsamten sich, sie schloss die Augen und glitt zurück in die Dunkelheit des Schlafes.

»O nein, das lässt du schön sein.« Rita schüttelte sie wieder am Arm. »Du musst aufstehen. Hier …« Sie reichte ihr drei Aspirin und einen Schuss Whisky aus ihrer Franzbranntweinflasche.

Eva wollte es von sich schieben. »Bitte nicht!«

»Keine Widerrede. Du nimmst die jetzt, sonst kommst du nicht allein den Flur runter, geschweige denn die Treppe hoch.«

Eva tat, wie ihr geheißen. »Wie spät ist es?« Sie hatte keine Ahnung, wie lange sie geschlafen hatte. Waren es ein paar Stunden gewesen oder ein ganzer Tag?

»Kurz nach neun am Morgen.« Rita hievte Eva hoch. Die wunderschöne Seidenunterwäsche war verdreht, zerrissen und fleckig, die Seidenstrümpfe ruiniert. »Gütiger Himmel! Sieh dich nur an!« Rita zog ihr die kaputten Strümpfe von den Beinen. »Erzähl mir nicht, du hast deinen Lohn dafür verschwendet.«

»Wo ist sie? Hat sie gesagt, wann sie wiederkommt?«

»Wer?« Rita sah sie eindringlich an. »Meinst du die Hure? Oh, die siehst du nie mehr wieder, Schätzchen. Ich hab dir doch gesagt, die taugt nichts, aber du wolltest nicht auf mich hören, oder?«

»Aber sie kommt mich holen. Sie hat gesagt, sie nimmt mich mit.«

Rita schüttelte den Kopf. »Sie ist abgereist. Gleich als Erstes heute Morgen, mit diesem Hunnen. Deswegen bin ich doch schon so früh hier hoch, um sauber zu machen. Und was finde ich? Ich mach die Tür auf, und da liegst du auf dem Bett, alle viere von dir gestreckt, wie tot.«

»Nein.« Tränen liefen Eva über Wangen und Kinn. »Ich … ich … das ist mein Ruin!«

»Also, wer mit den Haien schwimmen will, läuft Gefahr, gebissen zu werden«, erklärte Rita seufzend. »Du musst auch nicht gleich dramatisch werden. Du bist nicht das erste Mädchen auf der Welt, das einen Fehler gemacht hat. Und jetzt steht auf.«

Rita entkleidete Eva vollständig und half ihr in die Badewanne. Dann krempelte sie die Ärmel ihres Kleids hoch und wusch sie behutsam wie ein kleines Kind.

»Sie ist krank, Madame.«

Mrs Ronald kniff die Augen zusammen und musterte Sis' Miene. »Ehrlich? Wie krank?«

»Sie musste sich übergeben, Madame. Ich glaube, es ist ein Fieber oder so.«

»Ich hoffe, es ist nicht die Folge von Alkohol, Cecily?«

»Nein, Madame. Ich glaube, dass sie so was wie Grippe hat, auch wenn ich es natürlich nicht genau sagen kann.«

»Grippe«, wiederhole Mrs Ronald und saugte an ihren Backenzähnen.

»Vielleicht hat sie auch was gegessen, was ihr nicht bekommen ist.«

»Ist das nicht interessant? Vor allem, wo ihr doch alle zusammen in der Kantine esst. Mir ist sonst nichts zu Ohren gekommen.«

»Bei allem gebührenden Respekt, Madame, aber sie ist Ausländerin. Die essen Sachen, die sonst kein Mensch anrühren würde.«

Mrs Ronald seufzte. Es war schier unmöglich, zu sagen, ob Sis log. Sie war clever. Geschah ihr recht, wieso hatte sie überhaupt ein kluges Mädchen eingestellt.

»Ich kann gern ihre Zimmer übernehmen«, erbot Sis sich.

Mrs Ronald lehnte sich auf ihrem Stuhl zurück und faltete die Hände im Schoß. »Tatsächlich? Vielleicht sollten wir für Miss Dorsey einen Arzt rufen?«

Sis zuckte nicht zusammen. »Wie ich schon sagte, Madame, ich bin mir nicht sicher, aber für mich sieht es eher nach was aus, was in ein, zwei Tagen wieder weg ist.«

»Das ist sehr viel Arbeit, selbst wenn es nur für zwei Tage ist.«

Sis richtete sich auf. »Sie würde dasselbe für mich tun, Madame.«

»Tatsächlich?«

Zum ersten Mal wagte Sis es, Mrs Ronald in die Augen zu sehen. »Ja, Madame, davon bin ich überzeugt.«

Es war fast Ende Oktober, als Mr Lambert schließlich zurückkehrte. Eva erhaschte eines Morgens einen Blick auf ihn, als er im Aufzug fuhr. Sie staubte die Lampen im Flur ab, da gingen die Türen auf, und ein anderer Stammgast stieg aus. Die Türen wollten sich eben schließen, da erkannte er sie. »Oh, hallo, du bist es!« Er schob die Hand zwischen die Türen und trat heraus. »Was hast du mit deinen Haaren gemacht?«

Sein Anzug hätte dringend gebügelt werden müssen, sein Kragen war grau und ausgefranst, doch seine Augen waren genauso blau wie in ihrer Erinnerung, und sein Lächeln entwaffnete sie im Handumdrehen. Umso stärker konzentrierte sie sich auf das Abstauben.

»Du bist also noch hier«, sagte er mit verschwörerisch gesenkter Stimme.

»Ja, ich bin noch hier.« Dann fügte sie wider besseres Wissen hinzu: »Hat es Ihnen an den Niagarafällen gefallen, Sir?«

»Niagarafälle?« Er runzelte die Stirn, als hätte er keine Ahnung, wovon sie sprach. »Könnte ich nicht behaupten. Das ist der Ort mit dem vielen Wasser, nicht wahr?«

Und der lachenden Blondine, dachte sie. Doch sie nickte nur. »So heißt es.«

»Ja, also, es war ein hektischer Sommer. Ich war an der ganzen Ostküste, deswegen kann ich mich nicht so genau erinnern.«

»Muss wohl so sein.« Sie ging ein Stück den Flur hinunter.

»Also, es ist so«, sagte er und schlenderte, die Hände in den Taschen, hinter ihr her, »dass ich recht oft an dich gedacht habe. An deine vielen bewundernswerten Talente.«

Sie sah ihn von der Seite an. »Tatsächlich?«

»Und ich möchte dich um einen kleinen Gefallen bitten. Also, genauer gesagt, dir einen Vorschlag machen.« Er lehnte sich lässig an die Wand. »Ich würde es irgendwann gern mit dir besprechen, aber nicht hier. Es ist eine private Angelegenheit. Nichts, worüber man in einem Hotelflur reden möchte. Du verstehst.«

»Selbstverständlich, Sir.«

»Ich wohne im Zimmer 701. Also, was meinst du?«, fragte er mit einem charmanten Lächeln. »Kommst du zu mir, sagen wir, in einer Stunde?«

»Ich weiß nicht, ob ich Zeit habe«, erwiderte sie leise.

»Natürlich. Also, ich meine, du weißt ja, wo ich bin. Du kannst kommen, wann du willst.«

Sie wich weiter seinem Blick aus und deutete ein Achselzucken an. »Ich überleg's mir, Sir.«

Mr Lambert blinzelte, als sähe er sie plötzlich zum ersten Mal. Sie hatte sich verändert. Ihr Gesicht war anders. Auch ihr Verhalten und ihre Stimme waren ihm irgendwie fremd. Er öffnete den Mund, um etwas zu sagen, doch dann hielt er inne.

Das kleine Zimmermädchen hatte sich abgewandt und eilte den Flur hinunter.

Mehr als nur ein wenig überrascht stand er da und sah ihr hinterher.

Zwei Tage später kam Sis nach ihrer Schicht mit einer Nachricht in Evas Etage hinunter.

»Ich hab da jemanden, der hat nach dir gefragt«, informierte sie sie, die Hand in die Hüfte gestemmt.

»Wer?«

Sis lehnte sich in der winzigen Küche der Zimmermädchen an die Arbeitsfläche und sah zu, wie Eva schmutzige Gläser spülte. »Mr Lambert, ausgerechnet.«

Eva hielt den Blick gesenkt. »Ehrlich.«

»Hm. Warum fragt er nach dir?«

»Ich weiß nicht.« Sie zuckte die Schultern. »Er hat mal eine Zeit lang auf meinem Stockwerk gewohnt. Vielleicht vermisst er es, wie ich die Laken einschlage.«

»Vielleicht.«

Eva blickte auf. »Was soll das heißen?«

»Du bist ihm offensichtlich aufgefallen.«

»Das bezweifle ich.« Sie sah Sis an. »Ich glaube vielmehr, dass er Blondinen bevorzugt.« Eva schrubbte energisch die Gläser und spülte sie unter heißem Wasser ab.

»Du siehst flott aus mit diesem Haarschnitt. Ich sag das nur als Freundin. Du bist fülliger geworden, und deine Haare sind so kurz wie die einer Revuetänzerin, und jetzt fragt mich ein erwachsener Mann nach dir. Was soll ich denn denken?«

»Du solltest eigentlich eine bessere Meinung von mir haben.«

Sis runzelte die Stirn und biss sich auf die Unterlippe. »Wann gehst du wieder zur Beichte? Du warst schon ewig nicht mehr mit.«

Eva wischte die Arbeitsfläche ab. »Ich habe nichts zu beichten.«

»Und zur Messe?«

»Nein, danke.«

»Willst du in der Hölle enden?«

Eva faltete das Küchenhandtuch. »Ist es da anders als hier?«

Sis öffnete den Mund, wusste aber nicht, was sie erwidern sollte. Sie versuchte es mit einer anderen Taktik.

»Hat er … ich meine«, sie senkte die Stimme, »hat er versucht, dich anzufassen? So was ist mir mal passiert. Männer werden zu Grabschern, kaum sind sie von zu Hause weg. Und sie scheinen zu denken, wir wären im Zimmerpreis inbegriffen.«

»Er hat mich niemals angerührt.«

Sis seufzte, schüttelte den Kopf. »Also, er will dich jedenfalls sehen.«

Eva legte die Schürze ab und schaltete das Licht aus. »Danke.«

»Und?« Sis folgte ihr in den Flur. »Gehst du zu ihm?«

»Ich weiß nicht. Jetzt auf jeden Fall nicht.«

»Aber was ist, wenn er sich beschwert? Was ist, wenn Mrs Ronald davon hört?«

Eva blieb stehen. »Ich verstehe das nicht. Was erwartest du denn von mir? Soll ich jetzt zu ihm gehen oder nicht?«

»Ich weiß es nicht! Wenn du nicht gehst, könntest du Schwierigkeiten kriegen. Aber, ich meine, warum? Warum fragt er nach dir?«

»Woher soll ich das denn wissen? Die Leute sind komisch.« Eva eilte den Flur hinunter in Richtung der Dienstbotentreppe. »Warum wollte die alte Frau, dass du sie in den Schlaf singst?«

Sis holte sie ein. »Ich hab dir doch gesagt, dass er Kommunist ist, oder?«

»Ja.«

»Lass die Tür offen. Hast du gehört? Geh, aber achte darauf, dass die Tür offen bleibt. Dann kannst du fliehen, wenn er sich auf dich stürzen will.«

»Ich hab doch gesagt, dass ich vielleicht gar nicht gehe.«

Sis seufzte schwer, als sie die Treppe hinaufgingen.

Eva hörte, dass sie den Tränen nahe war. »Früher hast du mir alles erzählt.«

»Es gibt nichts zu erzählen.«

»Einfach so, was?«

»Ich will nicht darüber reden.«

»Warum erzählst du es mir nicht?«

Eva wandte sich zu ihr um. »Weil ich nicht kann! Ich mache es wieder gut, versprochen.«

»Ich will nicht, dass du es wiedergutmachst! Du sollst mit mir reden.« Sis blieb stehen. »Ich weiß nicht, was in der Nacht neulich mit dir passiert ist, aber wenn du es nicht mal mir erzählen kannst, dann stehen die Chancen gut, dass du es nicht wiederholen solltest!«

Damit machte sie auf dem Absatz kehrt, stürmte die Treppe hinunter und knallte unten die Tür zu.

Eva sank auf die Stufen und verbarg das Gesicht in den Händen. Plötzlich überkam sie eine Welle der Übelkeit. Sie musste sich schon wieder übergeben.

Es hatte aus heiterem Himmel angefangen. Eva wachte auf, als der Himmel noch dunkel war, ihr Kopf drehte sich und sie musste grundlos würgen. Und dann war die Übelkeit vorüber, doch am nächsten Morgen war sie wieder da. Und Sis hatte recht, sie war fülliger geworden. Ganz plötzlich waren ihre Brüste schmerzhaft empfindlich und rund.

Sie kauerte sich zusammen. Sie musste einen Augenblick ausruhen, bis die Übelkeit vorüber war.

Sie hasste sich.

Überall um sie herum schlossen sich Türen.

Das Leben in der Grauzone war tatsächlich sehr düster geworden.

Es war dem Personal nicht erlaubt, sich außerhalb der Arbeitszeit in den Hauptfluren aufzuhalten. Evas Herz klopfte wild, als sie langsam den Flur hinunter zu Zimmer 701 ging. Sie straffte die Schultern, hob das Kinn. Als sie vor der Tür stand, zögerte sie einen Augenblick, bevor sie klopfte.

»Herein«, rief er.

Sie öffnete die Tür und trat ein. »Sie wollten mich sprechen.«

Mr Lambert stand mit einem Glas in der Hand am Fenster. Er drehte sich um. Sie trug ein Kleid – Alltagskleidung – und hatte Handtasche und Hut dabei. Ihr dunkles Haar glänzte glatt und seidig im Licht des Sonnenuntergangs.

»Wohin willst du?« Es war ihm nie in den Sinn gekommen, dass sie außerhalb des Hotels ein Leben haben könnte.

»Ich bin auf dem Weg nach draußen.« Das war vage, musste ihm aber als Antwort genügen.

Er machte ein paar Schritte auf sie zu. Er erkannte sie fast nicht wieder. Ihre Züge waren reifer, und ihr unschuldiger Eifer war abgelöst worden von einem trägen, wissenden Gesichtsausdruck. Und mit dem neuen Haarschnitt hatten ihre Züge eine Symmetrie und eine Kühnheit bekommen, die ihm zuvor nicht aufgefallen waren.

»Sie wollten mich sprechen«, wiederholte sie.

Er starrte sie an. »Ja.«

Sie wartete und sah ihm dabei ruhig in die Augen.

In Häubchen und weißer Schürze war sie seine Domestikin. Doch jetzt in diesem schlichten schwarzen Kleid, das sie sich aus einem von Madame Zeds seltsamen Gewändern genäht hatte, stand sie ihm plötzlich als junge Frau gegenüber. Sie spürte, dass er sich daran erst gewöhnen musste.

»Sie sind sehr still«, sagte sie nach einer Weile. »Vielleicht haben Sie vergessen, was Sie mir sagen wollten.« Sie legte die Hand an den Türknauf. »Guten Abend, Mr Lambert.«

»Bleib.«

»Verzeihung?«

»Bleib.«

»Ist das ein Befehl?«

»Eine Bitte. Bitte.« Er zog einen Stuhl heran.

Sie zögerte, bevor sie sich auf die Stuhlkante setzte.

Er schenkte ihr ein Glas ein.

Sie nahm es und hielt es auf ihrem Schoß, ohne zu trinken.

Er setzte sich ihr gegenüber. »Ich … ähm, ich wollte mit dir über …«

Sie schlug ein Bein über das andere, und ihre Strümpfe glänzten im Licht. Plötzlich konnte er sich nicht mehr richtig konzentrieren.

»Ja?«, hakte sie nach.

»Also, mir scheint«, setzte er noch einmal an, »dass wir uns gut amüsiert haben beim Kartenspielen.«

»Ja, Mr Lambert.«

»Und dass du großes Talent an den Tag gelegt hast. Ein Talent, das man bei einem ...« Er hatte »Mädchen« sagen wollen, doch er überlegte es sich anders. »... bei einer jungen Frau nicht erwarten würde. Und, also ... es gibt zahlreiche Möglichkeiten, ein solches Talent gewinnbringend zu nutzen.«

Sie neigte den Kopf zur Seite. »Tatsächlich?«

Sein Magen verkrampfte sich, und sein Puls raste. Das hatte er nicht erwartet. Erst vor Kurzem war sie noch errötet, wenn er auch nur in ihre Richtung gesehen hatte. Jetzt wirkte sie fast gelangweilt.

»Ja.« Er trank noch einen Schluck. »Ich weiß, wie man das Beste aus so einem Talent macht.«

Sanft hüllte die Dunkelheit sie ein.

»Nicht viele Menschen können das, was du kannst«, fuhr er fort.

»Können Sie es, Mr Lambert?«

»Verzeihung?«

»Können Sie das, was ich kann?«

Er blinzelte. Die Entfernung zwischen ihnen schien kleiner geworden zu sein, auch wenn sich keiner gerührt hatte.

»Nein«, gestand er schließlich. »Nein, das kann ich nicht. Ich bin Leuten begegnet, die Karten zählen konnten, die schnell waren und gewieft. Aber ich bin noch nie jemandem begegnet, der das Spiel so sehen konnte wie du, in deinem Kopf.«

»Und«, sie stellte ihr Glas ab, »wie kann ich Ihnen helfen?«

Einfach so stellte sie das ganze Gespräch auf den Kopf.

»Du verstehst das nicht.« Er lachte nervös. »Ich weiß, wie ich dir helfen kann.«

»Aber ich wüsste nicht, dass ich Hilfe bräuchte, Mr Lambert.« Sie stand langsam auf. »Aber trotzdem, danke.«

Er erhob sich ebenfalls und trat ihr in den Weg, bevor sie an der Tür war. »Ich biete dir eine Chance, hier herauszukommen!«

»Tatsächlich?« Sie sah mit diesen seltsamen Katzenaugen zu ihm auf. »Als was?«

Ihre Züge wurden hart. Was hatte sie so verändert? »Nimm mich nicht auf den Arm, Kind!«

»Dann nehmen Sie *mich* nicht auf den Arm«, erwiderte sie souverän. »Und ich bin kein Kind.«

»Nicht?«

»Nein. Nicht mehr.«

Er packte ihre Handgelenke. Sie zuckte zusammen, doch sie versuchte nicht, sich aus seinem Griff zu lösen. Er drehte ihren Arm um: An ihrem Unterarm waren drei Brandwunden, in die Haut gesengte Löcher, rot, roh, in gleichmäßigem Abstand. Entsetzt sah er sie an. »Was ist passiert?«

»Was jedem passiert.«

»Tut es weh?«

Ihre Lippen wurden weicher und zeigten den Anflug eines Lächelns. »Nur wenn Sie es anfassen.«

Er ließ sie los.

Sie hatte recht, sie war kein Kind mehr. Jemand hatte ihr den letzten Rest Unschuld gestohlen und durch diese entnervende Selbstbeherrschung ersetzt.

»Wenn Sie etwas wollen, Mr Lambert, dann sagen Sie es.«

Er trat einen Schritt näher. Sie duftete kühl und reserviert und gleichzeitig erdig und narkotisch. »Komm mit mir.«

Er sah, dass ihre Lippen sich leicht öffneten und ihre Wangen rot wurden. »Warum?«

»Ich kann dich unterrichten.«

Sie sagte nichts, lehnte sich nur an den Türrahmen.

Er kam noch näher. Er spürte ihre Wärme, die Hitze ihres fraulichen Körpers; er roch die moschusartige Süße ihres Haars. »Wir können sehr viel Geld machen.«

Sie lachte.

Und plötzlich begriff er, dass er aus dem Hinterhalt überfallen worden war, besiegt von diesem seltsamen kleinen Geschöpf mit ihrem sensationellen Verstand, ihren grünen Augen und dem veränderten Körper. Sie hatte eine Wirkung auf ihn, die er nie erwartete hatte; sie hatte längst eingesetzt – eine gefährliche, verlockende Unterströmung.

»Komm mit mir. Damit ich dir noch den Rest von dem beibringen kann, womit wir angefangen haben.

Damit wir richtig viel Geld machen können, in schönen Städten überall auf der Welt. Aber vor allem«, er strich ihr mit dem Finger über die Wange, »damit ich nicht mehr allein trinken muss.«

Paris, Frühling 1955

Madame Zed griff noch einmal nach ihrem Cognacglas, doch es war leer. Grace schob die Flasche näher zu ihr hin.

»Also ist Eva mit ihm gegangen? Mit diesem Mr Lambert?«

Sie nickte.

In Grace' Brust loderte etwas auf, ein Gefühl tiefster Empörung. »Aber sie war noch ein Kind! Das ist Ihnen schon klar, oder? Wer auch immer dieser Mann war, dieser Lambert … was er getan hat, das war ein Verbrechen.«

Madame Zed sah sie nur an, den Kopf nachdenklich geneigt. »Na ja, am Ende kann man sich doch nie sicher sein, wer wen verführt. Eine junge Frau auf dem Höhepunkt ihres sexuellen Erwachens ist ein machtvolles Geschöpf. Meist ist sie die gewaltige Macht, die sie besitzt, nicht gewohnt, und zuweilen ist sie sich ihrer nicht einmal bewusst und lässt sich leicht davon berauschen.«

Grace traute ihren Ohren nicht. »Verteidigen Sie ihn auch noch?«

Madame Zed zuckte die Schultern. »Ich verteidige niemanden. Aber ich verdamme auch niemanden.« Sie sah Grace nachdenklich an. »Sind Sie prüde, Mrs Munroe?«

»Prüde? Also, nein, ich glaube nicht«, stammelte Grace gekränkt.

»Ich frage nur, weil dies kein Märchen ist, meine Liebe.« Madame Zed holte eine lange schwarze Zigarettenspitze heraus, steckte eine Zigarette hinein und zündete sie an. Sie sah Grace mit ihren dunklen Augen unter den schweren Lidern an. »Sie sind zu mir gekommen. Sie wollten mehr wissen. Aber ich kann die Geschichte nicht abändern, sodass Sie sich damit wohlfühlen.«

»Nein, das will ich auch nicht«, lenkte Grace ein. »Ich bin wohl nur ein wenig schockiert, dass sie mit ... mit einem erwachsenen Mann wie Lambert geht.«

Madame Zed stieß den Zigarettenrauch aus. »Lambert hat sie mit nach Europa genommen, sie in die Gesellschaft eingeführt und ihr eine gewisse Bildung zuteil werden lassen. Einige von uns sind, so sehr wir uns auch bemühen, nicht dazu bestimmt, ein gewöhnliches Leben zu führen. Das Schicksal findet uns und gibt uns einen Schubs.« Sie hob die Zigarettenspitze an die Lippen und zog langsam daran. »Auch Ihnen hat das Schicksal einen kleinen Schubs gegeben, nicht wahr?«

»Mir?«

Madame Zed nickte. »Sie sind hier in einer fremden Stadt und recherchieren wegen eines seltsamen Vermächtnisses.« Sie stieß den Rauch durch die Nase aus. »Vielleicht, Madame Munroe, ist Ihnen auch kein langweiliges Leben bestimmt. Vielleicht sind Sie beträchtlich aufregender, als Ihnen bewusst ist.«

»Ich? O nein, ich bin stinklangweilig wie ein Winter ohne Schnee.«

»Ehrlich?« Madame Zed neigte den Kopf zur Seite. »Erzählen Sie mir, wo Sie aufgewachsen sind?«

»In Oxfordshire. In einem kleinen Dorf namens West Challow.«

»Und Sie haben Ihre Familie im Krieg verloren?«

»Meine Mutter ist im Blitzkrieg umgekommen. Aber mein Vater war schon vor dem Krieg gestorben, an einem Herzinfarkt.«

»Ja, jetzt erinnere mich«, sagte sie und nickte. »Das haben Sie mir erzählt. Und wie war sie, Ihre Mutter?«

»Meine Mutter?« Grace runzelte die Stirn und lachte ein wenig. Sie hatte nicht erwartet, hier selbst zum Gesprächsthema zu werden. »Also, wollen mal sehen …« Sie versuchte, sich zu konzentrieren. »Sie war klein, sehr energisch, und ihr Haar war von einem tiefen Kastanienbraun. Ich habe mir immer solches Haar gewünscht, doch ich hatte nicht das Glück, es von ihr zu erben.« Sie lächelte in sich hinein. »Mir kam sie sehr schön und charmant vor. Sie hat auch einige ziemlich schlechte Liebesromane geschrieben, die unter dem Pseudonym Irene Worthing veröffentlicht wurden.«

»Ehrlich?« Madame Zed wirkte fasziniert. »Wie ungewöhnlich. Haben Sie sie gelesen?«

»Natürlich. Tausendmal.«

»Und Ihr Vater?«

»Wenn ich ehrlich bin, kann ich mich kaum an ihn erinnern. Er war Botaniker und kam als Held aus dem Ersten Weltkrieg zurück … er war fast taub von dem Artilleriefeuer und hat schrecklich unter den Folgen einer Senfgasvergiftung gelitten.«

»Vermissen Sie die beiden?«

Grace sah sie an. Was für eine seltsame Frage.

»Es ist so lange her«, sagte sie nach einer Weile. »Ich glaube, dass ich zumindest die Vorstellung von ihnen vermisse. Ich muss zugeben, dass ich mich kaum noch an irgendetwas erinnern kann, oder es ist verzerrt. Zum Beispiel hat meine Mutter nach etwas ganz Bestimmtem gerochen – vielleicht nach Rosenwasser oder nach Seife, ich weiß nicht genau. Ich weiß nicht, ob sie immer so gerochen hat oder nur einmal.« Sie unterbrach sich. »Wir haben auf dem Gut der Familie meiner Mutter gelebt. Aber nicht im großen Herrenhaus, wir hatten ein kleineres Haus auf dem Gelände, wo mein Vater seinen Forschungen als Botaniker nachging. Er grübelte ständig, war mit den Gedanken immer woanders. Wegen seines Hörschadens sprach er nicht viel. Ich glaube, in Wirklichkeit war er extrem schüchtern. Er hat viel gezeichnet und sich Notizen gemacht. Er hat es vorgezogen, etwas zu tun.«

Madame Zed zog langsam an der Zigarette. »Was, zum Beispiel?«

»Für die Hühner hat er ein dreistöckiges Haus gebaut, das im Winter von einer Reihe von Glühbirnen unter einem Fußboden aus Maschendraht beheizt wurde. Die hatten es da drin immer richtig gemütlich.«

»Wie lustig!«

»Ja.« Grace lächelte. »Und meiner Mutter hat er drehbare Regale für die Speisekammer gebaut und eine Schleuder für die Wäsche, die man mittels eines Pedals bediente und nicht mit einer Handkurbel, damit ihre Arme nicht müde wurden.«

»Hat ihr das gefallen?«

»Also, sie war weder besonders häuslich, noch eine begeisterte Köchin. Sie hat mehr für ihr Schreiben gelebt. Abgesehen davon hatten wir für die Haushaltspflichten immer Hilfe. Diesen Mädchen haben seine Erfindungen sicher gut gefallen. Aber mein Vater hat gern Probleme gelöst, glaube ich, und meine Mutter hat ihn nicht daran gehindert. Ich glaube nicht … es tut mir leid.« Plötzlich fiel es Grace schwer, sich auf das zu konzentrieren, was sie sagen wollte. »Ich glaube, hier brennt etwas, oder?«

»Was?«

»Haben Sie etwas im Ofen? Ihr Abendessen? Ich glaube, es verbrennt.«

»Oh, *merde*! Nicht schon wieder!« Madame Zed drückte ihre Zigarette im Aschenbecher aus, stand auf und eilte in die Küche. Grace hörte sie leise fluchen, Töpfe und Pfannen klapperten, Wasser lief.

Als sie nach ein paar Minuten nicht zurückkam, wagte sich Grace in den Flur. Der Geruch nach verbranntem Mürbteig hing in der Luft. »Ist es noch zu retten?«, fragte sie unsicher.

»Es ist nichts.« Madame Zed riss das Küchenfenster auf, um den Rauch hinauszulassen. »Nichts, was nicht ein andermal neu gemacht werden könnte. Ich war immer schon eine miserable Köchin. Aber ab und zu versuche ich es wieder.«

»Ich bin eine schreckliche Köchin. Lasse mich viel zu leicht ablenken. Das habe ich wohl von meiner Mutter.«

Madame Zed sah sie neugierig an. »Ja, vielleicht. Aber Sie müssen mich entschuldigen«, sagte sie und scheuchte Grace zur Tür, »es ist spät. Und wie Sie sehen, muss ich aufräumen.« Sie hielt ihr die Tür auf. »Kommen Sie wieder. Vielleicht morgen. Dann unterhalten wir uns weiter.«

Draußen vor der verlassenen Parfümerie in der Rue Christine zündete Grace sich eine Zigarette an und ging durch die stillen, spärlich beleuchteten Straßen zurück zu ihrem Hotel. Dabei dachte sie über Madame Zeds Worte nach. Besonders ein Satz spukte ihr unablässig im Kopf herum.

»Eine junge Frau auf dem Höhepunkt ihres sexuellen Erwachens ist ein machtvolles Geschöpf.«

Sie zog kräftig an ihrer Zigarette. Hier in dieser seltsamen Stadt lockerte sich das Netz ihrer Erinnerungen. Auch sie war von ihrer erwachenden Sexualität berauscht gewesen.

Es war genau so passiert, wie Madame Zed es beschrieben hatte, sehr früh, nach dem Tod ihrer Mutter, als sie dreizehn Jahre alt gewesen war oder so. Sie hatte noch nicht lange bei ihrem Onkel in Oxford gelebt. Er hatte keine Erfahrung mit Kindern, und sie stellte plötzlich fest, dass sie das Haus zur freien Verfügung hatte. Er arbeitete die ganze Zeit, und sie war weitgehend sich selbst überlassen, wurde wie eine Erwachsene behandelt und nicht wie ein Kind. Grace erinnerte sich an ein Gewirr einander widerstreitender Gefühle – dem schmerzlichen Verlust ihrer Mutter, Angst und gleichzeitig ein neues Selbstbewusstsein und diese große, aufregende Freiheit. Doch unter all dem lag das unvertraute, überwältigende Begehren, berührt zu werden. Ihr Körper war träge geworden, leicht zu erregen. Und über Nacht hatte er sich von dem schmalen, formlosen Körper eines Kindes in den einer jungen Frau verwandelt, mit schlanker Taille, üppigen Brüsten und weichen Hüften.

Sie zog Aufmerksamkeit auf sich. Plötzlich begleiteten heimliche Blicke und geheimnisvolle Spannungen sie durch den Tag; unausgesprochene Einladungen drangen in ihr Bewusstsein. Ihr Onkel, die Randfigur, zog sich angesichts ihrer Verwandlung noch weiter zurück und hielt respektvoll Distanz. Doch seine Kollegen betrachteten sie mit anderen Augen, und plötzlich bewegte auch sie sich ein wenig langsamer, ein wenig bewusster, probierte aus, wie weit das männliche Interesse ging, ohne recht zu wissen, warum, einfach deshalb, weil sie es konnte.

Die neue Aufmerksamkeit der Männer faszinierte sie und stieß sie gleichermaßen ab. Sie lernte, ihr Begehren hinter einer eisigen Maske der Gleichgültigkeit zu verstecken, spielte die Spannungen gegeneinander aus.

Eine erfolgreiche Strategie und erstaunlich raffiniert für ein junges Mädchen.

Am Seineufer, im Schatten unter den Brücken, erhaschte Grace einen kurzen Blick auf Liebespaare, ineinander verschlungene Körper, verstohlene Umarmungen.

Sie überquerte den Fluss, auf dessen glatter Oberfläche sich die Lichter der Läden spiegelten.

Ihr Onkel hatte einen Studenten gehabt, einen jungen Mann Anfang zwanzig namens Theo Lund – hochgeschossen, ernst, mit großen, runden, blauen Augen. Er war schüchtern, gelehrt und gesellschaftlich unbeholfen. Er stammte aus bescheidenen Verhältnissen und mischte sich kaum unter seine Kommilitonen, sondern widmete sich ganz der Aufgabe, seinen Abschluss zu machen.

Während er an seiner Doktorarbeit schrieb, kam er jede Woche zu einem privaten Tutorium ins Haus.

Und sie sorgte dafür, dass sie dann da war, um ihm die Tür zu öffnen und ihn in das Arbeitszimmer ihres Onkels zu führen. Sie achtete auf ihre Kleidung und ihr Haar und versuchte, mit ihm ins Gespräch zu kommen. Ihre Antworten auf seine Fragen waren stets ausweichend, neckend, und Woche für Woche spürte sie sein wachsendes Interesse und seine Bewunderung.

Heimlich träumte sie von seinen Händen auf ihrer

Haut, von dem Druck seiner Lippen auf den ihren. Sie sehnte sich nach einem körperlichen Vergnügen, das sie sich weder recht vorstellen konnte, noch wirklich verstand.

Eines späten Frühlingsabends hatte sie sich erboten, ihm den Garten zu zeigen, wo die Magnolien in voller Blüte standen. Er war ihr gefolgt und hatte viel zu schnell und viel zu viel geredet. Die riesigen Magnoliensträucher hatten einen Baldachin aus üppigen Blüten gebildet, wachsartige Blütenblätter in dunklen Rosatönen, explodierende Farben und Düfte. Sie stand ganz still, während er sie bewunderte und den Blick schweifen ließ. Und dann hatte er sie schließlich angesehen, und die Hände, die er nach ihr ausstreckte, hatten ein wenig gezittert.

Sie war ihm mehr als den halben Weg entgegengekommen und hatte ihm das Gesicht entgegengereckt und ihm die Arme um den Hals geschlungen. Seine vorsichtigen Küsse mit schmalen Lippen wurden heftiger, seine Hände wanderten …

»Grace!« Die Stimme ihres Onkels schlug zu wie eine Peitsche. »Was machst du da?«

Er stand am Ende des Gartenwegs, starr vor Empörung.

Selbst nach all den Jahren wäre sie bereits bei dem Gedanken daran am liebsten im Erdboden versunken.

Theo Lund hatte sie nie wiedergesehen. Ja, sie wusste nicht einmal, ob er je seinen Abschluss gemacht hatte oder nicht.

Es war seltsam, sich daran zu erinnern … Sie war nur ein junges Mädchen gewesen. Doch ihr bleibender Eindruck war, dass er der Verletzliche gewesen war, derjenige, der seine Unschuld verloren hatte und der in die Irre geführt worden war.

Und später dann war sie Roger begegnet.

An dem Abend nach ihrer Geburtstagsfeier im Scott's hätte sie bei Mallory schlafen sollen, doch stattdessen hatten Roger und sie sich ein Zimmer in einem kleinen Hotel in Mayfair genommen. Sie hatte mit ihm schlafen wollen, konnte es kaum erwarten, endlich mit ihm allein zu sein.

Sobald die Tür abgeschlossen war, trat sie zu ihm.

»Du bist wie ein wildes Tier«, hatte er sie geneckt und sich von ihr gelöst, um ihnen etwas zu trinken einzuschenken. »Lass dir Zeit!«

»Aber ich will mir keine Zeit lassen.«

Später, im Bett, hatte er dann eine Position nach der anderen mit ihr ausprobiert; er hatte mehr Erfahrung und hatte Spaß daran, sie zu unterweisen. Doch ihre Bereitschaft und ihre Gelehrigkeit als Schülerin hatten ihn schier umgehauen.

»Hast du es schon mal gemacht?«, fragte er vorwurfsvoll.

»Nein, aber ich will dir gefallen.«

»Entspann dich«, sagte er resolut und schob ihre Hände zur Seite. »Lass mich.«

Doch mit entspannen meinte er: Halt still.

Grace hatte undamenhafte Begierden, aggressive Gelüste, und in ihrer Seele eine alles verschlingende Leere. Sie sollte sich schämen. Es schmerzte sie – so wie bestimmte hohe Töne den Ohren unerträglich sind –, sich diesen Aspekt ihres Wesens überhaupt einzugestehen.

Sie stieg die Stufen zum Hotel hinauf, verharrte und schaute auf Paris in seiner schimmernden, geheimnisvollen Eleganz, das sich die Nacht umgelegt hatte wie eine schöne Frau Diamanten.

Madame Zed hatte recht: Es war nicht immer sicher, wer wen verführte.

Im reichen, warmen Glühen des Hotelfoyers war Klaviermusik zu hören, leise und melodiös; der Duft weißer Hyazinthen, dicht gepflanzt in großen Messingtöpfen, parfümierte die Luft mit einer scharfen Süße. In dem riesigen, mit Marmor ausgestatteten Foyer hallten Gespräche, Lachen und Gläserklirren wider.

Es war Cocktailstunde.

»Madame Munroe!« Der Concierge kam um seinen Tisch herum. »Ich habe eine Nachricht für Sie, Madame. Ein Herr hat heute für Sie angerufen, ein Monsieur Tissot.« Er reichte ihr einen Zettel. »Hier ist seine Nummer. Und Ihr Mann hat auch angerufen.«

»Mein Mann?«

»Ja, Madame. Er hat mich gebeten, Ihnen auszurichten, ob Sie so freundlich sein und ihn zurückrufen könnten.« Er reichte ihr einen zweiten Zettel. »Er übernachtet in seinem Londoner Club. Hier ist die Nummer.«

Ihre Stimmung hob sich. »Danke. Vielen Dank.«

Oben in ihrem Zimmer zündete Grace sich eine Zigarette an, trat rauchend ans Fenster und blickte über die nächtliche Silhouette der Stadt.

Jeden Tag hatte sie etwas erwartet, einen Brief oder vielleicht Blumen?

Während sich die Tage in die Länge zogen, war ihre Hoffnung geschwunden.

Und prompt kam etwas.

Sie schloss die Augen, zog noch einmal an der Zigarette und sammelte sich.

Mallory hatte ihm wohl den Namen des Hotels verraten.

Sie verabscheute den Gedanken an ein unbeholfenes, nervöses Ferngespräch. Aber vielleicht war es so das Beste. Er konnte sich entschuldigen, und sie konnten mit ihrem Leben weitermachen, auch wenn sie bei der Vorstellung, dass er sein Verhalten erklärte – dass er in irgendeiner Weise verletzlich sein könnte –, innerlich zusammenzuckte. Sie mussten einfach über diese Episode hinwegkommen. Und sie sagte sich, sie könnte alles ertragen, solange er nicht in die Einzelheiten ging; sie wollte sich die Affäre nicht in noch lebhafteren Farben ausmalen, als sie es schon getan hatte.

Sofern Roger begriff, dass dieses Intermezzo vorbei war, endgültig vorbei, konnten sie weitermachen.

Entschlossen drückte Grace ihre Zigarette aus und griff nach dem Hörer.

»Ja, ich würde gern ein Ferngespräch anmelden, mit dem East India Club in St. James's.« Sie kaute an den Fingernägeln, während sie darauf wartete, dass die Telefonistin sie verband und sie schließlich über die Vermittlung des Clubs in sein Zimmer durchgestellt wurde.

»Hallo? Hallo?« Rogers Stimme am anderen Ende der Leitung. Er klang sehr weit weg und so, als spräche er durch eine Konservendose.

Automatisch versteifte sich Grace. »Hallo? Hallo, Roger … ich bin's.«

»Wer? Verzeihung? Wer spricht da?«

»Grace«, sagte sie lauter. Wen hatte er denn erwartet?

»Oh. Ja, natürlich.« Dann Schweigen. »Wie geht es dir?«

»Ich … ich bin in Paris«, sagte sie überflüssigerweise, weil ihr sonst nichts einfallen wollte.

»Ja, das habe ich gehört. Ich habe mit Mallory gesprochen.«

»Ehrlich.«

»Und wie war die Reise?«

»Die Reise? Gut. Das Hotel ist schön.«

»Gut.«

Wieder Schweigen.

Ihre Gedanken rasten, stolperten, verhedderten sich. Wenn ihr doch etwas einfiele, irgendetwas, um das Schweigen zu überbrücken. Sie konnte ihm von dem Testament erzählen und der außergewöhnlichen Erbschaft von Madame d'Orsey … doch sie tat es nicht. Hier ging es um seine Verfehlung. Doch ihre Zweifel wuchsen, als sie wahrnahm, dass er nicht einmal fragte, warum sie überhaupt nach Paris geflogen war.

»Und du?«, stammelte sie. »Geht es dir gut?«

»Na ja«, setzte er zögerlich an, »den Umständen entsprechend. Ich war nicht gerade begeistert, aus Schottland in ein leeres Haus heimzukehren.« Er klang gereizt, als hätte sie ihn versetzt. »Es war überhaupt nichts zu essen da, Grace.«

Erstaunlich, wie er es schaffte, die Dinge zu verdrehen und anzudeuten, er erdulde stoisch ihre Vernachlässigung. Sie hörte, wie er das Gewicht verlagerte. »Wie schlägst du dich? Kommst du mit dem Essen zurecht?«

Grace fröstelte. War es das? Wollte er einfach nett Konversation betreiben und so tun, als wäre nichts passiert?

»Es ist erstaunlich gut«, antwortete sie benommen. »Es schmeckt mir.«

»Entweder liebt man es oder hasst es. Zu viel Knoblauch für meinen Geschmack. Aber Rom ist noch schlimmer.«

»Ja, ja, so heißt es immer.«

Pause.

»Gut. Ich wollte nur hören, ob es dir gut geht. Schließlich«, sein Tonfall wurde spitz, »bist du ziemlich überstürzt abgereist. Und ich wollte auch wissen, wann du vorhast, nach Hause zu kommen. Die Leute fragen nach dir. Ich kann sie nicht ewig vertrösten.«

Grace blinzelte, erstaunt über seine Geschicklichkeit. Er hatte einfach einen Haken um die ganze Sache geschlagen. In seinen Augen hatte sie ihn im Stich gelassen. Und plötzlich ging ihr auf, dass er nicht die Absicht hatte, seine Affäre jemals zu gestehen.

Und er erwartete von ihr, dass sie sich genauso verhielt.

Grace ließ sich auf die Bettkante plumpsen und atmete tief durch. »Und was ist mit Vanessa?«

»Verzeihung?«

»Vanessa.« Grace' Herz klopfte so heftig, dass sie das Gefühl hatte, ihr würde jeden Augenblick übel. »Was ist mit ihr?«

Sie brauchte einen Augenblick, um zu erkennen, dass das, was an ihr Ohr drang, Gelächter war. »Wovon redest du? Was hat Vanessa Maxwell denn mit irgendetwas zu tun?«

Vanessa Maxwell. Er sprach ihren Namen aus, als wäre er nicht vertraut genug, um sie nur beim Vornamen zu nennen.

Der Schock sickerte wie Eiswasser durch ihre Adern.

»Hast du … hast du eine Affäre?« Sie zwang sich, es auszusprechen.

»Eine Affäre? Was redest du da? Mit wem?«

Grace brachte keinen Ton mehr heraus.

»Grace? Grace! Was ist denn nur in dich gefahren?«, rief er.

Mit zitternder Hand griff sie nach ihren Zigaretten. »Du leugnest es also.«

»Leugne was? Es gibt nichts zu leugnen.«

Er besaß die Macht, die Wirklichkeit umzudefinieren. Plötzlich stürzte sie und hatte nichts, woran sie sich festhalten konnte.

»Ich glaube, du bist verrückt geworden«, sagte er kalt. »Ich muss jetzt gehen. Es ist spät.«

»Du könntest wenigstens so freundlich sein, mir zu sagen, wann du wiederkommst.«

»Ich … ich weiß es nicht. Ich brauche Zeit.«

»Wofür? Für weitere lächerliche Anschuldigungen?«

»Dieses Gespräch kostet ein Vermögen. Ich muss jetzt wirklich los. Auf Wiedersehen.«

Sie legte abrupt auf und schaffte es nur mit Mühe, sich eine neue Zigarette anzuzünden.

Die Hoffnungslosigkeit ihrer Situation bedrängte sie von allen Seiten, dunkel wie die nächtlichen Schatten, die das Zimmer erfüllten.

Wie konnte sie ihn dazu bringen, eine Geliebte aufzugeben, deren Existenz er rundweg leugnete?

Das Telefon läutete. Grace hatte Mühe, den Kopf vom Kissen zu heben, denn er war schwer wie Marmor. Und das Telefon klang nicht richtig, ein kurzes, hohes Klingeln, schrill und abrupt.

Sie schlug die Augen auf. Grelle Morgensonne erfüllte das Zimmer und blendete sie.

Gütiger Himmel, was war das? Ein Kronleuchter baumelte gefährlich über ihrem Kopf. Einen Augenblick lang dachte sie, er könnte herunterfallen. Dann fiel es ihr wieder ein.

Sie war in Paris.

Langsam drückte sie sich auf den Ellbogen hoch. Sie trug noch die Bluse und den Rock vom Vortag, beides jetzt arg zerknittert. Sie hatte sich wohl auf dem Bettüberwurf in den Schlaf geweint.

Endlich hörte das Läuten auf.

Sie sank wieder aufs Kissen zurück und tastete auf dem Nachttisch nach den Zigaretten. Das Päckchen war leer.

»Verdammt!«

Sie schwang die Beine über die Bettkante und spürte das kalte Parkett unter ihren Füßen. Sie ging zum Telefon und rief am Empfang an.

»Hallo? Hallo … ich meine, *bonjour*, ja … hier spricht Mrs Munroe. Ich bräuchte dringend ein paar Aspirin, bitte. Ja, Aspirin. Und Toast und Kaffee. So bald wie möglich, bitte.«

Sie schlurfte ins Bad, wo sie, als sie Badewasser einließ, einen Blick auf ihr Spiegelbild erhaschte. Ihre Augen waren geschwollen und vom Weinen gerötet, die Nase war wund, ein Teil ihrer Haare stand in die Luft, die andere Hälfte klebte am Kopf.

Sie sank auf den Rand der Badewanne und strich mit den Fingern durch das warme Wasser. Vielleicht sollte sie einfach wieder ins Bett gehen, unter die Decken kriechen und nie mehr herauskommen. Wen scherte es schon?

Es klopfte an der Tür. Für den Zimmerservice war es noch zu früh.

Grace drehte den Wasserhahn zu, warf sich einen Morgenmantel über ihre zerknitterten Sachen und öffnete.

»*Bonjour!*« Mallory posierte in der Tür. Sie trug ein schickes kleines Kostüm aus knallblauer Wolle und einen neuen roten Hut, zweifellos extra für diesen Anlass gekauft.

»Mal!« Grace blinzelte sie überrascht an. »Mein Gott! Was machst du hier?«

Lachend nahm Mallory sie in die Arme. »Ich versuche seit Ewigkeiten, dich anzurufen, aber du gehst ja nicht ans Telefon. Du bist nicht die Einzige, die in ein Flugzeug steigen kann, weißt du!« Dann trat sie einen Schritt zurück. »Mein Gott, Grace. Was ist passiert? Bist du krank?«

Der Zimmerkellner brachte das Aspirin, stellte das große Silbertablett auf einen Tisch am Fenster und schenkte zwei Tassen starken, heißen Kaffee ein.

»Mal schauen, ob ich das richtig verstanden habe.« Mallory hatte es sich in der Ecke des kleinen Sofas bequem gemacht, die Schuhe ausgezogen und die Füße hochgezogen. »Du sagst also, du hast eine Wohnung geerbt und Aktien? Und du hast immer noch keinen Schimmer, wer diese Frau war?«

Grace hockte am Fußende ihres Betts. »So ist es. Die Einzige, die etwas über sie zu wissen scheint, ist Madame Zed.«

»Die Parfümeurin.« Mallory goss Sahne in ihre Tasse und rührte um.

»Ja. Ansonsten tappe ich im Dunkeln. Oh«, sie runzelte die Stirn, denn plötzlich fiel ihr noch etwas ein, »bis auf die hier.«

Die Porzellanfiguren hatte sie beinahe vergessen. Sie zog den Pappkarton unter dem Bett hervor und holte die sechs Figuren heraus, packte sie aus und stellte sie in einer Reihe auf den Schreibtisch.

Mallory verzog das Gesicht. »Oh.« Sie nahm eine in die Hand, eine Schäferin mit weißer Haut, die durch ein Feld kleiner gelber Blumen lief. »Woher hast du die?«

»Es scheint, als habe Eva d'Orsey sie mir hinterlassen. Die Concierge hatte sie bei sich, und als ich mir die Wohnung angesehen habe, hat ihre Tochter sie mir in dem Karton da hochgebracht.«

Mallory drehte die Figur um. »Diese Frau hinterlässt dir eine wunderschöne Wohnung, Aktien von immensem Wert und *die da*?« Sie stellte die Figur ab. »Das sind nicht mal Originale, sondern nur Kopien, Massenware. Sie haben keine Porzellanmarke, gar nichts. Nach allem, was du mir erzählt hast, Schatz, ist das äußerst seltsam.«

Grace schenkte sich eine zweite Tasse Kaffee ein. »Vielleicht haben sie sentimentalen Wert.«

Mallory zuckte die Schultern. »Offen gestanden ist die ganze Angelegenheit recht eigenartig.« Sie trank einen Schluck. »Aber ich kann es kaum erwarten, ein bisschen Zeit mit dir zu verbringen«, sagte sie lächelnd, »und Paris wiederzusehen!«

»Wie lange bleibst du?«

»So lange wie möglich. Ich habe Geoffrey davon überzeugt, du wärst in ernster Bedrängnis und bräuchtest augenblicklich meinen Beistand, auf unabsehbare Zeit. Damit steht es ihm frei, in seinem Club zu bleiben, zu viel zu trinken und beim Kartenspielen zu verlieren. Soll er ruhig. Und sei gewarnt: Ich habe fest vor, das Beste aus meinem Urlaub zu machen. Die richten gerade ein Zimmer für mich her.«

Grace ließ sich rücklings aufs Bett fallen und schob sich ein paar Kissen unter den Kopf. »Ich bin froh, dass du hier bist, Mal«, meinte sie seufzend. »Ich kann dir nicht sagen, wie seltsam diese ganze Sache ist. Der Anwalt versucht ja zu helfen, aber er weiß auch nicht mehr als ich. Es ist, als hätte sie gar nicht existiert.«

»Du hast gesagt, sie war die Geliebte von jemandem?« Mallory ließ den Blick über das Frühstückstablett schweifen, nahm eine Scheibe Toast und bestrich sie großzügig mit Butter.

»Jacques Hiver. Der Kosmetik-Riese.«

»Da haben wir es doch schon!« Mallory wedelte mit ihrem Toast durch die Luft. »Wahrscheinlich hat er sie versteckt. Vielleicht hegte er politische Ambitionen. Hast du irgendwelche Verwandte ausfindig gemacht, mit denen du reden könntest? Cousins, Tanten, Onkel? Irgendjemand muss etwas wissen. Könnte sie eine Freundin deiner Eltern oder gar deiner Großeltern gewesen sein?«

Grace schüttelte den Kopf. »Möglich wäre es. Aber mein Onkel ist auf Vortragsreise in Amerika, und sonst gibt es niemanden, den ich fragen könnte. Ich habe seit Wochen nichts von ihm gehört.«

»Und gibt es sonst etwas Neues?« Mallory sah Grace bedeutungsvoll an. »Hast du mit Roger gesprochen?«

Grace seufzte. »Falls man es so nennen kann. Er tut einfach so, als hätte es diese Affäre nie gegeben, als würde ich mir das alles nur einbilden. Er besitzt sogar die Nerven, so zu tun, als würde er Vanessa kaum kennen. Ich fühle mich wie Alice, als sie in das Kaninchenloch gefallen ist!«

Mallory überlegte. »Hat er dich angerufen oder umgekehrt?«

»Er hatte mir eine Nachricht hinterlassen, und ich habe ihn zurückgerufen.«

»Dann ist ihm immerhin aufgefallen, dass du weg bist.«

»Oh, allerdings. Er will nur nicht zugeben, warum.«

Mallory kaute nachdenklich ihren Toast. »Glaub mir,

er weiß, warum. Von einem Mann wie Roger kannst du nicht erwarten, dass er irgendetwas zugibt. Aber du hast die Oberhand, jetzt kommt es nur darauf an, sie richtig auszuspielen.«

»Sie richtig auszuspielen?« Typisch Mallory, selbst in der ausweglosesten ehelichen Situation noch eine Chance zu sehen. »Er will nicht mal mit mir darüber reden, Mal.«

»Natürlich nicht. Aber das heißt nicht, dass du nicht die Oberhand hast. Er will keinen Skandal, Grace. Das könnte seiner Karriere schaden.«

»Ich glaube nicht, dass ihm daran etwas liegt.«

»Lass dir nichts vormachen. Er markiert den starken Mann, aber das ist auch schon alles. Und bei allem gebührenden Respekt, er ist kein Goldjunge. Um zu überleben, ist er auf seinen guten Ruf angewiesen. Wenn du deine Karten richtig ausspielst, bist du am Ende ihm gegenüber im Vorteil.«

»Was für ein Vorteil? Was für einen Vorteil hat es, eine … eine …« gehörnte Ehefrau zu sein, das klang zu mittelalterlich, eine lieblose Ehe zu führen, das hörte sich an wie aus einem kitschigen Liebesroman.

Mallory biss in ihren Toast. »Er steht in deiner Schuld.«

»Du meinst also, ich soll mich damit abfinden?«

»Ich überlege, was für dich das Beste ist, Grace. Ehrlich, was bleibt dir denn sonst?«

»Ich weiß nicht. Ich könnte mich scheiden lassen, oder?«

»Himmel. Willst du dich ins eigene Fleisch schneiden? Was hättest du denn davon?«

Grace sah sie stirnrunzelnd an. »Was meinst du damit? Dass ich zu alt bin, um wieder zu heiraten?«

»Natürlich nicht! Aber wen? Wie willst du denn jemand Interessanten kennenlernen, wenn du geschieden bist? Allein würde man dich kaum noch zu denselben Partys einladen, ja, vermutlich gar nicht mehr.« Sie schob sich ein Kissen unter den Ellbogen, um es bequemer zu haben. »Sieh den Tatsachen ins Auge, eine Frau muss sehr reich sein, um ohne Nachteil die Männer wechseln zu können wie die Garderobe.«

Mallorys ungeschönte Einschätzung ihrer Situation erschütterte Grace. »Na ja, vielleicht will ich ja auch gar nicht mehr heiraten.«

»Und was machst du dann? Gehst zurück nach Oxford und wirst eine einsame Exzentrikerin in hässlichen Schuhen, mit mieser Frisur und Büchereiausweis? Du musst sämtliche Szenarien in allen Einzelheiten bis zum Ende durchspielen. In Augenblick möchtest du am liebsten weglaufen, aber was ist in fünf Jahren? Man kann nicht einfach fröhlich ein neues Leben anfangen. Türen werden sich schließen, Grace. Türen, die sich nie wieder öffnen.« Mallory sah sie an. »Bloß nichts überstürzen.«

»Ich dachte, du könntest Roger nicht leiden.«

»Kann ich auch nicht. Der Typ ist ein Arsch. Um Himmels willen, ich versuche, vernünftig zu sein!«

»Du rätst mir also … was?«

»Ich rate dir, deine Optionen sorgfältig zu erwägen. Ein reuiger Ehemann kann sehr nützlich sein.«

Grace schnürte es die Kehle zu. »Das ist mir egal.«

»Schatz, sei nicht naiv.«

»Können wir nicht über etwas anderes reden?«

Mallory seufzte. »Selbstverständlich.«

Einen Augenblick saßen sie schweigend da.

Schließlich richtete Mallory sich auf. »Lass uns überlegen, was wir heute machen, ja? Ich warne dich, ich will einkaufen gehen und den letzten Penny von meinem persönlichen Konto ausgeben. Ich schlage vor, du tust es mir nach.«

»Roger würde mich umbringen.«

»Im Augenblick wird Roger alles abnicken, was du tust.«

Grace schoss einen Blick auf sie ab. »Ich dachte, wir wollten über etwas anderes reden.«

»Schön.« Mallory holte ein kleines Notizbuch aus ihrer Handtasche und schlug es auf. »Ich habe die Namen und Adressen mehrerer Boutiquen, eines Schönheitssalons, der verspricht, die Taillenweite in einer Stunde um fünf Zentimeter zu verringern, des Pelzhändlers, bei dem Josephine Wexley einkauft ...« Sie schürzte die Lippen und konzentrierte sich. »Aber ich glaube, anfangen sollten wir in den Galeries Lafayette.« Sie klappte das Notizbuch zu. »Schließlich muss ich dich langsam daran gewöhnen. Also«, meinte sie und stand auf, wischte sich die Krümel vom Rock und zog ihre Schuhe wieder an, »geh ins Bad, bevor ich dich eigenhändig wasche. Deine Haare sehen aus wie ein Avantgardekunstwerk, und das ist kein Kompliment. Ich schaue mal nach meinem Zimmer. Und wenn ich zurückkomme, erwarte ich dich gewaschen und gut duftend und bereit, Geld auszugeben.«

Grace nickte. »Einverstanden.«

Mallory drehte sich zum Spiegel, um den Lippenstift nachzuziehen, und begegnete Grace' Blick. »Ich will wirklich nur helfen«, sagte sie leise.

»Ich weiß. Aber ich wünschte mir von ganzem Herzen, es wäre nicht nötig.«

»Gut.« Mallory wandte sich zu ihr um. »Dann soll es das für die nächsten Tage auch nicht sein. Ich verspreche dir, dass ich kein Wort mehr darüber verliere.«

Gleich nach dem Frühstück machten sich die beiden auf zu den Galeries Lafayette am Boulevard Haussmann. Auch wenn Grace keine große Begeisterung für Einkaufsbummel aufbrachte, empfand sie Mallorys Gegenwart doch als tröstlich. Und sie konnte gar nicht anders, als die riesige goldene Kuppel des Kaufhauses zu bewundern; Etage um Etage im Kreis angeordnete Boutiquen, die bei Mallory entzückte Schreie auslösten, kaum waren sie durch die Tür getreten.

Mit der konzentrierten Entschlossenheit eines Piraten, der einen exotischen Hafen plündert, eilte Mallory von einer Ecke zur anderen, und Grace folgte ihr mit einer wachsenden Zahl von Einkaufstüten. Normalerweise hätte sie Reißaus genommen bei der Aussicht, einen ganzen Tag die Läden abzuklappern. Doch diesmal nervte das Gedränge sie nicht, weil sie sich darauf konzentrierte, die Gespräche um sie herum zu verstehen. Sie fühlte sich durch ihre Fremdheit geschützt. Und Mallory war so überschäumend in ihrer Begeisterung, dass sie kaum bemerkte, dass Grace nur hinterhertrottete. Methodisch arbeiteten sie sich von Hüten über Handschuhe und Schals zur Unterwäsche vor und immer weiter die kreisrunden Etagen hinauf, während Mallory in unablässigem Selbstgespräch die Vorzüge jeder einzelnen Erwerbung hervorhob.

»Zu dezent?«, fragte sie und zupfte den Schleier eines winzigen »Fascinators« zurecht, den ein Bund riesiger schwarzer Seidenrosen zierte. »Oder exzentrisch?«

Bevor Grace antworten konnte, setzte Mallory eine noch extremere Version auf, die mit drei ziemlich obszönen Callablüten aus Organza besetzt war. Sie musterte ihr Spiegelbild. »Findest du nicht, dass der Grat zwischen hinreißend und peinlich doch gefährlich schmal ist? Manchmal ist etwas so hässlich, dass es schon wieder umwerfend ist. Was ist das hier deiner Meinung nach?«

Grace schüttelte den Kopf. »Ich weiß nicht. Wozu würdest du ihn tragen?«

»Wozu würde ich ihn *nicht* tragen!« Mallory drehte sich, um ihr Profil zu betrachten. »Findest du diese gelben Kolben nicht auch ein ganz klein wenig zweideutig?«

»Nur wenn man eine schmutzige Phantasie besitzt.«

Mallory feuerte einen Blick auf sie ab. »Das nehme ich mal als ein Ja. Ach, Gracie«, seufzte sie, »ich bin mir einfach nicht sicher. Wenn man schon eine Botschaft vermitteln will, kann es auch ruhig eine zweideutige sein, findest du nicht?«

»Was für eine Botschaft möchtest du denn aussenden, Mal?«

Ihre Blicke begegneten sich, und sie lachten.

»Du wirst schon sehen.« Mallory nahm den Hut ab. »Wenn wir nach London zurückkommen, sind zweideutige Botschaften groß in Mode, und dann bist du schuld, wenn ich den Trend verpasst habe!«

»Ich halte dich nicht auf. Kauf zwei, ja, drei, wenn du magst!«

In der nächsten Etage verbrachten sie fast eine Stunde in der Wäscheabteilung.

»Sieh mal, Gracie.« Mallory strich mit der Hand über den Seidenchiffon eines Nachthemds mit zarter Stickereien. »Oh, das ist himmlisch! Geoffrey hat es nicht verdient, aber ich schon.«

Die Verkäuferin der Wäscheabteilung half ihnen bereitwillig, wunderschöne Seidenstrümpfe auszuwählen, und beriet sie bezüglich des aktuellen Schnitts von Hüfthaltern und BHs. »Die sind unentbehrlich«, beharrte Mallory und legte noch zwei Satinschlüpfer auf die Ladentheke, damit die Verkäuferin sie einpackte.

»Das hast du über die Handschuhe und Hüte auch gesagt.«

»Und ich habe recht.« Mallory reckte das Kinn in die Höhe. »Ohne die richtige Ausstattung kann eine Frau keine Frau sein.«

Nachdem sie im Restaurant unter der Kuppel ein stärkendes Mittagessen in Form eines Salade niçoise und einen schwarzen Kaffee zu sich genommen hatten, schafften sie es noch bis in die Abteilung Damenoberbekleidung. Dort betrachteten sie in ehrfürchtigem, respektvollem Schweigen die Kollektionen. Die übertrieben weit geschnittenen Röcke, Petticoats und unmöglich schmalen Taillen der Pariser Mode waren viel wagemutiger geschnitten als in England, gefertigt aus luxuriöser Moiréseide, Ripseide und Taft in kühnen, satten Farben. Hier fanden sie die ganze Fülle verschwenderischer Schönheit, die London seit dem Krieg so sehr vermisste.

»Ich glaube, ich werde gleich ohnmächtig!«, flüsterte Mallory Grace zu und hielt ein marineblaues Chiffonabendkleid hoch.

Vorsichtig strich Grace über den hauchdünnen Stoff.

Er war schön.

Mallory traten Tränen in die Augen. »Ich *muss* es anprobieren«, sagte sie mit einem Seufzer und schüttelte hoffnungslos den Kopf. »Ich glaube, ich muss sie alle anprobieren!«

Mit Unterstützung einer erfahrenen Verkäuferin brachte Mallory fünf oder sechs Kleider in einen Umkleideraum.

Grace sah sich um. Wie gern wäre sie wie Mallory und würde mit Begeisterung einkaufen.

Ihre Kleider waren langweilig und altmodisch. Außerdem mochte sie sie nicht einmal. Doch die weiten Röcke, mit Perlen und üppigen Stickereien verziert, alle in leuchtenden Pfauenfarben für die neue Saison, wirkten fast aufdringlich.

Grace blieb stehen und betrachtete sich hilflos im Spiegel. Es war immer dasselbe: Sie wollte sich eine neue Garderobe zulegen, sich ein wenig um sich selbst kümmern, doch sobald sie einen Laden betrat, verlor sie die Nerven. Noch ehe sie überhaupt etwas anprobiert hatte, saß sie schon wieder im Bus nach Hause.

Sie wollte gerade zurückgehen, um nach Mallory zu sehen, da entdeckte eine ältere Verkäuferin sie inmitten des Meers aus Taft und Tüll. »*Comment puis-je vous aider?*«, fragte sie mit einem höflichen Lächeln.

»*J'ai besoin d'une robe*«, platzte Grace heraus und bereute es augenblicklich, dass sie überhaupt etwas gesagt hatte.

»*Alors!*« Die Frau streckte die Arme aus, als wollte sie sagen: Nur zu.

»*Oui, ou je sais … non.*« Grace kämpfte mit ihrem unzulänglichen französischen Vokabular. »*Une robe simple …*«

»*Simple?*«

»Oui, ähm, *simple, noir …*«

Die Verkäuferin tippte sich mit dem Finger an die Lippen und betrachtete Grace von Kopf bis Fuß. Plötzlich lächelte sie. »*Voilà! Avec votre sèche, je sais que la chose!*«

Grace verstand kein Wort. Sie sah zu, wie die Frau in einem Nebenraum verschwand.

Nach einigen Minuten kehrte sie mit einem sehr skulpturalen, aber schlicht geschnittenen, schwarzen Kleid zurück, das sie stolz hochhielt. »*Elle est nouvelle. C'es Balenciaga!*«

»*Balenciaga?*« Grace hatte noch nie von diesem Modeschöpfer gehört.

»*C'est très nouveau, très chic!*«, versicherte die Frau ihr.

Und in der Tat hatte Grace so etwas wie dieses Kleid noch nie gesehen: von beinahe architektonischem Schnitt, sachlich, zurückhaltend. Es war der absolute Gegensatz zu den kunstvollen Kleidern ringsum.

»Kann ich es anprobieren?«

»*Oui!*«, antwortete die Verkäuferin.

Das Kleid feierlich vor sich haltend, führte sie Grace durch den Laden in einen Umkleideraum am anderen Ende. »*Attention!*« Sie winkte im Vorbeigehen den anderen Verkäuferinnen. »*La Balenciaga!*«

Drei oder vier von ihnen schlossen sich ihnen an.

Der Anproberaum war etwa so groß wie ihr Schlafzimmer zu Hause in London und weitaus glamouröser, mit Plüschsofa und blassrosa Wänden. Die Verkäuferin hängte das Kleid an eine Kleiderstange und zog schwungvoll den Vorhang der Nische zu.

Sobald das Kleid über Grace' Hüften glitt, wusste sie, dass dies kein gewöhnlicher Schnitt war. Und als sie hinter dem Vorhang heraustrat, begrüßten die wartenden Verkäuferinnen sie mit anerkennenden Blicken und leisem Applaus. »*C'est parfait!*«, erklärte ihre Verkäuferin. »*Ce n'est pas une robe – c'est le destin!*«

»*Pardon?*« Grace errötete, schüchtern und doch entzückt über so viel Aufmerksamkeit.

»Dies ist kein Kleid«, übersetzte eine jüngere Verkäuferin, »es ist Schicksal!«

»Mein Gott, Grace!« Mallory kam in einem fließenden, kanariengelben Ballkleid aus einem angrenzenden Anproberaum und betrachtete Grace von oben bis unten. »Wo hast du das her?« Sie wandte sich an die Verkäuferin. »Gibt es das auch in anderen Farben?«

»*Non. Elle est unique.*«

»Schade.« Mallory stemmte die Hände in die Hüften. »Andererseits … das ist meine Freundin auch.«

Das Kleid kostete ein Vermögen – mehr Geld, als Grace je in ihrem Leben für irgendetwas ausgegeben hatte. Doch welche Frau kehrt ihrem Schicksal den Rücken?

Aufgeregt und erschöpft zugleich, gingen die jungen Frauen nach unten, vorbei an den Accessoires, weiter durch die Handtaschen- und die Kosmetikabteilung nach draußen, um sich ein Taxi zu suchen.

An einer Theke mit Parfüm blieb Grace stehen. Besonders ein Flakon fiel ihr ins Auge. Er war vollkommen rund, mit einer bernsteinfarbenen Flüssigkeit gefüllt und mit einem goldenen Stöpsel verschlossen. Der Flakon war ihr vertraut, doch sie hatte ihn nie genauer betrachtet.

Jetzt nahm sie ihn in die Hand.

»Oh, ich liebe diesen Duft«, sagte Mallory. »*My Sin.* Das hat meine Mutter benutzt.« Sie streckte den Arm aus. »Hier, tu mir mal einen Spritzer auf … um der alten Zeiten willen.«

Grace sprühte ein wenig auf Mallorys Handgelenk. »Es ist stark.«

»Ich weiß. Mummy hat es nur zu besonderen Gelegenheiten aufgelegt.« Sie hob das Handgelenk und schnupperte daran. »Wenn ich es mir recht überlege, habe ich immer Kopfschmerzen davon bekommen.«

»Es ist eines der Parfüms von Madame Zed.«

Beeindruckt sah Mallory sie an. »Ehrlich?«

Auf dem Glas war mit Blattgold ein Bild aufgetragen – das abstrakte Abbild einer Mutter die sich mit ausgestreckten Armen hinabbeugt, um ihr Kind zu umarmen. »Jeanne Lanvin«, stand darunter. Die beiden Gestalten bildeten einen einzigen, nahtlosen, goldenen Bogen der Zuneigung.

Eine junge Verkäuferin kam näher. »*Puis-je vous aider madame?*«

»*Ah, oui, je pense …*«

»Sind Sie Engländerin?«, fragte die junge Frau lächelnd.

»Ja.« Grace zeigte auf das Bild. »Ein ungewöhnliches Markenzeichen. Wissen Sie, was es bedeutet? Wo es herkommt?«

»Das ist das Symbol von Lanvin. Das … ähm«, die junge Frau überlegte einen Augenblick, »wie sagt man? Etikett? Sehen Sie.« Sie beugte sich vor und zeigte auf den zarten Umriss auf dem Glas. »Jeanne Lanvin hat ihre Tochter, Marie-Blanche, sehr geliebt. Der wichtigste Mensch in ihrem Leben. Es heißt, das Markenzeichen sei einem Foto von den beiden vor einem Ball nachempfunden. Jetzt ist es das Symbol von Lanvin. Es ist ziemlich einzigartig, finden Sie nicht auch?«

»Ja«, pflichtete Grace ihr bei, »ja, das ist es.«

»Ich habe überlegt, mir ein neues Parfüm zuzulegen«, sagte Mallory. »Können Sie mir vielleicht etwas anderes empfehlen? Etwas, was ich in London nicht finden würde?«

»Wissen Sie, was mir gefällt?«, sagte die junge Frau und nahm einen anderen Flakon zur Hand, ein schmales, schlankes, schwarzes Rechteck mit einem großen goldenen Stöpsel. »Dieser Duft ist von Hiver, *Ce Soir*. Ein ungewöhnlicher Duft, sehr bezwingend.«

»Heute Abend«, übersetzte Mallory den Namen und fügte den Werbeslogan gleich hinzu: »›Manche Gelegenheiten kommen nur einmal.‹ Oh!« Sie sah Grace an. »Das klingt aufregend!«

»Es gibt nichts Vergleichbares.« Die junge Frau sprühte sich ein wenig aufs Handgelenk und hielt es Mallory hin, damit sie daran schnuppern konnte. »Hier.«

Neugierig beugte auch Grace sich darüber.

Die sich entfaltenden Duftschichten waren zunächst weiche, dunkel sinnliche Düfte von wildem Stiefmütterchen, Amber, Zeder und Rinde ... trockene, moosige Waldgerüche, die dann, ganz allmählich und fast unbemerkt, Platz machten für eine rohe, moschusartige Fülle. Die Duftnoten hatten eine Intensität, eine leicht feuchte, erdige Dichte, die faszinierend war. Aber da war noch etwas … scharf, beinahe beißend und doch beklemmend vertraut …

»Ich hätte nie gedacht, dass ich mal so etwas sagen würde«, meinte Mallory stirnrunzelnd, »aber ich finde, es hat fast etwas Obszönes.« Sie hob den Flakon an die Nase und atmete ein. »Andererseits kriegt man nicht genug davon, nicht wahr? Was kostet es?«

»Also, das kommt darauf an«, erklärte die junge Frau. »Es gibt das Originalparfüm, das halten Sie gerade in der Hand, und dann gibt es noch eine neuere Formulierung. Ich fürchte, das Original ist sehr teuer.«

»Warum gibt es zwei verschiedene?«, fragte Grace.

»Also, *Ce Soir* kam während des Krieges heraus, als Hiver von den Nazis übernommen wurde. Hiver beauftragte einem Parfümeur außer Haus mit der Kreation dieses Duftes, der ihn auch in kleinen Chargen herstellte. Während der Besatzung war es sehr exklusiv, fast nicht zu kriegen. Jetzt ist es der beliebteste Duft, den Hiver verkauft. Ich habe auch eine Flasche. Es ist sehr ungewöhnlich, sehr raffiniert.« Die junge Frau beugte sich vor. »Es heißt, Hiver habe den Deutschen zu leicht nachgegeben. Der Krieg sei für ihn viel zu behaglich gewesen. Doch diesem Parfüm kann niemand widerstehen. Aber der Parfümeur, der es kreiert hat, hat Hiver niemals die Formulierung verkauft. Das ist ganz normal, dass nur der Parfümeur alle Ingredienzen kennt. Hiver hat versucht, den Duft nachzumachen, aber sie kriegen es nicht richtig hin. Niemand will die neuere Version. Ich bekomme sie nicht verkauft.«

»Oh, dann muss ich unbedingt eine Flasche haben!« Mallory öffnete ihre Handtasche und holte ihre Geldbörse heraus.

»Haben Sie nicht gerade gesagt, es sei Hivers beliebtester Duft?« Grace nahm den Flakon zur Hand. »Wenn sie ihn nicht nachmachen können, dann stehen der Firma große Einbußen ins Haus.«

»Ganz genau«, pflichtete die junge Frau ihr bei. »Als Jacques Hiver starb, hat die Firma Probleme bekommen. Aber, sehen sie, es gibt viele angenehme Parfüms, doch nur sehr wenige wirklich große.«

»In dem Fall nehmen wir beide eine Flasche.« Mallory holte einen Packen Francs aus ihrer Geldbörse.

»Mal … woher hast du die alle?«

»Von Coutts, du Dummerchen. Ich habe sie im Voraus bei der Bank bestellt. Ich habe diese Reise seit dem Tag geplant, an dem ich dich zum Flughafen gefahren habe. Und ich will dich verwöhnen«, fuhr sie fort. »Eine Frau, die sich ihr Parfüm selbst kauft, ist ein trauriges Geschöpf.«

»Du hast dir doch gerade auch eine Flasche gekauft.«

»Ich bin die Ausnahme sämtlicher Regeln«, erwiderte sie lächelnd. »Besonders meiner eigenen.«

Grace sah zu, wie die Verkäuferin ihre Einkäufe einpackte.

»Warum kreiert jemand ein Parfüm für eine Firma wie Hiver und verkauft ihr dann nicht die Formel?«, fragte Grace. »Es wäre doch sicher in ihrem eigenen Interesse.«

»Vielleicht ging es nicht um Geld«, sagte Mallory.

»Es ist ein Geschäft. Welchen anderen Grund sollte jemand haben?«

»Wer weiß?« Mallory hängte sich die Einkaufstüte mit ihren neuesten Erwerbungen über den Arm. »Vielleicht aus reiner Gehässigkeit.«

Die Frau hieß Paulette, und sie sprach kein Wort Englisch.

Nicht, dass es eine Rolle gespielt hätte. Von dem Augenblick an, da Grace und Mallory am nächsten Tag den berühmten Schönheitssalon Carita in der Rue du Faubourg Saint-Honoré betraten, gaben sie ihr Schicksal eindeutig aus der Hand.

Der Salon selbst war ein strahlend weißer Tempel der Schönheit. Die Angestellten beider Geschlechter trugen über ihren Anzügen und Kleidern weiße Dienstkleidung, die aussah wie Laborkittel. Und in der Tat: Der Geist, der durch den Salon wehte, war ganz der »Wissenschaft der Schönheit« gewidmet; ein ernstes Unterfangen, nicht zu vergleichen mit dem Friseur um die Ecke, zu dem Grace gewöhnlich ging. Hier kümmerte man sich nicht nur um die Frisur, sondern man bot eine ganze Reihe von Schönheitsbehandlungen an, von denen die Freundinnen noch nie etwas gehört hatten – darunter etwa *le drainage*, ein Verfahren, das einen halben

Tag in Anspruch nahm und riesige Mengen verschiedener Cremes und Lotionen erforderte sowie etwas, was aussah wie ein kleiner Staubsauger.

Nach einem kurzen Blick in den Terminkalender führte die Empfangsdame Grace in eine Umkleidekabine und Mallory in eine andere, wo man ihnen einen sauberen weißen Kittel aushändigte, den sie über ihre Kleider ziehen sollten, und sie dann ihren Stilistinnen vorstellte. Mallory plauderte mit ihrer in ungebrochenem Französisch. Grace saß schweigend da, während die Frau langsam um sie herumging.

Äußerst gepflegt, betrachtete Paulette Grace mit distanzierter Neugier, als wäre sie eine Kreuzung zwischen einem hässlichen Fleck auf dem Fußboden und einem exotischen Haustier.

Grace ihrerseits lächelte nervös und zeigte dann mit einem Lachen auf ihren Kopf und vollführte eine kleine Pantomime, um anzudeuten, wie sie sich normalerweise die Haare frisierte.

Paulette sah ihr mit ausdrucksloser Miene zu.

Als Grace fertig war, öffnete sie eine Schublade und holte eine rasiermesserscharfe Schere heraus.

»*Coupez les cheveaux.*«

Entsetzt starrte Grace auf die Schere. »Ab? Sie wollen es abschneiden?«

»*Absolutement.*« Paulette löste Grace' langes Haar aus dem Knoten oben auf dem Kopf und bürstete es aus. »Ab.«

Damit war es entschieden.

Paulette ging äußerst konzentriert zu Werke. Nachdem sie Grace' Haar um mindestens fünfzehn Zentimeter gekürzt hatte, trug sie ein Haarfärbemittel auf und geleitete sie zu einem Haartrockner. Währenddessen machte sie sich daran, Grace' Fingernägel zu feilen. Ohne weitere Beratung trug sie zuletzt eine Schicht tiefroten Nagellack auf. Dann wusch sie Grace die Haare, rubbelte sie mit einem Handtuch trocken, fasste sie an den Schultern und setzte sie vor einen der zahlreichen Spiegel des Salons.

»*Voilà!*«, erklärte sie stolz.

Staunend betrachtete Grace ihr Spiegelbild. Ihr Haar glänzte, und es war zu einem fransigen schimmernden schwarzen Bubikopf geschnitten. Plötzlich erschienen ihre Züge zart und koboldhaft, ihre Haut weiß, ihre Augen klar und lebendig grün. Es war, als hätte jemand einen Schalter umgelegt und sie wäre von innen erleuchtet.

Paulette scheuchte sie nach nebenan, wo sie ihr die Haare auf Lockenwickler drehte und sie unter einen anderen Haartrockner setzte. Die endgültige Wirkung war weicher, femininer, aber nicht weniger umwerfend.

Anderthalb Stunden später trafen Grace und Mallory sich wieder im Empfangsbereich des Salons.

Mallory staunte nicht schlecht. »Grace! Bist du das?«, rief sie. »Also, hat da doch unter diesem wollenen Oxford-Pullover die ganze Zeit eine elegante Frau gesteckt!«

»Danke«, meinte Grace lachend.

»Et moi?« Mallory drehte sich im Kreis. »Was meinst du? Bin ich nicht auch verwandelt?«

Mallorys Haar sah aus wie eine leicht bauschige Version von dem, was Mr Hugo normalerweise mit ihm machte.

»Wunderbar«, meinte Grace lächelnd.

»Um Welten besser, nicht wahr?« Mallory bewunderte sich noch einmal im Spiegel. »Morgen unterziehe ich mich einer *drainage*. Ich habe uns mit den Prescotts, die bis nächsten Donnerstag in Paris sind, zum Abendessen verabredet. Daphne ist immer dünn wie einer dieser Whippet-Köter, und jetzt weiß ich auch, warum. Ich gehe eben meinen Mantel holen.«

Während Grace auf sie wartete, fiel ihr Blick auf Paulette, die schweigend an der Tür stand.

Grace kramte in ihrer Handtasche nach einem angemessenen Trinkgeld und reichte ihr einen Schein (entweder viel zu viel oder viel zu wenig), den Paulette, ohne ihn eines Blickes zu würdigen, in die Tasche ihrer weißen Schürze schob. Dann atmete sie tief durch und legte Grace eine Hand auf die Schulter. *»Vous ne savez pas qui vous êtes.«*

»Pardon?«

Paulette versuchte es noch einmal. *»Vous êtes belle.«* Ihr Ton war entschieden.

Grace brauchte einen Augenblick, um zu begreifen, dass es kein Kompliment war, sondern ein Tadel.

»Comprenez-vous?« Paulette betrachtete sie streng.

Grace nickte, sie wagte es nicht, ihr zu widersprechen.

Paulette schüttelte den Kopf und seufzte. In ihren Augen war es Grace nicht gelungen, der Verantwortung für ihre eigene Schönheit gerecht zu werden. Das war nicht nur Vergeudung, das war eine Sünde.

»*Belle.*« Sie wiederholte das Wort wie als Warnung gegen zukünftige Verstöße.

Als die Freundinnen ins Hotel zurückkehrten, waren sie erschöpft. »Sollen wir uns vor dem Abendessen auf einen Drink im Foyer treffen?«, schlug Mallory vor. »Aber jetzt brauche ich dringend ein Nickerchen!«

Oben schloss Grace ihre Schlafzimmertür auf, zog die Schuhe aus und zündete sich eine Zigarette an.

Dann nahm sie ein französisches Wörterbuch und versuchte, sich darauf zu besinnen, was Paulette gesagt hatte. »*Vous ne savez pas qui vous êtes.*

Savez … von *savoir* …

… wissen …

Grace stieß den Rauch aus und klappte das Buch zu. Sie ließ sich rücklings in die weichen Kissen plumpsen und schloss die Augen.

Sie wissen nicht, wer Sie sind.

Am nächsten Morgen saß Grace allein beim Frühstück und trank Kaffee, als plötzlich Monsieur Tissot den Speisesaal betrat. Er ließ den Blick schweifen. Sie winkte ihm, und er kam herüber.

»Sie gehen mir aus dem Weg, Madame Munroe«, erklärte er und zog sich ihr gegenüber einen Stuhl heraus. »Darf ich?«

Sie nickte.

»Und Sie haben eine andere Frisur.« Er setzte sich. »Gehört das zu Ihrem Plan, sich mir zu entziehen?«

»Ihnen auch einen guten Morgen.« Sie winkte dem Kellner, noch eine Tasse zu bringen. »Ja, ich denke unablässig an Sie, und alles, was ich tue, ist aus dem Wunsch geboren, Ihnen das Leben schwer zu machen. Kaffee?«

»Ja, bitte. Ich habe Ihnen Nachrichten hinterlassen, die der Empfangschef, wie er mir versicherte, Ihnen auch überbracht hat.«

»Beruhigend, nicht wahr? Zu wissen, dass er seine Pflichten ernst nimmt.« Der Kellner brachte eine zweite Tasse, und sie schenkte ihm Kaffee ein. »Sahne?«

»Nein, danke.«

Sie reichte ihm die Tasse.

»Sie sind nicht die Einzigen, die ihre Arbeit ernst nehmen, Madame. Man kann nicht vorsichtig genug sein mit Erbinnen, die durch die Straßen von Paris schweifen.«

»Sie lesen zu viele Schundromane, Monsieur Tissot. Ihr Sinn für das Dramatische ist überentwickelt.«

»Außer dass die Heldin dieses Romans schwer aufzuspüren ist.«

»Also, es verhält sich so«, erklärte sie ihm, »dass eine Freundin von mir unerwartet aus London gekommen ist. Sie hat mich ein paar Tage ganz mit Beschlag belegt.«

»Das freut mich, zu hören. Doch ich habe Neuigkeiten. Ich habe ein Angebot für die Wohnung bekommen.«

Sie runzelte die Stirn. »Wie kann das sein? Haben Sie die Wohnung schon irgendwo angeboten?«

»Nein. Das Angebot kommt von unerwarteter Stelle, von Madame Jacques Hiver.«

»Jacques Hivers Witwe?«

Er nickte. »Ihre Anwälte haben sich vor zwei Tagen bei mir gemeldet. Sie möchte die Wohnung kaufen, bevor sie auf dem Immobilienmarkt angeboten wird. Und sie ist bereit, das Doppelte des Schätzwerts zu bezahlen, um die Transaktion rasch über die Bühne zu bringen.«

»Den doppelten Preis? Aber warum? Finden Sie nicht, es zeugt von besonders schlechtem Geschmack, die Wohnung zu kaufen, in der die Geliebte des eigenen Ehemanns gelebt hat?«

»Ich weiß nicht, was sie damit will. Doch sie möchte Sie gern kennenlernen.«

»Mich kennenlernen?« Grace stellte ihre Tasse ab. »O nein, lieber nicht!«

Er lehnte sich zurück. »Was könnte Ihrer Meinung nach denn passieren?«

»Ich weiß nicht … was ist, wenn sie mich beschimpft wegen der Affäre ihres Mannes?«

Er sah sie neugierig an. »Warum sollte sie? Was haben Sie denn damit zu tun? Ihr Angebot scheint vollkommen korrekt. Aber es liegt ganz bei Ihnen. Ich hielt es nur für angebracht, Ihnen von diesen Entwicklungen zu berichten, um Ihnen die Gelegenheit zu geben, darüber nachzudenken. Es geht schließlich um sehr viel Geld.«

»Natürlich. Ich bin Ihnen auch sehr dankbar, Monsieur Tissot, dass Sie sich die Zeit genommen haben, mich zu informieren. Und ich möchte Sie um Verzeihung bitten, dass ich mich nicht gemeldet habe.«

Er lächelte und trank noch einen Schluck Kaffee. »Und was haben Sie noch gemacht, außer meine Anrufe nicht zu beantworten? Haben Sie Erkundigungen eingeholt? Oder sonst etwas über Madame d'Orsey herausgefunden?«

»Also, ich war noch einmal bei der alten Frau, die über dem Laden wohnt. Sie ist auch Parfümeurin. Und sie hat Eva d'Orsey recht gut gekannt.«

Monsieur Tissots Miene wurde ernst. »Sie sollten da nicht allein hingehen. Sie kam mir ziemlich verrückt vor.«

»Ich habe nur einmal mit ihr gesprochen.«

»Also, das nächste Mal – falls es ein nächstes Mal gibt – sollten Sie mir erlauben, Sie zu begleiten. Der Gedanke, dass Sie da allein hingehen, behagt mir nicht.«

»Ich kann Sie nicht überall mit hinschleppen«, widersprach Grace lachend.

»Und warum nicht?«

»Das gibt nur Gerede.«

»Sie sind in Paris. Die Leute fingen an zu reden, in

dem Augenblick, da Sie aus dem Flugzeug gestiegen sind.«

»Ich wollte Ihre Zeit nicht vergeuden, schließlich sind Sie ein viel beschäftigter Mann.«

»Wer vergeudet wessen Zeit?« Mallory war zum Frühstück heruntergekommen, stand am Tisch und schaute die beiden an.

Augenblicklich erhob Monsieur Tissot sich und bot Mallory seine Hand dar. »Edouard Tissot, Madame. Zu Ihren Diensten.«

»Ich bin entzückt, Sie kennenzulernen, Monsieur Tissot.« Sie setzte ihr charmantestes Lächeln auf.

»Dies ist meine gute Freundin, Mrs Hayes«, stellte Grace sie vor. »Monsieur Tissot ist mein Anwalt hier in Paris. Er vertritt die Interessen von Eva d'Orsey«, erklärte sie.

Er sah sie an. »Und die Ihren«, ergänzte er.

»Und wie geht die Sache voran, Monsieur Tissot?« Mallory setzte sich, und ein Kellner brachte ihr eine Tasse. »Bitte, setzen Sie sich doch wieder und frühstücken Sie mit uns.«

Doch er blieb stehen. »Es hat einige neue Entwicklungen gegeben. Und ich möchte Ihre Zeit nicht länger in Anspruch nehmen.«

»Ich würde zu gern die Wohnung sehen.« Mallory sah Grace an. »Ich finde das alles so aufregend!«

»Es wäre mir ein Vergnügen, eine zweite Besichtigung zu verabreden. Lassen Sie mich wissen, wann es Ihnen passt.«

Grace faltete ihre Serviette und erhob sich ebenfalls. »Ich bringe Sie zur Tür. Bestellst du bitte Tee?«, bat sie Mallory. »Ich bin gleich wieder da.«

»Überlegen Sie sich, ob Sie Madame Hiver treffen wollen«, riet Monsieur Tissot ihr, als sie durch den Speisesaal gingen. »Ich würde ernsthaft darüber nachdenken. Das Doppelte des Schätzwerts ist sehr viel Geld. Ihre neue Frisur«, fügte er hinzu und sah sie von der Seite an, als sie in das Foyer traten, »ist übrigens ganz bezaubernd.«

Grace merkte, wie ihr die Hitze in die Wangen stieg. »Ja, aber es ist ihr nicht gelungen, Sie von der Fährte abzubringen. Als Nächstes muss ich noch zum Rotschopf werden.«

»So leicht werden Sie mich nicht los.«

Sie hatten den Haupteingang erreicht.

»Ich habe vergessen«, sagte sie und reichte ihm die Hand, »wie hingebungsvoll Sie sich Ihrem Beruf widmen. Sie ruhen nicht eher, bis die Wohnung verkauft ist.«

Er nahm ihre Hand. »Das gehört gewiss dazu.«

Er drückte ihre Finger und ließ sie los. »Ich melde mich, wenn ich das Treffen arrangiert habe. Und ich wäre dankbar, wenn Sie in Zukunft so freundlich wären, meine Anrufe zu beantworten.«

Mit einer kleinen Verbeugung ging er hinaus.

Grace kehrte in den Speisesaal zurück und setzte sich.

Mallory biss gerade in ein Croissant. »Also, er ist jedenfalls sehr aufmerksam«, sagte sie lächelnd.

»Er macht nur seine Arbeit.«

Sie zog eine Augenbraue hoch. »Ehrlich?«

»Und was hast du heute vor?«

»Also, ich stehe praktisch zu deiner Verfügung. Außer dass ich mit Tippi Miller zum Mittagessen verabredet bin. Sie ist auf dem Heimweg von Nizza und verbringt nur zwei Nächte in Paris. Sie wohnt im Ritz, und ich weiß, dass sie dich sehr gern sehen würde«, fügte sie hoffnungsvoll hinzu.

»Gott bewahre mich vor Tippi Miller!« Grace stöhnte und schenkte sich Kaffee nach. »Eine schreckliche Klatschtante. Kaum hat man ihr den Rücken gekehrt, schon sticht sie mit dem Messer zu. Was hast du dir bloß dabei gedacht, Mal?«

»Sie hat mich angerufen. Außerdem«, fügte Mallory mit einem kleinen Achselzucken hinzu, »werden in einem fremden Land alle zu Freunden.« Sie beugte sich vor. »Sie war einen Monat lang an der französischen Riviera, und ja, sie wird übersprudeln, und ich will alle Neuigkeiten aus erster Hand hören. Sie hat mir schon erzählt, dass sie gerade noch verhindern konnte, in einer Scheidungsklage genannt zu werden, und eines Abends hat sie die Diamanten ihrer Mutter verspielt und musste mit einem Schweizer Bankier unaussprechliche Dinge tun, um sie zurückzukriegen. Und anscheinend haben sich drei sehr berühmte Schwestern denselben, rasend gut aussehenden Tennislehrer geteilt, ohne voneinander zu wissen; allerdings hat Tippi sich geweigert, Namen zu nennen, solange ich mich nicht mit ihr treffe!«

Grace schüttelte den Kopf. »Nein, danke. Danach steht mir gerade nicht der Sinn. Das klingt nach einem Zoo.«

»Aber ein schöner Zoo«, versetzte Mallory seufzend, »mit Sonne und Sand und herrlichem Meer!«

»Und viel zu vielen wilden Tieren. Sei vorsichtig, Mal«, warnte Grace sie. »Pass auf, dass Tippi dich nicht zum Mittagessen verspeist!«

Am frühen Nachmittag rief Monsieur Tissot an. Er hatte einen Termin mit Yvonne Hiver arrangiert, die um ein Treffen in der Wohnung gebeten hatte.

Grace beschloss, zu Fuß hinzugehen. Vor dem Haus parkte bereits ein großer, glänzender schwarzer Mercedes, an dessen Motorhaube ein Chauffeur in Livree lehnte und eine Zigarette rauchte.

Sie hatte gehofft, als Erste da zu sein, um noch einmal ein paar Minuten allein in der Wohnung sein zu können.

Die Haustür stand offen. Jemand hatte die Treppe geputzt; im Flur an der Wand standen ein Blecheimer und ein Schrubber. Grace ging die Treppe hinauf und hörte Stimmen – Monsieur Tissot und eine Frau –, die sich leise auf Französisch unterhielten.

Die Wohnungstür war nur angelehnt, und Grace ging hinein. Die beiden standen im Salon an einer der Fenstertüren, die auf den Balkon und zu dem prächtigen begrünten Platz hinausführten.

Sie drehten sich um.

Yvonne Hiver sah jünger aus, als Grace erwartet hatte. Sie trug ein topmodisches Futteralkleid aus Tweed und dazu eine Persianerstola, und sie strahlte die Aura einer Frau aus, die es gewohnt war, als funkelnde Erscheinung im Zentrum ihres eigenen, persönlichen Universums zu stehen. Ihr passender Hut hatte einen dünnen Schleier, den sie zurückgeschlagen hatte und der ihre exquisiten Wangenknochen betonte. Kühn aufgetragener schwarzer Lidstrich hob ihre Augen hervor. Ihre Kleidung war von der täuschend schlichten Art, die leicht ein Vermögen kostete.

»Ich fürchte«, entschuldigte Grace sich und zog ihre Handschuhe aus, »ich bin zu spät.«

»Keineswegs.« Monsieur Tissot trat auf sie zu und nahm ihre Hand. »Madame Hiver ist sehr pünktlich. Ja, sie war schon hier, als ich kam.«

»Die Haustür unten stand offen«, erklärte Madame Hiver.

Monsieur Tissot begegnete Grace' Blick und lächelte beruhigend. »Darf ich Ihnen Madame Hiver vorstellen. Madame Hiver, dies ist Grace Munroe.«

Grace fiel auf, dass er ihren Vornamen benutzt hatte.

Yvonne Hiver machte einen Schritt auf Grace zu und reichte ihr die Hand. Grace erkannte, dass sie etwa Mitte vierzig war. »Madame Munroe, wie nett von Ihnen, sich mit mir zu treffen.« Sie besaß eine tiefe, wohltönende Altstimme und zog die Vokale ein wenig blasiert in die Länge – ein universelles Charakteristikum der Oberschicht, das Grace trotz ihres deutlichen französischen Akzents erkannte. Sie schüttelte Grace die Hand. »Das ist sehr freundlich von Ihnen«, fügte sie hinzu.

»Das Vergnügen ist ganz auf meiner Seite, Madame Hiver. Wenn ich es richtig verstanden habe, möchten Sie diese Wohnung kaufen, ist das so?« Grace merkte, dass sie kurz angebunden wirkte, doch sie war unerwartet nervös. Madame Hivers gebieterische Selbstbeherrschung verunsicherte sie.

»Das ist korrekt.«

Grace schob die Hände in die Taschen. »Und darf ich fragen, warum?«

»Diese Wohnung war seit Jahren im Besitz der Familie meines Mannes. Jetzt, da sie leer steht, würde ich sie gern wieder dem Immobilienbestand der Familie hinzufügen. Und Sie wissen sicher, dass eine solche Wohnung in guter Lage immer eine ausgezeichnete Investition ist.«

»Aber doch gewiss nicht zum doppelten Schätzwert?«

Madame Hiver neigte den Kopf langsam zur Seite, wie ein Tier, das seine Beute taxiert. »Also, vielleicht könnte man auch sagen, aus sentimentalen Gründen.«

»Sentimental?«

Yvonne Hiver holte ein goldenes Zigarettenetui hervor. »Finden Sie das seltsam?« Sie entnahm ihm eine Zigarette.

Monsieur Tissot beugte sich vor, um ihr Feuer zu geben.

»*Merci*.« Madame Hiver blies den Rauch an die Decke. »Zieren wir uns nicht«, meinte sie und sah Grace direkt an. »Sie wissen vermutlich, dass Eva d'Orsey eine Vereinbarung mit meinem verstorbenen Mann hatte – eine Übereinkunft, die über viele Jahre ging.«

»Ja.«

»Nun, dann«, schloss sie mit einem leichten Achselzucken, »wir hatten etwas gemein.«

Sprachlos sah Grace sie an.

Zu ihrer Überraschung lachte Yvonne Hiver. »Sie sind sehr leicht zu schockieren! Ein charmanter Zug, lassen Sie sich versichert sein. Aber sehen Sie, ich hege keine Ressentiments gegen Eva d'Orsey. Sie hat eine Rolle gespielt, eine Rolle, die irgendjemand im Leben meines Mannes spielen musste – und damit auch in meinem. Und zu ihrer Ehre muss gesagt sein, dass sie es klug angestellt hat. Sie war diskret und versuchte nicht, die zweite Frau zu werden. Kurz gesagt, sie kannte ihren Platz.«

»Ihren Platz?«

»Ja.« Wieder stieß Madame Hiver Rauch aus. »Haben Sie Kinder, Madame Munroe?«

»Nein.«

»Also, wenn Sie welche bekommen, haben sie ein Kindermädchen. Eine junge Frau, die die Kinder aus dem Bett holt, sie anzieht und füttert, ihnen Buchstaben und Zahlen beibringt und gute Manieren … Und wenn Sie nach Hause kommen, können Sie es kaum erwarten,

Ihre Kinder zu sehen. Sie gehen mit ihnen in den Park, und die Kleinen sind ganz entzückend. Genau so ist das mit einer Geliebten. Sie krempelt die Ärmel hoch und kümmert sich um die grobe Arbeit. Sie tut diesem Mann mittleren Alters gegenüber so, als wäre er faszinierend, hört sich seine Sorgen an, schmeichelt seinem Ego. Sie geht sogar so weit, ihn körperlich zu bestätigen. Doch das ist alles. Schmeichelei. Und dann kehrt er nach Hause zurück, erfrischt, dankbar …« Sie unterbrach sich. »… reuig. Man kann seinen eigenen Interessen nachgehen, denn man weiß, dass der Ehegatte versorgt ist.«

Monsieur Tissot sah Grace an.

Sie wandte verlegen den Blick ab. Sollte sie sich so eine Haltung Vanessa gegenüber zu eigen machen? Benahmen sich so die feinen Leute?

»Es scheint, als würde ich Ihnen heute einen Schock nach dem anderen bereiten«, schloss Madame Hiver. »Ich bitte um Verzeihung. Ich wollte Ihnen nur verdeutlichen, dass ich Evas Beitrag zu schätzen weiß. Sie hat noch mehr getan. Während des Krieges hat sie die Männer unterhalten, ohne die wir unseren Betrieb nicht hätten weiterführen können.«

»Sie meinen die Nazis?«, fragte Grace.

Yvonne stieß langsam den Rauch aus und sah sie an. »Ja, die. Während der Besatzungszeit war dies notwendig. Ein pragmatischer Schritt unsererseits. Dennoch, man wollte nicht mit ihnen an einem Tisch sitzen. Zum Glück gab es Eva. Ja, was glauben Sie denn, womit sie sich so eine prächtige Wohnung verdient hat? Und wie man mir berichtet hat, hat es ihnen gefallen, von der Geliebten bewirtet zu werden.« Sie sah Grace unverwandt an und beobachtete mit kalter Neugier ihre Reaktion. »Diese Wohnung ist Teil unserer Familiengeschichte, in guten wie in schlechten Zeiten. Und jetzt möchte ich sie wieder zurückbekommen.«

Grace drehte das Feuerzeug ihres Vaters in der Tasche zwischen den Fingern. Der hochmütige Tonfall von Madame Hiver entging Grace durchaus nicht, genauso wenig wie das raffinierte Beharren auf ihrem Anliegen. Madame Hiver tat alles, um herunterzuspielen, wie dringend ihr die Sache war; zu spüren war es dennoch.

»Ich weiß Ihre Offenheit zu schätzen«, sagte Grace. »Vielen Dank, dass Sie sich die Zeit genommen haben, es mir zu erklären. Ich habe noch nicht entschieden, was ich mit der Wohnung machen werde, doch ich kann Ihnen versichern, dass ich Ihr Angebot sehr gründlich prüfen werde.«

Madame Hivers Züge wurden hart. Sie hatte offensichtlich auf mehr gehofft, doch sie sagte nur: »Sie sind zu freundlich. Es würde mir sehr viel bedeuten, wenn ich meinem Sohn den traditionellen Familienbesitz unversehrt vererben könnte.« Dann zog sie den schwarzen Schleier über ihr Gesicht und schob ihn unter das Kinn. »*Au revoir, madame.*«

»Darf ich Sie zu Ihrem Wagen begleiten?«, erbot sich Monsieur Tissot und öffnete ihr die Tür.

»Selbstverständlich.«

An der Tür drehte Madame Hiver sich noch einmal

um. »Alle Bedingungen sind verhandelbar. Falls das Angebot nicht ganz dem entspricht, was Sie zu erzielen hofften …«

»Seien Sie versichert, dass es mehr als großzügig ist.«

»Sie tun recht daran, alle Möglichkeiten abzuwägen«, schloss Madame Hiver mit einem kurzen Aufblitzen ihrer Zähne. »Obwohl ich hoffe, dass Sie erkennen, dass ein solches Angebot nicht zeitlich unbegrenzt gelten kann.« Mit einem knappen Nicken ging sie hinaus.

Kaum war sie fort, entspannten sich Grace' Schultern. Plötzlich war ihr Mund trocken, und sie merkte, dass sie die Hände zu Fäusten geballt hatte. Sie ging in die Küche und beugte sich über die Spüle, um kaltes Wasser aus dem Hahn zu trinken. Die Hand nach einem Küchenhandtuch ausstreckend, drehte sie sich um.

Dann erstarrte sie.

Unsichtbare Finger strichen wie ein kalter Wind über ihren Nacken und ließen sie frösteln.

Sämtliche Schränke standen ein wenig offen, die Schubladen waren nicht ganz geschlossen, und die Speisekammertür war nicht eingeklinkt, als hätte jemand alles durchsucht, jemand, der es eilig hatte.

Grace ging in den Salon und blickte durch die Balkontür nach unten auf die Straße.

Der Chauffeur stieg gerade auf der Fahrerseite ein, schloss die Tür und ließ den Motor an. Dann fuhr der große schwarze Daimler davon.

Am späten Nachmittag klopfte Grace wieder an der schmalen roten Tür in der Gasse hinter der Rue Christine.

Sie hörte den Hund bellen und Schritte, die langsam die Treppe herunterkamen. Die Tür wurde einen Spalt geöffnet.

»Guten Tag, Madame Zed.«

»Guten Tag.« Madame Zed öffnete die Tür. »Ich hätte Sie beinahe nicht erkannt – Sie haben sich die Haare schneiden lassen!«

Grace lächelte verlegen. »Ja.«

»Also!« Madame Zed betrachtete sie eingehend und nickte anerkennend. »Was für ein interessanter Gegenangriff!«

»Gegenangriff? Gegen was?«

»Gegen das Schicksal, meine Liebe.« Sie machte einen Schritt zur Seite, und Grace trat ein und folgte ihr hinauf in ihr Wohnzimmer.

»Führen wir Krieg gegen das Schicksal?«

»Es ist ein Tango, finden Sie nicht? Manchmal dramatisch, manchmal leise, aber immer mit ein paar kleinen harten Schlägen.« Madame Zed bedeutete ihr mit einer Geste, sich zu setzen. »Darum geht es bei der Mode, ehrlich. Eine Möglichkeit, die Bedingungen, die das Leben einem zumutet, neu zu verhandeln. Wenn eine Frau sich eine neue Frisur machen lässt, sagt sie in Wirklichkeit zum Schicksal: Ich weigere mich, mich von deinen Bedingungen definieren zu lassen.« Sie setzte sich in ihren Lieblingssessel. »Sie haben offensichtlich beschlossen, dass Ihre Vergangenheit Ihnen nicht mehr steht.«

»Vielleicht«, gestand Grace.

»Das ist gut. Eine Frau, die sich nicht mehr darum schert, wie sie aussieht, hat nicht nur die Mode aufgegeben, sondern das Leben selbst.«

Das hohe Pfeifen eines Wasserkessels setzte ein.

»Ich mache gerade Tee.« Madame Zed stand auf. »Möchten Sie eine Tasse?«

»Vielen Dank, das wäre sehr nett«, sagte Grace und legte ihren Mantel ab.

Nach ein paar Minuten kehrte Madame Zed mit einem Tablett zurück und stellte es zwischen sie auf den Tisch. Sie schenkte eine Tasse ein und reichte sie Grace, dann schenkte sie sich selbst ein. »Nehmen Sie Zitrone oder Milch?«, fragte sie und ließ eine Zitronenscheibe in ihre Tasse fallen.

»Milch, bitte.«

»Paris bekommt Ihnen.« Madame Zed reichte ihr das Sahnekännchen.

»Vielen Dank. Tut mir leid, dass ich Sie noch einmal belästige.« Grace goss ein wenig Milch in ihren Tee. »Ich weiß, dass ich Sie störe. Aber ich habe noch so viele Fragen. Ich habe überlegt … Sie haben neulich über Männer gesprochen, die in den Laden unten eingebrochen sind … und von einem schwarzen Auto?«

»Ja?«

»Wurde etwas gestohlen?«

»Das ist schwer zu sagen. Ich glaube, ich habe sie gestört, bevor sie gefunden haben, wonach sie suchten.«

»Wonach sie suchten?« Grace beugte sich vor. »Wie kommen Sie darauf?«

»Sie haben Schubladen und Aktenschränke durchwühlt. Gewöhnliche Diebe hätten sich einfach geschnappt, was sie zusammenraffen konnten.«

»Haben Sie eine Ahnung, was sie gesucht haben? Oder wer sie waren?«

»Schwer zu sagen. Obwohl es sich nicht viele Einbrecher leisten können, in einem teuren Automobil zur Arbeit zu fahren. Ihr Erbe«, sie warf von der Seite einen Blick auf Grace, »besteht also aus der Wohnung, oder gibt es da noch etwas anderes?«

Sie hatte sie das schon einmal gefragt. »Ja, doch, Aktien.«

»Aber sonst nichts?«, hakte sie nach. »Keine Briefe oder Korrespondenz?«

»Nein. Warum?«

»Ich habe nur überlegt. Es überrascht mich nicht, dass Eva investiert hat.« Sie wich der Frage aus. »Sie hatte ein Händchen fürs Geschäft. Selbst wenn es ihr nicht gut ging, konnte sie immer noch Profit machen.«

Grace hob ihre Teetasse an die Lippen und wollte gerade einen Schluck trinken, da bemerkte sie einen scharfen, säuerlichen Geruch. Die Milch war sauer. Möglichst unauffällig stellte sie die Tasse wieder ab. »Was meinen Sie mit ›nicht gut ging‹?«

Madame Zed lehnte sich wieder in ihrem Sessel zurück. »Sie hat zu viel getrunken. ›Eine Scherbe gräbt sich in meinen Kopf‹, hat sie immer gesagt. ›Und ich kriege sie nicht heraus.‹«

»Hat das sie umgebracht?«

»Es würde mich nicht überraschen. Doch sie gehörte zu den Leuten, die sich vollkommen zivilisiert geben können – die nie lallen oder stolpern, sondern ganz normal weitermachen –, auch wenn sie die meiste Zeit betrunken sind. Aber wie gesagt, in geschäftlichen Dingen war sie immer gut. Sie wusste, wie man Geld macht.«

»Ich würde gern mehr über sie erfahren.«

Madame Zed trank einen Schluck. »Mein Erinnerungsvermögen ist auch nicht mehr das, was es mal war.«

»Das letzte Mal haben Sie mir erzählt, Eva habe New York mit Lambert verlassen«, half Grace ihr auf die Sprünge. »Und Sie sind mit Valmont nach Marokko.«

Madame Zed stellte ihre Teetasse ab. »Ja.« Sie nickte. »Wir waren eine ganze Weile auf Reisen und hatten den Kontakt zu Eva vollkommen verloren. Doch Valmont wurde erwachsen und entwickelte seine Kunst weiter. Und er schien ein Gefühl für sich selbst zu bekommen. Wir reisten durch Indien, wo wir seltene Absolues sammelten. Und dann wurde ich sehr krank.« Sie verlagerte das Gewicht. »Ich hatte mir eine Meningitis zugezogen. Schließlich kehrten wir nach Paris zurück. Ich konnte nicht mehr mit ihm arbeiten, und er, nun, er war begierig, seinen eigenen Weg zu gehen. Nur dass Andre«, sie seufzte, »nicht war wie andere Menschen.«

»Inwiefern?«

»Er hatte große Schwierigkeiten, sich sympathisch zu zeigen. Ich hatte mehrfach für ihn Vorstellungsgespräche bei den besten Parfümeuren von Paris verabredet, doch seine Arroganz und sein Stolz waren ihm immer im Weg. Er wollte nicht schwierig sein, doch er besaß absolut keinen gesellschaftlichen Schliff. Das Einzige, woran ihm etwas lag, war seine Arbeit. Ich kratzte alles Geld, das ich noch hatte, zusammen und investierte in dieses Haus, damit er seine eigene Firma gründen konnte. Aber sogar als er nur für sich arbeitete, stieß er die Leute vor den Kopf. Er bekam einfach keine Kunden, und wenn doch, konnte er sie nicht halten. Und er besaß kein Gespür. Der Laden sah aus wie ein Labor. Der Verzweiflung nahe, habe ich ihn schließlich zum Höhepunkt der Saison an die Côte d'Azur geschickt. Ich war noch zu schwach, um ihn zu begleiten, doch ich versuchte ihm klarzumachen, wie wichtig es sei, in den richtigen gesellschaftlichen Kreisen zu verkehren und Kontakte zu potenziellen Kunden zu knüpfen.

Wäre Eva nicht gewesen, wäre das Ganze vermutlich in einer Katastrophe geendet. Sie reiste mit Lambert, auch wenn er sich inzwischen nur noch Lamb nannte. Seine Schulden trieben ihn von einem Ort zum anderen, er nahm immer wieder eine neue Identität an. Und wie viele Engländer seiner Klasse bevorzugte er Spitznamen; er nannte sie Dorsey, was natürlich ein Spiel mit ihrem Nachnamen war. Sie hatte zugenommen, war voller geworden, so könnte man, glaube ich, sagen.« Sie verstummte, als riefe sie sich ein Bild aus der Vergangenheit vor Augen. »In dieser Phase ihres Lebens war sie einfach großartig – an ihr war nichts, was nicht die erotische Phantasie beflügelte. Wie sie sich bewegte, die Kleider, die sie trug. Doch sie war das Mädchen des Engländers. Sein Glücksbringer. Und er war ein hoffnungsloser Alkoholiker. Das war allgemein bekannt. Sie hat ihn in jeder Hinsicht übertroffen. Aber sie saß in der Falle.«

»In der Falle?« Grace beugte sich vor. »Inwiefern?«

Madame Zed nahm die Zigarettenspitze, steckte eine Zigarette hinein, zündete sie an und zog kräftig daran. »Der Engländer übte eine Macht über Eva aus, die über die Macht des Geldes oder über Treue weit hinausging. Und auch über die Macht der Liebe.«

Hôtel Hermitage, Monte Carlo, 1932

»Guten Morgen, Sir.« Der Portier nickte. »Willkommen im Hôtel Hermitage.«

»Vielen Dank.« Valmont betrat das riesige vergoldete Foyer, in dem die feine Gesellschaft von Monte Carlo ihren morgendlichen Aktivitäten nachging. Gäste meldeten sich an oder ab, Blumen wurden geliefert, und Kammerdiener hasteten herum, um Gepäckscheine zu besorgen und Reservierungen für das Mittagessen vorzunehmen, während gepflegte Frauen auf den mit rosafarbener Seide gepolsterten Sofas saßen, lässig an den Fingern ihrer weißen Handschuhe zupften und hinter den Schleiern ihrer Hüte in goldener Spitze russische Zigaretten rauchten.

Mit Grauen registrierte Valmont ihre spezielle Mischung aus Trägheit und Gereiztheit. Er war hier, um diese Frauen zu erobern. Die vermögenden, müßigen, unersättlichen Frauen und Geliebten der Pariser Elite. Monte Carlo war der Ort, wo sie spielten, intrigierten und sonnenbadeten, eine alte Liebe gegen eine neue eintauschten und die neueste Mode der nächsten Saison ganze drei Monate früher erwarben als der Rest von Paris. Und jetzt, da er hier war, würde Monte Carlo auch der Ort sein, an dem sie ein äußerst exquisites, modisches Accessoire erstanden: ein persönliches Parfüm, das sie von allen anderen Frauen im Raum unterschied.

Wenigstens war das der Plan.

Valmont atmete tief durch, schob die Hände in die Taschen und hoffte, dass man ihm nicht ansah, wie nervös er war.

Er verabscheute solche Orte fast so sehr wie die Menschen, die dort verkehrten. Selbst mit Geld und guter Kinderstube war es schier unmöglich, in diesen Club aufgenommen zu werden. Doch für jemanden wie ihn war es so, als wollte er von einer Klippe springen, in der blinden Hoffnung, er könnte die Flügel ausbreiten und fliegen.

Allein die Verzweiflung hatte ihn hierhergetrieben. Denn sein neuer Laden in Saint-Germain, so klein er auch war, steckte bereits in Schwierigkeiten. Er bekam bei der Kundschaft, die er brauchte, um sich langfristig einen Ruf aufzubauen, einfach keinen Fuß in die Tür. Und er hatte Schulden. Wenn er nicht sehr schnell dramatische Schritte unternahm, würde er scheitern, bevor er überhaupt richtig angefangen hatte.

Nach Monte Carlo zu reisen war Madame Zeds Idee gewesen. Trotz ihrer finanziellen Unterstützung und ihrer beträchtlichen Kontakte in Paris war es Valmont nicht gelungen, den richtigen Eindruck zu machen. Das Schlimmste war, dass es sein eigener Fehler war und dass er es wusste.

»Warum müssen Sie so ungehobelt sein?«, hatte Madame Zed vergeblich geschimpft. »Wie oft muss ich Ihnen das noch sagen? Sie können jemanden, der Ihnen Geld gibt, nicht beleidigen!«

Sie hatte natürlich recht.

Doch Valmont war einfach nicht bereit, seine Verärgerung über Menschen hinunterzuschlucken, die sein Talent nicht augenblicklich anerkannten. Wenn er ganz ehrlich war, dann war seine Arroganz nichts anderes als ein Schutz gegen die unvermeidliche Zurückweisung, die er vermutlich erfahren würde. Es war leichter, wenn auch erheblich weniger profitabel, Kunden abzuweisen, weil sie zu dumm waren, seine Vision zu begreifen. Doch in Wirklichkeit hatte er Angst. Er schien seinen Platz in dieser exklusiven Welt der Mode, des Stils und vor allem des Geldes nicht finden zu können.

Und jetzt war er hier, allein. An der womöglich berühmtesten, seichtesten Pfütze der Welt.

Der Hotelpage trug seine Tasche zum Empfang, und Valmont folgte ihm, überwältigt und gereizt von dem Lärm, der in dem höhlenartigen, marmorverkleideten Foyer herrschte. Er war schon in den frühen Morgenstunden aufgestanden und hatte mit sich selbst gestritten, ob er hierherkommen sollte oder nicht. Obwohl es keine weite Reise gewesen war, war er jetzt müde und wollte so rasch wie möglich auf sein Zimmer.

Bei jedem Schritt durch das Foyer spürte er die Blicke der anderen Hotelgäste. Der Schnitt seines Anzugs war altmodisch, der Stoff glänzte an einigen Stellen vom vielen Bügeln, und sein Koffer war billig und ramponiert. Doch das Schlimmste war, dass er die Parfüms seiner Rivalen riechen konnte, die in einer giftigen Kakophonie von Gerüchen von den Kissen und Sofas aufstiegen – die Orangenblüte von *L'Heure Bleue* focht neben den hesperidischen Kopfnoten und dem tiefen Jasminherz von *Chypre* von Coty, und beide ertranken in einer Übelkeit erregenden Mischung aus dem verdrehten adelphischen Cocktail von *Arpège*, der mit dem üppigen, übertriebenen Orientalismus von *Mitsouko* kollidierte. Für ihn war das so misstönend, als würden vier Orchester nebeneinander sitzen und jedes würde eine andere Symphonie spielen.

Es erstaunte ihn immer wieder, dass jemand so phantasielos sein konnte, denselben Duft zu tragen wie jemand anders. Da konnten sie doch auch die gleichen Kleider anziehen. Und trotzdem taten Frauen dies die ganze Zeit. Es erstaunte ihn auch, dass sie glücklich jeden Tag dasselbe Parfüm auflegten; das war so, als äße man tagein, tagaus dasselbe Gericht – morgens, mittags, abends.

Diese Geschöpfe waren dumm! Er sollte sich umdrehen und sofort zurück zum Bahnhof gehen.

»Kann ich Ihnen behilflich sein?« Der Empfangschef betrachtete ihn kühl.

»Ja. Ich bin Andre Valmont. Ich habe ein Zimmer reserviert, für zwei Wochen.«

»Tatsächlich.« Er warf einen Blick in das Reservierungsbuch. »Oh, ja, hier haben wir es. Eines der kleineren Zimmer. Ohne Seeblick.«

Valmont kniff die Augen zusammen. Er war kurz davor, etwas zu sagen, doch er konnte es sich gerade noch verkneifen.

»Einen Augenblick bitte, ich will sehen, ob Ihr Zimmer schon fertig ist.«

Der Mann verschwand, und Valmont versank in Mutlosigkeit und starrte blicklos vor sich hin. Schon zog er sich in die vertraute, private Welt seiner Phantasie zurück.

Auf der anderen Seite des Foyers öffneten sich die Aufzugtüren, und eine junge Frau kam heraus. Ohne es recht zu bemerken, richtete Valmont den Blick auf sie und registrierte ihre entspannten, trägen Bewegungen, wie sie den Raum durchquerte, und die straffe Perfektion ihres Körpers, der sich zwar nicht überdeutlich unter den weichen Falten ihres weißen Sommerkleids abzeichnete, doch auch nicht ganz darunter verborgen war. Der Effekt schien ihm wohlkalkuliert zu sein: vieldeutig und provokant, aber nicht zu offensichtlich. Diese Raffinesse gefiel ihm. Obwohl sie zierlich war und von zartem Knochenbau, besaß sie Haltung und Gleichmut und eine gewisse unbekümmerte Freude an ihrem eigenen Körper. Und ihr Gesicht mit den großen Katzenaugen und vollen Lippen, die fast ein wenig lächelten, als erinnerte sie sich an einen Witz, war gleichermaßen eindrucksvoll. Ihr Haar war schwarz, aus dem Gesicht gekämmt, und es stand ihr wie ein weicher, dunkler Heiligenschein um den Kopf. An ihrem Handgelenk baumelte eine kleine Handtasche aus

Stroh, und sie runzelte auf dem Weg zum Empfang leicht die Stirn.

Der Empfangschef strahlte, als er sie sah. »Mademoiselle, was kann ich für Sie tun?«

»Bitte, sagen Sie mir, dass es heute regnet, François.«

»Ah!« Er lächelte. (Dies war offensichtlich vertrautes Terrain.) »Ich muss sie bedauerlicherweise darüber informieren, dass die Wettervorhersage nichts als Sonnenschein ankündigt.«

»*Unbarmherzigen* Sonnenschein«, verbesserte sie ihn.

»Ja, Mademoiselle, unbarmherzigen Sonnenschein.«

Sie beugte sich vor, und Valmont erhaschte eine Spur ihres Duftes, einer charakteristischen, einzigartigen Formulierung, die mit der natürlichen Erdigkeit ihrer Haut zu einer Aura von moschusartiger, scharfer Wärme verschmolz. Er besaß eine Raffinesse, bei der ihm förmlich das Wasser im Mund zusammenlief.

»François, ich sehne mich nach Regen.«

»Ja, Mademoiselle.«

»Also, an wen muss ich mich diesbezüglich wenden?«

Er überlegte einen Augenblick. »An Gott, Mademoiselle?«

»Ach je.« Sie seufzte. »Gott und ich sprechen nicht mehr miteinander.«

»Mademoiselle, Sie fragen mich jeden Tag nach dem Wetter. Sie wünschen sich jeden Tag Regen. Warum?«

»Weil so viel Sonnenschein unzivilisiert ist, François. Am Pool kann man keine bedeutsamen Gespräche führen. Ich sehne mich nach Donnergrollen, düsterem Himmel und einem plötzlichen kalten, erfrischenden Schauer!«

Sie seufzte noch einmal.

»Sie haben einzigartige Ansichten«, bemerkte François.

»Und es gibt nichts Morbideres«, fügte sie hinzu, »als unglücklich zu sein, während einem die Sonne auf die Haut brennt.« Sie öffnete ihre Handtasche und holte eine Sonnenbrille heraus. »Ich brauche Regen, François. Bitte sehen Sie zu, was Sie tun können.«

Damit wandte sie sich ab und schritt davon.

Valmont und François sahen zu, wie sie an dem Portier vorbeiging und das Haus verließ.

»Wer ist diese junge Frau?«, fragte Valmont.

»Mademoiselle Dorsey.« François stützte das Kinn in die Hand. »Sie ist mit einem Engländer namens Lamb angereist. Aus London. Ich glaube, die haben viel Regen in London.«

»Ja, ja, in der Tat.«

Der Empfangschef kehrte zurück und reichte dem Hausdiener einen Schlüssel. »Sir, Marcel wird Sie zu Ihrem Zimmer begleiten.«

Valmont folgte dem Jungen zum Aufzug.

Mademoiselle Dorsey hatte etwas Vertrautes. Irgendetwas an ihrer Stimme, ihrem Duft …

Valmont überlegte, ob es möglich sei, ein Parfüm zu kreieren, das wie ein sommerliches Trottoir nach einem plötzlichen Regenschauer duftete; kühl und feucht und gleichzeitig von der Sonne aufgeheizt. Eine interessante Idee. Die Vorstellung von zwei einander widersprechenden Temperaturen gefiel ihm, zwei gegensätzlichen emotionalen Zuständen, die sich aneinander rieben und in verschiedene Richtungen zogen.

Sie traten in den Aufzug, die Türen schlossen sich und sperrten den Lärm des Foyers aus.

Und plötzlich war Valmont nicht mehr ganz so gereizt und müde. Seine Phantasie war beschäftigt, kreiste um die verschiedenen Kombinationen und Möglichkeiten. Ohne je direkt mit ihm zu sprechen, hatte die junge Frau im Foyer ihm eine interessante Frage gestellt – eine, die er unbedingt beantworten wollte.

Drei Tage später nach dem Abendessen sah Valmont sie wieder.

Er blieb einen Augenblick an der Tür zum Ballsaal stehen und sah dem Treiben zu.

Sie saß mit einem halben Dutzend anderer Leute an einem Tisch in dem überfüllten Saal. Ein Orchester spielte, Paare tanzten, Kellner liefen herum, um für steten Nachschub an Champagner und großen Platten mit frischen eisgekühlten Austern und Kaviar zu sorgen. Sie trug ein schlichtes silbernes Futteralkleid, das einen Hauch unanständig geschnitten war und sich um ihre schlanken Schultern schmiegte und dann, tief ausgeschnitten, die glatte weiße Haut ihres Rückens und den Ansatz der weichen Rundung ihrer Brüste preisgab. Sie trug keinen Schmuck und hatte nur einen hellen Lippenstift aufgelegt. Der schwarze Heiligenschein ihrer Haare war wieder so frisiert, dass sie windzerzaust aussahen, doch ihre dunklen Locken glänzten und rahmten ihr Gesicht ein. Neben den anderen Frauen am Tisch mit ihren Diamanten, schweren Perlenketten und akribisch geschminkten Gesichtern und frisierten Haaren wirkte sie wild und verzaubert. Ihre Schönheit lag in ihrem Selbstbewusstsein und in ihrer völligen Natürlichkeit. Im Gegensatz dazu sahen die anderen viel zu bemüht, sorgfältig zurechtgemacht und seriös aus.

Sie lachte, unterhielt sich gleichzeitig auf Französisch und Englisch und faltete für den französischen Innenminister und seine Frau aus Servietten Partyhüte. Wenige Plätze weiter sah ein gut aussehender älterer Gentleman zu, wie sie zu einem improvisierten Ständchen ansetzte – »For he's a jolly good fellow« –, was bald an den umstehenden Tischen aufgegriffen und dann vom Orchester begleitet wurde. Valmont schloss daraus, dass der französische Innenminister Geburtstag hatte – zumindest hoffte er, dass es so war.

Er winkte einen Kellner herbei, sprach ein Wort mit ihm und zog das Taschentuch aus der Brusttasche seines Smokings.

Der Kellner schlängelte sich durch den überfüllten Saal zu Mademoiselle Dorsey.

Als er ihr das Taschentuch reichte und ihr zeigte, von wem es war, blickte sie auf.

Valmont nahm ein Zigarettenetui aus seiner Tasche, zündete sich eine Zigarette an und lehnte sich an eine der Säulen.

Er sah, dass sie aufstand und langsam auf ihn zukam. Sie bewegte sich mühelos durch die Menge.

»Sir.« Sie blieb vor ihm stehen, ihre Augen eine seltsame Schattierung von Graugrün. »Sie haben mir ein Taschentuch bringen lassen.«

Er nickte. »Haben Sie zufällig daran geschnuppert, Mademoiselle?«

Sie runzelte leicht die Stirn und hielt es sich unter die Nase. Ihr Gesicht verwandelte sich. »Regen!«

Er zog noch einmal an seiner Zigarette. »Genauer gesagt, Sommerregen auf heißem Pflaster. Aber wer wollte so penibel sein?«

Sie atmete noch einmal ein. »Sie haben es regnen lassen«, sagte sie entzückt.

»Ja.«

Sie sah ihn, ein angedeutetes Lächeln um die Lippen, forsch an. »Wo ist der Rest meiner Gewitterwolken, Monsieur?«

»In einer Flasche oben.«

»Und wie hoch ist das Lösegeld für diese Flasche?«

»Oh, ich weiß nicht. Alle Bedingungen sind verhandelbar, Eva.«

Sie neigte den Kopf. »Ich kenne Sie, nicht wahr?«

»Bin ich so leicht zu vergessen?«

Behutsam nahm sie ihm die Zigarette aus den Fingern, zog daran und gab sie ihm zurück. »Ich würde die Flasche mit dem Regen sehr gern sehen, Monsieur Valmont.«

Valmonts Herz setzte einen Schlag aus. »Was ist mit Ihren Freunden?«

»Meine Freunde kommen ganz gut ohne mich zurecht.«

Er reichte ihr den Arm, und sie hakte sich bei ihm unter. Augenblicklich glühte sein ganzer Körper von ihrer Wärme und ihrer Nähe. Die laue Nacht intensivierte ihren köstlichen natürlichen Duft; er konnte jede einzelne Schicht ausmachen, jede Nuance.

Valmont führte sie in sein winziges Zimmer. Die Vorhänge waren zurückgezogen; der Schein der grellen Lichter von Monte Carlo fiel herein und erfüllte den Raum mit einem blauen Glühen.

Er tastete nach dem Lichtschalter, doch sie hielt ihn auf. »Nein, ich finde es so schöner.« Und ohne auf eine Einladung zu warten, hockte sie sich auf das Bett und schob sich ein paar Kissen hinter den Rücken.

Er zog einen Holzstuhl mit gerader Lehne näher und setzte sich ihr gegenüber, unsicher, was er als Nächstes tun sollte.

Dies war nicht mehr das junge Mädchen, das er in New York kennengelernt hatte. In Paris geschah es nicht oft, dass eine schöne Frau sein Schlafzimmer aufsuchte. Eva strahlte eine Souveränität und ein Selbstvertrauen aus, die er nur nachahmen konnte.

Er holte sein Zigarettenetui aus der Brusttasche seiner Smokingjacke und zündete mit so viel Gelassenheit, wie er aufbrachte, eine Zigarette an. »Zuerst habe ich Sie nicht erkannt. Ich dachte, die junge Frau da kenne ich doch, aber mir wollte ewig nicht einfallen, woher.«

Sie reckte sich und lächelte. »Ich nehme das als Kompliment. Und was haben Sie so getrieben, außer, dass Sie Gewitterwolken für mich erschaffen haben?«

»Ich bin natürlich Parfümeur.« Er zog wieder an der Zigarette. »Der beste von Paris.«

»Selbstverständlich!« Sie lachte. »Wie könnte ich daran zweifeln? Doch ich bin mir nicht sicher, ob ich schon einmal von Ihnen gehört habe?«

Sie hatte einen Nerv getroffen. Er richtete sich auf. »Ich habe jetzt meinen eigenen Laden in Saint-Germain.«

»Bravo! War das Madames Idee?«

»Vielleicht.«

»Wie geht es ihr? Was für eine absolut unglaubliche Persönlichkeit! Und vor allem, wie laufen die Geschäfte des besten Parfümeurs von Paris?«

»Es ist ein großer Erfolg.«

Sie sah sich in dem winzigen Zimmer um. »Und doch pflegen Sie so einen erfrischend anspruchslosen Stil!«

Er merkte, dass er errötete, und war froh, dass der Raum im Halbdunkel lag.

»Haben Sie mich hierhergebracht, um mich zu verführen?« Ihre Stimme klang tief und weich.

»Natürlich nicht!«

»Wirklich nicht?« Sie schien enttäuscht. »Interessiere ich Sie nicht?«

»O doch. Ich meine, ich wollte nicht andeuten …« Er rutschte unbehaglich auf dem Stuhl herum. »Es ist nur … ich … habe nicht viel Erfahrung in diesen Dingen. Ich musste mich um mein Geschäft kümmern. Meine Karriere verfolgen.«

»Und warum bin ich dann hier?«

Er richtete sich auf und schlug ein Bein über das andere. »Sie … also, um ehrlich zu sein, habe ich vor ein paar Tagen Ihr Gespräch mit angehört, und Ihre Bitte um Regen hat mich inspiriert.«

»Es ist nicht das erste Mal, dass Sie ein Parfüm für mich machen«, erinnerte sie ihn.

»Ja, das stimmt.«

»Hoffen Sie, dass ich Ihnen dieses abkaufe?«

Ihre Direktheit überraschte ihn. Er fühlte sich durchsichtig wie aus Zellophan. »Also … so war das nicht gemeint …«

Sie neigte den Kopf zur Seite. »Warum nicht?«

Sie war so viel erfahrener als er, so unverfroren.

Also zog er sich auf das zurück, was ihm vertraut war, und holte den kleinen Parfümflakon aus seinem Reisekoffer mit Ingredienzen. »Möchten Sie wissen, wie ich es gemacht habe?« Er versuchte, einen respekteinflößenden, professionellen Ton anzuschlagen.

»Oh, Andre!« Sie schüttelte den Kopf. »Sie sind nicht ganz ehrlich, nicht wahr? Ich verstehe das. Sie können es sich nicht leisten, oder?«

»Verzeihung?« Er sah ihr ins Gesicht, das von den Lichtern der Stadt erleuchtet wurde wie eine Geistererscheinung.

»Aber Sie müssen mir die Wahrheit sagen. Schauen Sie, ich mache Ihnen einen Vorschlag: Wenn Sie ehrlich zu mir sind, dann bin ich auch ehrlich zu Ihnen. Und, glauben Sie mir, es gibt nicht viele Menschen auf der Welt, denen ich vertraue.«

Er zögerte. Doch die Versuchung, sich jemandem anzuvertrauen, war einfach zu groß.

»Mein Laden geht den Bach runter«, platzte er heraus. »Ich weiß nicht, wie man Sachen verkauft – besonders Parfüms, die ich noch nicht einmal hergestellt habe.« Er sank zurück auf seinen Stuhl. »Wenn ich ehrlich bin, Eva, verabscheue ich die Menschen. Das war schon immer so.«

»Fahren Sie fort.«

»Ich verabscheue müßiges Geplauder. Ich verachte Idioten. Ich ertrage es nicht, dazusitzen und mich mit Menschen zu unterhalten.«

»Das muss man sich mal vorstellen!«

Er musste unwillkürlich lächeln; sie hatte ihn schon immer durchschaut. Er entspannte sich und nahm einen kräftigen Zug an seiner Zigarette. »Der lästigste Teil an meiner Arbeit ist die Kundschaft. Wenn ich ehrlich bin, kreiere ich meine besten Düfte dann, wenn ich von jemandem inspiriert werde – so wie von Ihnen. Ich besitze einen Laden, aber ich verabscheue die Kunden. Ist das nicht verrückt? Und jetzt bin ich hier, in Monte

Carlo, um mich gegenüber just den Menschen zu prostituieren, für die ich den wenigsten Respekt aufbringe. Ich bin pleite. Die Zeit läuft mir davon. Und obendrein verachte ich mich auch noch dafür, dass ich überhaupt hergekommen bin.«

»Du meine Güte!« Sie legte den Kopf in den Nacken und lachte. »Was für eine tragische Geschichte!«

Angesichts ihres Sarkasmus platzte seine Großartigkeit wie eine Seifenblase. Er konnte nicht anders, als in ihr Lachen einzustimmen.

Sie streckte die Arme aus. »Willkommen im Bordell, mein lieber Andre! Das Problem ist nicht, dass Sie sich prostituieren müssen, sondern dass Sie sich dabei so unbeholfen anstellen. Sie brauchen diese Menschen, und ob sie es wissen oder nicht, die brauchen *Sie*. Aber wenn sie für Ihre Arbeit bezahlt werden wollen, mein Lieber, dann müssen Sie lernen, damit klarzukommen.«

Schockiert hustete und spuckte er den Rauch seiner Zigarette aus.

»Sie müssen die Kunst der Verführung lernen«, fuhr sie fort. »Schließlich werden Prostituierte für ihre Doppeldeutigkeit bezahlt. Es gibt nur eine Regel: Sie können mir alles verkaufen, solange Sie mich bewundern.«

»Aber ich … ich weiß nichts über diese Dinge. Ich will es auch gar nicht wissen. Ich weiß nur, wie man Parfüm macht.«

»Ja, aber ich weiß es. Und lassen Sie mich Ihnen etwas sagen: Ihre Arroganz ist vollkommen gerechtfertigt. Sie sind ein Genie. Mit ein wenig Mühe und Anleitung könnten Sie leicht der beste Parfümeur von ganz Paris sein.«

»Ehrlich?« Er hatte so an sich gezweifelt, dass ihre Worte wie Balsam waren für sein angeschlagenes, empfindsames Ego.

»Ich weiß alles über diese Leute, ich kenne ihre Gewohnheiten und Geheimnisse, ich weiß, wie sie denken und fühlen, und kenne ihre Achillesfersen. Und lassen Sie sich von mir gesagt sein: Besonders kompliziert sind sie nicht. Sie müssen mir vertrauen, Andre.«

»Warum sollten Sie mir helfen wollen?«

»Weil«, in ihrem Tonfall war etwas Zärtliches und Melancholisches, »Sie es für mich regnen ließen.«

Hingerissen sah er sie an. »Aber jetzt erzählen Sie doch, was machen Sie hier? Wie kommt es, dass Sie so … so bezaubernd sind?«

Sie stand auf. Und mit einer leichten Bewegung der Schultern glitt ihr Kleid zu Boden. Bis auf die silbernen Sandalen, die sie von den Füßen streifte, war sie nackt. Sie blieb vor ihm stehen. Sie strahlte, ihre Haut wie weißer Marmor in der sanften Dunkelheit.

Er streckte die Hand aus und wagte es, mit den Fingern über den weichen Bogen ihres Rückens zu streichen. »Eva …«

Sie hielt einen Finger hoch. »Pst!«

Und dann küsste sie ihn. Valmont spürte, wie ein ungewohntes Begehren seinen Körper in Flammen setzte.

Er zog sie an sich, schloss die Augen und vergrub das Gesicht in ihr. Er atmete sie ein – jede feuchte Höhlung, jede üppige Kurve –, atmete hungrig die riesige, vielfältige Landschaft ihrer Haut ein.

Sie saß auf dem Fenstersitz im Alkoven, hatte das Fenster geöffnet und rauchte.

»Was machst du denn hier?« Valmont stützte sich auf den Ellbogen und schob sich ein Kissen unter den Kopf. »Mit wem reist du? Sag jetzt bitte nicht, mit deinem Ehemann.«

»Nein, er ist nicht mein Mann. Er ist ein Kollege.«

»Kollege?« Er zog das Laken hoch. »Was heißt das?«

Sie stieß den Rauch der Zigarette aus. »Er ist der Mann, mit dem ich zusammenarbeite, Lambert. Obwohl er hier Lamb heißt. Der Mann, der mich mein Handwerk gelehrt hat.«

Wieder kam ihm ihre Wortwahl seltsam vor. »Du gehst einem Handwerk nach?« Er hatte angenommen, sie wäre die Freundin oder Geliebte von jemandem.

»Zweifelst du daran?« Sie sah ihn herausfordernd an. »Du bist nicht der Einzige, der nach Monte Carlo gekommen ist, um Geschäfte zu machen. Dieser Ort ist voller Menschen, die auf Geld aus sind: Gigolos, Prostituierte, Verkäufer, Betrüger, gesellschaftliche Aufsteiger, Snobs.«

»Aus deinem Mund klingt das wie ein Sumpf!«

Sie zuckte leicht die Schultern. »Nur die normale Entourage der Reichen. Ich beherrsche eine ganze Reihe von Fertigkeiten. Aber hauptsächlich zähle ich Karten.«

»Pardon?«

»Ich bin Profispielerin, Andre.«

»Profispielerin!« Er wollte lachen, doch er war viel zu verblüfft. »Gibt es so etwas?«

»Die Leute spielen jedenfalls die ganze Zeit. Doch nicht viele besitzen die Gabe, daraus einen Beruf zu machen.«

»Aber du schon?«

Sie nickte. »Überrascht dich das?«

»Also, offen gestanden, ja.«

»Gut! So mag ich es. Aber mit Lamb funktioniert die ganze Sache.«

»Ehrlich?« Diesen Lamb konnte er jetzt schon nicht ausstehen. »Was ist so Besonderes an ihm?«

»Also«, sie gähnte und bog den Rücken durch, »wenn ich mich an den Spieltisch setzen und den ganzen Abend spielen und gewinnen würde, würde ich wahrscheinlich getötet werden oder im Gefängnis landen. Aber mit einem Partner, besonders einem wie Lamb, also, wir beide besitzen gerade das richtige Maß an Ablenkung und Glaubwürdigkeit.«

»Du bist also allein nicht glaubwürdig?«

Sie sah ihn an. »Eine Frau in einem Kasino ist immer verdächtig, besonders wenn sie gewinnt. Nein, meine Aufgabe ist es abzulenken. Und ich falle auf, falls du das noch nicht bemerkt haben solltest.«

»Allerdings.«

»Wogegen Lamb aussieht, als gehörte er an den Spieltisch. Er weiß, wie man mit Leuten redet.«

Valmont verschränkte die Arme vor der Brust. »Und wie genau funktioniert diese Zusammenarbeit zwischen dir und Lamb?«

»Je nachdem. Wir haben ein System, bestimmte Codes. Aber das Grundprinzip ist einfach. Lamb sitzt am Tisch und spielt. Und trinkt. Viel zu viel. Wenn ich dazukomme, hat er immer schon viel zu viel Geld verloren und zu viel getrunken, um noch allein gehen, geschweige denn betrügen zu können. Wer uns zusieht, denkt, ich wäre eine hübsche kleine Närrin und er ein Trinker. Niemand kommt je auf die Idee, ich könnte diejenige sein, die die Kontrolle hat. Mit zwei Runden kann ich seine ganzen Verluste wieder reinholen. In der dritten Runde bringe ich uns nach vorn. Wir bleiben selten für eine vierte Runde, aber in vier …« Sie lächelte. »In vier Runden würde ich uns zu weit nach vorn bringen, und man würde uns durchschauen. Gewinne wenig und oft, es sei denn, du willst jede Nacht auf der Straße verbringen. Sie nennen mich seinen Talisman. Niemandem kommt je der Verdacht, eine junge Frau könnte so clever sein.«

»Und ist er, Lamb … ist er auch dein Geliebter?«

Sie lachte prustend. »Wie romantisch das klingt!«

Valmonts Verärgerung wuchs, schon jetzt war er viel zu besitzergreifend. »Was soll das heißen?«

»So ist es nicht. Und tu nicht so, als wärst du eifersüchtig. Es steht dir nicht.« Sie erhob sich und reckte die Arme hoch über den Kopf. »Es ist eine geschäftliche Vereinbarung. Um die Wahrheit zu sagen, er hat sich um mich gekümmert, als ich sonst nirgendwohin konnte. Ich bin ihm was schuldig.«

»Wie viel?«

»Verzeihung?«

»Wie viel? Wann ist deine Schuld beglichen?«, wollte er wissen.

Sie wandte sich von ihm ab und drückte ihre Zigarette in einem Aschenbecher aus. »Das ist noch nicht endgültig ausgehandelt«, sagte sie leise.

Er sah zu, wie sie durchs Zimmer ging und ihr Abendkleid anzog. »Ich muss zurück an die Tische. Inzwischen verliert er wahrscheinlich schon haushoch, was keine schlechte Sache ist.«

»Wann sehen wir uns wieder?«

»Ich bin da. Vertrau mir, du kannst mich nicht verpassen.« Sie schlüpfte in ihre Sandalen und nahm ihre Abendtasche. »Inzwischen will ich, dass du mit niemandem redest. Hast du mich verstanden? Du stellst dich niemandem vor, plauderst nicht müßig am Pool, gar nichts. Gib dich ganz deiner natürlichen Verdrossenheit hin.«

»Verdrossenheit!« Er runzelte die Stirn. »Ich bin nicht verdrossen.«

Sie lächelte. »Aber das ist exakt das, was du sein sollst.« Sie setzte sich auf das Fußende des Betts und streichelte sein Bein. »Das Erste, was du über die Wohlhabenden und Privilegierten lernen musst, ist, dass sie wie Kinder sind: Sie wollen immer genau das, was sie nicht haben können. Wenn sie wüssten, dass du hier bist, um ihnen etwas zu verkaufen, würden sie dich schon vor dem Frühstück in Stücke reißen.«

»Und was soll ich sonst machen?«

»Ganz einfach: Sprich mit niemandem. Wenn jemand auf dich zukommt, geh in die andere Richtung. Diese Leute sind es gewohnt, dass man um sie herumscharwenzelt. Sie erwarten es nicht nur, sie verlassen sich darauf. Wenn es eines gibt, was sie nicht ausstehen können, dann jemanden, der ihnen keine Aufmerksamkeit schenkt. Was sie angeht, willst du also nichts anderes, als in Ruhe gelassen zu werden.« Sie stand auf. »Den Rest überlass mir. Und wir müssen zum Schneider. Unverzüglich.«

»Nein.« Er schüttelte energisch den Kopf. »Für eine neue Garderobe habe ich kein Geld.«

»Andre, das Zweite, was du begreifen musst, ist, dass du kein Parfüm verkaufst, du verkaufst dich selbst, die Vorstellung von dir als exzentrischem Genie. Du kannst es dir nicht leisten, nicht aufzufallen, du musst unverwechselbar sein.« Sie stemmte die Hände in die Hüften. »Wie soll ich dir helfen, wenn du meinen Rat nicht befolgst?«

Valmont starrte sie an. Sie war vertraut und gleichzeitig vollkommen fremd. »Du bist nicht mehr dieselbe wie früher.«

Sie durchquerte das Zimmer und öffnete die Tür. Das Licht aus dem Flur fiel von hinten auf sie; ihr Gesicht lag halb im Schatten, doch ihr schwarzes Haar leuchtete, als stünde es in Flammen.

»Wir sind alle nicht mehr dieselben wie früher, oder?«

Das Grand Casino in Monte Carlo mit seinem vergoldeten und mit aufwändigen Verzierungen versehenen Vordach war ein Triumph kunstvoller Belle-Époque-Architektur. Am Abend versammelte sich unter der riesigen Kuppeldecke die feine Gesellschaft von Monte Carlo, darunter eine entzückende, unberechenbare junge Frau und ihr tragisch zügelloser, englischer Beschützer.

Von seinem verborgenen Platz an der Bar aus beobachtete Valmont, wie Eva ihren Zauber spann.

Ihre Rolle an den Spieltischen war exakt die, die sie ihm geschildert hatte. Sie schien Lamb wenig bis gar keine Aufmerksamkeit zu schenken, sondern benahm sich wie ein äußerst aufreizendes, ungestümes Kind. Gelegentlich trank sie einen Schluck aus seinem Glas oder klopfte ungeduldig einen kleinen Rhythmus mit den Fingern, während er über seinen Karten brütete. Doch die meiste Zeit flirtete sie, tanzte und gab zweideutige Witze zum Besten. Manchmal bat Lamb sie, still zu sein oder wegzugehen. Doch sie schenkte ihm keine Beachtung. Nur Valmont ahnte, dass ihre zeitlich wohlberechneten Unterbrechungen in Wirklichkeit sorgfältig inszenierte Signale waren.

Lambs Ruf war entscheidend für den Erfolg ihrer Unternehmung. Als Alkoholiker heroischen Ausmaßes verlor er regelmäßig schwindelerregende Beträge bei nachlässig gespielten Runden und sorgte so dafür, dass kaum ein Spieler ihn ernst nahm. Doch dann, wenn alle ihn längst abgeschrieben hatten und Eva ihn anflehte aufzugeben, machte er ein paar hohe Einsätze, und das Blatt wendete sich.

Kurz danach schleifte sie ihn völlig betrunken zurück ins Hotel.

An diesem Abend wahrte Valmont Abstand. Doch er konnte nicht anders, als die fugenlose Verbundenheit der beiden zu bemerken, ein instinktiver Rhythmus, der nur ihm auffiel. Eva war so charmant, so unverschämt und anscheinend blind für alles außerhalb ihrer selbst. Und Lamb war so vollkommen abweisend ihr gegenüber, dass es fast unmöglich war, sich vorzustellen, wie diese beiden zusammen ihre nächtlichen Bravourstückchen inszenierten. Eva verriet mit keiner Geste und keinem Blick, wie sehr sie sich in Wirklichkeit konzentrierte.

Als er sie das nächste Mal sah, machte er ihr Komplimente für ihre Vorstellung.

»Und du bist der Einzige, der es weiß, Andre«, erwiderte sie seufzend. »Aber es langweilt mich allmählich, das Dummchen zu spielen. Ich will eine neue Aufgabe. Lass uns dich berühmt machen, ja?«

Sie hielt Wort.

In der nächsten Woche fand Eva Wege, sehr öffentlich Notiz von Valmont zu nehmen und ihn mit einer geheimnisvollen Aura zu umgeben. Wenn er im Foyer oder beim Essen erschien, flüsterte sie ihren Begleitern etwas zu, und da er die strikte Anweisung hatte, alle zu ignorieren, begegnete er ihr mit größtmöglicher Verachtung und zog sich allein an einen Tisch in einer abgelegenen Ecke zurück.

Sie ging mit ihm zu einem jungen Schneider in den Hügeln von Monte Carlo, der ihm eine in klaren Linien sehr schlicht geschnittene, schwarze Gabardinehose nähte und zwei Hemden aus dunkelgrauer Seide. »Wenn du nicht ins Schema passt, dann musst du hervorstechen«, meinte Eva mit einem anerkennenden Lächeln und fuhr mit den Fingern über den glatten Stoff an seinen Schultern. Die dunklen Farben und die schlichte Silhouette ließen ihn größer erscheinen, stilvoller und erheblich moderner. »Jeder kann einen Anzug tragen, doch bei ungezwungener Kleidung zeigt sich wahrer Stil. Ich liebe es über alles, dass du aussiehst, als würdest du nichts zu ernst nehmen. Dagegen wirken alle anderen viel zu übertrieben elegant gekleidet.«

Er bedankte sich bei ihr auf ganz besondere Weise. »Ich würde gern mit dir irgendwohin fahren und dir etwas zeigen, etwas Geheimnisvolles.« Und so fuhr er eines Tages mit ihr zu den Jasminfeldern von Grasse. Sie stahlen sich am frühen Morgen davon wie zwei Teenager, die die Schule schwänzen, und reisten dritter Klasse.

Für Valmont war Grasse wie ein Tempel.

»Ich bringe dir bei, wie man riecht«, erklärte er ihr, sobald sie den Zug bestiegen. »Die meisten Menschen beurteilen Düfte und vermeiden es, ihnen ins Herz zu sehen.« Gegenüber zwei Landarbeitern, die zum Markt fuhren, fand er Plätze für sie.

»Atme den Schweiß ein, den Schmutz, das Fett ihrer ungewaschenen Haare«, flüsterte ihr ins Ohr.

Sie sah ihn an. »Wieso denn?«, flüsterte sie zurück.

»Weil es der Ursprung aller Duftkreationen ist, unseren Geruch zu verändern. Man könnte anführen, alle Parfüms sind aus Scham entstanden, aus einer Befangenheit gegenüber unserem Körpergeruch. Wir möchten ihn verbergen.«

»Oder verändern«, murmelte sie.

»Das stimmt. In gewisser Weise ist Duft ein Streben. Ein Ziel. Nicht nur ein Werkzeug der Verführung, sondern auch eines der Macht und des Status. Ist dir bewusst, wie viel die Alten für Weihrauch oder Myrrhe bezahlt haben? Ganze Reiche wurden auf dem Handel mit diesen Waren errichtet. Siehst du, schon damals, als das Leben kurz und grausam war, wollten die Menschen anders riechen. Doch diese einfachen natürlichen Gerüche – schmutzige Haare, verschwitzte Haut, ungewaschene Frauen – sind die Wurzel von allem: unserer Schmach und unseres Begehrens. Das habe ich damit gemeint, dass die Leute Düfte lediglich beurteilen.«

Eva legte ihm die Hand auf die Schulter. »Und was sollen wir damit machen, Professor?«

»Sie wahrnehmen. Sie anerkennen. Denn sie besitzen eine ureigene starke Energie, eine reiche, sexuelle, animalische Schwingung.«

»Aus deinem Mund klingt das wie Musik.«

»Es ist wie Musik. Eine Orchestrierung. Schweiß ist wie Stille, der Grund, warum der Komponist überhaupt nach dem Stift greift.«

Sie verließen den Zug und gingen hinter einem Eselskarren her eine Landstraße hinunter, die zwei Felder durchschnitt. »Der Mist riecht so rein, so absolut! Dieses Tier nimmt nichts anderes zu sich als Regenwasser, Gras und Heu. Wenn er ein Ton wäre, würde er auf einem Cello gespielt.«

Kurz vor dem Ende der Straße bog der Esel in die eine Richtung, und sie bogen in die andere ab. »Da sind wir.« Valmont nahm ihre Hand. Sie besuchten Philippe Mul, dessen Familie seit Jahrhunderten Jasminfelder besaß, die kostbaren Blüten presste und daraus das teure und sehr seltene Jasmin-Absolue gewann. Monsieur Mul kannte Madame Zed seit vielen Jahren. Er zeigte ihnen seine Fabrik und demonstrierte, wie die Pflanzen in besonders geformten Körben aus Kastanienholzspänen geerntet wurden, die sich um die Taille des Arbeiters schmiegten und die Blüten atmen ließen, ohne sie zu beschädigen. Und dann zeigte er ihnen die Felder.

Die Pflanzen fingen eben an zu blühen; weiche, unbeschreiblich zarte, weiße Blüten mit einem Hauch von Rosa. Erst im September konnten sie geerntet werden, doch schon jetzt lag ein süßer Duft in der Luft, sooft der Wind über sie hinwegstrich.

Philippe erlaubte ihnen, in dem Hain zu picknicken. Und Eva und Valmont saßen stundenlang da und sprachen kaum ein Wort miteinander.

Nach dem Picknick rollten sie ihre Jacken zusammen, schoben sie sich unter den Kopf, dösten und ließen sich von der Sonne das Gesicht wärmen. In der Luft lagen die üppigen Düfte frischer Meeresluft, sonnengewärmter Erde und durchscheinender, milchiger Blüten.

»So etwas gibt es kein zweites Mal«, sagte Valmont, drehte sich zur Seite und sah Eva an. »Das begreifst du doch, oder? Die Welt wird von Düften bestimmt, nicht von Worten, Formen oder Klängen. Dies ist die Sprache, die Sinn ergibt, die jeder versteht.«

Sie nickte, denn sie zögerte, die Luft mit Worten, Formen oder Klängen zu erfüllen.

In dieser duftenden Stille begriff Eva, wie doppelsinnige, komplexe Geschichten erzählt werden konnten. Im steten Wandel begriffen, erblühten und welkten sie; und ihre Vergänglichkeit war unglaublich berührend. Man konnte in der Öffentlichkeit lachen und doch direkt auf der Haut ein Parfüm tragen, das reif war vor Begehren, schwer vor Bedauern, schimmernd vor Hoffnung – alles zur selben Zeit. Es würde mit dem Tag verblassen und auf der Haut zu etwas Hauchzartem verdunsten. Und dennoch besaß es die Macht, einen nichtsahnend zu packen und zu erschüttern, wenn man am Abend das Kleid auszog.

»Dies ist meine Religion«, meinte Valmont seufzend und schloss die Augen, zum ersten Mal seit Wochen vollkommen entspannt.

Und meine Rettung, dachte Eva. Solange es noch Schönheit in der Welt gibt und ich mich in ihrer Nähe aufhalten kann, werde ich nicht verrückt.

Sie blieben, bis das Sonnenlicht schwand, und als sie in der anbrechenden Dämmerung aufstanden, verströmten die Blüten ihr stärkstes, seidigstes Parfüm.

Wo auch immer Valmont auftauchte, wandten sich bald die Leute nach ihm um. Ein verräterisches Schweigen folgte seinen Schritten. Er füllte mit Leichtigkeit die ihm von Eva zugedachte Rolle aus: Das Kinn vorgereckt, ein Buch unter dem Arm, ignorierte er alle. Und es funktionierte. Der Empfangschef begrüßte ihn jeden Morgen betont freundlich, der Oberkellner reservierte ihm einen besonderen Tisch, ein wenig abseits, doch mit ausgezeichnetem Blick über den Speisesaal; auf seiner Frisierkommode tauchten frische Blumen auf. Kurz darauf bekam er auf Kosten des Hauses ein Zimmer mit Meerblick und verlängerte seinen Aufenthalt.

Dann trafen die ersten Einladungen ein.

»›Madame Legrand bittet Sie, beim Nachmittagstee ihr Gast zu sein‹!«, las Eva die Einladung laut vor und warf die Karte lachend in den Papierkorb.

»Was machst du da?« Valmont wollte sie herausfischen. »Legrand ist reich.«

»Was machst du da? Du kannst da nicht hingehen. Du musst die Einladung ausschlagen.«

»Aber sie könnte eine gute Kundin werden!«

»Willst du alles aufs Spiel setzen? Wo wir so dicht dran sind. Überleg doch, Andre. Die falschen Kunden sind dein Niedergang, bevor du richtig angefangen hast. Es ist an dir, den Ton anzuschlagen. Tee? Mit Madame Legrand und ihren Freundinnen? Bist du verrückt?« Sie stand auf und ging im Zimmer auf und ab. »Dein Parfüm soll der Zaubertrank sein, der dem Durchschnittsmenschen erlaubt, sich in einen Gott oder eine Göttin zu verwandeln. Die Menschen, für die du es erschaffst, sollten diese Olympier sein!« Sie drehte sich zu ihm um. »Hast du mal einen Blick auf Madame Legrand geworfen?«

»Nein, nicht so recht«, gestand er.

»Also.« Sie verschränkte die Arme vor der Brust. »Madame Legrand sieht fast aus wie Monsieur Legrand, nur im Kleid. Ist das deiner Kunst würdig?«

Er lächelte.

Ihre Leidenschaft war erfrischend, ihre Vision reichte noch viel weiter als seine eigene. Und es gefiel ihm, wie sie über seine Arbeit sprach.

»Ich überlasse es deinem Ermessen.«

Und so schlug Monsieur Valmont die Einladung respektvoll aus.

Madame Legrand war außer sich.

Um es wiedergutzumachen, stellte Eva ihn am nächsten Abend ihrer Freundin Yvonne Vallée vor, der schönen Frau des Film- und Cabaret-Stars Maurice Chevalier. Yvonne hatte seit Kindertagen eine Vorliebe für Veilchen, eine romantische Erinnerung an den Duft, den sie nie hatte wiederfinden können. Gab es irgendeine Möglichkeit, flehte sie, Valmont zu überreden, etwas zu erschaffen, das auf dieser schlichten Blüte basierte?

Valmont seufzte müde, als könnte er sich nichts Langweiligeres vorstellen.

Noch am selben Abend machte er sich daran, die überwältigende Süße der Blüte mit großen Mengen feuchtem, grünem Moos und Rosenholz abzumildern sowie sinnliche Untertöne von altem Leder, schwarzer Erde und Amber hinzuzufügen. Er brauchte mehrere Tage, in denen er sein Bad zu einem improvisierten Labor umfunktionierte, und er schickte Eva nach Grasse, um Ingredienzen zu besorgen.

Yvonne war entzückt von dem Ergebnis.

Das Parfüm wurde zu ihrem Erkennungsduft, umso begehrenswerter dadurch, dass Valmont es allein für sie kreiert hatte und für keine andere.

Bald darauf kam Thelma Furness nach Monte Carlo, die strahlende, verheiratete Mätresse des Prince of Wales. Auf Evas Drängen hin kreierte Valmont für sie eine exotische, betäubende Mischung von nachtblütigem Jasmin, Jonquillen, Narzissen, Tuberosen, Sandelholz und Moschus … eine opernhafte Formulierung voller Dekadenz und Lust.

Sie war begeistert. Und ganz Monte Carlo war wegen ihr und ihres Duftes einer Ohnmacht nahe.

Und Paris nahm erstmalig Notiz von ihm.

Bald darauf erfolgten diskrete Erkundigungen seitens des Prince of Wales persönlich. So sehr Valmont die Gerüchte über eine Verbindung auch leugnete, seine Berühmtheit wuchs über Nacht. Und die Franzosen, ganz verrückt nach den Sexskandalen der Engländer, setzten ihn bald mit zwei der größten Aphrodisiaka der Welt gleich: Exklusivität und verbotene sexuelle Begierden.

In kürzester Zeit hatte Eva erreicht, was Valmont allein auch in Jahren niemals gelungen wäre. Bald konnte er sich nicht mehr vorstellen, eine berufliche Entscheidung zu treffen, ohne sich vorher mit ihr zu beraten.

Abends heftete er sich an ihre Fersen. Er wollte es nicht, doch Abend für Abend fand er sich in der Spielbank ein, um sie aus der Ferne zu beobachten. Dabei war er sich bewusst, dass er nicht der Einzige war. Sie hatte viele Bewunderer.

Da war der italienische Zeitungsredakteur mit dem gezwirbelten Schnurrbart und der Zigarre, der Geschäftsmann aus Wien und der französische Cabaret-Star, der seine Abreise nach Hollywood immer wieder verschob, in der Hoffnung, Mademoiselle Dorsey könnte einen seiner vielen Anrufe beantworten. Valmont beobachtete mit stillem Verdruss, wie Nachrichten überbracht, teure Geschenke geliefert und »zufällige« Zusammentreffen arrangiert wurden, um ein Wort mit ihr wechseln zu können.

Irgendwo im Hintergrund führte Lamb den Vorsitz über das ganze Drama. Sein Verhalten war entspannt, ja, leicht amüsiert. Er benahm sich wie ein Mann, der ein außergewöhnliches Rennpferd besitzt. Einen Drink in der Hand, war er es zufrieden, sich zurückzulehnen und zuzusehen, wie sie dem einen aus dem Weg ging und mit dem anderen flirtete. Doch seine Haltung alarmierte Valmont. Was für eine Beziehung er auch immer zu ihr hatte, sie war nicht bedroht. Und während Valmont sich von einer Lokalität zur anderen treiben ließ wie ein Geist in ihrem Kielwasser, ließ Lamb sie frei herumwandern – von ihm zu irgendeinem –, ohne auch nur mit der Wimper zu zucken.

Er war sich seiner sicher.

Diese Sicherheit deprimierte Valmont mehr, als wenn sie einen goldenen Ehering getragen und einen Kinderwagen vor sich hergeschoben hätte.

Er konfrontierte sie damit. »Du könntest hier jeden haben«, erklärte er und versuchte, das Argument als neutraler Zeuge vorzubringen. »Warum bleibst du bei Lamb?«

»Ein Mann ist wie der andere«, erwiderte sie vage.

»Das stimmt nicht. Er ist ein Säufer und ein drittklassiger Spieler! Er braucht dich sehr viel mehr als du ihn.«

»Schön wär's. Er hat etwas, was ich will.«

»Was kann er schon haben, was du bei einem anderen nicht viel leichter haben kannst?«

Mit verdunkelten Augen wandte sie sich ab. »Es spielt keine Rolle. Du würdest es nicht verstehen.«

Das Gespräch war beendet.

Seine Fragen hatten an etwas Privatem gerührt, das er wohl spüren, aber nicht entschlüsseln konnte.

Eines Abends, sehr spät, hörte er, wie Lamb in der Bar mit ihr prahlte. Er war mehr als betrunken; die Krawatte hing im lose um den Hals, er hatte das Jackett abgelegt und hätte dringend eine Rasur nötig gehabt. Zudem verströmte er aus sämtlichen Poren einen widerwärtig süßen Alkohol- und Schweißgeruch.

Ein Rennfahrer fragte ihn aus. »Wie kommt es, dass Sie mit dem schönsten Mädchen von Monte Carlo zusammen sind? Ein alter Knacker wie Sie!«

»Ein alter Knacker wie ich!« Lamb trank noch einen Schluck und lehnte sich zurück. »Ich sag Ihnen was, ich schlage Ihnen ein Geschäft vor. Für ein kleines Entgelt können Sie sie haben.«

»Entgeld? Sind Sie verrückt?« Der Mann lachte.

»Nein, es ist mir vollkommen ernst. Zehntausend Pfund, und sie gehört Ihnen.«

»Zehntausend Pfund!« Der Mann stieß einen Pfiff aus. »Das ist doch kein kleines Entgelt.«

»Sie ist es wert.«

»Aber Sie können doch nicht einen Menschen verkaufen! Das ist unmöglich.«

Lamb schüttelte den Kopf. »Wenn Sie die Leine kaufen, mein Lieber, kriegen sie den Hund umsonst.«

»Hund? Leine? Was soll das heißen? Das verstehe ich nicht.«

Lamb schlug ihm ein wenig zu fest auf den Rücken.

»Wenn Sie das Geld eh nicht haben, braucht Sie der Rest nicht zu interessieren.«

Der Rennfahrer lachte nervös, und das Gespräch wandte sich einem anderen Thema zu.

Valmont war außer sich. Er hätte ihn erwürgen können.

Er war wie besessen von einer schmerzlich verworrenen, mit vielfältigen Möglichkeiten aufgeladenen Sehnsucht. Wenn er in Evas Nähe war, war er zufrieden, fühlte sich wohl. Er musste sie nicht berühren, denn alles, was er von ihr brauchte, um sich befriedigt und stimuliert zu fühlen, war ihr Duft. Er nahm seine Träume in Besitz und spornte ihn in seiner Kunst zu neuen Raffinessen an.

Inspiriert von dem Heiligenschein, der in der ersten Nacht, als sie ihn besuchte, um ihren Kopf gelodert hatte, kreierte er *Auréole Noire*, eine Variation des Themas ihres natürlichen Körpergeruchs. Eine kunstvolle Komposition, basierend auf der zentralen Arie ihres Duftes.

Hell und eisklar und doch zugleich zärtlich, aufgebaut auf der ursprünglichen Idee gegensätzlicher Zustände, die ihn beim Regen inspiriert hatte. Kopfnoten von samtigen Veilchenblüten, luxuriösen weißen Blüten und hellem Geranium, erwärmt zu feurigen Tiefen, erschaffen aus Bernsteinharz, rauchigem Holz und schwelenden, trockenen Zitrusblättern. Oud, die Essenz aus dem Adlerholzbaum, und Amber verliehen ihm eine schmelzende, veränderliche Qualität, die sich von einer Erscheinung aus reinem Licht in einen brennenden dunklen Kern und wieder zurück verwandelte. Diesem Duft fehlte jegliche Schüchternheit, und er machte keine Zugeständnisse an den Charme. Als stünde man am Rand einer hohen, beängstigenden Klippe, war er schockierend, schön, großartig.

Evas verstörende Schönheit, ihre schwelende Sinnlichkeit und ihr rasiermesserscharfer Verstand spiegelten sich darin wieder.

Und doch zweifelte er an sich.

Kein anderes Parfüm duftete auch nur im Entferntesten wie dieses. Es war kühn und unorthodox und glitt von einem Extrem ins andere, ohne irgendwelche beschwichtigenden Herznoten; es überfiel die Sinne, statt sie zu verführen. Es besaß eine unverfrorene Grandezza, uralt und ikonisch wie das harte, symmetrische Gesicht und die blind starrenden Augen der in kalten, weißen Stein gehauenen griechischen Gottheiten.

Mit einem unschönen Gefühl der Angst und Abscheu erkannte Valmont, dass Evas Meinung ihm plötzlich wichtiger war als seine eigene.

Niemand, nicht einmal Madame Zed, hatte je eine solche Macht über ihn besessen. Seine Muse beherrschte ihn, durchtränkte ihn, wie Wasser einen dünnen Stoff durchdringt, bis der Stoff eher flüssig ist als fest.

Er versteckte das Parfüm vor ihr.

Es war der erste Akt der Untreue. Und der erste Akt wahrer Unabhängigkeit.

Dann kam die Schauspielerin Kay Waverley nach Monte Carlo, um zwei Wochen am Meer zu verbringen.

Kay Waverley war anscheinend aus dem Nichts zum Filmstar aufgestiegen. Und wie viele Möchtegern-Diven der Leinwand war sie, was ihre Herkunft anging, äußerst zugeknöpft. Das Studio behauptete, sie sei entdeckt worden, als sie in Missouri bei Woolworths an der Kasse gearbeitet habe, und untermauerte die Geschichte mit einer Fotostrecke eines Besuches in so einem Laden, umgeben von in Ehrfurcht erstarrten jungen Verkäuferinnen. Doch hier in Europa gingen andere Gerüchte um, Gerüchte über eine weit weniger zuträgliche Vergangenheit, ja über eine Karriere als hochbezahlte Prostituierte, bevor sie sich zum Hollywood-Sternchen gemausert hatte. Doch Genaueres wusste niemand.

Das Einzige, worin sich alle einig waren, war die Tatsache, dass sie die Geliebte des deutschen Filmregisseurs Josef Wiener gewesen war. Er hatte ihre Karriere mit dem bizarren, surrealistischen Film *Moon Dust* angeschoben, auch wenn sie für ihre Darstellung gemischte Kritiken erhalten hatte. Ihr einziger wirklicher Erfolg war ihre Darstellung der Salome in seinem gleichnamigen Film gewesen. Doch dann war er ihrer überdrüssig geworden und hatte sie gegen ein hübsches junges Mädchen aus Kentucky ausgetauscht (die, wie manche behaupteten, damals noch ein Teenager war). Allein und vernachlässigt, flackerte Waverleys Stern unsicher am Hollywood-Firmament. Sie zog von einem Liebhaber zum nächsten, von Hauptdarstellern zu Produzenten zu

Drehbuchautoren. Nachdem sie bei den Dreharbeiten zu *The Bandit of the West* vom Pferd gefallen war, machten Geschichten über Morphiumsucht die Runde. Man hatte sie ersetzt.

Jetzt hatte sie sich in einer der hellrosa Villen in der Umgebung von Monte Carlo niedergelassen. Es hieß, sie müsse ihre Nerven schonen. Doch als der italienische Playboy und ehemalige Schauspielerkollege Enzo Gotti plötzlich auftauchte, war es mit Schonung wohl vorbei.

Eines späten Abends erschien sie in einem goldenen Seidenkleid im Grand Casino, die Haare in einen passenden goldenen Turban gedreht, begleitet von Gotti und einer Gruppe seiner Freunde. Sie sprach kaum Französisch und so gut wie kein Italienisch, was zur Folge hatte, dass sie neben ihren Begleitern grämlich wirkte, ununterbrochen rauchte und die Augen verdrehte, wenn Autogrammjäger sich ihr näherten, den Raum jedoch nervös nach weiteren absuchte, kaum hatten sie sich wieder zurückgezogen.

Es war ein schwüler, feuchter Abend. Eva war noch nicht da, sie trat mit einem argentinischen Polospieler bei einem Tanzwettstreit an. Lamb kam an diesem Abend auch ohne sie ganz gut zurecht.

Valmont saß ein wenig abseits allein an einem Tisch und hielt Ausschau nach ihr. Von seinem Platz aus hatte er alles gut im Blick. Er sah Eva eintreten, an der Tür stehen bleiben und die Szene überblicken.

Ihr Blick verharrte auf dem mittleren Craps-Tisch, wo Gotti versuchte, seine neue Geliebte zu beeindrucken, indem er immer höhere Einsätze riskierte. Eva sah zu, wie er sie drängte, auf seine Würfel zu pusten, um ihm Glück zu bringen. Und Kay Waverley hing, in ihrer ganzen goldenen Pracht, abgelenkt und gelangweilt an seinem Arm.

Evas Gesichtsausdruck – ihre starke Konzentration – verwirrte Valmont. Sie hatte gewöhnlich etwas Quecksilbriges, war meist rastlos und temperamentvoll. Doch in diesem Augenblick erstarrte sie förmlich. Ihr Blick auf Gotti, und besonders auf Kay Waverley, wurde starr. Es war, als hätte sie plötzlich etwas erspäht, was sie seit sehr langer Zeit gesucht hatte. Erst sehr viel später begriff Valmont, dass er in diesem kurzen, unbedachten Augenblick Zeuge der vollkommenen Verwandlung von Evas Persönlichkeit geworden war. Äußerlich blieb alles gleich, doch innerlich hatte sie einen Entschluss gefasst. In diesem Augenblick wandte sie sich von ihm ab und konzentrierte sich ganz auf ihre finsteren Absichten.

Eva ging zum Blackjack-Tisch, legte Lamb einen Arm um die Schulter und stieß wie zufällig gegen Gotti, als dieser gerade die Würfel werfen wollte. »Verzeihung. Und wer ist dies?«, fragte sie und wandte sich um. »Also, wenn das nicht Adonis ist, der die Würfel wirft!«

Gotti lachte und deutete eine Verbeugung an. »Mademoiselle.«

Sie verneigte sich ebenfalls. »Sagen Sie, dass Sie mir verzeihen. Ich würde es nicht ertragen, wenn ich Sie verärgert hätte.«

»Sie sind zu freundlich. Ich bin überzeugt, dass Sie mir nur Glück bringen können.«

»Wie viel Glück können die Götter Ihnen noch gewähren?«

Er lachte erneut, geschmeichelt über ihre Aufmerksamkeit.

Waverley kniff die Augen zusammen.

»Aber ich habe Sie gestört«, entschuldigte Eva sich. »Machen Sie weiter, zeigen Sie Ihrer Mutter, wie es funktioniert.«

Gottis Freunde keuchten auf und flüsterten einander etwas auf Italienisch zu.

Eva tat, als bemerkte sie es nicht. »*Ah, parli italiano? Fantastico!*«

Valmont sah zu, wie sie mit Gotti und seinen Freunden auf Italienisch plauderte, bevor sie jedem, den es interessierte, erklärte, sie habe Lust auf ein bisschen Nacktbaden vor der Morgendämmerung.

Kay Waverley verlor in dieser vielsprachigen Gesellschaft völlig den Boden unter den Füßen und kochte in stummem Zorn.

Einige von Gottis Freunden beschlossen, Eva an den Strand zu folgen. Gotti, der zurückblieb, blickte ihr sehnsüchtig hinterher.

Doch bevor Eva ging, tat sie etwas, was Valmont sie noch nie hatte tun sehen: Sie schlang Lamb die Arme um den Hals und gab ihm ein halbes Dutzend Küsse.

Eva spielte mit Lamb. Es war allgemein bekannt, dass sie sich eine Suite teilten, doch öffentlich zeigte sie nie irgendwelche Zuneigung für ihn. Lamb schüttelte sie lachend ab, doch selbst er wirkte ein wenig überrascht, als er sie wegscheuchte, hinaus in die Nacht.

Kay Waverley hakte sich bei Gotti unter und zog ihn zu sich heran.

Dann warf sie einen Blick über die Schulter auf Lamb, der gerade seinen Gewinn verdreifacht hatte.

Er spendierte eine Runde für alle. Für einen strahlenden Augenblick war er der erfolgreichste Mann in Monte Carlo: gut aussehend, weltgewandt, elegant.

Und vor allem eindeutig der Mann, der von der kleinen Närrin Dorsey angebetet wurde.

Kay Waverleys Züge wurden weicher, sie deutete ein Lächeln an.

Doch Valmont entging nicht, dass auch in ihr plötzlich etwas an Schärfe gewonnen und die gelangweilte Haltung abgelöst hatte. Im Laufe des Abends richtete sie den Blick immer wieder auf Lamb.

Valmont wusste nicht recht, warum, doch plötzlich war ihm unbehaglich zumute.

Wenn sie wollte, wusste Kay Waverley durchaus zu bezaubern. Und sie hatte sich in den Kopf gesetzt, ihren Charme spielen zu lassen. Obwohl ihre Villa einen eigenen Pool besaß, tauchte sie eines späten Nachmittags, strahlend schön und sonnengebräunt, am Hotelpool auf, um ein Sonnenbad zu nehmen. Junge Männer versammelten sich in ihrer Nähe, waren mit Getränken und Geplauder zur Stelle. Sie wurde schnell braun, das Sonnenöl schimmerte auf ihren zarten Gliedern. Am Abend machte sie in tief ausgeschnittenen, hautengen Abendkleidern in Weiß oder Schwarz das Beste aus ihrer frischen Bräune. Und plötzlich war das Grand Casino ihr Lieblingstreffpunkt. Sie hatte Gotti fallenlassen und eilig nach Rom zurückgeschickt und saß spät am Abend, ein Whiskyglas in der Hand, allein an den Spieltischen. Ihr zweites herausragendes natürliches Talent – neben ihrem guten Aussehen – war, dass sie sich aufs Trinken verstand.

Kay Waverley trank wie ein Kerl und hielt mit allen mit. Sie wurde weder beschwipst noch trübselig, sie kicherte auch nicht, und niemand hörte sie je lallen oder sah sie schwanken. Sie ließ sich in den Rausch sinken, als fiele sie gewichtslos in die Arme eines alten Liebhabers. Und sie besaß einen feinen Sinn für die Ironie und Lächerlichkeit des menschlichen Daseins, der in pikanten Bonmots zum Ausdruck kam. Sie konnte sich einen Anstrich von Pathos geben, ohne tatsächlich pathetisch zu werden; sie konnte so tun, als wäre sie einer der Jungs, ohne ihren Sexappeal zu opfern.

Die Männer kümmerten sich um sie. Und sie ließ es zu.

Eines Abends setzte Kay sich demonstrativ neben Lamb. Es dauerte nicht lange, da teilten sie eine Flasche und einen Witz.

Eva war sichtlich verstört über diese neue Allianz. Es quälte Valmont mitanzusehen, wie sie versuchte, Lamb fortzuziehen oder sich zwischen die beiden zu drängen. Er war überzeugt, dass das nicht mehr gespielt war. Eva umkreiste den Tisch wie eine Motte das Licht, hing an Lambs Arm, versuchte, ihn auf das Tanzparkett oder in einen anderen Raum zu locken.

Die Spannung zwischen ihnen war spürbar. Eines Abends hörte Valmont sie vor dem Abendessen auf der Terrasse in gedämpftem, zornigem Flüsterton streiten.

»Du hast es versprochen!« Evas Tonfall war hitzig.

»Ich habe nie gesagt, ich wäre bereit, so weit zu gehen. Niemals!«

»Sie mag dich. Es wird leicht.«

»Und was ist mit mir? Was ist, wenn ich sie nicht mag?«

»Muss ich dich daran erinnern, wie weit ich für dich gegangen bin?« Ihre Stimme klang zornig. »Wie viel ich geopfert habe? Und sag jetzt nicht, du kannst dich nicht erinnern!«

»Nicht, Dorsey!«

»Es gibt nur zwei Menschen auf der Welt, die ich hasse. Und sie ist eine davon!«

Angespanntes Schweigen breitete sich aus. »Ich habe getan, was das Beste war. Es war das Beste für alle Betroffenen. Eva, bitte …«

Ihre Stimme brach. »Fass mich nicht an! Und enttäusche mich nicht! Und tu nie wieder so, als wüsstest du, was das Beste ist. Ich habe meinen Teil der Abmachung eingehalten, jetzt bist du dran.«

Blind vor Tränen, lief sie durch die offene Terrassentür, vorbei am Eingang zum Speisesaal, der sich zum Abendessen füllte.

Als Lamb zum Essen kam, wirkte er müde und sichtlich aufgewühlt.

An diesem Abend trank er mehr als sonst.

Wenn auch nicht allein.

Die Sache wuchs Eva über den Kopf. Wenn eine Frau wie Kay Waverley einem den Mann streitig machte, war man erledigt. Es war der Skandal der Saison, und Monte Carlo war sich einig, dass die arme kleine Dorsey nicht gut damit umging.

Als Lamb Waverley eines Abends zu ihrem Wagen begleitete, stellte Eva ihn mitten auf der Piazza vor dem Grand Casino zur Rede.

»Was machst du da?« Sie packte ihn am Arm.

»Dorsey, lass das!« Er löste sich aus ihrem Griff. »Geh, um Himmels willen, zurück ins Hotel.«

»Nicht ohne dich.«

Kay war zur Seite getreten. Sie wusste, wann sie den Star spielen konnte und wann es besser war, in eine Nebenrolle zu schlüpfen. »Ich komme allein zurecht.« Sie winkte dem Hausdiener. »Ich brauche schließlich keinen Babysitter.«

»Ich habe gesagt, du sollst zurück ins Hotel gehen!«, fauchte Lamb Eva an.

Kays silberner Bentley fuhr vor, und Kay setzte sich hinter das Steuer.

»Nicht ohne dich!« Evas Stimme klang schrill. Es war mitleiderregend, wie sie sich an ihn klammerte.

»Verdammt! Lass mich in Ruhe.« Er schubste sie.

Sie stolperte rückwärts und fiel beinahe hin.

»Nicht! Ich warne dich«, drohte sie.

Schon blieben die ersten Leute stehen, elegant gekleidete Stammgäste strömten aus dem Spielkasino, begierig darauf, dem Drama beizuwohnen.

»Hör auf, so eine Szene zu machen.« Lamb betrachtete sie mit unverhohlener Verachtung.

Kay kurbelte das Fenster herunter. »Hey, Seemann, kann ich dich irgendwo absetzen?«

»Ja«, antwortete er entschlossen, »das kannst du tatsächlich.«

Kay öffnete die Tür und rutschte auf den Beifahrersitz hinüber. »In dem Fall kannst du fahren. Der Platz eines Mannes ist hinter dem Steuer.«

Lamb stieg ein, und sie schmiegte sich an ihn und lehnte den Kopf an seine Schulter. »Vielleicht sollten wir auch mal nackt baden. Was meinst du?«

Sie lachte, als der Wagen losfuhr und der kurvenreichen Straße zu der Villa auf dem Hügel folgte. Und Eva lief gedemütigt und schluchzend allein durch die dunklen, engen Straßen.

»Haben Sie nicht gehört? Sie hat ihm letzte Nacht eine lächerliche Szene gemacht.«

Beim Frühstück saß Valmont den Lyonesse-Schwestern gegenüber. Sie waren in den Siebzigern, beide verwitwet, und kamen jedes Jahr zur gleichen Zeit nach Monte Carlo, wo sie ein fester Bestandteil der gesellschaftlichen Hierarchie waren. Ihrem Vater hatte die Zuckerfabrik in Lyon gehört, daher waren sie unter ihren Mädchennamen bekannt sowie für ihr nicht unbeträchtliches Vermögen.

»Sie ist ein hübsches Ding.«

»Ein sehr hübsches Ding«, pflichtete die andere ihr bei.

»Aber sie hat den Boden unter den Füßen verloren.«

»Vollkommen.«

»Kay Waverley ist eine Frau von Welt. Und Lord Lambert ebenfalls.«

»Lord?« Valmont blickte überrascht auf. »Ich wusste nicht, dass er einen Titel besitzt.«

»Er benutzt ihn nie. Aber wir wissen alles über ihn, ja, wir kennen sogar seinen Vater. Aber die kleine Dorsey hat ihm eine schreckliche Szene gemacht.« Die alte Frau seufzte und rührte einen zusätzlichen Würfel des Zuckers ihrer Familie in ihren Kaffee. »Das führt doch zu nichts.«

»Mit so etwas ist ein Mann wie Lamb nicht zu beeindrucken«, mutmaßte ihre Schwester. »Geschrei und Gezerre.«

»Wie ein Fischweib. Mitten auf dem Platz.«

»Kay hat mir fast ein wenig leidgetan. Und Lord Lambert auch.«

»Sie sind gewiss verliebt.« Sie beugte sich vor und

senkte die Stimme. »Ich habe gehört, er ist noch nicht ins Hotel zurückgekehrt.«

»Das junge Mädchen hat keine Mutter«, schloss die andere. »Eine Mutter hätte ihr beigebracht, wie man mit so einer Situation umgeht. Man sollte sich gegenüber der anderen Frau niemals eine Blöße geben.«

»Am besten ignoriert man es einfach«, pflichtete ihre Schwester ihr bei. »Und sucht sich natürlich selbst einen Liebhaber.«

(Sie waren alte Kämpferinnen, die zu ihrer Zeit eine ganze Reihe ehelicher Auseinandersetzungen überstanden hatten.)

»Ja.« Die alte Frau kicherte und nahm sich noch eine Scheibe von dem frischen Brot. »Männer können sich nur auf eine Person konzentrieren – entweder auf deinen Geliebten oder auf ihre Geliebte. Und sobald sie ihre Eroberung gemacht haben, ist dein Geliebter weitaus interessanter.«

Auch Valmont trank einen Schluck Kaffee, doch innerlich zerriss ihn die Intensität von Evas Gefühlen für Lamb schier. Seit Kay Waverley nach Monte Carlo gekommen war, war sie geistesabwesend und wich ihm aus. Die Frau, die einst seine eifrigste Fürsprecherin gewesen war, hatte kaum noch ein Wort für ihn übrig. Das Gespräch ging weiter, doch er hing seinen trübseligen Gedanken nach.

Nach dem Frühstück wollte er eine Nachricht in Evas Zimmer schicken, aber man informierte ihn darüber, dass Mademoiselle Dorsey das Hotel am Morgen verlassen hatte, ohne eine Nachsendeanschrift zu hinterlassen.

Valmont setzte sich auf sein Bett und starrte hinaus aufs Meer.

Sie war fort. Und sie hatte ihn nicht darüber informiert.

Sein Hass auf Lamb wurde zu einem Messer in seinem Herzen. Er suchte im Kasino und in Bars nach ihm, auch wenn er nicht wusste, was er mit ihm machen würde, sobald er ihn gefunden hatte, nur dass Gewalt im Spiel sein würde, viel Gewalt. Doch er hatte Pech.

Lamb war nicht wieder aus der rosafarbenen Villa in den Hügeln aufgetaucht.

Ja, Valmont sah ihn nie wieder.

Zwei Tage später erhielt er ein Telegramm aus Paris.

DIE LADENAUSSTATTUNG IST
ABSCHEULICH STOPP WILLST DU PARFÜM
VERKAUFEN ODER ROHES FLEISCH STOPP

Eine Stunde später saß er im Zug.

Monate später stieß Valmont zufällig auf die Nachricht vom Tod eines Engländers in Südfrankreich. Der Leichnam von Viscount Lamb, auch bekannt als Charles Alexander Haveston Lambert, einziger Sohn des Earl of Royce, der für seine Dienste im großen Krieg mit der britischen Siegesmedaille ausgezeichnet worden war, war eines frühen Morgens, in einem Liegestuhl sitzend, am Strand von Cap Ferrat entdeckt worden, wie er hinaus aufs Meer blickte. Der Coroner kam zu dem Schluss, dass er sich dort hingesetzt hatte, um sich eine Überdosis Morphium zu spritzen, von dem er abhängig war, seit er im Krieg eine schwere Beinverletzung erlitten hatte.

Ein paar Stunden zuvor hatte er beim Roulette zwanzigtausend Francs gewonnen. Das Geld wurde nie gefunden. Als der Nachtportier des Hotels zu Protokoll gab, dass er in den frühen Morgenstunden desselben Tages einen Brief aufgegeben hatte, wurde Diebstahl ausgeschlossen.

Als der Rechtsmediziner nach der kurz darauf in Cap Ferrat durchgeführten Obduktion gefragt wurde, ob er irgendwelche Hinweise auf Fremdverschulden gefunden habe, überraschte er das Gericht, indem er mit einem klaren »Nein« antwortete. Danach befragt, welche Gründe Lord Lambert gehabt haben könnte, sich das Leben zu nehmen, ließ er den Blick durch den Gerichtssaal schweifen, bevor er antwortete.

»Ich fürchte, der Mann, der unter dem Namen Charles Lamb bekannt war, war schwer krank, Euer Ehren.«

»Tatsächlich?« Der Coroner rückte seine Brille zurecht. »Können Sie das weiter ausführen? Welcher Natur war seine Krankheit?«

Wieder zögerte der Rechtsmediziner. Dann räusperte er sich. »Mr Lamb, genauer gesagt, Lord Lambert, litt unter fortgeschrittener Syphilis. Seine Leber war bereits entzündet, was auf Hepatitis, Peritonitis und womöglich eine Nierenerkrankung hinweist. Seine Prognose war nicht gut. Und wahrscheinlich litt er unter starken Schmerzen. Er hätte mit Symptomen wie Krampfanfällen, Meningitis, Demenz rechnen müssen, von extremen Schmerzen in den unteren Extremitäten und möglichen Verunstaltungen ganz zu schweigen.«

Und so war der Fall abgeschlossen worden.

Nach dem Geld und dem Brief wurde nie gesucht.

Lamberts Familie weigerte sich, den Leichnam abzuholen und seine offenen Rechnungen zu bezahlen, also waren sie so freundlich und ließen ihm eine Seebestattung zuteil werden.

Valmont saß im Speisezimmer seiner Pariser Wohnung und las die Geschichte ein ums andere Mal.

Er dachte an Evas Gesichtsausdruck an dem Abend, als ihr Blick zum ersten Mal auf Kay Waverley gefallen war und als sie mit Lamb auf der Terrasse gestritten hatte.

»Sie mag dich. Es wird leicht.« Ihre Worte hallten in Valmonts Kopf nach.

Ohne zu wissen, warum, hatte er das unbehagliche Gefühl, dass Eva die Situation nach ihrem Interesse manipuliert hatte. War ihre hysterische Eifersucht nur ein geschickt ausgespielter Schwindel gewesen, auf den selbst er hereingefallen war?

Er überlegte, ob er sie fragen sollte, doch er schreckte davor zurück, es laut auszusprechen. Er hatte den Verdacht, dass sie ihm nicht die Wahrheit sagen, sondern wahrscheinlich so tun würde, als wüsste sie von nichts. Und er ertrug den Gedanken nicht, dass sie ihn anlog.

Kurz danach kam ihm zu Ohren, dass die Schauspielerin Kay Waverley nicht mehr in der in den Hügeln von Monte Carlo versteckten, rosafarbenen Villa residierte.

Anscheinend hatte es in den frühen Morgenstunden auf einer der steilen, kurvenreichen Straßen einen Autounfall gegeben. Der Fahrer war unversehrt geblieben, doch Kay war durch die Windschutzscheibe geschleudert worden und hatte sich Verletzungen der rechten Gesichtshälfte zugezogen. Manche sagten, die Narben seien trotz der Kunstfertigkeit der besten Chirurgen Europas nie mehr ganz verschwunden.

In der Filmwelt tauchte sie nie wieder auf.

Ja, sie beschloss ihre Tage – vorzeitig, wie es hieß – in einem abgelegenen Haus auf einer Farm in Minnesota.

Paris, Frühling 1955

Madame Zed entfernte den Stöpsel des zweiten Flakons, auf dem *Auréole Noire* stand, und reichte ihn Grace.

»Dies ist Andres zweiter großer Tribut an Eva. Schwarzer Heiligenschein«, übersetzte sie.

Grace hielt den Flakon hoch. Der Duft stieg auf wie ein überirdischer Atem, voller Licht und Feuer, mit hypnotisierenden, üppigen weißen Kopfnoten und dann einem brennenden Absturz in starke, holzige Tiefen. Er besaß eine flüchtige und doch sinnliche Qualität, ebenso beunruhigend wie überwältigend.

»Sehr ungewöhnlich«, murmelte sie.

»Aber …?«

»Aber unbeständig«, befand Grace, überrascht über ihr Urteil. »Keine Schönheit, mit der man sich wohlfühlt.«

»Nein«, gestand Madame Zed und sah sie eindringlich an. »Sie besitzen eine sehr scharfe Auffassungsgabe.«

Grace gab ihr den Flakon zurück.

»Sie mögen es nicht«, sagte Madame Zed.

»Ich weiß nicht, warum, aber es macht mich traurig. Und ängstigt mich ein wenig.« Grace lehnte sich auf ihrem Stuhl zurück. »Es hat kein Netz.«

»Verzeihung?«

»Die meisten Dinge«, Grace suchte nach den richtigen Worten, »die meisten Dinge, die schön sein sollen, besitzen eine vertraute Struktur – einen Anfang, eine Mitte und ein Ende –, die wie ein Netz funktioniert. Man kann nicht ins Bodenlose stürzen. Dieses Parfüm besitzt das nicht.«

Wieder nickte Madame Zed. »Ja. Man weiß nicht, wo man landet. Ich persönlich bewundere das.«

»Haben Sie auch das andere Parfüm? Das er für Eva d'Orsey kreiert hat und das nach Regen roch?«

»Oh, das?« Sie überlegte einen Augenblick. »Nein, ich kenne es nicht. Vielleicht ist es in einem seiner größeren Akkorde aufgegangen, ich bin mir nicht sicher.«

Von allen Düften, die Madame Zed beschrieben hatte, hatte dieser Grace am meisten fasziniert.

»Eva besaß ein ausgezeichnetes Händchen«, fuhr Madame Zed fort. »Sie verwandelte den kleinen Laden. Die verspiegelte Decke, die seidenbespannten Wände ... das war alles ihr Werk. Die Reichen sind fasziniert von ihrem Spiegelbild. ›Gib ihnen was zum Anschauen‹, hat sie immer gesagt, ›selbst wenn es nur ihre eigenen Köpfe sind, und sie glotzen stundenlang darauf!‹«

»War Valmont in sie verliebt?«

»Vielleicht, auf seine spezielle Art.«

»Warum haben sie nicht geheiratet?«

»So einfach war das nicht. Andres wahre Leidenschaft galt immer seiner Arbeit.«

»Dann war er nicht in sie verliebt?«, fragte Grace stirnrunzelnd.

Madame Zed überlegte einen Augenblick. »Er liebte einzelne Aspekte von ihr. Andre konnte sich nicht ausdrücken wie andere Menschen. Er träumte in Düften, er hörte Musik in Farben. Ich glaube, er war in vielerlei Hinsicht ein wahres Genie. Doch er war extrem beschützerisch, was seine Art anging, die Welt zu betrachten. Die kleinste Sache konnte ihn ablenken und für Tage aus dem Takt bringen. Er wollte Evas Anerkennung, doch seine Abhängigkeit von ihr war ihm zuwider. Und sie stritten darüber, in welche Richtung sich das Geschäft entwickeln sollte.«

»Warum?«

»Eva wollte, dass er neben den persönlichen Parfüms auch Düfte für die Serienproduktion kreierte. Doch davon hielt Andre nichts. Darüber haben sie bittere Auseinandersetzungen geführt.«

»Ja«, räumte Grace ein, »aber wie kann ein Parfümeur nicht daran glauben, Parfüm zu verkaufen?«

Madame Zed erstarrte. »Er glaubte nicht daran, jedem *dasselbe* Parfüm zu verkaufen. Doch am Ende hat sie sich durchgesetzt.«

»Was meinen Sie damit?«

»Während des Krieges hat sie eine seiner Kreationen an Hiver verkauft und damit alles verraten, woran Andre je geglaubt hat.«

Grace dachte daran, was die Verkäuferin in den Galeries Lafayette ihnen erzählt hatte: Das Parfüm von Hiver, das während des Krieges von einem kleinen Parfümeur außer Haus kreiert und produziert worden war; eine Formulierung, die sie nicht nachmachen konnten …

»Sprechen Sie von *Ce Soir*?«

Sie nickte. »Selbst der Name ist gewöhnlich.«

Grace beugte sich vor. »Aber warum hat sie das getan?«

Madame Zed schüttelte den Kopf, ihr Gesicht war plötzlich ganz bleich. »Während der Besatzung wurde Andre verhaftet und ins Sammellager Drancy gebracht. Eva hatte es sich in den Kopf gesetzt, sie könnte Hiver überreden, seinen Einfluss bei den Nazis geltend zu machen, um Andre freizukriegen. Doch sie musste dafür sorgen, dass es sich für Hiver lohnte, und nachweisen, dass Andre für Hivers Geschäfte unabkömmlich war. Aber Hiver war ein dummer, oberflächlicher Mann. Er nahm das Parfüm, und Andre starb in Dachau.«

Grace hatte Mühe, das alles zu begreifen. »Und doch ist Eva nach dem Krieg bei Hiver geblieben?«

Madame Zed blitzte sie an. »Jetzt wissen Sie, warum wir nicht mehr miteinander gesprochen haben. Eva besaß keine Willenskraft. Inzwischen war sie Alkoholikerin. Sehen Sie, als Andre Eva in Monte Carlo wiedersah, war das für ihn ein Wendepunkt, der Beginn seines Erfolgs. Doch für sie war es da schon zu spät.«

»Zu spät für was?«

»Zu dem Zeitpunkt, als sie sich wiedertrafen, war sie bereits ruiniert. Obwohl sie noch so jung war, hatte sie Überlebensstrategien entwickelt, die sie hart machten.

Sie und Lamb lebten weit über ihre Verhältnisse, schon immer. Über Jahre hatte Eva versucht, Geld zur Seite zu legen, doch Lamb versoff das meiste davon und verspielte den Rest. Die Kleider, die sie trug, wurden tausendmal umgeändert. Die Illusion, die sie präsentierten, war eben nur eine Illusion. Sie wohnten in den vornehmsten Hotels, spielten um große Einsätze, kannten die richtigen Leute. Doch zu einem hohen Preis. Aber ich glaube«, fügte sie hinzu, »dass Lamb sie bei all seinen Fehlern doch sehr geschätzt hat. Das weiß ich.«

»Wie kommen Sie darauf?«

»Er hat etwas für sie getan, was sonst niemand hätte tun können.« Madame Zed lehnte sich auf ihrem Stuhl zurück. »Liebe ist egoistisch – wir tun alles Mögliche zu unserer eigenen Freude und nennen es Liebe. Rache dagegen ist etwas sehr Persönliches, finden Sie nicht? Wären Sie bereit, für jemand anderen Rache zu üben?«

Es war eine verstörende Demonstration von Hingabe, die sich unbehaglich in Grace' Phantasie festsetzte.

»Bitte, verstehen Sie mich nicht falsch«, fuhr Madame Zed fort. »Er war es ihr schuldig. Und dieses eine Mal im Leben hat er seine Schulden beglichen.«

Crawley, West London, 1928

Die ganze Woche hatte es ohne Unterlass geregnet. Kalter Dauerregen, Tag und Nacht. Er war zu Fuß von ihrer Mietwohnung zum Krankenhaus gegangen. Er hätte gern den Bus genommen, doch er hatte am Vortag ziemlich viel beim Pferderennen verloren, und Geld war knapp. Wenn er nur bis zum nächsten Tag durchhielt, da gab es in einem Club in Soho ein Pokerspiel, auf das er große Hoffnungen setzte. Womöglich wendete sich sein Blatt endlich.

Als er in der Station ankam, war er patschnass und schüttelte das Wasser aus seinem Regenmantel. Regentropfen liefen am Rand seiner Hutkrempe entlang.

Die Krankenschwester, die Dienst hatte, war jung; ein unscheinbares, kräftiges Mädchen mit teigigem Gesicht. Sie blickte mit großen Augen zu ihm auf. Er sah aus wie Douglas Fairbanks. Als er sprach, war klar, dass er ein Gentleman war.

»Wie geht es ihr?«, fragte er.

»Sie befindet sich auf dem Weg der Besserung, Sir.«

»Wann kann sie wieder nach Hause kommen?«

»Vielleicht in einer Woche. Sie hat sehr viel Blut verloren.«

»Und das Kind?«

»Ein Mädchen, Sir. Ein süßes, gesundes Mädchen.«

»Verstehe.« Er runzelte die Stirn und blickte zu Boden.

Die Krankenschwester hatte diese Reaktion schon öfter erlebt. Männer, die Söhne wollten. Doch Mr Lamb wirkte besonders enttäuscht.

»Möchten Sie Ihre Tochter sehen?«, fragte sie strahlend. Sobald sie sie sahen, schlossen sie sie ins Herz.

»Meine Tochter?« Überrascht hob er den Blick, als hätte sie ihm gerade eine Ohrfeige verpasst. Dann verharrte er und besann sich. »Ach, vielleicht später. Vorher möchte ich … möchte ich meine Frau sehen.«

»Sicher, Sir.«

Die Krankenschwester schritt resolut vor ihm her und führte ihn ans andere Ende der Wöchnerinnenstation. Sie wollte einen tüchtigen Eindruck machen, ihm imponieren mit ihrem Sachverstand.

Doch er schenkte ihr keinerlei Beachtung.

Es war Besuchsstunde, an mehreren Betten hatten sich ganze Familien versammelt, die sich gurrend über Neugeborene beugten. Die frischgebackenen Mütter hatten sich Mühe gegeben; sie saßen in Bettjäckchen, die eigens für diesen Anlass in zarten Bonbonfarben gestrickt worden waren, im Bett, hatten die Haare gekämmt und Lippenstift aufgelegt und strahlten vor Stolz übers ganze Gesicht. Sie waren von einer feierlichen, festlichen Atmosphäre umgeben.

Lamb sah zu, wie Neugeborene von einem Arm zum nächsten weitergereicht wurden.

Evas Bett stand am Ende der Reihe, nahe am Schwesternzimmer, abseits von den anderen. Der Vorhang war zugezogen, das Rollo am Fenster heruntergelassen gegen den grauen Himmel. Leise schob die Krankenschwester den Vorhang zur Seite.

Eva schlief. Ihr Gesicht sah abgespannt und blass aus, ihre Arme waren dünn. Und wieder fiel ihm auf, dass sie doch noch ein Kind war, allenfalls ein junges Mädchen.

Er wandte sich an die Krankenschwester und sagte in vorwurfsvollem Tonfall: »Sie sieht nicht gut aus.«

Die junge Frau blinzelte. »Wie ich schon sagte, sie hat sehr viel Blut verloren. Es war eine schwere Geburt«, erklärte sie.

»Ich will, dass man sich um sie kümmert«, beharrte er, denn plötzlich fürchtete er um sie. »Dass man sich richtig um sie kümmert!«

»Selbstverständlich, Sir. Wir tun, was wir können.«

Er sah sie zornig an, und sie trat den Rückzug an.

Dann zog er sich einen Stuhl ans Bett und setzte sich, nahm den Hut ab und drehte ihn nervös in den Händen.

Er wollte nicht hier sein; fand es schrecklich, dass sie so zerbrechlich und klein war. Wenn er am Vortag doch nur gewonnen hätte …

Ihre Haare waren vom Schweiß verklebt. Sie roch nach Jod und Blut. Sie hätten sie waschen sollen. Konnten diese Leute denn gar nichts richtig machen? Er fuhr sich mit den Fingern durch die Haare.

Er würde später mit ihnen sprechen.

Er drehte seinen Hut. Draußen schlug der Regen gegen das Fenster.

Nach einer Weile flatterten Evas Augenlider und öffneten sich. »Wo ist sie?« Ihre Stimme klang rau, war kaum mehr als ein Flüstern, als hätte sie seit Tagen nicht gesprochen.

»Es geht ihr gut. Alles ist gut.« Er tätschelte ihr beruhigend die Schulter.

»Ich will sie sehen«, beharrte sie.

»Das sollst du auch. Aber zuerst müssen wir einiges besprechen. Wir beide haben eine Vereinbarung, erinnerst du dich?«

Sie nickte matt.

»Ich habe mich um dich gekümmert, nicht wahr? Monatelang, ohne etwas dafür zu verlangen. Es ist mich teuer zu stehen gekommen.«

Eva wollte sich aufrichten, doch es kostete sie zu viel Kraft. »Hast du sie gesehen? Hat sie Haare? Wie sieht sie aus?«

»Es ist mich teuer zu stehen gekommen«, sagte er noch einmal entschlossen.

»Ja, ich weiß. Ich mache es wieder gut. Ich besorge mir Arbeit.«

Er lachte, ein trockenes, hustendes Krächzen. »Du hast Arbeit, meine Liebe. Du warst nur noch nicht in der Lage, sie auszuüben.«

»Ich weiß. Aber wenn ich jemanden finde, der sich um sie kümmert …«

Er sah sie an, und ihre Stimme verlor sich.

»Wir haben darüber gesprochen«, erinnerte er sie. »Das war nicht Teil unserer Abmachung. Du besitzt ein besonderes Talent. Wir können Geld machen, richtig viel Geld. Aber nicht hier. Nicht in England. Wir müssen ins Ausland. Und ich schleppe kein kleines Kind durch die Gegend, verstehst du?«

Sie kniff die Augen zu, und Tränen liefen ihr über die Wangen.

Er schüttelte den Kopf und drehte den Hut in den Händen.

Er hasste das hier; es war leichter, eine Geliebte zu verlassen, als hier zu sitzen.

Er kramte in seiner Manteltasche, holte ein Päckchen Zigaretten heraus und zündete sich eine an. »Schau, ich war immer offen und ehrlich zu dir, Dorsey. Du bist mir etwas schuldig – und nicht wenig.«

»Aber jetzt ist alles anders. Sie ist jetzt da.«

Er beugte sich vor. »Wie willst du denn allein ein Kind großziehen? Denk doch mal nach. Sobald die erste romantische Begeisterung vorbei ist, wie soll es dann werden, tagein, tagaus? Wo willst du leben? Wie willst du deinen Lebensunterhalt verdienen? Was glaubst du, wer eine unverheiratete junge Frau mit einem Kind einstellt?« Er stieß einen langen Rauchfaden aus. »Willst du in Armut sterben? Und soll deinem kleinen Mädchen dasselbe Schicksal widerfahren?«

»Hör auf!« Sie wandte das Gesicht ab. »Es muss doch nicht so kommen.«

»Nein, hör mir zu: Ich habe eine Schwester. Nett, gebildet. Freundlich. Verheiratet mit einem guten Mann, einem Kriegshelden. Sie haben keine Kinder. Aber sie besitzen ein großes Haus, Geld und eine gesellschaftliche Stellung, etwas, was man mit Geld nicht kaufen kann.«

»Bitte!« Sie nahm seine Hand. »Gib mir Zeit.«

»Wir haben keine Zeit.« Er schüttelte sie ab. »Was meist du wohl, wie wir bis jetzt zurechtgekommen sind? Um Himmels willen! Wenn ich morgen nicht gewinne, werden wir rausgeworfen … ich kann nicht mal die Miete bezahlen.« Er schloss die Augen und atmete tief durch.

»Du musst sie nicht für immer aufgeben«, erklärte er ruhiger. »Nur so lange, bis du wieder auf die Füße gekommen bist. Du kommst mit mir nach Europa, und wir verdienen ordentlich Geld. In den Kasinos dort verkehren jede Menge Millionäre. Und wenn wir genug haben, kommen wir zurück.«

Sanft fuhr er ihr übers Haar und strich es ihr aus dem Gesicht. »Und du, meine Liebe, wirst genug Geld haben, um dir ein Haus mit einem Garten zu kaufen, gute Schulen zu bezahlen und hübsche Kleider. Du wirst eine reiche Frau sein, die ihr alles geben kann, was sie braucht und sich wünscht. Aber nichts ist umsonst, Dorsey. Das weißt du. Abgesehen davon ist sie noch ein Kind. Sie wird sich nicht daran erinnern, wer sich um sie gekümmert hat, als sie so klein war.«

»Ich aber.«

»Vielleicht, aber du bist mir etwas schuldig. Ich habe mich jetzt eine ganze Weile um dich gekümmert.«

»Was ist mit deiner Familie? Könntest du nicht mit deinem Vater sprechen?«

Seine Züge wurden hart. »Nein. Ich hab dir doch gesagt, dass ich für ihn tot bin und er für mich. Ich würde nichts von ihm nehmen, selbst wenn er mir etwas anbieten würde, was er, glaub mir, nicht tun wird.«

»Wir … wir könnten heiraten … richtig.«

»Jesus! Sie ist nicht mal von mir!«

Sie war unvernünftig und machte es ihm unnötig schwer.

Er versuchte es noch einmal. »Ich heirate niemanden. Abgesehen davon müssen wir beide uns nichts vormachen.«

Er senkte den Blick auf den Hut in seinen Händen. »Ich bin krank … ein kleines Geschenk aus dem Krieg. Ich kann mir keine hübsche junge Frau nehmen. Wenigstens nicht, ohne dass sie Gefahr läuft, sich damit anzustecken. Und ich bringe mich lieber um, als dass ich zulasse, dass die Krankheit mich langsam verzehrt. Das habe ich schon vor langer Zeit beschlossen.«

»Ist das der Grund, warum …«

»Ja«, schnitt er ihr das Wort ab, »deswegen hast du von mir nichts zu befürchten. Aber lass uns offen sein … ich bin nicht dein Märchenprinz. Ich lebe nach meinen eigenen Maßstäben, und ich habe vor, auch nach meinen Maßstäben zu sterben. Sei ehrlich«, er zog an seiner Zigarette, »wir sitzen beide in der Patsche, du genauso wie ich, und keiner von uns hat dem anderen viel zu bieten.«

Sie schwieg.

»Lass es mich so machen. Das Kind hat nichts bei uns verloren. Jetzt nicht. Erlaube meiner Schwester, uns zu helfen. Es wird bei ihr sicher sein, sie wird sich gut um das Mädchen kümmern.« Mit dem Kopf wies er in Richtung des Säuglingszimmers. »Das arme Kind hat etwas Besseres verdient, findest du nicht?«

»Vielleicht. Ich weiß nicht.«

Seine Stimme wurde weicher. »Eines ist jedenfalls sicher: Von allen Menschen, die ich mit mir durch Europa schleifen könnte, bin ich doch froh, dass ich dich gewählt habe.«

Eine weitere Träne rollte ihr über die Wange. »Warum?«

»Du bist der cleverste Mensch, der mir je begegnet ist. Wenn ich ehrlich bin, dann bewundere ich dich. Nicht, dass ich an Gott glaube, aber wenn ich an ihn glauben würde, dann würdest du auf der Liste der Dinge, die seine Existenz beweisen, ganz oben stehen.«

Das war schon fast ein Kompliment.

Ihr Kopf pochte; das Zimmer bewegte sich, die Ränder verschwammen. Sie schloss die Augen, damit es aufhörte. »Es wäre nicht für lange, oder?«

»Nein. Je schneller wir loslegen, desto schneller haben wir es.«

»Und deine Schwester, sie würde sie mir zurückgeben, oder? Du würdest ihr alles erklären?«

»Ich kümmere mich um alles.« Er stand auf.

Sie versuchte wieder, sich aufzusetzen, doch ihre Arme waren zittrig und schwach. »Wohin gehst du?«

»Vertrau mir, Eva.« Er legte ihr die Hand an die Wange und runzelte die Stirn. »Du bist heiß. Zu heiß. Ich rede mit dem Arzt. Ich bin gleich wieder da.«

Sie sank in die Kissen und fiel in einen leichten Dämmerschlaf. Nach einer Weile – sie wusste nicht, wie lange – kam die Schwester herein und maß mit besorgter Miene ihre Temperatur. »Sie haben Fieber, Mrs Lamb.«

»Wo … wo ist er hin?«

»Ihr Mann? Er ist weg, meine Liebe.«

»Weg?«

Die Krankenschwester schüttelte ihre Kissen auf. »Ich gebe Ihnen eine Spritze. Es piekst ein wenig.« Sie holte eine Nadel heraus.

»Es ist kalt.« Eva zitterte. »Mir ist so kalt.«

»Halten Sie jetzt still. Nicht bewegen.« Eva zuckte, als sie ihr das Morphium in den Arm spritzte.

»Wann kann ich meine Tochter sehen?«, murmelte sie. »Ich habe sie noch nicht gesehen. Ich will sie ansehen.«

»Sobald Sie nach Hause können, meine Liebe. Sie wartet daheim auf Sie. Hier.« Die Krankenschwester deckte sie mit einer zusätzlichen Decke zu. »Sie haben einen Infekt, Sie müssen sich ausruhen.«

Eva nahm ihre Hand. »Aber ich will sie jetzt sehen.«

»Meine Liebe, Ihr Mann hat sie mitgenommen. Es ist das Beste. Sie wollen doch nicht, dass sie auch noch krank wird, oder? Abgesehen davon können Sie sich nicht um die Kleine kümmern, wenn Sie krank sind. Sie ist in guten Händen. Schlafen Sie jetzt. Sie können sie bald wieder in den Armen halten.«

Paris, Frühling 1955

Madame Zed sah Grace an. »Sie verstehen, nicht wahr?«

Grace öffnete den Mund, um etwas zu sagen, hielt jedoch inne. Der Knoten in ihrem Magen wurde fester, als würde jemand mit ihrem Innersten Tauziehen spielen. »Was meinen Sie?«, fragte sie benommen.

Statt zu antworten, zog Madame Zed die Schublade eines kleinen Tisches auf und holte ein Foto heraus.

»Haben Sie je ein Foto von Eva gesehen?«

Grace schüttelte den Kopf.

Sie reichte Grace das Porträt. »Es wurde vor vielen Jahren aufgenommen.«

Es war ein altes Schwarz-Weiß-Foto, eine Studioaufnahme. Das Mädchen auf dem Foto war sehr jung; sie hatte ein herzförmiges Gesicht und strahlende, klare Augen. Ihr Haar war ein schimmernder schwarzer Helm, ihre Haut hell. Die schön geschwungenen Lippen deuteten ein wissendes Lächeln an. Die Augen, dick mit Kohlestift umrandet, blickten trotzig in die Kamera und forderten sie heraus zu blinzeln, bevor sie blinzelte. Sie strahlte eine sexuelle Hitze aus, eine trotzige Blasiertheit.

Madame Zed hatte ein silbernes Zigarettenetui herausgeholt. »Sie ist schön, finden Sie nicht?«

Grace nickte. Sie konnte den Blick nicht von dem Gesicht abwenden.

Dies war nicht die Frau, die sie erwartete hatte. Sie sah ihr überhaupt nicht ähnlich. Sie versuchte, das Foto mit Monsieur Tissots Beschreibung einer Frau in Einklang zu bringen, deren Gesicht vor Schmerz verzerrt war, und mit dem scharfen, raffinierten Parfümduft, der noch in der Wohnung hing.

Doch das Mädchen auf dem Foto überraschte sie mit ihrer Direktheit – und sie war schrecklich jung.

Madame Zed öffnete das silberne Zigarettenetui und nahm die letzte Zigarette heraus. »Hier.« Sie reichte Grace das leere Etui.

Grace verstand nicht. »Verzeihung?«

»Na los.« Mit einem Nicken zeigte sie darauf. »Schauen Sie.«

Langsam hob Grace es hoch. Ihr Gesicht spiegelte sich in der glatten Oberfläche.

»Wissen Sie, warum Sie hier sind, Mrs Munroe? In Paris?«

Grace hatte Mühe, zu sehen, was sie vor Augen hatte: das gleiche herzförmige Gesicht, die gleichen klaren, graugrünen Augen.

»Meine Mutter … meine Mutter war Lady Catherine Maudley«, hörte sie sich sagen.

»Selbstverständlich.« Madame Zed riss ein Streichholz an, und die Flamme loderte auf, als sie sich damit die Zigarette anzündete. »Nur, wem vererbt man normalerweise seinen Besitz?«

Grace schluckte schwer, in ihren Augen brannten Tränen.

»Meine Mutter ist im Blitzkrieg umgekommen«, sagte sie benommen.

Madame Zed antwortete nicht. Sie stand auf, ging zur Anrichte, schenkte ein Glas Cognac ein und reichte es ihr. »Na los, trinken Sie.«

Die bernsteinfarbene Flüssigkeit brannte in Grace' Kehle, der Alkohol sickerte langsam in ihre Glieder. Sie nahm noch einen Schluck und leerte das Glas.

Madame Zed setzte sich. »Sie haben die weite Reise doch nicht gemacht, ohne dass Ihnen wenigstens der Gedanke durch den Kopf gegangen ist.«

Grace stellte ihr Glas ab. »Sie wissen es aber nicht mit letzter Sicherheit … oder?«

Sie sah Grace an, nicht unfreundlich, dann stand sie auf und schenkte ihr nach.

Grace trank und starrte auf das Foto, auch wenn sie es kaum noch deutlich sehen konnte. »Woher wissen Sie es?«, fragte sie nach einer Weile.

»Sie wurden geboren, als Eva im Teenageralter war.«

Grace kniff die Augen zusammen. »Aber *woher* wissen Sie es?«

»Weil Trinker zu viel reden.«

Der Hund zuckte im Schlaf und winselte leise.

Ein Sonnenstrahl bewegte sich kaum merklich über den Boden.

»Ich glaube, ich gehe besser.« Grace stand auf, ihre Beine waren seltsam wacklig.

»Wohin?«

Sie sah die alte Frau ausdruckslos an. »Ich weiß nicht.«

Madame Zed schaute mit ihren großen schwarzen Augen zu ihr auf. »Sie können nirgendwohin.«

Sie hatte recht.

Grace setzte sich wieder, ihr Körper war bleiern und taub. »Warum hat sie nicht versucht, Kontakt zu mir aufzunehmen?«

Madame Zed schüttelte den Kopf.

»Sie hat gewusst, wo ich lebe und wie sie nach ihrem Tod Kontakt mit mir aufnehmen kann!« Grace' Stimme stieg in dem Maße höher, wie die Panik in ihr wuchs. »Warum hat sie es nicht getan, solange sie noch lebte?«

»Sie sind zornig.«

»Und warum auch nicht? Wie soll man denn sonst reagieren, wenn man erfährt, dass das ganze Leben auf einer Lüge aufgebaut ist?«

Madame Zed sah sie nur an, ohne etwas zu sagen.

Grace griff wieder nach dem Cognac. »Warum hat sie mich in ihrem Testament bedacht?«

»Weil sie mit Ihnen verbunden war. Weil sie trotz ihrer Abwesenheit existiert hat, und weil Sie existieren. Sie sind eine Tatsache im Leben der anderen, so wie das Meer existiert, auch wenn Sie nie an die Küste fahren.«

Grace schob ihr Glas über den Tisch. »Ich will noch etwas.«

»Ich glaube, Sie haben genug.«

»Sie täuschen sich.«

Madame Zed stand auf und schenkte ihr zum dritten Mal ein.

Grace legte den Kopf in den Nacken und trank das Glas in einem Zug leer.

»Wer ist mein Vater? Lambert?« Sie spuckte den Namen förmlich aus.

Madame Zed zog tief an ihrer Zigarette und schüttelte den Kopf. »Nein.«

»Wer dann?«

»Ich kenne seinen Namen nicht. Sie hat ihn mir nie genannt. Außerdem glaube ich, dass es nicht wichtig ist.«

»Oh, ehrlich?« Grace lachte bitter. »Anscheinend bin ich nicht wichtig!«

»Ihre Mutter …«

»Meine Mutter? Wagen Sie es nicht, sie so zu nennen!«, fuhr Grace zornig auf, überrascht über die Wucht ihrer Gefühle. »Sie haben nicht das Recht, sie so zu nennen! Eine Mutter ist jemand, der da ist, der da bleibt.« Die Worte kamen ihr nur schwer über die Lippen. »Nicht jemand, der einen einfach verlässt!«

Madame Zed zog langsam an ihrer Zigarette. »Das lag nie in ihrer Absicht.«

»Und was ist passiert? Hat sie mich einfach vergessen? Mir ist es egal, wer diese Frau ist. Catherine Maudley ist meine Mutter. Haben Sie verstanden?«

Madame Zed stand auf. »Vielleicht haben Sie recht, vielleicht sollten Sie jetzt zurück ins Hotel gehen.«

Grace erhob sich ebenfalls. Sie fühlte sich unwirklich,

als schwebte sie, geerdet nur durch ihren Zorn und ihre wachsende Angst. »Es tut mir leid, dass ich hier ungebeten eingedrungen bin. Und es tut mir leid, dass ich zurückgekommen bin. Ja, es tut mir leid, dass ich überhaupt nach Paris gekommen bin.«

»Erlauben Sie mir, Ihnen zu helfen, ein Taxi zu finden«, erbot sie sich, hielt Grace den Mantel hin und brachte sie zur Tür.

Grace zurrte den Gürtel ihres Mantels eng um ihre Taille und setzte ihren Hut auf. »Ich will zu Fuß gehen.«

»Ich halte das nicht für sicher.«

»Nichts ist mehr sicher.« Sie öffnete die Tür und ging die schmale Treppe hinunter auf die Straße.

Madame Zed sah zu, wie sie das Haus verließ. Ein Schwall kalter Luft wehte herein, fegte die Treppe herauf und warf sich gegen sie wie eine zornige, unsichtbare Faust. Dann fiel die Haustür ins Schloss.

Edouard Tissots Sekretärin war an diesem Tag schon gegangen, und es war ruhig im Büro, während der Nachmittag sich dem Ende zuneigte. Er arbeitete noch, sein Schreibtisch war mit Papieren übersät, und er hatte die Jacke ausgezogen, die Ärmel aufgerollt, und konzentrierte sich auf die Einzelheiten eines komplizierten Schlichtungsentwurfs. Plötzlich stand Grace in der Tür.

Er wusste nicht, wieso er aufschaute; denn sie war lautlos gekommen. Die Lichter im Vorzimmer waren ausgeschaltet; der Himmel draußen hatte sich zu einem dunklen Mauve verdüstert. Sie wirkte schattenhaft und unwirklich, besonders, wie sie da so stand, still und reglos.

»Mrs Munroe?« Er stand auf. »Ich habe Sie gar nicht hereinkommen hören. Bitte, setzen Sie sich.« Er zeigte auf einen Stuhl ihm gegenüber.

Doch sie rührte sich nicht.

Sie war irgendwie anders, entschlossener; ihr Blick schien an ihm vorbeizugehen, ihre Lippen waren ein dünner Strich.

Sie schüttelte den Kopf und schob die Fäuste tiefer in die Taschen ihres Regenmantels. »Es tut mir leid, wenn ich Sie störe, Monsieur Tissot, und auch, dass ich unangemeldet komme. Aber ich dachte, Sie sollten wissen, dass ich jetzt bereit bin, sämtliche Papiere, die Sie für den Verkauf der Wohnung an Yvonne Hiver brauchen, zu unterzeichnen.«

»Verstehe.« Überrascht sah er sie an. »Bitte, möchten Sie sich nicht setzen? Dann können wir alles besprechen.«

Doch wieder rührte sie sich nicht.

»Verzeihen Sie«, fuhr er fort und versuchte zu bestimmen, was genau ihm so anders an ihr vorkam als am Morgen, »aber ich hatte den Eindruck, dass Sie noch nicht zu einer Entscheidung gekommen waren.«

»Also, Sie haben mich überzeugt.« Ihr Tonfall war

brüsk und distanziert. »Dauert es lange, die Papiere fertig zu machen?«

»Nein. Ich denke nicht …«

»Gut. Ich möchte die Sache so rasch wie möglich erledigen.«

Er trat näher. »Mir ist schon bewusst, dass Frauen das Privileg genießen, launenhaft zu sein, aber das kommt doch sehr plötzlich. Ist etwas passiert?«

Sie blickte an ihm vorbei, statt ihn anzusehen. »Nein. Ich will nur nach Hause. Und Sie haben recht, es gibt keinen Grund, länger hierzubleiben, da ein Angebot von einer solventen Käuferin vorliegt.«

»Nichts versetzt mich mehr in Angst und Schrecken, als wenn eine Frau mir erklärt, ich hätte die ganze Zeit recht gehabt«, witzelte er.

Doch sie lachte nicht.

Er versuchte es noch einmal. »Soll ich nicht doch eine Anzeige für die Wohnung aufgeben? Um zu schauen, was sie auf dem freien Wohnungsmarkt wert ist?«

»Ich bin mir sicher, dass das nicht nötig ist. Madame Hivers Angebot ist mehr als großzügig. Dauert es lange, die Papiere fertig zu machen, Monsieur Tissot?«, fragte sie noch einmal.

»Nein. Ich kann das heute Abend noch erledigen.«

»Schön. Ich bin den ganzen Abend im Hotel.«

»Madame Munroe.« Er trat noch einen Schritt näher. »Grace …«

Ihre Augen blitzten, und er hielt mitten in der Bewegung inne.

»Warum erzählen Sie mir nicht, was passiert ist?«, schlug er vor.

Ihre Miene war grimmig, fast erschrocken, ihr Tonfall ungewohnt barsch. »Nichts ist passiert. Ich bin dieselbe wie immer.«

Dann ging sie.

War so plötzlich verschwunden, wie sie gekommen war.

Es war nach neun Uhr, als er die Dokumente schließlich fertig hatte, und noch später, als er das Hôtel Raphael betrat. Dennoch war er überrascht, als der Empfangschef ihm erklärte, Madame Munroe sei nicht auf ihrem Zimmer, sondern warte an der Hotelbar auf ihn.

Es war Freitagabend, und die Bar war gut besucht. Fast jeder Tisch war besetzt, ein Jazzpianist spielte, und die Luft war erfüllt von Zigarettenrauch und Gelächter. Er blieb in der Tür stehen und ließ den Blick schweifen.

Sie saß allein an einem kleinen Tisch und rauchte, vor sich einen Whisky. Und sie trug ein schwarzes Kleid, das schlicht gewesen wäre, hätte es ihre blassen Schultern nicht elegant gerahmt und ihren schlanken Körper betont.

Es war ein Kleid von so moderner Eleganz, dass es von seiner Trägerin eine gewisse blasierte Weltgewandtheit verlangte. Und mit dem tiefroten Lippenstift und den weit auseinanderstehenden, dunkel umrahmten Augen war Madame Munroe heute Abend fast nicht wiederzuerkennen: kühl, chic, reserviert. Dies war nicht die junge Frau, die sich gesträubt hatte, Austern zu essen, und die ihn durch einen Antiquitätenladen geschleift hatte. Doch in ihrer prächtigen Rüstung wirkte sie um so verletzlicher. Und als er durch den Raum auf sie zuging, konnte er nicht umhin, sich mit einem leichten Schauder zu fragen, ob sie sich für ihn so viel Mühe gemacht hatte.

»Madame Munroe ...« Er blieb vor ihr stehen. »Sie sehen sehr schön aus heute Abend.«

Sein Kompliment schien sie nicht zu erreichen. Langsam hob sie den Blick. »Bitte.« Sie zeigte auf den Stuhl ihr gegenüber.

Augenblicklich war ein Kellner zur Stelle. Sie schien heute Abend besondere Aufmerksamkeit zu erregen, auch in dieser überfüllten Bar. »Möchten Sie etwas trinken?«

Er zog den Mantel aus und setzte sich. »Was trinken Sie?«

»Scotch.«

»Dann nehme ich auch einen.«

Sie zeigte auf seine Aktentasche. »Sind das die Papiere?«

»Ja.« Er nahm es als Stichwort, sie herauszuholen und ihr über den Tisch zu reichen.

»Und wo muss ich unterschreiben?«

Sie vergeudete keine Zeit.

Er zeigte auf die Linien am Fuß der Seiten. »Ich habe überall ein Kreuzchen gemacht.«

Sie zog kurz an ihrer Zigarette und legte sie auf den

Rand des Aschenbechers. »Haben Sie zufällig einen Stift dabei?«

»Möchten Sie nicht, dass ich die Einzelheiten des Vertrags mit Ihnen durchgehe?« Er nahm einen Füller aus der Brusttasche und gab ihn ihr. »Ich erkläre sie ihnen gern.«

Sie kritzelte ihre Unterschrift auf mehrere Blätter. »Nein, danke.«

»Wollen Sie nicht einmal wissen, für wie viel Geld Sie die Wohnung verkaufen?«

Noch einmal unterschrieb sie. »Wie viel auch immer es ist, es ist zwangsläufig erheblich mehr als das, was ich besaß, als ich hier ankam, nicht wahr?« Sie schenkte ihm ein knappes Lächeln und gab ihm seinen Füller zurück. »Voilà, Monsieur Tissot.« Sie schob die Papiere wieder über den Tisch. »Wir sind fertig.«

Der Kellner kam mit seinem Drink.

»Madame Munroe«, setzte er an und steckte die Papiere in seine Aktentasche, »ich werde das Gefühl nicht los, dass etwas passiert ist …«

»Bitte, Monsieur Tissot«, sie zog noch einmal an ihrer Zigarette und drückte sie im Aschenbecher aus, während sie aufstand, »ich möchte Ihnen für Ihre Hilfe hier in Paris danken. Sie haben mir ausgezeichnete Dienste geleistet.« Sie streckte ihm die Hand hin.

Er erhob sich ebenfalls, plötzlich gekränkt. »Dienste geleistet?«

»Ja. Sie widmen sich mit bewundernswürdiger Hingabe Ihrem Beruf, und ich bin äußerst dankbar, dass Sie sich so viel Zeit für mich genommen haben. Ich bin mir bewusst, dass Sie sich sehr ins Zeug gelegt haben, um mir behilflich zu sein. Ich möchte Ihnen danken und Ihnen alles Gute für die Zukunft wünschen.«

Ihm schoss ungewollt die Zornesröte ins Gesicht. »Bin ich damit entlassen? Glauben Sie wirklich, ich hätte nur aus beruflichem Pflichtgefühl so viel Zeit mit Ihnen verbracht?«

Sie erstarrte und zog ihre Hand zurück. Irgendwo hinter dem dicken schwarzen Mascara konnte er in ihren Augen erkennen, dass er ins Schwarze getroffen hatte. »Sie wollten doch, dass ich die Papiere unterzeichne, oder?«

»Ja, aber ich … ich habe versucht …« Er unterbrach sich. Er musste ihr recht geben. »Ich habe nur versucht, Ihnen einen Rat zu geben, rein beruflich, was die vernünftigste Herangehensweise ist.«

»Und das haben Sie ja auch.« Sie nahm ihre Handtasche vom Tisch. »Und jetzt sind Sie Ihrer Verantwortung mir gegenüber endlich enthoben.«

Sie schob sich an ihm vorbei und ging durch die überfüllte Bar.

Er schnappte sich Aktentasche und Mantel und eilte hinter ihr her ins Foyer.

»Ich verstehe das nicht. Was ist passiert?«, wollte er wissen, kaum hatte er sie eingeholt.

»Nichts.« Sie ging den Flur hinunter zum Aufzug. Die Türen öffneten sich, und sie trat ein. Er folgte ihr.

»Was machen Sie?«

Die Türen schlossen sich.

»Ich folge Ihnen.«

»Warum?«

Plötzlich verharrte er und schnupperte. »Tragen Sie Parfüm?«

»Warum nicht? Alle Frauen lieben Parfüm«, sagte sie sachlich.

»Nein. Sie nicht. Was ist es überhaupt?«

Sie hielt den Blick stur auf die Aufzugtüren gerichtet. »Meine Freundin hat es mir gekauft. Von Hiver.« Sie stieß ein kleines Lachen aus. »Sehr passend, finden Sie nicht?«

Die Türen glitten zur Seite, und sie stieg aus. Wieder heftete er sich an ihre Fersen.

Mitten im Flur blieb sie stehen und drehte sich zu ihm um. »Was haben Sie vor? Wollen Sie mir bis ins Zimmer folgen?«

»Warum haben Sie Parfüm aufgelegt? Woher haben Sie dieses Kleid?«

Sie kniff die Augen zusammen. »Gefalle ich Ihnen etwa nicht?«

»Mir hat auch gefallen, wie Sie vorher ausgesehen haben!«

»Oh, ehrlich?« Sie wandte sich ab und beschleunigte ihre Schritte. »Fällt mir schwer, das zu glauben.«

»Außerdem geht es nicht darum.«

»Worum dann?« Sie holte den Schlüssel heraus und schloss die Tür zu ihrem Zimmer auf.

»Es ist etwas passiert, und Sie erzählen mir nicht, was.« Er streckte die Hand aus und packte sie am Arm.

»Was schert Sie das? Oh, ich weiß!« Plötzlich lachte sie. »Sie glauben, ich wäre geknickt, und möchten mich wieder aufrichten. Das ist es doch, oder?«

Ihre Worte schmerzten ihn, doch er hielt sie weiter fest. »Sie sind heute Abend nicht Sie selbst.«

Sie hörte auf zu lachen. »Na, das ist doch mal ein Gedanke. Nein, Monsieur, ich bin ganz und gar nicht ich selbst.« Sie wollte sich von ihm lösen, doch er lockerte seinen Griff nicht.

»Warum?«

Plötzlich gab sie ihren Widerstand auf und lehnte sich an den Türrahmen. »Gefalle ich Ihnen nicht?«, fragte sie noch einmal und sah ihn herausfordernd an.

Er begegnete ihrem Blick. »Sie gefallen mir immer«, antwortete er wahrheitsgemäß.

»Ehrlich?«

Er nickte und ließ ihren Arm los. »Doch das hat wenig damit zu tun, was Sie tragen oder wie Sie sich die Haare frisieren.«

Sie trat näher, bis er ihren warmen Atem auf der Wange spürte. »Womit hat es denn dann zu tun?«

»Damit, wer Sie sind.«

Er ließ Aktentasche und Mantel zu Boden fallen. Dann nahm er ihr Gesicht in beide Hände.

Sie schloss die Augen. »Und wer bin ich?«

Er beugte sich vor und strich mit den Lippen ganz sanft über die ihren. »Auf jeden Fall sind Sie das Geschöpf, das hergeschickt wurde, um mich in den Wahnsinn zu treiben«, flüsterte er.

Er zog sie näher und küsste sie. Ihre Lippen waren weich und zärtlich. Sie gab nach, reagierte langsam, neckend. Die sanften Konturen ihres Körpers schmiegten sich an ihn. Das seltsame Parfüm hing in ihrem Haar, an ihrem Hals; es verschmolz mit ihrer Haut und verlieh ihr eine erdige, grüne Frische. Er küsste sie leidenschaftlicher und strich mit den Händen über ihren Rücken, ihre Brüste, ihre Hüften.

Dann zog sie sich unvermittelt zurück.

Er streckte erneut die Hände nach ihr aus, doch sie trat ängstlich ein paar Schritte zurück.

»Verzeihung. Ich bin heute Abend nicht ich selbst.«

Bevor er darauf reagieren konnte, war sie ins Zimmer gehuscht und hatte die Tür geschlossen.

»Schatz, ich bin's!« Jemand klopfte an ihre Tür. »Lass mich rein. Ich bin's, Mallory.«

Grace schlug die Augen auf und sah, dass strahlender Sonnenschein durch den Spalt in den Vorhängen drang und einen weißen Lichtstreifen auf den Teppich warf.

Sie stand auf, taumelte durch das Zimmer und schloss die Tür auf.

»Oh!« Mallory sah sie überrascht an. »Du bist nicht mal angezogen. Ich dachte, du wolltest dir ein paar Sehenswürdigkeiten ansehen. Geht es dir gut?«

»Ich habe einen kleinen Kater«, log Grace. »Ich brauche noch ein bisschen Schlaf. Kommst du ohne mich zurecht?«

»Selbstverständlich. Soll ich dir was besorgen? Aspirin oder«, sie grinste verschmitzt, »einen Mageneinrenker? Weißt du, ich könnte mich überreden lassen, dir Gesellschaft zu leisten.«

»Nein.« Grace schüttelte den Kopf. »Ich ertrage den Gedanken nicht.«

»Spielverderberin! Dass du zu viel getrunken hast, das geht sicher auf das Konto dieses französischen Anwalts.« Sie holte ihre Handschuhe aus der Handtasche. »Ich gehe zu Notre Dame und auf den Montmartre, aber den Eiffelturm hebe ich mir auf für später, wenn's dir besser geht, einverstanden?«

Mallory ging, und Grace schloss die Tür.

Irgendwann gegen vier Uhr wurde sie wieder wach. Die Luft im Zimmer war warm, das Wetter beinahe sommerlich. Doch sie hatte Kopfschmerzen. Und in ihrer Brust spürte sie eine Empfindlichkeit, fast einen Schmerz.

Zittrig rief sie am Empfang an und bestellte etwas zu essen – *tarte au citron* und Tee. Sie hatte keinen rechten Appetit, hatte aber Lust auf etwas Süßes.

Als der Zimmerservice ihr das Gewünschte brachte, entdeckte sie auf dem Fußboden einen Briefumschlag, der unter der Tür durchgeschoben worden war. Darin steckten die unterzeichneten Papiere und ein Zettel.

Ich empfehle Ihnen, noch einmal darüber nachzudenken. Bitte, treffen Sie sich wenigstens mit mir, bevor Sie abreisen.

E. Tissot.

Grace ließ den Brief auf dem Tisch liegen und zog die Vorhänge zurück.

Sie wollte heute nicht mit ihm reden. Sie wollte mit niemandem reden.

Sie wollte nur ihre Ruhe.

Diejenige, die sie zu sein geglaubt hatte, gab es nicht mehr. Zurückgeblieben war nur Leere. Ihr war, als wären ihre Eltern noch einmal gestorben; nur waren diesmal auch alle ihre Erinnerungen zunichtegemacht. Plötzlich war jede einzelne Erinnerung vergiftet.

Eva d'Orsey hatte ihr nichts gegeben.

Sie hatte ihr vielmehr etwas genommen: Das einzige Leben, das sie je gekannt hatte.

Die Leere in Grace vertiefte sich zu einer stumpfen, sinnlosen Erschöpfung.

Sie ließ Tee und Kuchen unberührt stehen und zog die Vorhänge zu.

Und fiel wieder in einen schweren, tiefen Schlaf.

Sie hatte geträumt.

Das Zimmer war dunkel. Inzwischen war es Nacht.

Seine Arme umfingen ihren warmen Körper; seine Jacke roch nach nassem Holz, als wäre er plötzlich in einen Regenguss geraten. »Come to your senses.« Zu Sinnen kommen. Seine Lippen an ihrem Hals, Finger, die durch ihr Haar fuhren. »Komm.«

Grace rollte sich herum.

Ein Klopfen an der Tür. Nicht schon wieder Mallory.

Doch sie würde nicht weggehen.

Das Klopfen hörte nicht auf.

Grace setzte sich auf.

Es war pechschwarz. Sie stolperte durchs Zimmer, fingerte an dem Riegel herum.

Die Tür ging auf, das grelle Licht aus dem Flur strömte herein und blendete sie.

»Gütiger Himmel!« Sie trat zurück und blinzelte. »Roger?«

»Es wurde aber auch langsam Zeit«, sagte er. »Ich hätte dich fast aufgegeben.«

»Was machst du hier?«

»Ich wollte dich sehen. Ich bin immer noch dein Mann.« Er lächelte. Roger besaß ein charmantes Lächeln, das sein ganzes Gesicht zum Strahlen brachte, seine Nase kräuselte und die Haut um seine haselnussbraunen Augen fältelte. »Mein Gott!«, sagte er lachend. »Was hast du bloß mit deinem Haar gemacht? Egal, es wächst ja wieder.« Er warf seinen Mantel über die Rückenlehne des Schreibtischstuhls, setzte sich auf das Sofa und holte seine Zigaretten heraus.

Grace blieb stehen, sie war völlig verdattert und hatte die Arme über dem weißen Baumwollnachthemd schützend vor der Brust verschränkt.

»Jetzt komm schon!« Er lachte über ihre Strenge und neigte den Kopf zur Seite. »Willst du mir wirklich erzählen, du freust dich kein bisschen, mich zu sehen?« Er fuhr sich mit den Fingern durch sein rotblondes Haar. »Ich bin den ganzen Weg hierhergekommen. Willst du eine?« Er hielt ihr ein Päckchen Chesterfields hin.

»Nein, danke.«

Sie sah zu, wie er sich eine Zigarette ansteckte und es sich auf dem Sofa bequem machte. Er fühlte sich schon ganz wie zu Hause. Er besaß die Gabe, sich jeden Raum, den er betrat, anzueignen und für sich zu beanspruchen.

»Aber was machst du hier?«, fragte sie noch einmal beharrlich.

Sein Blick wurde weicher. »Ich bin hier, um dich heim nach London zu holen, Grace. Ich bin verrückt geworden ohne dich. Wenn ich ehrlich bin, dann war ich dumm und egoistisch.« Er beugte sich vor und stützte die Ellbogen auf die Knie. Der Rauch seiner Zigarette stieg auf und kringelte sich um seinen Kopf. »Du musst wissen, dass mit Vanessa nichts war. Sie war zufällig in Edinburgh, im selben Hotel. Wir waren nur zusammen im Kino, mehr nicht. Ich schwöre es.«

»Und warum hast du dann gelogen?«

»Ich weiß nicht.« Seufzend schüttelte er den Kopf. »Vermutlich war ich sauer. Und durcheinander. Sie kann sehr verständnisvoll sein.« Er schaute wieder zu ihr auf und sah ihr direkt in die Augen. »Uns hat es ganz schön gebeutelt, uns beide, nicht wahr?«, sagte er leise. »Und es tut mir leid, Gracie, aber ich bin nicht gut damit umgegangen.«

Grace öffnete den Mund, um etwas zu sagen, doch sie wusste nicht, wo sie anfangen sollte. Die Worte blieben ihr im Hals stecken. »Du … ich verstehe das nicht …«

»Bitte, Schatz.« Er stand auf. »Verzeih mir. Du hast einen Idioten geheiratet. Aber ich bin *dein* Idiot, ich verspreche es dir.« Er schlang die Arme um sie und zog sie an sich.

Er war groß, und sie passte gut in seine Arme, reichte ihm genau bis unters Kinn. Sie spürte seinen Herzschlag, roch sein vertrautes, seifiges Aftershave. Sie stand still, die Wange an seiner Brust, bis er einen Schritt zurücktrat.

Er lächelte erleichtert.

»Gott, ich bin erledigt! Was für eine Reise.«

Er schob die Zigarette in den Mundwinkel, hob seinen Koffer hoch und stellte ihn auf den Kofferständer. Dann ließ er die Schlösser aufschnappen und holte sein Rasierzeug heraus.

Sie sah zu, wie er seine Schuhbänder aufschnürte, die Schuhe auszog und sein Jackett aufhängte. »Ist da das Bad?«

Sie nickte.

Roger tappte an ihr vorbei ins Bad und schloss die Tür ab. Sie hörte Wasser laufen.

Grace setzte sich auf die Bettkante.

Er war wieder da. War extra aus London gekommen.

Und Vanessa … anscheinend allenfalls ein Missverständnis. Wenn sie ihm glaubte.

Es hatte genau fünf Minuten gedauert. Er war hereingekommen, hatte seine Entschuldigung vorgebracht, und jetzt war er im Bad – in *ihrem* Bad.

Und warum empfand sie nichts?

Sie fuhr sich mit der Hand über die Stirn und drückte die Finger tief in die Haut. Ja, sie konnte sie spüren. Aber warum war sie innerlich so taub?

Nach einer Weile kam Roger wieder heraus.

Ohne etwas zu sagen, schaltete Grace das Licht aus, und er zog sich im Dunkeln aus. Sie streckte sich auf der anderen Seite des Betts aus, den Rücken ihm zugekehrt, und er stieg zu ihr ins Bett.

Es war sehr lange her, seit sie einander so nah gewesen waren; ihr Herz klopfte so laut, dass sie dachte, er müsste es hören.

Doch als er die Hand nach ihr ausstreckte, rückte sie von ihm weg.

»Nein.«

Als Grace am nächsten Morgen wach wurde, saß Roger schon angezogen am Schreibtisch. Er sah sich einige Papiere an, die Lesebrille auf der Nasenspitze.

Immer noch angeschlagen, stützte Grace sich auf die Ellbogen. »Wie spät ist es?«

Er sah nicht zu ihr herüber. »Ich weiß nicht genau. Es gibt einen Zeitunterschied, nicht wahr?«

Grace rieb sich die Augen. »Was machst du da?«

Er setzte die Brille ab, drehte sich um und hielt die Unterlagen hoch. »Hast du eine Ahnung, was für ein wertvolles Aktienpaket das ist?«

Grace setzte sich auf, jetzt war sie hellwach. »Das sind meine Papiere, Roger!«

»Du bist meine Frau, Grace. Sie gehören jetzt uns beiden.«

»Wieso hast du sie überhaupt in die Hand genommen?« Sie schwang die Beine aus dem Bett. »Wer hat dir das erlaubt?«

Er sah sie an, die Oberlippe leicht geschürzt, als wäre sie verrückt. »Sie lagen hier ganz offen auf dem Tisch. Abgesehen davon hat Mallory mir erzählt, dass du Probleme mit einigen geschäftlichen Angelegenheiten hast. Ich weiß, wie man Verträge liest, Grace. Ich mache das den ganzen Tag. Du hättest sie mir gleich zeigen sollen.«

Mallory? Sie hatten hinter ihrem Rücken über sie geredet? »Was hat sie denn damit zu tun?«

»Nichts. Mein Gott, bist du empfindlich!« Er drehte sich auf seinem Stuhl um, um sie anzusehen. »Ich habe sie angerufen, in Ordnung? Ich wollte wissen, ob es dir gut geht.«

»Und warum hast du *mich* nicht angerufen?«

»Weil du mir nicht zugehört hast!«, sagte er und stand auf. »Weil du mich beschuldigt hast, ich hätte eine Affäre. Was ist heute Morgen los mit dir?«

Grace wandte ihm den Rücken zu. Sie hatte das Gefühl, der Kopf würde ihr platzen. Roger war zu groß, zu laut, zu raumgreifend. Kaum war er hier, schon ging er ihre Papiere durch, sagte ihr, was sie tun sollte, rief ihre Freundinnen an. Sie schnappte sich ein Kleid aus dem Schrank und marschierte ins Bad.

Als sie herauskam, blätterte Roger in den Verkaufsunterlagen der Wohnung, die sie unterzeichnet hatte. »Die müssen wir unbedingt anständig übersetzen lassen. Und ich werde Edouard Tissot anrufen und ihm sagen, dass er sich heute Nachmittag hier mit mir treffen muss. Ich sage dir, das ist grob fahrlässig«, beharrte er und schüttelte den Kopf. »Nicht zu fassen, dass du so etwas unterzeichnest, ohne dich vorher mit mir zu besprechen, Grace. Das könnte ein schwerer Fehler sein. Hast du irgendeine Idee, wie die Marktpreise für so eine Wohnung in dieser Gegend sind? Du hast Glück, dass ich sie rechtzeitig gefunden habe.«

Grace nahm Handtasche und Mantel. Setzte den Hut auf.

Roger nahm die Brille ab. »Wo gehst du hin?«

»Ich brauche frische Luft.«

»Du kannst jetzt nicht gehen, Grace. Du musst mir

genau erzählen, was du hier gemacht hast. Wir müssen die Unterlagen hier durchgehen. Verstehst du das nicht? Das geht uns beide an. Wer ist überhaupt diese Eva d'Orsey?«

Sie öffnete die Tür. »Ich will nicht darüber reden. Und das sind meine Angelegenheiten, Roger. Sie gehen dich nichts an.«

Als Erstes ging sie zu Mallorys Zimmer, doch es machte niemand auf.

Nachdem sie den Speisesaal und die Terrasse abgesucht hatte, fand Grace sie schließlich im Salon auf einem Sofa, wo sie Postkarten schrieb.

Mallory lächelte. »Hallo, Fremde. Geht's dir besser?«

Grace sank in einen Sessel ihr gegenüber. »Roger ist hier.«

»*Hier*?« Mallory blickte schockiert auf. »In Paris?«

Grace beugte sich vor. »Warum hast du ihm von der Erbschaft erzählt?«

Mallory legte ihren Stift weg. »Wie, hast du ihm nichts davon gesagt?«

Grace strich sich mit den Fingern über die Augen. Es war, als würden die Wände näher rücken. Paris, wo sie sich so frei gefühlt hatte, war über Nacht genauso erstickend geworden wie London. »Er hat sich kopfüber in meine Papiere gestürzt, Mal. Er ruft den Anwalt an, er will die Verträge übersetzen lassen.«

»Also«, meinte sie mit einem Stirnrunzeln, »ist das denn nicht gut?«

»Nein, Mallory, ganz und gar nicht.«

»Du meinst also nicht, er könnte nützlich sein?«

»Das hier ist meine Angelegenheit«, beharrte Grace. Bis jetzt war ihr gar nicht bewusst gewesen, wie wichtig es war, dass sie diese Fragen selbst klärte; wie wichtig ihr ihre Unabhängigkeit war.

Mallory zog die Stirn kraus und biss sich auf die Unterlippe. »Es tut mir leid, Grace. Ich hatte das Gefühl, du wärst arg am Schwimmen. Als er neulich abends angerufen hat, klang er ehrlich besorgt. Er sagte, er wolle nur wissen, ob es dir wirklich gut gehe. Ich hatte keine Ahnung, dass du es ihm nicht gesagt hattest. Und ich hätte nie gedacht, dass er hier auftauchen würde. Ehrlich, Schatz«, sie legte eine Hand auf Grace' Hand, »ich wollte nur dein Bestes.«

Grace stand auf. »Das ist es aber nicht.«

»Wieso bist du dir da so sicher?«

Grace sah sie an. »Ich … ich weiß es nicht«, stammelte sie verblüfft. Mallory hatte den Nagel auf den Kopf getroffen: Normalerweise war Grace die Verwirrte, diejenige, die ziellos herumtrieb, im Dunkeln tappte.

»Also«, meinte Mallory seufzend, »was ist denn dann das Beste?«

Grace zog ihren Mantel an. Selbst Mallory zweifelte an ihr. »Ich weiß es nicht.«

»Wo willst du hin?« Mallory erhob sich ebenfalls.

»Ich muss allein sein.«

»Warte!« Mallory fasste sie am Arm. »Hat Roger sich entschuldigt? Erzähl mal, was hat er denn gesagt?«, fragte sie mit gespannter Miene.

Grace sah ihre Freundin an und versuchte, sich zu konzentrieren. Aber es ging nicht. Aus irgendeinem Grund war Roger und das, was er getan und was er gesagt hatte, nicht so wichtig wie etwas anderes – etwas, was sie nicht ganz greifen konnte. Es schwebte wie ein Schatten knapp außerhalb ihres Bewusstseins.

Mallory wartete. Grace' Gehirn lief auf Hochtouren. Sie konnte sich kaum an die Einzelheiten ihres Gesprächs am Vorabend erinnern; nur dass Roger hereingekommen war, ihr sämtliche Luft zum Atmen geraubt und allen Raum eingenommen hatte. Und nach Monaten, in denen sie sich gewünscht hatte, er möge sie berühren, war sie diejenige gewesen, die ihn abwies.

Die mit Schuldgefühlen beladene Erinnerung an Edouard Tissots Lippen schoss durch ihren Körper.

»Ich weiß nicht. Ich bin mir nicht sicher … vermutlich schon.« Ihre Stimme klang dünn, tonlos. »Er hat alles gesagt, was ich hören wollte. Hat mir erklärt, es sei alles … eine Lüge gewesen. Nur dass es mich jetzt nicht mehr interessiert.«

Sie saß in dem Park auf der anderen Straßenseite, den Rücken dem Spielplatz zugewandt, und blickte über den Fluss. Ihr Hund, der ältliche Terrier mit den wässrigen Augen und dem struppigen Fell, lag zusammengerollt unter der Bank, wo er sich vor den kreischenden Kindern versteckte.

In dem langen schwarzen Mantel und dem turbanähnlichen Hut aus Wollfilz war sie leicht zu erkennen. Selbst von hinten verlieh ihre aufrechte Haltung ihr eine gebieterische Ausstrahlung.

Grace wollte nicht hier sein, aus tiefster Seele wollte sie nie wieder mit Madame Zed reden. Trotzdem war sie hier.

Als sie das Hotel verlassen hatte, war sie zuerst zum Louvre gegangen. Er war riesig, und sie wollte sich in seinen endlosen Galerien verlieren und den ganzen Tag dort verbringen oder wenigstens so lange, bis ihr Kopf sich beruhigt hatte. Doch kaum hatte sie einen Fuß hineingesetzt, war sie völlig überwältigt gewesen von der enormen Größe des Gebäudes. Zwischen den hellen Marmorwänden und hohen Säulen hallten die Stimmen der Menschen, die sich in einem halben Dutzend Sprachen unterhielten; der unglaubliche Prunk der vergoldeten Wände und der Decke der Apollogalerie blendete sie; überall um sie herum auf den Leinwänden wanden sich Körper, tobten Kriege, obsiegten heroische Taten. Die Großartigkeit regte sie noch mehr auf, statt sie zu trösten.

Also ging sie wieder hinaus, spazierte durch die Straßen und kaufte sich einen Kaffee, den sie nicht trank. Sie betrat eine Buchhandlung und ließ den Blick ziellos über die Titel in den Regalen schweifen.

Ein Gentleman mit Brille näherte sich ihr. »*Comment puis-je vous aider?*«

»Pardon?«

»Comment puis-je vous aider?«, wiederholte er langsam.

Es dauerte einen Augenblick, bis Grace begriff, dass sie vor einer Reihe von Anatomiezeitschriften stand und dass dies eine akademische Buchhandlung war.

»Non. Non, merci.«

Bald wurde ihr bewusst, dass kein Ort die Zuflucht bot, die sie suchte. Ihre Gedanken stolperten und torkelten, taumelten und stürzten ein ums andere Mal in dieselbe Leere. In dem einen Augenblick schien der Geschmack, die Berührung und der Duft von Edouard Tissot ihren Körper überwältigt zu haben, und im nächsten Augenblick schien sie genauso intensiv von der entsetzlichen Wahrheit geblendet zu werden, dass sie sich selbst nicht mehr trauen konnte, dass ihre ganze Existenz eine Lüge war.

Jetzt war sie wieder auf der Rive Gauche und suchte nach dem Menschen, der ihr Leben aufgeschlagen hatte wie ein rohes Ei.

Grace blieb vor der Bank stehen.

Die Hände in den Taschen, umfasste sie das alte Feuerzeug ihres Vaters und schloss die Finger fest darum. »Sie müssen mich wirklich hassen.«

Madame Zed blickte überrascht zu ihr auf. Dann bemerkte sie Grace' Miene und Haltung und schüttelte den Kopf. »Nein, ich hasse Sie nicht. Ich kenne Sie ja nicht einmal.« Ihre Lippen wurden zu einem dünnen, festen Strich. »Aber sie habe ich verabscheut.«

Grace sah sie schockiert an. »Warum?«

»Warum nicht?«, erwiderte sie grimmig. »Er gehörte mir. Ich habe ihn entdeckt, ihn ausgebildet! Mit meinem Geld habe ich ihm das Geschäft gekauft. Er war meine ganze Welt – das Kind, das ich nie geboren habe, der Mann, den ich nie geheiratet habe, der Gefährte, den ich nie gefunden habe. Und dann tauchte plötzlich wie aus dem Nichts sie auf!« Sie beugte sich vor. »Und wissen Sie, was das Schlimmste war? Sie besaß wirklich ein einzigartiges Talent. Sie wusste, wie man die Düfte der Zeit einfing und zu der perfekten Atmosphäre verdichtete. Darin war sie gut. Und mehr als jeder andere verstand sie sich darauf, ihn dazu zu bringen, dass er zuhörte.« Sie packte die Leine des Terriers und wickelte sie um ihre knochige Hand. »Wenn ich etwas sagte, verwehte meine Stimme wie der Wind. Eva wusste, wie man das Beste aus ihm herausholte. Wenn sie einen Vorschlag machte, nahm er ihn zur Kenntnis. Ist Ihnen klar, wie ärgerlich so etwas ist? Ich war zu einer Zuschauerin reduziert worden, zu einer Antiquität aus einer anderen Zeit.« Sie blickte eine Weile über das kabbelige graue Wasser. Als sie weitersprach, klang ihre Stimme leer, hohl. »Selbst als sie fortging, war er so übertrieben selbstsicher, so unabhängig, dass er mich nicht mehr brauchte.«

Grace schüttelte den Kopf. »Das stimmt doch gar nicht! Was ist mit der Korrespondenz, die ich gefunden habe. Der Brief mit den seltsamen Akkorden, die Sie mit ihm kreiert haben – nasse Wolle, Haar und so weiter?«

Madame Zed wickelte die Leine noch fester um ihre Hand. »Das war nicht Valmont.«

»Wer dann?«, wollte sie wissen. »Wer sonst wollte Ihre Hilfe bei der Kreation eines Parfüms?«

»Na, wer schon?« Sie sah Grace mit ihren unergründlichen schwarzen Augen an. »Sie hat nur eine einzige Formel kreiert. Ich kann es nicht glauben, bis heute nicht. Der allererste Versuch, und dann so ein Erfolg!« Sie schüttelte den Kopf und lachte bitter. »Beispiellos!«

Grace setzte sich auf die Kante der Bank. »Wovon reden Sie?«

»Das Parfüm, das sie Hiver verkauft hat – Eva hatte es kreiert.«

»Aber Sie haben mir doch erzählt, sie habe Valmont verraten! Es sei sein Werk gewesen!«

»Sein Name stand darauf. Das war alles. Sie hatte eine Weile daran gearbeitet, ganz allein. Sie war wie besessen davon.«

»Wie konnten Sie nur?« Grace starrte Madame Zed bestürzt an. »War das andere auch alles gelogen?«

»Eines Tages erhält jeder seine gerechte Strafe«, sagte Madame Zed bitter. »Es ist nicht leicht, wissen Sie. Jemand, der die Fähigkeit besitzt, alles zu tun, was man sich selbst auch wünscht, aber mit größerer Leichtigkeit, mit mehr Stil und äußerst erfolgreich.«

Grace verschränkte die Arme vor der Brust. »Mir ist schon ausgleichende Gerechtigkeit widerfahren, vielen Dank.«

»Sie sind zu jung, um zu begreifen, wie es ist, von jemandem, den Sie lieben, aus seinem Leben ausgeschlossen zu werden.«

Grace sah sie zornig an. »Ich könnte ein Buch darüber schreiben.«

Sie schwiegen eine Weile.

Dann ergriff Madame Zed wieder das Wort. »Ich habe sie so viele Jahre gekannt und so lange Zeit gehasst, dass sie wie ein Teil von mir ist. Als Sie mir erzählt haben, sie sei gestorben, hatte ich tatsächlich das Gefühl, etwas verloren zu haben. Manchmal frage ich mich, ob uns diejenigen, die wir hassen, nicht mehr am Herzen liegen, als diejenigen, die wir lieben. Und dann sind Sie ausgerechnet zu mir gekommen und wollten Antworten.«

»Und Sie haben die Chance gesehen, Vergeltung zu üben.«

»Nein, das lag ganz und gar nicht in meiner Absicht.« Sie sah Grace an, plötzlich empört. »Glauben Sie, es macht mir Spaß, kleinlich zu sein? Glauben Sie, ich wäre nicht angewidert von meinem Neid und meinem Groll? Ich wäre lieber anständig.«

»Aber Sie waren es nicht.«

»Nein.« Sie saß eine Weile ganz still. »Ich habe mein Talent verloren«, sagte sie schließlich.

Grace schüttelte den Kopf. »Was meinen Sie damit?«

»In Indien habe ich Meningitis bekommen und mich nie wieder ganz davon erholt. Mit der Zeit hat diese Krankheit meinen Geruchssinn zerstört.«

»Aber was ist mit den Parfüms, die Sie mir gezeigt haben ...«

»Die habe ich aus der Erinnerung kreiert. Aber ich kann nichts Neues mehr machen. Ich bin nutzlos.«

Grace dachte an die übergelaufene Milch, das angebrannte Essen.

»Es stimmt: Ich hätte mich nie einverstanden erklären dürfen, mit Ihnen zu reden«, räumte Madame Zed ein. »Aber am Ende glaube ich, dass Eva und ich mehr gemein hatten, als mir bewusst war. Auch sie hat das verloren, was ihr am meisten bedeutet hat.«

»Verloren!« Ungläubig schüttelte Grace den Kopf. »Das klingt ja, als hätte sie mich verlegt.«

»Wollen Sie nicht wissen, woher Sie kommen?«

»Rechtfertigen Sie es damit vor sich selbst? Dass Sie mir helfen? Dass Sie mir erklären, dass mein ganzes Leben ein einziger Schwindel ist?«

Madame Zed hielt den Blick weiter auf den Boden gerichtet, tiefe Falten auf der Stirn. »Nein, ich kann mein Verhalten nicht rechtfertigen. Vermutlich wollte ich, dass Sie Eva hassen«, sagte sie leise.

»Also, das ist Ihnen gelungen. Und das Einzige, was Sie damit erreicht haben, ist, mich in Stücke zu reißen.« Gegen Grace' Willen stiegen ihr Tränen in die Augen. »Und dass ich gar nichts mehr von der menschlichen Rasse halte.«

»Also, das können wir nicht zulassen.«

Madame Zed stand auf, und der kleine Terrier erhob sich ebenfalls. Der Nachmittagshimmel bewölkte sich, der Wind frischte auf. Böen schlugen gegen ihre dünne Gestalt und drohten, sie umzuwerfen. »Kommen Sie.«

»Warum?« Grace sah zu ihr auf. »Warum sollte ich noch einmal mit Ihnen gehen wollen?«

Selbst wenn sie im Unrecht war, schlug Madame Zed noch einen überlegenen Tonfall an. »Weil ich Ihnen ein letztes Parfüm zeigen möchte.«

Madame Zed nahm das Reagenzglas mit dem Etikett, das sich schon halb abgelöst hatte. Doch bevor sie es öffnete, sagte sie: »Lassen Sie mich Ihnen erzählen, was passiert ist.«

»Sie haben mich schon einmal belogen. Warum sollte ich glauben, was Sie mir erzählen?«

»Warum hören Sie sich nicht erst einmal an, was ich zu sagen habe?«, entgegnete sie ruhig.

»Na gut.«

Madame Zed setzte sich, und Grace nahm ihr gegenüber Platz.

»Als Eva noch ein junges Mädchen war und als Zimmermädchen in New York arbeitete, wurde sie ungewollt schwanger«, begann Madame Zed. »Charles Lambert, oder Lamb, wie er sich damals nannte, brachte sie nach England. Sie hatten verabredet, dass Eva für ihre Reise und für Lambs Schutz bezahlen sollte, indem sie mit ihm in den großen Spielkasinos Europas zusammenarbeitete, sobald das Kind auf der Welt war. Darauf hat er sich verlassen und sich einverstanden erklärt, ihr zu helfen. Sie besaß eine äußerst seltene Begabung für Zahlen.«

Das beeindruckte Grace nicht. »Das haben Sie mir schon erzählt.«

Madame Zed regierte auf ihre Grobheit gelassen.

»Eva war fünfzehn, vielleicht sechzehn Jahre alt, als Sie auf die Welt kamen«, fuhr sie fort, »ohne Freunde und Familie, in einem fremden Land. Lambert überredete sie, das Kind zu seiner Schwester Catherine zu geben. Sie könne sich besser um Sie kümmern als jeder andere. Catherine war mit einem Mann namens Maudley verheiratet, einem Soldaten, der in Frankreich schlimme Verletzungen erlitten hatte. Sie dachten, sie könnten keine eigenen Kinder bekommen. Als Lambert also eines Tages mit dem Neugeborenen eines unverheirateten jungen Mädchens zu ihnen kam, schien ihnen das wie ein Geschenk des Himmels.«

Grace' Herz schlug schneller. »Sie sprechen von meinen Eltern.«

Madame Zed nickte.

Eine Erinnerung blitzte in Grace' Kopf auf: Die Lippen ihrer Mutter, die sich auf ihre Stirn drückten, wenn sie sie am Abend zu Bett brachte. »Gute Nacht, mein kleiner Schatz.«

Instinktiv hob sie die Finger an die Stirn.

»Eva wollte sich nicht von Ihnen trennen«, fuhr Madame Zed fort. »Aber Lambert bestand darauf. Er versprach ihr, wenn sie ihre Schuld abgetragen hätte, würde er seiner Schwester schreiben und ein Treffen vereinbaren, und Eva würde Sie zurückkriegen. Die Zeit verging. Eva tat alles, worum Lambert sie bat. Doch es war nie genug. Er war ein maßloser Säufer. Selbst mit ihrem besonderen Talent ließ sich nicht verhindern, dass er sie immer tiefer in die Schulden trieb.

Was eigentlich als vorübergehende Lösung gedacht gewesen war, wurde zur Dauereinrichtung. Lambert verheimlichte Eva den Namen und die Adresse seiner Schwester. Er sagte, sie würde nur alles kaputtmachen, wenn sie versuchte, in Kontakt mit ihr zu treten, doch in Wirklichkeit gab es ihm Macht über Eva. Aber in der Nacht, als er sich das Leben nahm, schrieb Lambert ihr und nannte ihr endlich die Einzelheiten. Er gestand ihr auch, dass sein Versuch, seine Schwester zu überreden, das Kind wieder herzugeben, gescheitert sei – Catherine hatte sich zu sehr an das kleine Mädchen gewöhnt und würde sie nicht kampflos hergeben. Sehen Sie, Lambert hatte seiner Schwester nicht nur das Kind gegeben, sondern auch die Geburtsurkunde. Eva hatte keinen Beweis dafür, dass Sie ihre Tochter waren.« Madame Zed sah Grace an. »Doch Eva weigerte sich aufzugeben.«

Grace' Inneres zog sich zusammen. »Fahren Sie fort.«

»Catherine und ihr Mann lebten nicht im Herrenhaus ihres Vaters. Sie hatten sich eines der kleineren Wohnhäuser auf dem Gut ausgesucht. Sie hatten nicht viel Hilfe. Eines Sommers«, fuhr Madame Zed fort, »fing Catherine Maudley an, ein Buch zu schreiben, und sie beschlossen, eine Kinderfrau einzustellen. Das Mädchen, das sie einstellten, wurde ursprünglich als Haushaltshilfe und Köchin verpflichtet. Sie war irgendwann im Frühling aufgetaucht und hatte den Dorfpfarrer gebeten, ihr zu helfen, eine Anstellung zu finden. Aber sie fasste schnell eine rührende Zuneigung zu dem kleinen Mädchen, und so übernahm sie bald neben Kochen und Putzen auch immer mehr Verantwortung für das Kind, während die Mutter arbeitete. Das Mädchen, das Catherine Maudley einstellte, war Französin. Sie hieß Céline.«

Grace merkte, wie ihr Magen sich verkrampfte.

Der Name erinnerte sie an etwas. Aus den dunklen Schatten in ihrer Erinnerung tauchte ein Gesicht auf.

»Lena«, murmelte sie.

Bilder schoben sich in ihr Bewusstsein.

Lena war klein gewesen, hatte dunkelbraunes Haar und eine leise, angenehme Stimme gehabt. Eine Zeit lang war sie überall gewesen – in der Küche, wo sie gebacken hatte, draußen auf dem Rasen, wo sie die Wäsche aufhängte, auf dem Treppenabsatz, wo sie nach ihr rief, sie solle baden kommen …

»Lena! Lena!« Grace erinnerte sich, wie sich ihr Name auf ihrer Zunge angefühlt hatte, wenn sie im Souterrain durch die Hintertür ins Haus gelaufen war und »Lena!« gerufen hatte. Sie war für sie eher eine Spielkameradin gewesen als eine Kinderfrau.

Und sie hatte nach etwas Vertrautem geduftet, nach etwas, was so natürlich war und so elementar, dass sie aus Gründen, die sie nicht begriff, seither den plötzlichen Temperaturabfall, die Verdunkelung des Himmels und das tiefe Donnergrollen immer mit Frieden und Trost assoziierte.

Sie hatte nach Regen geduftet.

West Challow, Oxfordshire, England, 1935

Es war ein ungewöhnlich warmer Nachmittag Ende März.

Grace hatte im Garten hinter dem Haus mit dem Hund Fry gespielt.

Die Hintertür zur Küche stand offen. Der Duft nach Brathähnchen, fett und wohlriechend, wehte hinaus in den Garten, ließ ihr das Wasser im Mund zusammenlaufen und lockte sie ins Haus.

Grace ging in die Küche. Alles war sauber und wohlgeordnet, Töpfe standen auf dem Herd, der Boden war frisch geputzt; es fühlte sich gut an und richtig.

Lena saß in ihrer Schürze am Küchentisch, vor sich Stift und Papier. Sie hatte den Kopf gesenkt.

»Was machst du da?«

»Ich schreibe einen Brief, Schatz«, antwortete Lena, ohne den Blick zu heben. Doch Grace wusste, dass ganz alltägliche Dinge bei Lena etwas Besonderes bekamen.

»Darf ich zuschauen?«, fragte Grace.

Lena sah auf und lächelte. »Mir zusehen, wie ich einen Brief schreibe?«

Grace nickte.

Dann traute sie sich, um etwas zu bitten, worum sie

ihre Mutter niemals bitten würde und worum sie noch nie jemanden gebeten hatte. »Darf ich bitte auf deinem Schoß sitzen?«

Lenas Lächeln wurde breit. »Selbstverständlich!«

Sie schob den Stuhl zurück und streckte ihr die Arme entgegen, und Grace kletterte auf ihren Schoß. Sie lehnte den Kopf an Lenas Brust und spürte unter dem Stoff ihres Kleids die sanften Schläge ihres Herzens. Sie roch anders als alle anderen Menschen in der Welt; ein frischer, erdiger Geruch, ein Geruch, der Sicherheit versprach.

»Wem schreibst du?«

Lena strich Grace übers Haar und drückte ihr einen Kuss auf die Stirn. »Einem Freund in Paris.«

»Ist er dein Mann?«

»Nein. Ich habe keinen Mann.«

»Warum nicht?«

»Ach, manchmal ist das eben so.«

»Ja«, pflichtete Grace ihr ernst bei, obwohl sie es eigentlich nicht verstand. »Wahrscheinlich.« Sie kuschelte sich noch enger an Lena. »Wo ist Mummy?«

»Sie ist noch nicht zu Hause. Jetzt musst du aber still sein, sonst kann ich nicht schreiben.«

»Aber sie kommt bald, ja?« In Wirklichkeit war es Grace egal, ob ihre Mutter nach Hause kam. Sie wollte nur auf Lenas Schoß sitzen bleiben. Aber da sie es noch nie getan hatte, wusste sie nicht, was von ihr erwartet wurde. Also sprach sie, worüber sie immer sprach, über ihre Mutter, damit Lena ihr erlaubte zu bleiben.

»Ja, sie kommt bald nach Hause. Und dann gibt es Brathähnchen zum Abendessen, und du bekommst das *wishbone*, das Gabelbein. Was hältst du davon?«

Grace lächelte zu Lena auf und hoffte, sie würde ihr noch einen Kuss auf die Stirn drücken. »Oh, den Wunschknochen! Dann wünsche ich mir, dass du bald einen Mann bekommst«, meinte sie und zog sanft an Lenas langem Haar.

Lena nahm den Stift zur Hand, überlegte einen Augenblick mit gerunzelter Stirn. Schließlich schrieb sie:

Lieber Andre,
bitte entschuldige, dass ich nicht früher geschrieben habe. Ich weiß, dass wir nicht in Freundschaft voneinander geschieden sind, und das tut mir von Herzen leid. Ich hätte nicht so abrupt abreisen sollen. Wie Du an der Briefmarke siehst, bin ich nach England gefahren. Ich weiß, dass Du findest, dass das, was ich tue, dumm ist, doch ich habe Erfolg gehabt. Ich habe in dem Haus, in dem mein Schatz lebt, eine Anstellung als Köchin und Hausgehilfin gefunden. Sie ist jetzt bei mir, ja, sie sitzt auf meinem Schoß, während ich dies hier schreibe.

Zuerst war sie schüchtern. Du kannst Dir vorstellen, wie schwer es mir fiel, sie nicht in die Arme zu reißen und an mich zu drücken, doch bald wurde sie mutiger. Nach ein paar Wochen hatten wir Freundschaft geschlossen. Und sie ist so klug und entzückend!

Wenn Du mich jetzt sehen könntest, würdest Du mich verstehen. Ich habe endlich das Gefühl, den Kopf hochhalten zu können, und ich bin glücklich – ja, sogar Geschirrspülen und Putzen macht mir Freude! Das Einzige, was ich bedauere, ist, dass wir beide …

Lena hielt noch einmal inne. Ihr Stirnrunzeln vertiefte sich.

Dann faltete sie den Brief zusammen und schob ihn in ihre Schürzentasche. »Ich schreib das später fertig. Komm, Schatz. Was wollen wir jetzt machen?«

Grace zuckte die Schultern und schmiegte sich an Lenas Brust. Für sie war alles faszinierend, was Lena tat.

Sie verbreitete Ruhe und Frieden und nannte sie »Schatz« und »Liebes«. Grace lief gern hinter ihr her und schaute, was sie als Nächstes tat. Manchmal bezog sie die Betten oder staubte ab, und eines Tages hatte sie gesehen, dass Lena einen Teppich aus dem Flur draußen über zwei Stühle gehängt hatte und einen Besen in der Hand hielt.

»Was machst du da?«

»Ich klopfe die Teppiche aus, Liebes. Hier.« Lena reichte ihr den Besen. »Willst du es mal probieren?«

Das hatte Grace gefallen. Mit aller Kraft hatte sie auf den Teppich eingedroschen, und eine große Staubwolke war aufgestiegen.

»Sieh mal, wie stark du bist!«, sagte Lena lachend, und Grace hatte noch einmal zugeschlagen und dann noch einmal, nur um zu beweisen, dass Lena recht hatte.

Nach dem Abendessen wusch Lena das Geschirr ab. Sie zeigt Grace, wie man eine Gabel tief in die Seife drückte und Blasen machte, indem man sie in ein Glas Wasser tauchte. Bald war die Küche voller durchsichtiger Blasen. Der Hund war verrückt geworden, als er unter hysterischem Gebell versucht hatte, sie zu fangen.

Später spielten sie zusammen Karten. Lena kannte ein Spiel, das sonst niemand verstand. Doch Grace lernte es schnell.

»Du bist ein sehr kluges Mädchen, weißt du das?« Sanft streichelte Lena Grace' Wange. »Das darfst du nie vergessen. Also, was würdest du jetzt tun? Überlege gut, bevor du antwortest.«

Grace konzentrierte sich. Sie wollte Lena eine Freude machen. Und das Spiel war lustig und schwierig, was es zum besten Spiel überhaupt machte.

Manchmal gingen Lena und Grace in dem Wald hinter dem Haus spazieren, um Blütenblätter zu sammeln. In einem kleinen geschützten Gehölz waren sie unvermutet auf wilde Narzissen gestoßen – oder Paperwhites, wie die Engländer sie nannten. Mit ihren winzigen, zarten weißen Blüten verströmten sie einen intensiven süßen Duft.

Zusammen ernteten sie die frischen Blüten, und in der Küche zeigte Lena Grace, wie man daraus Parfüm machte. Sie holte zwei alte Glasscheiben vom Gewächshaus, wusch sie ab und bestrich sie mit einer dünnen Schicht ausgelassenem Talg. Dann legte sie die Blüten nebeneinander auf die erste Scheibe, legte die zweite Scheibe behutsam darauf und verstaute sie in der kühlen, dunklen Vorratskammer hoch oben auf einem Regal.

»Das nennt man *enfleurage*«, erklärte Lena ihr. »Wir entziehen den Blüten behutsam das Duftöl, indem wir sie in den Talg drücken. Aber wir müssen die Blüten regelmäßig austauschen und neue hinzufügen. Dann können wir daraus Pomade machen.«

»Hat deine Mama dir das gezeigt.«

»Nein, ein Freund.«

Sie suchten sich noch ein paar Glasscheiben und experimentierten mit verschiedenen Blättern – Moos, Gras und Minzeblättern aus dem Kräutergarten.

Eines Tages kauften sie im Dorf eine Zitrone. Zu Hause setzte Lena fröhlich eine weitere Glaspresse zusammen und extrahierte aus wenigen Zitronenscheiben den erstaunlichsten, frischesten Duft. (Den Rest der Zitrone gab es am Abend zum Fisch.)

»Kannst du aus allem Parfüm machen?«, fragte Grace.

»Aus allem!«, versicherte Lena ihr.

»Was ist mit Holz?«, meinte Grace herausfordernd. »Oder Wolle?« Sie kicherte.

»Lass es uns versuchen.«

Am Nachmittag suchten sie das schönste, feuchteste Stück Baumrinde, das sie finden konnten. Es war schwierig, hauchdünne Scheibchen abzuschneiden, die sich tatsächlich pressen ließen, aber schließlich gelang es ihnen, einen zarten Hauch von Holz zu extrahieren. Bei demselben Experiment trennte Lena den Ärmel einer alten Strickjacke von Grace auf und presste auch die Wollfäden.

»Das ist kniffig«, gestand sie mit einem Stirnrunzeln. »Erstens ist der Geruch an sich nicht besonders stark.«

»Warum hast du meine Strickjacke kaputtgemacht?«, jammerte Grace und betrachtete den aufgetrennten Ärmel. Obwohl sie herausgewachsen war, liebte sie die Jacke.

»Weil ein Teil des Geruchs auch dein Geruch ist. Sie vermischen sich. Und ich wollte beide. Aber«, fuhr Lena mit einem Seufzer fort, »wir müssen wahrscheinlich über Monate alte Wolle pressen, bevor wir was rauskriegen.« Sie begegnete Grace' Blick und grinste. »Weißt du, was ich mal gern probieren würde? Ein paar Haare von dir.«

»Meine Haare!« Das fand Grace wahnsinnig komisch. »Haarparfüm!«, kreischte sie und hüpfte aufgeregt im Zimmer herum. »Das ist verrückt!«

Doch die Paperwhites waren bei Weitem Grace' Lieblingsduft. Sie liebte es, durch das Wäldchen zu spazieren und ihre Blüten einzusammeln und sie in Lenas Korb zu legen. Es waren schließlich ihre Lieblingsblumen.

»Du kannst das Parfüm haben, wenn wir fertig sind. Es wird dein Geburtstagsgeschenk«, versprach Lena.

Doch an diesem Tag hatte Lena eine andere Idee. »Ich weiß«, sagte sie nach einem Augenblick, »möchtest du mir helfen, ein paar Kekse zu backen?«

Grace schaute von ihrem Schoß auf. »Was für Kekse?«

»Schwarze.« Lena drückte sie an sich.

»Schwarze Kekse?« Grace setzte sich auf.

»Ganz richtig. Mit Kohle, für deinen Vater.«

Grace verzog das Gesicht. »Warum isst Daddy Kohle? Muss ich auch Kohle essen?«

»Nein, *mon ange*. Daddy braucht sie, weil es seinem Bauch nicht gut geht. Im Krieg haben sie ein Gas in die

Luft gesprüht, von dem die Soldaten krank geworden sind. Dein Vater hat Bauchschmerzen, aber die schwarzen Kekse helfen ihm.«

»Gehen die Schmerzen dann weg?«

»Könnte sein.«

Grace dachte nach. »Ist er deswegen zornig?«

»Zornig?«

»Ja. Er ist zornig auf mich.«

Lena streichelte noch einmal über Grace' Haar. »Dein Vater ist nicht zornig, Schatz. Aber er …« Sie verstummte und suchte nach den richtigen Worten. »Aber es geht ihm nicht gut.«

Grace blickte auf ihre Füße hinunter, die in der Luft baumelten. Sie überlegte, ob sie Lena die Wahrheit erzählen sollte, nämlich, dass ihr Vater sie von Anfang an nicht gemocht hatte, dass sie bestimmt etwas angestellt hatte, was ihn sehr verärgert hatte, auch wenn ihr einfach nicht einfallen wollte, was. Deswegen sprach er nie mit ihr und hatte nur finstere Blicke für sie.

Aber wenn sie es laut sagte, hatte Lena sie vielleicht auch nicht mehr gern.

Nervös kaute Grace am Daumennagel.

»So.« Lena setzte Grace ab und stand auf. »Wollen wir anfangen zu backen?«

»O ja.«

»Dann binden wir dir mal eine Schürze um.« Lena nahm eine Schürze vom Haken an der Hintertür.

»Hallo? Hallo!« Catherine Maudley kam durch die Haustür, und ihre Absätze klackerten im Flur über die Holzdielen. »Hallo! Grace? Lena?«

Eva merkte augenblicklich, wie sie erstarrte.

Catherine kam die Treppe ins Souterrain herunter, trat, einen Hut in der Hand, in die Küche und zog ihre weißen Handschuhe aus. »Ach, hier sind Sie.«

Instinktiv wich Eva ihrem Blick aus und konzentrierte sich darauf, Grace die Schürze umzubinden.

Lady Catherine war eine attraktive Frau, älter als Eva, mit einer natürlichen Arroganz und Autorität. Sie klang immer ein wenig atemlos, was ihr etwas Gequältes verlieh, und ihr Oberschichten-Akzent kippte bei den forschen Konsonanten und den in die Länge gezogenen Vokalen. Ihr feines, kastanienbraunes Haar war aus dem Gesicht frisiert, und ihre Züge eiferten Lamberts Züge mit entwaffnender Genauigkeit nach – in der breiten Stirn und den verblüffend azurblauen Augen war leicht die Ähnlichkeit mit ihrem Bruder zu erkennen.

»Was für eine Fahrt! Auf dem Bahnhof war ein Gedrängel«, beklagte Catherine sich. »Was machen Sie?«

»Wir backen schwarze Kekse für Daddy«, erklärte Grace.

»Schwarze Kekse!« Catherine warf die Abendausgabe der Zeitung und ihre Handtasche auf den Tisch. »Soll das ein Witz sein?«

Sie sah Eva an, die ihre Mundwinkel zu einem Lächeln verzog. »Nein, Madame. Sie enthalten eine geringe Menge Kohle, die die Verdauung unterstützt und ihnen ihre Farbe verleiht. In Frankreich sind sie sehr beliebt.«

»Du meine Güte!« Catherine schüttelte den Kopf. »Was fällt Ihnen wohl als Nächstes ein?« Sie strich dem Familienhund, Fry, einer Mischung aus Wolfshund und Retriever, über den Kopf. »Und wo ist dein Vater?«

»Daddy ist natürlich im Gewächshaus«, antwortete Grace, während Lena ihr einen Stuhl herauszog, auf den sie sich stellen konnte.

»Ja, natürlich.« Catherine seufzte.

Jonathan Maudley war in der Tat selten außerhalb des Gewächshauses anzutreffen. Obwohl es jetzt schon fast so groß war wie das Wohnhaus, hatte er vor Kurzem noch einen Anbau mit einem Labor und einem Büro hinzugefügt, wo er seine Forschungen für eine große Arzneimittelfirma durchführte. Das war einer der Gründe, warum sie nicht im Herrenhaus der Familie lebten. Er war oft schon vor Sonnenaufgang im Gewächshaus anzutreffen und spät am Abend, tief versunken in seine Experimente, vergraben in seine Notizen. Er kümmerte sich höchstpersönlich akribisch um seine beachtenswerte Sammlung von Pflanzen, die er streng unter Verschluss hielt.

»Was frage ich überhaupt«, fügte Catherine hinzu, ging zur Hintertür und schaute aus dem Fenster. »Lena, lassen Sie die Wäsche nicht zu lange auf der Leine. Ich möchte nicht, dass mein blaues Kleid von der Sonne ausgebleicht wird.«

»Ja, Madame.«

Sie drehte sich um. »Ich nehme an, es gibt Hähnchen zum Abendessen?«

Eva nickte.

»Sehr schön. Können Sie dazu bitte ganz normale Salzkartoffeln kochen? Was Sie da neulich gemacht haben …« Sie suchte nach der richtigen Bezeichnung.

»*Le gratin?*«

»Ja. Sehr schön, aber ich schwöre, Lena, dass Knoblauch darin war.« Catherine bedachte sie mit einem tadelnden Blick. »Man kann sich nicht in der Öffentlichkeit bewegen und riechen wie ein ausländischer Matrose. Ich habe mir schreckliche Gedanken gemacht, wenn sich jemand im Zug oder in der Bibliothek neben mich setzen würde. War die Post schon da? Ich warte auf einen Brief von einem Verleger.«

»Sie liegt auf dem Tisch im Flur, Madame.«

»Gut. Also, mein Schatz«, wandte sie sich an Grace, »ich wollte dich fragen, ob du Lust hast, mit mir und dem Hund spazieren zu gehen.«

Grace zögerte.

»Schatz«, Lady Catherines Lächeln verblasste, »du willst doch nicht, dass ich allein gehen muss, oder?«

»Nein, Mummy, aber …«

»Lena kann die Kekse backen.« Sie streckte die Hand aus. »Ihr habt Gott weiß den ganzen Tag zusammen verbracht!« Sie schnipste ungeduldig mit den Fingern. »Jetzt komm!«

Grace kletterte vom Stuhl und zog an den Schürzenbändern, sodass die Schürze zu Boden glitt.

»Natürlich, Mummy.« Sie ergriff die Hand ihrer Mutter.

»Lena, sehen Sie bitte mal nach den Handschuhen, ja? Die Fingerspitzen sind vom Zug ganz schmutzig. Weiße Handschuhe sollten auch wirklich weiß sein, finden Sie nicht?« Catherine drückte die Hand ihrer Tochter. »Komm, wir bringen den alten Jungen mal so richtig auf Trab, ja? Wir sind vor dem Abendessen zurück«, rief sie, als sie, Fry auf den Fersen, die Treppe hinaufliefen.

Reglos stand Eva in der leeren Küche.

Dann hob sie die Schürze vom Boden auf und hängte sie wieder an den Haken an der Hintertür.

Mit mechanischen Bewegungen holte sie Mehl und Zucker aus der Speisekammer, Butter, Salz und eine Rührschüssel.

Sie streute ein wenig Mehl auf die Arbeitsfläche, verteilte es und holte das Nudelholz heraus.

Dann kramte sie in den Tiefen einer Küchenschublade nach einer Ausstechform. Sie fand eine in Form eines kleinen Ovals aus Blech.

Sie verharrte … fuhr mit dem Finger über die scharfe, gezackte Metallkante.

Eva legte die Ausstechform auf die Arbeitsplatte und drückte die Handfläche mit aller Kraft darauf.

Der Schmerz war köstlich und qualvoll. Das Ventil in

ihrem Kopf öffnete sich und der Druck gab ein ganz klein wenig nach.

Sie schloss die Augen.

Es gab ein ganzes Vokabular des Leidens, beredt in seiner Wortlosigkeit, das all den Dingen eine Stimme verlieh, die sie weder tun noch sagen konnte.

Sie ballte die Hand zur Faust und öffnete sie wieder. Dann drehte sie sich um, um die Milch zu holen.

In der Tür stand Jonathan Maudley und beobachtete sie.

Unbeholfen lehnte er am Türrahmen.

Er war groß und sehr dünn, und es war offensichtlich, dass er einmal ein gut aussehender Mann gewesen war. Mit seinen großen blauen Augen, der hohen intelligenten Stirn und dem markanten Kinn, hatte er sicher einmal das Modell eines Engländers aus guter Familie abgegeben. Doch jetzt lagen tiefe dunkle Schatten unter seinen Augen, Ergebnis jahrelanger Albträume und eines unruhigen Schlafes; sein rotblondes Haar war schütter, seine Wangen eingefallen und der Mund verhärmt. Seine großen Hände waren ausdrucksstark und elegant. Es hätten die Hände eines Gentleman oder Diplomaten sein können, die langen Finger waren nikotinfleckig von zu vielen billigen Selbstgedrehten – eine Angewohnheit, der er in den Schützengräben verfallen war und die er nie mehr abgelegt hatte –, und die Fingernägel waren schwarz von Erde.

Oben fiel die Haustür ins Schloss; Catherine und Grace waren gegangen.

Hier unten drückte die niedrige Decke der Küche auf sie, fing die Hitze des Ofens ein. Die Luft war warm und feucht. Eine Wolke glitt vor die Sonne, und der Raum lag unvermittelt im Schatten.

Eva streckte die Hand nach der Milch aus. Der Schmerz, der vor einer Minute noch eine Erleichterung gewesen war, behinderte sie jetzt. Sie schenkte ein wenig Milch in die Schüssel und vermengte methodisch die Zutaten.

Sie spürte, dass sein Blick ihren Bewegungen folgte.

»Sie haben sich verletzt«, sagte er.

Eva hob den Blick.

Der Schleier vor seinem Gesicht fiel, fort war das öffentliche Gesicht eines in Gedanken versunkenen Intellektuellen. Plötzlich erkannte sie in seinem Blick großes Verständnis für Verlust, das schrecklich mit anzusehen war.

Verunsichert wandte sie sich ab.

Als sie sich das nächste Mal umschaute, war er fort.

Sie hatte keinen Plan gehabt. Die Sache hatte mit dem schlichten Wunsch begonnen, ihre Tochter zu sehen.

Drei Jahre zuvor, nach Lamberts Tod, hatte sie einen Brief erhalten und endlich erfahren, wo ihre Tochter lebte und wie sie hieß.

Doch als sie die Adresse nachschlug, die Lambert ihr

genannt hatte, waren sämtliche Hoffnungen zerstoben. The Great Hall, West Challow, Oxfordshire, war kein gewöhnliches Haus. Ja, sie fand eine Radierung davon in einem Buch in der Bibliothek, das den Titel *Die Herrensitze Englands* trug. Ihr Kind lebte auf einem Gut, umgeben von Tausenden von Morgen Land, und war die rechtmäßige Tochter eines Landadeligen. Man würde Eva keinen Zugang zu dem Haus gewähren, und erst recht nicht zu ihrem kleinen Mädchen.

Sie suchte einen bekannten Anwalt auf und bezahlte ihm eine beträchtliche Summe, weil sie hoffte, er könnte ihr einen Rat geben. Doch er erklärte ihren Anspruch rundweg für nichtig. »Sie haben nicht den geringsten Beweis«, unterbrach er sie mitten in ihren Erklärungen. »Wenn Sie die Mutter des Kindes sind«, dabei sah er sie an, als zweifelte er ernsthaft an ihren Worten, »warum wollen Sie sie dann aus einem Leben reißen, dass ihr alle Privilegien und Möglichkeiten bietet? Aus dem, was Sie mir erzählt haben, schließe ich, dass sie eine gesellschaftliche Position hat, womöglich später erbt … Täusche ich mich? Welche Mutter möchte die Chancen ihres Kindes in dieser Welt zunichtemachen, nur um ihre Neugier zu befriedigen?«

Er hatte die Hände vor sich auf dem Tisch gefaltet und auf ihre Antwort gewartet. Als Eva schwieg, schüttelte er den Kopf. »Was haben Sie noch einmal gesagt, was Sie beruflich machen?«

»Ich führe einen Laden, also, ich bin Verkäuferin«, antwortete sie kleinlaut.

»Nein«, verbesserte er sie, »Sie sind eine *unverheiratete* Verkäuferin. Ich will ganz offen sein, Mademoiselle. Glauben Sie ehrlich, dass Ihre Tochter überhaupt etwas von Ihnen wissen will? Denken Sie gut darüber nach«, warnte er sie. »Sobald sie etwas von Ihrer Existenz erfährt, kann sie nie mehr in ihren früheren Zustand der Unwissenheit zurück. Dann haben Sie sie mit Ihrer Geschichte und Ihren bescheidenen Lebensumständen ins Unglück gestürzt.« Er sah sie eindringlich an. »Meine professionelle Meinung lautet, dass Sie sie eines Lebens voller unendlich viel größerer Möglichkeiten berauben würden. Und Sie hätten ihr nichts zu bieten.«

Auch Andre ließ sich nicht überzeugen. Er hatte die Nachricht, dass sie eine Tochter hatte, nicht gut aufgenommen. Am liebsten hätte er so getan, als existierte sie nicht.

»Verstehst du nicht, ich habe jetzt die Adresse«, erklärte sie ihm eines Abends beim Essen. »Vielleicht könnten wir zusammen hinfahren und das Dorf besuchen. Es ist einigermaßen groß und liegt in der Nähe von Oxford. Da gibt es sicher oft Touristen!«, fügte sie aufgeregt hinzu.

Er legte seine Gabel ab. »Und was hast du vor, wenn du dort bist? Willst du an die Haustür klopfen? Dich im Gebüsch verstecken, bis sie auftaucht?«

Sein Sarkasmus tat ihr weh. »Das ist kein Witz, Andre.«

»Und ich behandle es auch nicht als solchen.« Er schob den Teller zur Seite. »Du hast ein Leben. Dein

Platz ist hier bei mir. Unsere Arbeit ist das, was zählt. Diesem … diesem Mädchen geht es gut ohne dich.«

»Du verstehst das nicht.«

Seufzend lehnte er sich auf seinem Stuhl zurück. »Dann erklär es mir.«

Er wartete, schlug die Beine übereinander und strich den Wollstoff seiner Hose glatt. Er gab den Souveränen, war ganz in den Charakter hineingeschlüpft, den sie für ihn geschaffen hatte – den Avantgarde-Virtuosen des Dufts. Er eroberte Paris im Sturm, während sie neben ihm stand, wunderschön gekleidet, und ihm unablässig gut zuredete.

Was soll ich denn erklären?, dachte sie. Was kann offensichtlicher sein als der Wunsch, mein Kind zu sehen?

Trotzdem versuchte sie es. »Andre, sie ist der einzige Mensch auf der Welt, zu dem ich wirklich eine Verbindung habe, der wirklich zu mir gehört.«

»Ich habe eine Verbindung zu dir. Zählt das gar nicht?« Er fuhr sich mit der Hand über die Augen. »Eva, wer sagt denn, dass sie zu sehen nicht vielleicht schlimmer ist, als sie nie zu sehen? Du kannst nicht einfach hinlaufen und sie dir schnappen! Das ist ein Traum. Eine Illusion. Wach endlich auf.«

Sie hatte sich vorgestellt, er würde sie begleiten, als ihr Mann, würde vielleicht mit ihr zu den Behörden gehen, um ihre Sache zu unterstützen. Doch er fand, sie hinge einer Illusion nach … als wäre sie tatsächlich dazu fähig, sich wie eine Verrückte hinter Sträuchern zu verstecken und sich ein Kind zu schnappen.

Andre griff nach ihrer Hand. »Ich brauche dich. Dein Platz ist hier. Du musst den Tatsachen ins Auge sehen; du warst nie zu einem Dasein als Mutter bestimmt. Du hast es nicht in dir. Dieses Kind ist ohne dich besser dran.«

Sie entzog sich seiner Berührung. »Woher weißt du das? Wer behauptet, ich hätte es nicht in mir? Und was bleibt mir denn sonst, Andre? Eine Arbeit als deine Verkäuferin? Ein Leben mit einem Mann, der mich nicht berührt?«

Er wandte den Blick ab.

Er hatte schon vor einer Weile aufgehört, sie zu lieben, eine Zurückweisung, über die sie nie sprachen und die sie verlegen machte und verwirrte. Auch von einer Verlobung war nicht mehr die Rede. Die Beziehung konzentrierte sich immer mehr auf das Geschäft. Sein Geschäft. Das Einzige, was ihn interessierte.

»Ist das alles, was für dich zählt?«, fragte er. »Glaubst du, das ist Liebe? Ein primitives Grabschen im Dunkeln?«

»Dann sag du mir, was Liebe ist, Andre!«, fuhr sie auf.

Er nahm einen Teelöffel und wirbelte ihn ungeduldig zwischen den Fingern, den Blick wütend auf die Tischplatte gerichtet.

Eva hatte weder den anderen Mann in seinem Bett in New York vergessen, noch die neuen Freunde, attraktive junge Männer, die ihn Abend für Abend mit Beschlag belegten.

»Du meinst also, du wärst bloß eine Verkäuferin?«, bemerkte er leise und schüttelte den Kopf. »Wenn ich dich nicht anfasse und in dich hineinstoße, hättest du keinen Platz in meinem Leben?«

»Welchen Platz habe ich denn? Wofür brauchst du mich denn?« Der Boden unter Evas Füßen wankte. Die Welt, in die sie investiert hatte, war eine falsche Welt, aufgebaut auf wenig mehr als Wunschdenken. Und jetzt stürzte sie unvermutet in einen Abgrund. »Welchen Platz habe ich denn wirklich irgendwo?«

Andre saß ihr schweigend gegenüber und drehte den Löffel unablässig zwischen den Fingern.

Er sah sie nicht einmal an.

»Du liebst mich nicht.« Sie schob ihren Stuhl zurück und stand auf. Ihre Fingerspitzen pochten, so eindringlich war das Gefühl des Verrats. »Ja, ich glaube sogar, du bist überhaupt nicht fähig zu lieben!«

Er hielt sie nicht auf, als sie ging.

Das war das letzte Mal, dass sie je darüber sprachen.

Doch trotz dieser Enttäuschungen – oder vielleicht sogar wegen ihnen – schlug ein dummer, unmöglicher Traum Wurzeln in Eva und verankerte sich tief in ihrem Herzen. Sie wollte einfach nicht glauben, dass es keine Möglichkeit gab, mit ihrer Tochter in Kontakt zu treten, ohne ihr zu schaden. Sie war wie besessen davon, spielte es in Gedanken immer wieder durch, Tag und Nacht. Sie genoss ein unabhängiges, aufregendes Leben. Fast jeden Abend ging sie aus, sie gehörte einem Kreis von Bohemiens an – Künstlern, Modeschöpfern, Denkern – und speiste in Cafés, ging ins Theater und tanzte in den vielen Nachtclubs, für die Paris berühmt war.

Doch selbst dann oder auch, wenn sie in der Parfümerie mit einer Kundin beschäftigt war, kreisten ihre Gedanken unablässig um diese Frage. Wie konnte sie das unsichtbare Hindernis überwinden, das sie von ihrem Kind trennte? Wie konnte sie an den Wachposten Geburt und Klasse vorbeischlüpfen, um wenigstens einen kurzen Blick auf ihr kleines Mädchen zu werfen?

Sie wiegte diese Hoffnung, nährte sie, fütterte sie drei Jahre lang.

Und dann fiel die Lösung ihr eines Tages wie durch Zufall zu.

Es war ein Herbstnachmittag. Eine Frau betrat in Begleitung eines kleinen Jungen den Laden. Ihre Kleidung verriet Eva, dass sie eine Hausangestellte war, und als sie Eva ansprach, stotterte sie und zögerte, als wäre sie es nicht gewohnt, so ein exklusives Etablissement aufzusuchen.

»Es tut mir leid, Madame, Verzeihung. Aber ich bin hier …« Sie öffnete ihre Geldbörse, holte einen Zettel heraus und schob ihn über die Ladentheke. »Ich bin hier, um eine Bestellung für meine Herrin abzuholen.«

»Gewiss.« Eva holte das Päckchen aus dem schwarzen chinesischen Schrank und schaute zu dem kleinen Jungen, der sich an der mit Leopardenfell bezogenen Ottomane hochangelte.

»Charles, geh da runter!«, zische die Frau, packte ihn am Arm und zog ihn an sich.

»Das macht nichts«, meinte Eva lächelnd.

»Ich bitte um Verzeihung«, sagte die Frau steif und

steckte das Päckchen in einen Korb, den sie über dem Arm trug. »Man hat uns eine ganze Reihe von Besorgungen aufgetragen, und er war noch nicht im Park. Aber ich kann Ihnen versichern, dass seine Mutter davon erfährt, wenn wir nach Hause kommen.«

Damit nahm sie den kleinen Jungen an der Hand und verließ mit ihm den Laden.

Eva stützte die Ellbogen auf die Ladentheke und sah zu, wie die beiden um die Ecke bogen.

Sie war das Kindermädchen des Jungen.

Eine Hausangestellte, die mehr Stunden des Tages mit dem Kind verbrachte als seine eigene Mutter.

Plötzlich brach das Puzzle auf.

Eine Woche später suchte Eva am Montmartre einen Pfandleiher auf und versetzte alles von Wert, was sie besaß. Von dem Geld kaufte sie einfache, funktionelle Kleidung – formlose Baumwollkleider und ein Paar robuste Schuhe aus zweiter Hand. Keinen dunkelroten Nagellack und keinen passenden Lippenstift mehr, und dann kämmte sie sich die Haare aus dem Gesicht und frisierte sie unter ein schweres Netz. Das Geld, das übrig blieb, nähte sie in das Futter ihres BHs. Sie tauschte ihre Koffer gegen einen billigen Reisekoffer, ihren Ruf gegen gefälschte Empfehlungsschreiben.

Und sie reiste ab, ohne jemandem ein Wort zu sagen.

Ihr erster Halt in West Challow, Oxfordshire, war die örtliche Kirche. Sie war ein erfahrenes, fleißiges Mädchen, das eine Anstellung suchte, bereit, jede Arbeit anzunehmen ... konnte man ihr helfen? Wussten sie etwas? Ihr Englisch war gut, und sie konnte kochen.

Reverend Johns fand, sie könne es im Herrenhaus versuchen, er kannte die Haushälterin, Mrs Dunnan. Er würde ein gutes Wort für sie einlegen. Und er dachte, es könne Arbeit in Ivy House geben. Es gehörte zum Gut ... ein junges Paar, das eine Haushaltshilfe suchte.

Natürlich kannte Eva das Herrenhaus bereits und vor allem Ivy House, das rote Backsteinhaus im Queen-Anne-Stil, das ein Stück abseits hinter einer hohen, von Efeu und Moos bewachsenen Gartenmauer lag. Sie war in der verzweifelten Hoffnung, einen kurzen Blick auf ihr kleines Mädchen zu erhaschen, seit ihrer Ankunft sicher schon ein Dutzend Mal daran vorbeigegangen.

Das Vorstellungsgespräch in Ivy House war schrecklich gewesen, aber beglückend. Catherine Maudley hatte sich auf sie gestürzt wie ein Hungriger auf ein Büfett. »Endlich kann ich richtig arbeiten!«, erklärte sie und würdigte die Zeugnisse auf dem Tisch kaum eines Blickes. »Wann können Sie anfangen?«

Als Eva jetzt in der Nacht den Kopf ins Kissen drückte, die Wange auf dem kühlen Leinen, lauschte sie und wartete, bis es still wurde im Haus. Dann stieg sie aus dem Bett, schlich lautlos die Treppe von ihrem Zimmer unter dem Dach hinunter und betrat unbemerkt das Kinderzimmer.

Dort hockte sie sich an Grace' Bett und sah zu, wie ihre Brust sich in einem gleichmäßigen, seufzenden Rhythmus hob und senkte.

Manchmal hockte sie die halbe Nacht dort.

Sie beugte sich über Grace und atmete den Duft ihres Haars ein; eine berauschende Mischung aus warmem Schweiß und zarter, junger Haut. Ein Duft, der ihr bis ins Mark ging und dort einen Hunger fütterte, der nie gestillt werden konnte.

Sanft strich Eva mit den Fingern über Grace' runde kleine Wange.

Wie groß auch immer ihre Sünden waren, es schien, als hätte Gott ihr vergeben.

Hier war der Himmel, hier war Erlösung.

Hier war ihr Platz auf Erden.

Catherine Maudley faltete die Morgenzeitung, nahm noch einen Schluck Tee und hielt Eva die Tasse hin, damit sie ihr nachschenkte. »Bringen Sie Mr Maudley etwas zu essen, Lena, ja?« Sie rührte ein wenig Milch in ihren Tee. »Er war die halbe Nacht auf und hat sich schon wieder in seinem Büro verbarrikadiert.«

Eva zögerte. Das Gewächshaus durfte sie normalerweise nicht betreten. »Was soll ich ihm bringen, Madame?«

»Tee und Toast«, sagte Catherine, schlug eines ihrer

vielen Notizbücher auf und setzte ihre Lesebrille auf. »Oder sonst irgendetwas. Ich glaube, es ist ihm egal. Vermutlich isst er es nicht einmal, aber man versucht es doch, oder?«

»Ja, Madame«, erwiderte Eva mit einem Nicken und ging wieder hinunter in die Küche. Sie hatte keine Lust, allein zu ihm zu gehen.

Grace saß am Tisch, malte mit Buntstiften und ließ die Füße baumeln.

»Schatz«, sagte Eva zu ihr, »möchtest du deinem Vater ein paar von den schwarzen Keksen bringen?«

Grace rutschte von ihrem Stuhl. »Ja, bitte!«

Eva machte ein Tablett fertig mit einer Kanne Tee, einem Kännchen Milch, ein paar Apfelschnitzen und Käse und dazu die Kohlekekse auf einem hübschen kleinen Teller. (Niemand aß gern kalten Toast.) Sie gab den Teller Grace zum Tragen, und sie gingen zum Gewächshaus und klopften an die Tür.

Nach einer Weile schloss Jonathan Maudley ihnen im Laborkittel die Tür auf. Er sah sie an. »Was ist das?«

»Wir haben dir was zu essen gebracht.« Eifrig hielt Grace ihm den Teller hin. »Die helfen deinem Bauch! Wir haben sie gemacht, also, eigentlich hat Lena sie gemacht …«, verbesserte sie sich.

»Sie enthalten ein wenig Kohle, Sir. Ganz wenig. Das unterstützt die Verdauung«, erklärte Eva leise.

»Tatsächlich?« Er lächelte unsicher und trat einen Schritt zurück. »Na, dann kommen Sie mal herein.«

Sie folgten ihm durch das große Gewächshaus, am Labor vorbei in sein Büro am hinteren Ende. Pflanzen, in akkuraten Reihen angeordnet, waren mit Etiketten versehen; die Luft war feucht – der schwere, reife Geruch des Laubs vermischte sich mit fetter, schwarzer Erde. Evas Blick fiel auf Töpfe und Tröge und ordentlich aufgereihte Exemplare in verschiedenen Wachstumsstadien; im Labor gab es kleine Petrischalen und Fläschchen, ein großes Mikroskop, Tabellen und Notizbücher. Das Büro an sich war klein und beherbergte hauptsächlich einen großen Schreibtisch und ein altes Sofa, das an einer Wand stand. Die Kissen waren an einem Ende zusammengedrückt, und es sah so aus, als diente es oft als Bett.

Eva stellte das Tablett auf den Tisch.

Grace hielt den Teller mit den Keksen fest. Sie war so aufgeregt darüber, bei ihrem Vater zu Gast zu sein, dass es sie schier überwältigte.

Eva wollte sich gerade zum Gehen wenden, da ging Jonathan Maudley vor Grace in die Hocke. »Darf ich?«, fragte er und zeigte auf die Kekse.

Grace machte große Augen. »Ja, Daddy.« Sie hielt den Teller höher.

Er nahm einen und biss hinein. »Nicht schlecht«, sagte er. »Ich fühle mich schon besser.«

»Ehrlich?« Grace trat vor, und die Kekse rutschten gefährlich nah an den Rand des Tellers.

»Vorsichtig, *mon ange*«, sagte Eva und half ihr.

Jonathan Maudley sah sie an, betrachtete die Narbe auf ihrer Handfläche.

Sie ließ Grace los. »Wir sollten deinen Vater weiterarbeiten lassen«, sagte sie forsch und legte Grace sanft eine Hand auf die Schulter. »Er hat viel zu tun.«

Doch Grace wollte noch nicht gehen. Sie hatte das Gewächshaus noch nie betreten dürfen. »Was machst du, Daddy? Darf ich zusehen?«

Jonathan zögerte. Dann nahm er ihr den Teller ab und stellte ihn auf den Tisch. »Komm mit.« Er streckte die Hand aus, und sie griff danach. Seine Hand war groß und warm und schwielig.

Er führte sie ins Labor, wo fast ein Dutzend kleine Pflanzen in identischen Töpfen wuchsen, nummeriert und etikettiert.

»Ich studiere diese häufig vorkommende Pflanze, die man Belladonna nennt«, erklärte er. »Sie wächst wild überall in Großbritannien und besitzt viele heilende Eigenschaften, aber sie ist auch äußerst toxisch.«

Grace sah ihn mit großen Augen an.

»Man kann Medizin daraus machen«, mischte Eva sich freundlich ein, »aber sie ist auch sehr giftig.«

»Wie kann denn Gift Medizin sein?«, fragte Grace.

Jonathan lächelte. »Eine sehr kluge Frage. Viele Arzneien können in kleinen Dosen hilfreich sein, aber wenn man zu viel nimmt, wird man davon ganz krank.«

»Wie Zucker«, fügte Grace hinzu, denn sie wollte ihm unbedingt zeigen, dass sie ihn verstanden hatte.

»Ein wenig so wie Zucker«, pflichtete er ihr bei, »nur viel ernster. Zum Beispiel wird Aspirin, das du nimmst, wenn du Fieber hast, aus Weidenrinde gewonnen. Wenn du krank wärst und hättest kein Aspirin, könntest du dir stattdessen aus Weidenrinde einen Tee aufgießen. Die Natur wirkt auf diese Weise wahre Wunder. Aber mit Belladonna geht das nicht.« Er zeigte auf die Reihe winziger Pflanzen. »Meine Aufgabe ist es, zu versuchen, ob ich eine Form dieser Gattung züchten kann, die nur die guten Eigenschaften besitzt und nicht die schädlichen. Aber in der Wildnis darfst du nie vergessen, dass die Beeren schrecklich giftig sind und dass man sie niemals essen darf. Versprochen?«

Grace nickte ernst. »Das mache ich nicht!«

Eva ließ den Blick über das Blattwerk schweifen. Der Raum erinnerte sie an Andres Labor, an den langen Holztisch, auf dem die Notizbücher lagen, die verschiedenen Glasfläschchen – eine private Welt der Schöpfung.

»Wir sollten deinen Vater jetzt arbeiten lassen.« Wieder versuchte sie, Grace zum Gehen zu bewegen.

Grace widersetzte sich. »Aber wir sind noch nicht fertig, oder?«

»Wir sehen deinen Vater beim Abendessen«, erinnerte Eva sie. »Aber jetzt müssen wir ihn arbeiten lassen.«

Jonathan legte Grace behutsam die Hand auf den Kopf. »Vielleicht ein andermal.«

»Aber bis zum Abendessen ist es noch soooo lange!« Plötzlich bekam Grace Panik. Sie war doch gerade erst gekommen; wer weiß, wann sie je wieder die Gelegenheit bekam?

Sie schlang ihrem Vater die Arme fest um die Beine. »Bitte, schick mich nicht weg! Lass mich bei dir bleiben. Ich verspreche auch, dass ich brav bin, Daddy. Bitte!«

Jonathan Maudley erstarrte.

»Bitte, Daddy! Lass mich hierbleiben, bitte!«

»Grace!« In Jonathans Gesicht stand das blanke Entsetzen.

»Bitte, Daddy!« Ihre Stimme schraubte sich in hysterische Höhen. »Bitte! Bitte!«

»Nicht, Grace … hör damit auf!« Er versuchte, ihre Hände zu lösen, doch sie klammerte sich noch fester an ihn. »Ich kann nicht …« Verzweifelt sah er Eva an. »Nehmen Sie sie, verdammt! Nehmen Sie sie weg!«

Eva löste Grace' Finger und warf sich das kreischende Kind über die Schulter.

Sie trug sie aus dem Gewächshaus, als Catherine Maudley den Weg heruntergelaufen kam.

»Was ist hier los?«, wollte sie zornentbrannt wissen. »Grace! Hör sofort damit auf!«

Doch Grace konnte nicht aufhören. »Ich will wieder rein, bitte, Mummy! Bitte!«

Eva setzte sie ab, und bevor sie Grace beruhigen konnte hatte Catherine sie an den Schultern gepackt. »Hör sofort damit auf!« Sie wandte sich an Eva. »Was, um alles in der Welt, haben Sie da drin überhaupt gemacht?«

»Wir … wir haben ihm nur seinen Tee gebracht.«

»Ich habe *Sie* gebeten, ihm Tee zu bringen. Was haben Sie sich nur dabei gedacht? Hör auf!« Sie schüttelte das Kind. »Hör jetzt auf! Hörst du? Hör auf mit dem Geschrei! Dein Vater braucht Ruhe. Hast du verstanden? Du tust ihm weh!« Sie gab Grace eine Ohrfeige. »Willst du ihm wehtun?«

Grace verstummte, zu schockiert und verängstigt, um noch einen Laut von sich zu geben.

Catherine stand auf. »So etwas erlaube ich nicht, haben Sie das verstanden, Lena? Für das Gewächshaus gilt nicht ohne Grund ›Zutritt verboten‹. Nehmen Sie sie da nicht mehr mit hinein.«

Damit drehte sie sich auf dem Absatz um und marschierte zurück ins Haus.

Jonathan Maudley saß an seinem Schreibtisch und starrte vor sich hin. Draußen wurde der kühle Frühlingstag milder. Doch er befand sich in einer anderen Zeit, an einem anderen Ort.

Bitte, schick mich nicht weg! Bitte!

Hilf mir! Bitte!

Er schloss die Augen. Doch die Stimmen ließen sich nicht verscheuchen.

Er öffnete die Schreibtischschublade und holte eine Whiskyflasche heraus. Hatte Mühe, sie zu öffnen. Legte den Kopf in den Nacken und trank einen kräftigen Schluck. Dann nahm er eine Selbstgedrehte aus der Hemdtasche und zündete sie an.

Er zog gierig daran, hielt das Feuerzeug fest und drückte es in seinen Handteller. Dann fuhr er mit dem Daumen über die Gravur – *immer und immerfort* –, ein Geschenk von Catherine, als er eingezogen worden war.

Doch die Erinnerungen liefen trotzdem wie eine unaufhaltsame Wochenschau in seinem Kopf ab.

Ein offenes Feld, ein sanfter grüner Hügel, darüber der riesige, strahlend blaue Himmel. Über dem Tal der Somme war so behutsam und anmutig wie auf einer Seite der Genesis die Morgendämmerung heraufgezogen und hatte sich zu einem wunderschönen, wolkenlosen, heißen Vormittag entfaltet.

Junge Männer reichten Zigaretten und Taschenflaschen herum, machten Witze, lachten über ihre eigene Nervosität.

Dann fing es an, aus heiterem Himmel.

Ein Befehl wurde gebrüllt, weitere folgten.

Granaten zischten durch die Luft … ein Feuergürtel auf dem Hügel, der die Luft mit schwarzem Rauch und Lärm erfüllte.

Jonathan nahm noch einen Schluck.

Hier waren die Gesichter, die er nicht sehen wollte.

Männer die sich drehten, als tanzten sie, mit ausgestreckten Armen – Körperteile, die in der Luft explodierten, und in einem Nebel aus Eingeweiden, Sehnen und Knochensplittern herunterregneten. Der Boden unter ihren Füßen wurde glitschig vom Blut.

Und die Schreie. Dieser unheilige, unaufhörliche Lärm des Terrors.

»Bitte! Bitte!«

Die Sterbenden hingen in einem Meer aus Stacheldraht. Wie betende Männer sanken sie auf die Knie, doch der Draht ließ sie nicht los.

»Bitte! Bitte, Sir! Lassen Sie mich nicht allein, bitte!«

Jonathan taumelte an ihnen vorbei, halb blind, taub; der rechte Arm zerfetzt.

»Helfen Sie mir, Sir! Bitte!«

Einem Mann war das halbe Gesicht weggeschossen worden, ein Auge baumelte in seiner Höhle, doch seine Lippen bewegten sich noch.

Jonathan erschoss ihn mit zitternden Händen. Seinen eigenen Mann.

Der Junge sackte nach vorn, eine Marionette mit durchtrennten Seilen.

»Zurückweichen! Bewegen! Beweg dich, du Scheißkerl! Bewegen!«

Jemand winkte, schrie, zog ihn am Jackenkragen hoch.

Er blickte über die Schulter und sah die langen Reihen der Deutschen, die über den Hügelkamm kamen, keine fünfhundert Meter entfernt. Sie marschierten langsam, Schulter an Schulter; eine feste graue Mauer aus Männern und Waffen.

Er schaffte es zurück in die dritte Reihe, und dort bediente er wie im Delirium ein Maschinengewehr, bis er durch den Blutverlust bewusstlos zu Boden sank.

So viele Jahre waren inzwischen verstrichen.

Doch dieser Tag würde niemals enden.

Es war spät, fast zehn Uhr am Abend, als Eva zurückging, um das Tablett von Jonathan Maudleys Schreibtisch zu holen. Er war nicht zum Abendessen gekommen, wie sie Grace versprochen hatte. Grace hatte allein mit ihrer Mutter gegessen. Irgendwann nach sieben Uhr hatte Eva gehört, wie ein Motor angeworfen wurde und ein Wagen die Einfahrt hinunterfuhr. Wahrscheinlich in den Pub. Und nicht lange danach zog Catherine sich für die Nacht in ihr Schlafzimmer zurück.

Das Gewächshaus hatte keinen Strom. Also nahm Eva eine Laterne mit, erhellt von einem kurzen Kerzenstummel. Sie zog ihre Strickjacke gegen die Kälte enger um sich und ging den Gartenweg hinunter. Hell und klar stand der Mond am Himmel; Schemen bewegten sich in der Dunkelheit, der Wind raschelte durch die Blätter. Sie klopfte an die Tür. Nichts.

Sie öffnete die Tür und ging ins Büro.

Dort auf seinem Schreibtisch stand das Tablett mit dem unberührten Frühstück. Doch als sie es hochheben wollte, fiel ihr Blick auf eine Reihe von Papieren, die vorher nicht dort gelegen hatten, eine kleine Sammlung alter Zeitungsausschnitte.

Eva hob die Laterne hoch und nahm einen zur Hand. *Kriegsheld bei Gedenkzeremonie geehrt*, lautete die Überschrift.

Auf einem anderen war ein Foto von ihm in Uniform, *Kapitän Maudley erhält das Militärkreuz für Tapferkeit*.

Plötzlich hörte sie den Kies unter den Autoreifen knirschen. Eva legte die Zeitungsausschnitte dahin, wo sie

sie gefunden hatte, nahm das Tablett und verschwand so schnell wie möglich aus dem Gewächshaus.

Von der Küche aus konnte sie die Umrisse einer Gestalt erkennen, die auf das Haus zutaumelte.

Als Eva an diesem Abend im Bett lag, dachte sie darüber nach, wie attraktiv und jung er auf dem Zeitungsfoto ausgesehen hatte.

Und dass er jetzt nicht wiederzuerkennen war.

Grace lag bäuchlings auf dem Boden und stapelte mit großer Konzentration Bauklötzchen aus Holz zu einer wackligen Konstruktion. Ihre kleine Stirn war gerunzelt, die Zungenspitze in einen Mundwinkel geschoben.

Eva setzte sich auf den Sessel neben dem Kamin. »Was baust du da?«

»Eine Festung«, antwortete sie, ohne aufzusehen.

»Du spielst nicht gern mit Puppen, oder?«, fragte Eva.

Grace schüttelte den Kopf. »Ich werde mal Sachen machen. Wie Daddy.«

»Keine Mutter mit einem Baby?«

»Eine Mutter mit einem Baby und ein Sachenmacher«, antwortete Grace entschlossen und setzte das nächste Klötzchen auf.

»Lena!«, rief Catherine aus der Küche. »Lena! Kommen Sie bitte her.«

Die beiden eilten nach unten. Catherine stand in der Küche, die Arme vor der Brust verschränkt. Ihre Miene war ernst.

»Ich verlange eine Erklärung, Lena.« Sie zeigte auf die eingefetteten Glasscheiben mit den gepressten Blüten dazwischen, die auf der Arbeitsplatte aufgereiht waren. »Ich gehe in die Speisekammer, um eine Einkaufsliste zu schreiben, und finde die da.« Ihre Oberlippe kräuselte sich vor Ekel. »Was ist das? Bitte, sagen Sie jetzt nicht, wir sollen das essen!«

»Das sind Blütenpressen, Madame. Um Parfüm zu machen.«

»Parfüm?« Das verstand Catherine nicht. »Warum?«

»Also, ich … es ist nur …« Eva blinzelte. »Ich dachte, es wäre eine interessante Beschäftigung, Madame. Als Projekt für Grace.«

»Kleine Mädchen brauchen keine Projekte. Und wenn, dann kann man ihnen Stricken oder Nähen beibringen … etwas Nützliches!« Mit spitzen Fingern hob sie eine der Glasscheiben ein wenig an, schreckte aber vor dem fettigen Rand zurück. »Was ist das überhaupt? Schmalz?«

»Talg, Madame.«

»Gütiger Himmel!« Schaudernd wischte Catherine sich die Fingerspitzen an einem Küchenhandtuch ab. »Und was ist das?« Sie zeigte auf eine andere Glasplatte.

Eva senkte den Blick. »Haar, Madame. Und ein wenig Wolle.«

»Ehrlich, so etwas Widerliches habe ich in meinem ganzen Leben noch nicht gesehen! Und ausgerechnet in der Küche! Wirklich, Lena, ich verstehe das nicht … normalerweise sind Sie so reinlich. Schaffen Sie das weg. Inzwischen sind sie sicher ranzig.«

»Aber das sind sie nicht, Mummy«, mischte Grace sich ein. »Und das hier«, sagte sie und zeigte auf die Scheiben mit den Paperwhites, »das wird mein Parfüm, wenn es fertig ist!«

»*Deines?* Bist du verrückt?« Catherine sah sie ungläubig an. »Erstens tragen kleine Mädchen keinen Duft, und zweitens erlaube ich nicht, dass du mit Rinderfett beschmiert durch die Gegend läufst!«

Grace griff nach der Hand ihrer Mutter. »Aber ich möchte wie Blumen duften. Du nicht?«

Catherine entzog ihr ihre Hand. »Schatz, das ist kein Duft. Das ist eine fettige Schweinerei! Und nein, ich habe nicht den Wunsch, wie der Fußboden eines billigen Blumenstands zu riechen … das ist vulgär. Schaffen Sie das fort, Lena.« Catherine bedachte sie beide mit einem zornigen Blick. »Und bitte, reißen Sie sich zusammen. Bringen Sie ihr lieber Französisch bei. Sie kann noch kein einziges Wort.« Catherine fuhr sich mit der Hand über die Augen. »Ich habe heute bohrende Kopfschmerzen. Haben Sie Mr Maudley schon etwas gebracht?«

»Nein, Madame.«

»Bitte, Lena«, flehte Lady Catherine, »ich brauche Ihre Hilfe. Bringen Sie ihm Tee. Ich muss zum Einkaufen fahren und habe einen Abgabetermin einzuhalten.«

Sie stieß einen tiefen Seufzer aus und nahm ihre Liste.

Am Mittag aßen sie Käsesandwichs. Eva machte sie auf eine spezielle Art: Sie schob sie in den Backofen, damit der Käse schmolz und auf dem Brot eine klebrige Kruste bildete, dann schnitt sie sie in schmale Streifen und arrangierte sie zusammen mit dünnen Apfelscheiben fächerförmig auf einem Teller.

Nach dem Essen war es Zeit für Grace' Mittagsschlaf. Eva half ihr aus den Schuhen und dem Kleid und zog die Vorhänge zu. Sie setzte sich auf die Bettkante und strich ihr mit den Fingern durchs Haar.

Grace schloss die Augen.

Ihre Atemzüge verlangsamten sich zu einem regelmäßigen Rhythmus.

Das Fenster stand offen; weiche Windböen spielten mit den hauchdünnen Vorhängen. Draußen legte sich eine dunstige, warme Stille über den Nachmittag. Sie musste nirgends hin, musste nichts tun. Nur die Zeit, die sich anmutig von einem Augenblick zum nächsten entfaltete.

Eva drückte Grace einen Kuss auf den Kopf und ging dann hinunter in die Küche, um Teewasser aufzusetzen. Sie bereitete ein Teetablett mit Milch und einem Stück Rührkuchen vor und trug es hinaus zum Gewächshaus.

Sie schaute hinauf zum Himmel. Die Luft war plötzlich reglos, der Himmel von einem flachen Grau. Es sah nach Regen aus.

Fry, der Hund, sprang ihr unter aufgeregtem Gebell um die Beine. »Was ist los?« Sie strich ihm über den Kopf. »Beruhige dich! Willst du spielen?«

Sie klopfte an die Tür zum Gewächshaus.

Niemand antwortete.

Nach einer Minute schob sie die Tür auf. »Hallo? Sir? Ist hier jemand?«

Es war so still.

Sie ging ins Büro, und dort saß er, den Rücken ihr zugewandt, am Schreibtisch.

»Stellen Sie es einfach ab«, sagte er, ohne sich umzudrehen.

Eva stellte das Tablett auf die Ecke des Labortisches und ging. In der Küche machte sie sich daran, Gemüse für einen Eintopf zu schneiden.

Der Hund war unruhig, bellte gegen das Fenster.

»Was siehst du denn da? Ein Eichhörnchen?« Eva trat ans Fenster und schaute hinaus.

Das Tor am Fuß des Gartens stand offen. Der Wind hatte aufgefrischt, das Tor schlug immer wieder gegen den Riegel. Es führte zu einer Wiese mit hohem Gras und dann weiter in den Wald.

Eva glaubte, zwischen den Bäumen etwas zu sehen, was sich bewegte, ein flüchtiger Schemen. Doch schon war er verschwunden.

»Ruhig, Junge, da ist nichts.«

Sie wandte sich wieder ihrer Arbeit zu und schälte Möhren.

Kurz nach drei Uhr ging sie nach oben, um Grace zu wecken.

Sie drückte die Tür auf und trat leise an das Bett. »Schatz? *Mon ange?*«

Eva schlug die Decken zurück.

Das Bett war leer.

»Grace? Grace! Das ist nicht lustig!«, rief sie und sah unter den Betten nach, im Wäschekorb, hinter dem Sofa.

Eva suchte das ganze Haus ab, den Garten. Sie ging sogar noch einmal ins Gewächshaus. Die Tür war unverschlossen. Der Tee war ausgeschenkt worden, die Tasse auf dem Tisch war noch warm.

Doch es war niemand da.

Die Wolken wurden dunkler. Nichts rührte sich in der Luft.

Die Vögel hatten aufgehört zu singen.

Fry stand am Tor am Ende des Gartens und bellte wie wild. Er drehte sich mit eingeklemmtem Schwanz, die Ohren zurückgelegt, zu ihr um und sah sie an.

Eva folgte ihm auf die Wiese und lief los.

Der Himmel war ein riesiges wogendes Meer in Marineblau und Schwarz; die Temperatur war gefallen, und alles sah unwirklich aus, als wäre es auf einen flachen grauen Hintergrund geklebt und würde von hinten angestrahlt.

Eva rannte durch das hohe Gras, taumelte und stolperte über den unebenen Boden. Doch die Entfernung zum Wald schien immer größer zu werden, als watete sie durch Wasser. Endlich erreichte sie den Waldrand.

Hier war es noch dunkler; zuckende Schatten lösten das Licht ab. Sie kämpfte sich durchs Unterholz, das dichte grüne Laub und die tief hängenden Zweige zerrten an ihrem Haar, Dornen zerkratzten ihr die Beine, der trockene Waldboden knackte unter ihren Füßen.

»Grace!«, rief sie. »Grace!«

Die schwere Luft schien ihre Stimme zu verschlucken wie ein Vakuum. Jede Sekunde, da sie ihr kleines Mädchen nicht sehen konnte, kam ihr vor wie eine Stunde; ihr Herz klopfte so laut, dass sie dachte, der Kopf müsste ihr platzen.

Hoch oben fegte der Wind. Ein Schwarm Raben, groß und schwarz, tauchte unter lautem Kreischen herab, bevor er wieder in den Himmel schoss.

Dann bemerkte sie plötzlich in der Ferne etwas Flatterndes, Weißes – dünner, hauchzarter Baumwollstoff.

Sie lief schneller und taumelte auf eine Lichtung – die Lichtung mit den Paperwhites.

Grace hockte im Nachthemd auf dem Boden. Sie hielt etwas Kleines, Goldenes in der Hand. Als Eva sich näherte, sah sie, dass es ein Feuerzeug mit einer Einlegearbeit aus Perlmutt war. »Wo warst du?« Sie streckte die Hand nach ihr aus. »Ich hab dich überall gesucht!«

Grace sah Eva ausdruckslos an und drehte das Feuerzeug in ihren Händen. Dann zeigte sie auf etwas ein paar Meter weiter. »Ich krieg ihn nicht wach.«

Jonathan Maudley lag in einem Graben und rührte sich nicht. Mit weit aufgerissenen Augen starrte er, ohne zu blinzeln, in den düsteren Himmel.

Seine Lippen waren mit etwas Dunklem verschmiert, grau, blaurot – die widerwärtigen, süßen Beeren der Belladonna.

»Sie wollten mich sehen, Sir?« Eva stand in der Wohnzimmertür.

Der Mann am Fenster wandte sich um. Er war Mitte siebzig und hatte eine militärische Haltung, einen akribisch getrimmten grauen Schnurrbart und durchdringend blaue Augen. Seine Züge waren ihr – wenn auch nicht so streng – von seinen beiden Kindern vertraut.

Er machte ein paar Schritte auf sie zu und zeigte auf das Sofa. »Nehmen Sie bitte Platz.«

Eva tat, wie ihr geheißen, und faltete die Hände im Schoß.

Es hatte nicht lange gedauert, bis Catherines Vater, Lord Royce, nach Jonathan Maudleys Tod die Führung übernommen hatte. Er war am Tag danach aus London gekommen und hatte Vorkehrungen für die Beerdigung seines Schwiegersohns getroffen. Wort für Wort hatte er den Nachruf für die *Times* diktiert; der schreckliche Unfalltod eines Kriegshelden und vielversprechenden Wissenschaftlers.

Catherine war natürlich außer sich. Sie konnte weder schlafen noch etwas essen und hatte kaum zwei Worte mit Eva gesprochen, seit der Leichnam ihres Mannes geborgen worden war. Tagsüber schlief sie. Doch nachts hörte Eva sie in ihrem Zimmer herumgehen, auf und ab, hin und her, bis zur Morgendämmerung. Das Haus war in Schweigen gehüllt; selbst der Hund war trüber Stimmung. Doch hinter geschlossenen Türen hatte Eva geflüsterte, aufgeregte Gespräche gehört, vertrauliche Telefonanrufe, und zu den seltsamsten Zeiten trafen Telegramme ein.

Und jetzt wünschte Lord Royce sie zu sprechen.

Eva schaute aus dem Fenster, wo Grace im Garten vor dem Haus spielte. Sie hatte zwei Puppen, die ihr Großvater ihr mitgebracht hatte, teure Porzellanpuppen mit echtem Haar. Sie machte in dem Laub unter der Kastanie Betten für sie, begrub sie halb in der Erde. Ihre Miene war so konzentriert, so ernst. Ihre Lippenbewegungen verrieten Eva, dass sie jeder Puppe eine eigene Stimme gab.

Lord Royce nahm hinter dem Schreibtisch Platz und atmete tief durch. »Lassen Sie mich Ihnen zunächst sagen, wie dankbar meine Tochter Ihnen für alles ist, was Sie getan haben, um ihr in dieser schrecklichen Zeit beizustehen. Wie Sie wissen, ist sie sehr verzweifelt und nicht in der Lage, sich um irgendetwas zu kümmern.

Doch sie hat mich gebeten, Ihnen ihre Dankbarkeit zu versichern.«

»Danke, Euer Lordschaft.«

»Dieser Vorfall zieht natürlich sehr viele Veränderungen nach sich. Meine Tochter braucht jetzt die Unterstützung ihrer Familie. Dieses kleine Experiment«, er sah sich in dem bescheidenen Wohnzimmer um, »in Sachen Unabhängigkeit ist zu Ende. Sie wird so schnell wie möglich wieder zu uns ins Herrenhaus ziehen.«

Eva schluckte. »Ich wäre sehr glücklich, wenn ich ihr und Ihnen, Sir, weiterhin dienen könnte, wo auch immer sie leben.«

»Sehr entgegenkommend. Doch mein Haushalt verfügt über ausreichend Personal. Das verstehen Sie sicher.«

Er zog unter der Schreibunterlage einen Umschlag heraus. »Ich denke, Sie werden feststellen, dass meine Tochter äußerst großzügig war, sowohl bezüglich der Abfindung als auch des Empfehlungsschreibens.«

Er hielt ihr den Umschlag hin.

Eva starrte darauf.

»Ich würde jede Stellung annehmen. Ich habe mich die letzten Monate um die kleine Grace gekümmert. Ich wäre … wäre es zufrieden, dies …«

In seiner Miene spiegelten sich eine Mischung aus Verärgerung und Verachtung.

»Meine Enkeltochter bekommt natürlich eine richtige Kinderfrau«, erklärte er kategorisch. »Eine ausgebildete Kinderfrau, die befähigt ist, eine junge Dame ihrer Schicht zu unterrichten.« Er stand auf und hielt ihr noch einmal den Umschlag hin. »Es sind bereits Vorkehrungen getroffen worden. Ihre Dienste werden nicht mehr gebraucht.«

Eva nahm den Umschlag. Sie konnte weder deutlich sehen noch hören.

»Ich kann alles machen, Euer Lordschaft.« Ihre Stimme war kaum mehr als ein Flüstern. »Alles … Ich arbeite auch in der Küche oder mache die Wäsche …«

»Warum?« Plötzlich veränderte sich seine Miene. Er trat näher.

Eva blickte auf. »Verzeihung, Sir?«

»Warum?«, wiederholte er. »Sie haben Geld, Empfehlungen. Oxford bietet viele Gelegenheiten. Warum wollen Sie unbedingt hierbleiben?«

»Sie … Sie missverstehen mich, Sir.«

»Tue ich das?« Seine Stimme war kalt. »Ihre Augen haben eine sehr ungewöhnliche Farbe.«

»Sir?«

»Solche Augen habe ich erst einmal im Leben gesehen. Sie haben fast dieselbe Farbe wie die Augen meiner Enkelin.«

Eva erstarrte. Sie wollte etwas sagen, doch ihr Mund öffnete sich nur lautlos.

»Sie sind nicht diejenige, die Sie vorgeben zu sein, nicht wahr?« Seine Miene wurde hart. »Ich habe immer gewusst, dass es eines Tages Probleme geben würde. Ich bin von Erpressung ausgegangen. Doch mit so etwas hatte ich nicht gerechnet.«

Eva versuchte zu schlucken, doch ihre Kehle schloss sich wie eine Faust, und sie erwiderte nichts.

»Wenn ich das Innenministerium anrufen würde, hätte ich, glaube ich, keine Probleme, Ihre wahre Identität herauszufinden. Wie nennen Sie sich? Céline? Ist Ihnen klar, was für eine ernste Sache es ist, mit falschen Papieren zu reisen? Sie könnten ausgewiesen oder sogar als Spionin verhaftet werden.«

»Ich … ich weiß nicht, wovon Sie reden, Sir«, stotterte sie mühsam.

»Nicht? Wären Sie dann so freundlich, mir Ihre Papiere zu bringen, damit ich sie mir genauer ansehen kann?«

Tränen brannten in ihren Augen. Eva biss sich fest auf die Unterlippe, um sie zurückzuhalten, und schüttelte den Kopf. »Nein.«

»Das dachte ich mir. Sie haben zwei Tage, um dieses Land zu verlassen. Danach werde ich die Behörden verständigen. Und verstehen Sie mich richtig, wenn Sie sich mir widersetzen, werde ich alles tun, was in meiner Macht steht, um Sie zu entfernen.«

Er ging wieder zum Fenster, kehrte ihr den Rücken zu und beobachtete Grace beim Spielen auf dem Rasen.

Vor der Wohnzimmertür war eine Bewegung zu hören, dann leise Schritte auf der Treppe.

»Ich hatte einmal einen Sohn.« Er spuckte die Worte förmlich aus, voller Bitterkeit und Hass. »Er starb ebenfalls. An Trunkenheit, Ausschweifungen und Krankheit. Das einzig Anständige, was er je getan hat, war das, was er für seine Schwester getan hat. Glauben Sie wirklich, ich würde es zulassen, dass ein billiges französisches Flittchen das einzige Glück zerstört, das meiner Tochter noch geblieben ist?«

Paris, Frühling 1955

»Madame Munroe? Madame Munroe?«

Grace blinzelte und blickte in Madame Zeds Gesicht.

Madame Zed stand auf, ging in die Küche und schenkte ihr ein Glas Wasser ein. Dann stellte sie es vor sie auf den Tisch.

Grace starrte auf das Glas. Sie konnte es sehen, doch ihr war, als begreife sie seinen Zweck nicht.

»Was wurde aus ihr?«, fragte sie nach einer Weile.

»Sie wurde entlassen. Erinnern Sie sich daran?«

Grace schüttelte den Kopf. »Ich erinnere mich vage, im Haus meiner Großeltern gewesen zu sein. Für lange Zeit, wie es mir vorkam. Eine Frau, die Mrs Press hieß, hat sich um mich gekümmert. Sie war älter und hatte dicke weiße Hände. Ich dachte, sie wären aus Talg. Meine Mutter hat mir immer erzählt, mein Vater wäre an einem Herzinfarkt gestorben.«

»Na ja, was hätte sie auch sagen sollen?«

»Ja«, pflichtete Grace ihr dumpf bei.

Madame Zed reichte ihr die letzte Phiole. *Choses Perdues*, stand darauf. »Das bedeutet ›verlorene Dinge‹. Dies ist der Akkord, von dem Eva so besessen war – das Herz des Duftes, den Hiver nicht nachmachen kann.«

Grace nahm die Phiole und hielt sie hoch.

Plötzlich schloss sich die Leere in ihren Sinnen. Die Luft wurde dichter, wie zusammengepresst. Ihre Augen füllten sich mit Tränen.

»Ich war nie in der Lage, es zu riechen.« Madame Zed beugte sich vor. »Bitte, können Sie es mir beschreiben?«

Grace nickte. »Es ist der Duft nach Wolle, Paperwhites, Holz … und Haar … nach meinem Haar.«

Paris, September 1942, während der Nazi-Besatzung

Der Brief wurde am frühen Nachmittag von Jacques Hivers Chauffeur überbracht.

Es war ein ruhiger Tag gewesen. Eva hatte zum zweiten Mal in der Woche die Regale abgestaubt, die Flakons heruntergenommen und einzeln mit einem feuchten Tuch sorgfältig abgewischt, als sie den schwarzen Daimler langsam die Straße heraufkommen sah. Kinder aus der Nachbarschaft liefen daneben her, kreischten und klopften an die Fenster. Aufgrund der Benzinrationierung waren Privatfahrzeuge inzwischen ein seltener Anblick. Nur die ganz Reichen oder Wichtigen konnten sich so einen Luxus leisten. Eva sah zu, wie der Fahrer die Kinder wegscheuchte, bevor er sich dem Laden näherte.

Die Nachricht war typisch kurz gehalten, nur Ort und Zeit, hingekritzelt in Jacques' spinnenartiger, steiler Handschrift. Doch was diese Nachricht von den anderen unterschied, die er regelmäßig schickte, war die Tatsache, dass der Treffpunkt diesmal eine Privatadresse war und kein Hotel.

Eva faltete den Brief zusammen und schob ihn in ihre Rocktasche.

»Wer war das?«, rief Andre aus dem Hinterzimmer. »Ein Kunde?«

»Nein.« Kunden waren dünn gesät. »Nichts Wichtiges.«

»Oh. Einer deiner Bewunderer.«

Sie wussten beide, dass der Begriff »Bewunderer« nicht ganz zutreffend war. Und sie vermieden beide, es laut auszusprechen.

Seit Eva vor sieben Jahren nach Paris zurückgekehrt war, hatten sie und Andre eine Art stillschweigende Vereinbarung. Nach ihrer plötzlichen Abreise hatte er sich ohne sie durchgeschlagen, zuerst wütend und verletzt, dann hin- und hergerissen zwischen Bedauern und Selbstverachtung. Als er Monate später eines Morgens zum Laden kam und sie wartend auf der Schwelle gestanden hatte, war er überwältigt gewesen vor Dankbarkeit und Erleichterung.

Doch er schloss nur die Tür auf und sagte: »Bist du wieder da?«

»Ja.«

Sie trat ein und machte sich, ohne ein weiteres Wort, daran, die Auslage auf der Ladentheke neu zu arrangieren.

Er bat sie nie um eine Erklärung, und sie gab ihm auch keine.

Die Dinge lagen jetzt anders zwischen ihnen, sie hatten keine Erwartungen mehr, und keiner von beiden besaß die Kraft für stärkere emotionale Stürme. Eine respektvolle Distanz schützte sie voreinander. Freundlichkeiten wurden ausgetauscht, unbedeutendere Übertretungen ignoriert, kleine Freiräume in einem Zustand freundschaftlicher Reserviertheit verhandelt.

Eva schob den schweren Samtvorhang zur Seite, der den Laden vom Lagerraum trennte, und lehnte sich an den Türrahmen. Andre stand oben auf der Leiter und griff nach einem versiegelten Glas Ambra, das auf einem der hohen Regalbretter stand. Er war dünn, sehr dünn. Durch die strenge Rationierung waren alle Menschen in Paris dünner geworden, doch Andre war obendrein noch viel zu abgelenkt, um seine bescheidene Zuteilung zu essen. Er lebte von einer Diät aus hauptsächlich Zigaretten, Weiße-Bohnen-Eintopf und wässrigem »Kaffee« aus Chicorée und Gerste. Da die Aufträge erheblich zurückgegangen waren, richtete er seine beträchtliche Energie auf die Umorganisation seiner kompletten Sammlung. Er hatte seine Parfüms bereits bis zu einem bemerkenswerten, fast pathologisch zu nennenden Grad in Kategorien eingeteilt und Querverbindungen und gelegentlich bizarre, wunderliche Klassifizierungen geschaffen, die er auf einer Karteikarte unter jedem Flakon festhielt. Eva wusste, dass er schlicht versuchte, seine Nerven zu beruhigen und sich von dem drohenden Schatten der Zukunft abzulenken.

»Warum machen wir nicht Pause?«, schlug sie vor. »Lass uns den Laden für eine halbe Stunde schließen, rausgehen und ein bisschen frische Luft schnappen?«

Er stieg von der Leiter und stellte das Glas auf die Ladentheke. »Die Luft in Paris hat nichts Frisches mehr.

Abgesehen davon«, meinte er und kratzte an dem roten Ausschlag, der sich über den rechten Handrücken ausbreitete, »bin ich mitten bei der Arbeit.«

Eva beharrte nicht darauf. Sie wusste, dass er es verabscheute, mit dem barbarischen gelben Stern am Revers in der Öffentlichkeit gesehen zu werden. Wirklich wohl fühlte er sich inzwischen nur noch im Laden. Die schönen, maßgeschneiderten Anzüge, die er einst getragen hatte, hingen unberührt und sauber in seinem Schrank. Er hatte nur einmal kapituliert und den Stern an die Anzugjacke genäht, die er am wenigsten mochte, jetzt aber jeden Tag trug. Er ging nicht mehr ins Café und traf sich auch nicht mehr mit Freunden.

Ja, er wurde immer mehr zum Einsiedler, verließ kaum das Labor und arbeitete nach der Sperrstunde bis spät in der Nacht im Keller. Und die Früchte seiner zwanghaften Arbeit drängten sich auf den inzwischen übervollen Regalen: Flakon neben Flakon mit neuen Formulierungen, manchmal zwei oder drei in einer einzigen Nacht. Das war mehr als produktiv; es war eine Art geniale Besessenheit. Andre war auf der Höhe seiner Schaffenskraft, und er kreierte subtile, kühne, elegante Kompositionen. Häufig verbrachte er Stunden damit, ihr seine Notizbücher zu zeigen und ihr den Prozess in allen Einzelheiten zu erklären, als zweifelte er an sich und wollte eine Zeugin, die sein Erbe fortführen konnte. An manchen Nachmittagen ließ er sie zwanzig verschiedene Varianten derselben Formel testen, nur um sie alle zu verwerfen. Ein andermal war er dann wieder überzeugend, diktatorisch, rauchte Kette und erklärte inmitten des Nebels aus dichtem Zigarettenqualm, er sei die einzige wahre Nase, die Paris noch habe.

Eva fand diese rasende Besessenheit sowohl rührend als auch schmerzlich mit anzusehen. Er trieb sich in die Erschöpfung. Sie vermeinte zu spüren, dass er keine Angst um sich selbst hatte, sondern nur um sein Talent; er hatte Panik, dass etwas einzigartig Schönes nicht verwirklicht würde, wenn er es nicht in die Welt brachte.

Sie trat neben ihn. »Woran arbeitest du gerade?«

»Ich möchte eine griechische Serie machen.« Er sah zu ihr auf und schenkte ihr ein schiefes Lächeln. »Ich sehne mich nach Archetypen.«

»Also, ich geh mal eine Weile nach draußen. Falls du nichts dagegen hast.«

Die Gefahr, dass jemand kam, war gering, doch sie wusste auch, dass Andre sich davor scheute, sich mit den Kunden zu befassen.

Heute zuckte er nur die Schultern. »Tu, was du willst. Aber dreh das Schild um, ja? Ich will keine uneingeladenen Gäste.«

Er sprach von den Deutschen. Die Einzigen in Paris, die noch das Geld für Luxusgüter hatten.

Eva machte sich auf den Weg zum überfüllten Boulevard Saint-Germain. Seit der Invasion schien es, als würden mehr Menschen durch die Straßen laufen, sich drängeln und einander mustern, als suchten sie im Gesicht des anderen nach einem Hinweis darauf, was los war. Tagsüber waren die Straßen voller Menschen. Sie stellten sich für Rationen an, feilschten mit improvisierten Standinhabern, die Schwarzmarktgüter verkauften, besuchten Cafés, um zu rauchen, zu diskutieren und zu reden. Nachts waren dieselben Straßen unheimlich leer.

Sie überquerte den Fluss auf der Pont de Sully. An den Ufern der Seine saßen Angler, Männer wie Frauen, die geduldig warteten und hofften, ihre Rationen ein wenig aufzustocken. Als sie ins vierte Arrondissement kam, veränderte sich die Atmosphäre. Hier waren die breiten Boulevards stiller, auf den Straßen fehlten die vielen Fahrräder und Fahrradrikschas, die sich in Saint-Germain drängten. Von den Dächern der Regierungsgebäude hingen riesige Hakenkreuzfahnen, die lautlos im Wind flatterten. Plötzlich entdeckte Eva eine Schar Vögel, die am Himmel kreiste. Es gab fast keine Tauben mehr in Paris, die meisten waren gefangen und gebraten worden.

Schließlich trat sie durch den kopfsteingepflasterten Eingang auf die ausgedehnte, imposante Place des Vosges. Die Bäume waren kahl, nur ein paar goldene Blätter klammerten sich noch trotzig fest. Kinder hockten im Kreis und ließen Murmeln durch den Schmutz kullern. Ein älterer Mann kehrte herabgefallenes Laub zu hohen Haufen zusammen. Seine kleine, stämmige Frau, die in einen gestrickten Schal gehüllt war, half ihm dabei. Die vier großen Springbrunnen waren trocken, die Spielgeräte auf dem Spielplatz schon vor langer Zeit abmontiert worden. Sie schienen sich alle zu bewegen wie Krankenschwestern um das Bett eines schlafenden Patienten, vorsichtig und leise.

Eva überprüfte noch einmal die Adresse, als sie den Park durchquerte. Eine Gruppe deutscher Soldaten saß auf einer Bank und rauchte. Sie lachten, riefen etwas und pfiffen, als sie an ihnen vorbeilief.

Eva verließ den Park, ging über die Straße und betrat durch den schmalen Durchgang den Innenhof des Gebäudes. Die Concierge, eine schüchterne, mürrische junge Frau, wartete vor der Haustür auf sie. Sie führte Eva die Treppe hinauf in den ersten Stock. Dort schloss sie die Wohnungstür auf und verschwand wieder nach unten, bevor Eva etwas fragen konnte.

»Hallo?« Eva trat ein.

Die Wohnung war leer, unmöbliert.

»Hallo, ist hier jemand?«, rief sie noch einmal.

Ihre Stimme hallte von den nackten Wänden wider. War das ein Scherz?

Sie wurde von den bodentiefen Fenstern wie magisch angezogen, die auf die Place des Vosges führten. Eine bemerkenswerte Aussicht.

»Gefällt sie Ihnen?«

Eva drehte sich um.

Eine aparte elegante Frau stand in der Tür. Sie war nur wenige Jahre älter als Eva, hatte eine geschmeidige Figur und eindrucksvolle Gesichtszüge. Sie trug ein einfaches Tageskleid und flache Schuhe, als wollte sie einkaufen gehen oder Besorgungen erledigen; zwei Aktivitäten, die man ihr nicht abnahm. Sie musterte Eva von Kopf bis Fuß, als wäre sie ein Stück Fleisch, das beim Metzger im Fenster hing.

»Verzeihung?« Eva kramte in ihren Erinnerungen. »Ich glaube nicht, dass wir uns schon einmal begegnet sind.«

»Nein«, erwiderte die Frau. Sie knotete ihr seidenes Kopftuch auf, unter dem dunkle Locken zum Vorschein kamen, und legte es sich locker um den Hals. »Und wir werden uns auch nie begegnen. Stört es Sie, wenn ich rauche?«, fragte sie und nahm ein goldenes Zigarettenetui aus der Handtasche.

Sie zündete sich eine an, ohne Evas Antwort abzuwarten.

»Also, gefällt sie Ihnen?«, fragte die Frau noch einmal und blies einen Rauchfaden zur Decke. »Die Aussicht ist außergewöhnlich, finden Sie nicht?«

Sie trat näher und stellte sich vor das Fenster. »Ich glaube, die genügt vollauf. Machen Sie sich um Möbel keine Sorgen. Ich schicke im Laufe der Woche ein paar Stücke vorbei. Ich meine«, sagte sie mit einem Lachen, und Rauch strömte ihr aus der Nase, »ich bin überzeugt, dass Ihr Geschmack mehr als angemessen ist. Aber Sie werden zu würdigen wissen, dass diese Ergänzungen etwas Besonderes sind.«

Jetzt wusste Eva, wer sie war.

Sie schob die Hände in die Manteltaschen. »Ich weiß nicht, ob das nötig ist, Madame Hiver.«

Yvonne Hivers dunkle Augen blitzten. »Nun, es liegt

natürlich an Ihnen«, sagte sie leichthin. »Sie arbeiten in dem kleinen Parfümladen, nicht wahr? Wie heißt er noch?«

Eva antwortete nicht.

Yvonne neigte den Kopf zur Seite und betrachtete aufmerksam Evas Gesicht. »Sie sind nicht die Einzige, wissen Sie. Es gibt noch andere.«

»Sie meinen vermutlich andere Frauen.«

»Natürlich.« Yvonne zog noch einmal an ihrer Zigarette. »Mein Mann ist ziemlich sentimental. An manchen hält er fest, seit wir verlobt waren. Süß, nehme ich an.«

»Oder nachlässig.«

Yvonne stieß langsam den Rauch aus. »Wie haben Sie ihn überhaupt kennengelernt?«

Eva wies mit einem Nicken auf ihre Zigarette. »Haben Sie noch eine?«

Das quittierte Yvonne mit einem leicht verärgerten Stirnrunzeln. Trotzdem holte sie das goldene Zigarettenetui wieder heraus. »Die Rationierung hat vermutlich aus uns allen Bettler gemacht.«

Eva nahm eine Zigarette, beugte sich vor und zündete sie an Yvonnes Zigarette an. »Ich habe reichlich, danke. Aber ich ziehe Ihre vor.«

Yvonne starrte sie an und lächelte. »Sie wollten mir gerade erzählen, wie Sie sich kennengelernt haben.«

»Im Casino de Paris. Eines Abends ist er mir nach draußen gefolgt. Ich hatte meinen Gewinn zurückgelassen. Er hatte den Eindruck, es sei ein Versehen gewesen, und wollte ihn mir bringen.«

Yvonne betrachtete sie eingehend. »Aber es war kein Versehen?«

»An Geld liegt mir nichts. Ich gehe nur dorthin, um Karten zu spielen.«

»Er hat Ihnen also Ihr Geld gebracht und Ihnen danach zweifellos einen Drink spendiert.«

Eva stieß den Rauch aus. »Ich habe gesagt, er soll verschwinden. Doch er nahm das Geld mit ins Casino und sagte dem Kassierer, er solle es in Chips für mich verwahren. Als ich am nächsten Abend hinkam, wartete er schon auf mich.«

Yvonne nahm sich einen Augenblick, um diese Information zu verarbeiten. Es passte offenkundig nicht zu ihren Phantasien. »Gehen Sie oft allein ins Spielkasino?«, fragte sie, als würde sie sich auf einer Party müßig unterhalten.

»Ja«, antwortete Eva wahrheitsgemäß. »Ich finde es tröstlich.« Sie wies durch die leere Wohnung. »Ist das Ihre Idee?«

»Ja.«

»Warum?«

Statt zu antworten, öffnete Yvonne die Balkontüren und trat hinaus auf den Balkon. »Wissen Sie, bald wird niemand mehr Geld haben, um Parfüm zu kaufen. Nicht, solange Krieg herrscht. Aber das wissen Sie sicher. Ich bin erstaunt, dass der kleine Laden noch nicht geschlossen hat.«

Eva folgte ihr.

Die prächtige Grünanlage war wie die meisten Parks

in der Stadt relativ unberührt von den Deutschen. Es war leicht, ja, verlockend, sich einzureden, alles wäre wie immer. Von all den beunruhigenden Aspekten der Besatzung empfand Eva diesen Schleier der Normalität als besonders unheilvoll. Welche Wunde konnte schmerzlicher sein als die, die man nicht sah?

»Ich habe ein paar Erkundigungen über Sie eingezogen, Mademoiselle d'Orsey«, gestand Yvonne. »Ich weiß, dass Sie im Café Flore anschreiben lassen und mit dem Bezahlen immer hinterherhinken. Ich weiß auch, dass man sie dort gern im hinteren Bereich platziert, weil Sie zu viel trinken. Mir ist bekannt, dass Sie fast jeden Abend spielen, in zweifelhafter Gesellschaft. Und dass Ihr Geschäftspartner, Andre Valmont, Jude ist. Ich weiß auch, dass mein Mann gern Dinge rettet – verängstigte junge Katzen, verletzte Spatzen, Frauen, denen ihre Moral abhandengekommen ist.«

Eva nahm einen langen Zug. »Und deswegen bieten Sie mir eine Wohnung an?«

Yvonne beugte sich vor und stützte die Ellbogen auf das Balkongeländer. »Mir scheint, als hätten Sie sehr wenig zu verlieren und sehr viel zu gewinnen. Alles, was ich von Ihnen will, ist, dass Sie Jacques und ein paar seiner neuen Freunde weiterhin unterhalten. Da ist es doch nur natürlich, dass es mir am Herzen liegt, dass Sie dies stilvoll tun.«

»Und tragen diese neuen Freunde zufällig graue Uniformen und Schaftstiefel?«

Yvonne drückte ihre halb gerauchte Zigarette aus und

warf sie vom Balkon. »Niemand hat etwas davon, wenn wir zusehen, wie Hiver-Kosmetik untergeht. Wir müssen kooperieren.«

»Genauer gesagt, *ich* muss kooperieren«, verbesserte Eva sie. »Sie halten sich heraus.«

»Wir sind uns nie begegnet, Mademoiselle. Und wir werden uns nie begegnen.«

»Warum treffen Sie diese Arrangements? Warum nicht Jacques?«

»Ich vertraue ihm nicht.« Yvonne schien das amüsant zu finden. »Stellen Sie sich das vor«, meinte sie lachend. »Aber einige Dinge sind zu wichtig, zu heikel, um sie seinem Urteil zu überlassen.«

Eva hatte Kopfschmerzen, und sie verspürte nagenden Hunger. Sie drehte sich um und blickte auf den Park. Plötzlich war sie zornig, fühlte sich betrogen. Paris war so schön wie immer. Doch diese Schönheit war heuchlerisch, mit ihr stimmte etwas ganz und gar nicht.

Die Soldaten saßen immer noch auf der Bank.

Ganz Paris war voll von ihnen; Theater und Galerien, Restaurants und Nachtclubs – überall Naziuniformen und die gutturalen Laute der deutschen Sprache. Sie schlenderten durch die Parks, bestellten Bier in Cafés, standen mit Kunstkatalogen in der Hand stirnrunzelnd vor Gemälden von Matisse. Es gab Frauen, Französinnen, die über ihre Geschichten lachten, an ihren Armen hingen und sich auf ein Glas einladen ließen. Eva fand das jämmerlich und vermied es, ihnen in die Augen zu sehen. Sie wusste, was sie darin finden würde: Angst und Verzweiflung, verkleidet als kindisch bemühte Tapferkeit und Trotz.

»So scharf bin ich nicht auf Ihren Mann«, sagte sie nach einer Weile.

Yvonne trat von einem Fuß auf den anderen wie jemand, der gezwungen war, auf den Bus zu warten, obwohl er viel lieber ein Taxi genommen hätte. »Sie kriegen dafür diese Wohnung und eine großzügige, regelmäßige Zuwendung.«

»Mir sind Aktien lieber.«

Yvonne runzelte die Stirn und schürzte die Lippen. »Wie Sie wünschen. Sind wir uns einig?«

Eva drehte sich zu ihr um. »Sie wollen also, dass ich Ihnen einen Gefallen tue?«

»Einen Gefallen?« Yvonnes Augen loderten auf.

»Welchen Preis hat die Gesellschaft Ihres Mannes oder Ihr Ruf, Madame Hiver?« Eva lächelte sanft. »Ich werde darüber nachdenken … unter einer Bedingung. Ich möchte, dass Sie auch etwas für mich tun.«

»Und das wäre?«

»Andre Valmont. Ich will, dass Hiver ihn beschäftigt. Ich will, dass Sie dafür sorgen, dass er geschützt ist und als kriegswichtiger Mitarbeiter der Firma eingestuft wird.«

Mit halb zusammengekniffenen Augen verschränkte Yvonne die Arme vor der Brust. »Wir stellen niemanden ein. Erst recht keine Juden.«

»Er ist ein Parfümeur von Weltklasse. Ein Genie. Genau der Visionär, den Hiver braucht.«

»Ich weiß nicht, was Sie von mir erwarten.«

»Was wäre, wenn er ein Parfüm für Hiver kreierte?«, beharrte Eva. »Eines, das exklusiv unter dem Namen Hiver verkauft wird. Damit wäre bewiesen, dass er für die Zukunft der Firma unentbehrlich ist.«

»Die Nazis haben unsere Fabriken übernommen«, erklärte Yvonne müde. »Wir produzieren keine Kosmetika mehr. Wir stellen Nylon für Fallschirme her und Gott weiß was noch!«

»Wir könnten es herstellen, Andre und ich, im Laden. Wir haben noch Vorräte. Wir könnten die Formulierung in kleinen Chargen produzieren. Ihre Produkte werden immer noch verkauft.«

»Das sind alte Vorräte. Und sie gehen rasch zur Neige. Je länger der Krieg andauert, desto heikler wird unsere Situation.«

»Ja, aber was wäre, wenn Hiver während der finstersten Stunde Frankreichs entgegen allen Erwartungen ein neues Parfüm herausbringen würde? Können Sie sich vorstellen, was dies für Französinnen in Zeiten wie diesen bedeuten würde? Dass etwas Schönes geschaffen wird, dass es existiert, etwas Einzigartiges, etwas Französisches? Was ist typischer für Frankreich als Parfüm? Glauben Sie, Hoffnung hat einen Duft? Loyalität? Treue? Und die Tatsache, dass Sie es ohne Fabriken produzieren, trotz der Deutschen, würde die Phantasie beflügeln. Es würde wie ein exquisiter patriotischer Akt erscheinen.«

Yvonne schürzte wieder die Lippen, ohne etwas zu sagen.

Eva spann ihre Gedanken laut fort. »Auf der Flasche müsste ein Bild des Eiffelturms sein.«

»Und wie würden Sie es nennen?«

»*Mon Coeur.* Jetzt, immer, ewig.«

Yvonne schnaubte und schüttelte den Kopf. »Das ist lächerlich! Und gefährlich.«

»Mutige Taten erfordern Verwegenheit. Deswegen werden sie bewundert. Es ist Parfüm, keine Politik.«

»Alles ist Politik. Wir können uns keinen Skandal leisten.«

»Skandal ist die beste Form der Werbung.«

»Man beißt nicht die Hand, die einen füttert.«

»Und man leckt die nicht ab, die einem die Nase in den Dreck drückt und einen schlägt!«, versetzte Eva.

»Wir haben nicht vor, uns schlagen zu lassen, Mademoiselle«, erklärte Yvonne ruhig. »Wir streben danach, unversehrt zu überleben. Doch jetzt begreife ich, was Jacques so an Ihnen fasziniert.«

»Lassen Sie sich nicht täuschen.« Eva sah sie von der Seite an. »Er findet nicht mich faszinierend. Er findet einzig und allein sich selbst faszinierend. Doch nur, wenn er Zuschauer hat.«

»Das ist nicht sehr schmeichelhaft für Sie.«

»Ich bin nicht mehr als eine funkelnde kleine Glasscherbe, Madame. Er schaut hinein, um sein eigenes Gesicht zu sehen, nicht meines.«

Ein Schatten des Wiedererkennens huschte über ihre Züge. »Ich muss mich wundern, dass Sie sich mit so wenig zufrieden geben«, sagte sie leise.

»Das Wichtige ist«, Eva wechselte das Thema, »dass das Parfüm den Namen Hiver trägt und dass sein Schöpfer, Andre Valmont, von Hiver-Kosmetik als kriegswichtiger Mitarbeiter eingestuft wird.«

»Es gibt keine Garantie.«

»Aber Sie werden es versuchen«, beharrte Eva.

Yvonne nickte langsam. »Wissen Sie, ich glaube«, überlegte sie laut, »dass auf der Flasche ein Bild des Eiffelturms sein könnte, aber der Name sollte neutraler sein. Vielleicht so etwas wie *Ce Soir*.«

Eva runzelte die Stirn. »*Ce Soir* bedeutet gar nichts.«

»Ich weiß.« Yvonne lächelte. »Aber mehr braucht ein Produkt, das den Namen Hiver trägt, nicht. Na los, warum sehen Sie sich nicht ein wenig um?«, schlug sie mit einer ausholenden Geste vor.

Eva ging wieder hinein, und Yvonne folgte ihr.

Eva sah sich die Wohnung an, schlenderte von einem Zimmer ins nächste. Im Schlafzimmer blieb sie stehen. »Was ist das?«

»Natürlich ein Bett.«

»Es ist ein wenig vulgär.«

Yvonne verschränkte abwehrend die Arme vor der Brust. »Es ist ein Familienerbstück.«

Eva zuckte mit den Schultern.

Als sie fertig waren, nahm Yvonne Hiver ihr Kopftuch und band es sich wieder um. »Wissen Sie«, gestand sie, »es gab eine Zeit, da hat alle Welt über Ihren kleinen Laden gesprochen, über Andre Valmont. Ich war neidisch. Aber jetzt frage ich mich natürlich, ob Ihr Jude wirklich so talentiert ist, wie Sie behaupten. Oder hat er sich verirrt?« Sie griff nach dem Türknauf und drehte sich noch einmal um. »Ich meine nur, bei dem ganzen Theater hätte ich doch gedacht, Sie würden besser riechen.«

Paris, Frühling 1955

Grace betrat die leere Wohnung. Sie ging ans Fenster und blickt über die Place des Vosges.

Die blaue Stunde.

Sie legte die Fingerspitzen an die kalte Fensterscheibe.

Le droit de choisir.

Freiheit.

Eva d'Orsey hatte ihr vor allem die Möglichkeit geben wollen, das Leben zu wählen, das sie sich wünschte.

Hinter sich hörte sie Schritte, die näher kamen und in der Tür stehen blieben.

»Du bist es, nicht wahr?«, sagte Roger.

Grace drehte sich um. »Was machst du hier? Wie hast du hierhergefunden?«

»Ich habe dich gesucht.« Er drehte den Lichtschalter. Kaltes, weißes Licht erfüllte das Zimmer. »So ist es besser. Und ich habe mich heute Nachmittag auch mit diesem französischen Anwalt getroffen. Er hat mich hergefahren. Ich wollte mir die Wohnung ansehen.«

Grace schaute hinunter auf die Straße. Im Licht der Laterne lehnte Edouard Tissot wartend an seinem Auto.

Sie drehte sich wieder um, plötzlich verlegen. Ihr

Herzschlag beschleunigte sich, ihre Hände fühlten sich taub an.

Roger ging von Zimmer zu Zimmer. »Das ist ja riesig!«, rief er aus dem Bad. »Das muss mehr wert sein, als er sagt.«

»Sie war meine Mutter«, platzte Grace heraus; sie konnte es einfach nicht länger für sich behalten.

Roger kam zurück in den Salon und sah sie aufmerksam an. »Verzeihung, was hast du gesagt?«

»Eva d'Orsey. Die Frau, die mir das hier hinterlassen hat.« Ihre Stimme brach, das Herz trommelte in ihrer Brust. »Ich bin adoptiert worden, Roger.«

Einen Augenblick lang stand Roger bewegungslos da und überlegte. Dann kam er näher und fasste Grace fest an den Schultern. »Ich bin froh, dass du es mir gesagt hat. Und dabei bleibt es, verstehst du?« Er nahm sie in die Arme. »Das braucht niemand je zu erfahren.«

Ohne Vorwarnung brach Grace in Tränen aus. Ihre Schultern bebten, und zwischen den Schluchzern schnappte sie mühsam nach Luft. Roger streichelte ihr zärtlich über das Haar und drückte ihr einen Kuss auf den Kopf. »Das kriegen wir alles im Nu geregelt«, versicherte er ihr. »Jetzt können wir uns ein Haus in Belgravia leisten. Ich verspreche dir, das hier ist bald vorbei, Schatz, wie ein Albtraum. Von jetzt an kümmere ich mich darum. Und wir werden nie wieder über diese Frau reden.«

Als Grace sich nach einer Weile wieder beruhigt hatte, reichte Roger ihr aus seiner Manteltasche ein Taschentuch. Sie schnäuzte sich.

»Jetzt geh und wasch dein Gesicht«, sagte er lächelnd. »Deine Nase ist ganz rot.«

Gehorsam ging Grace ins Bad und spritzte sich kaltes Wasser ins Gesicht. Doch als sie in den Spiegel sah, blickte ein anderes Gesicht sie an, eines, das sie nicht verleugnen konnte. Evas Gesicht.

Im Salon ging Roger auf und ab, um die Größe der Wohnung abzuschätzen. Grace stellte sich in die Ecke und sah ihm zu.

»Warum hast du gesagt, wir würden nie wieder über sie sprechen?«, fragte Grace.

Er rechnete gerade im Kopf etwas aus und hielt die Hand hoch, um ihr zu bedeuten, einen Augenblick zu warten. »Ich würde sagen, der Raum hat sicher elfmal sechs Meter«, erklärte er, holte ein kleines Notizbuch aus der Brusttasche und notierte etwas.

Grace ging ans Fenster.

Edouard war noch da.

»Warum hast du gesagt, wir würden nie wieder ein Wort über Eva d'Orsey verlieren?«, fragte sie noch einmal und überlegte, ob Edouard wohl nach oben schauen und sie sehen würde.

»Warum sollten wir? Je weniger wir über die ganze Angelegenheit sprechen, desto besser«, erwiderte Roger. »Stell dir nur vor, wir würden uns in der Öffentlichkeit verplappern und es würde allgemein bekannt.«

Grace drehte sich zu ihm um. »Aber du weißt nicht das Geringste über sie.«

»Darum geht es doch gar nicht. Du hast eine Familie,

eine sehr bedeutende Familie, Grace. Das ist das Einzige, was zählt. Alles andere verkompliziert die Dinge nur unnötig.«

»Aber meine Familie«, sie unterbrach sich und suchte nach den richtigen Worten, »ist nicht meine wirkliche Familie. Das ist nicht die ganze Geschichte.«

»Schau«, meinte er seufzend, »die Wahrheit ist nur wichtig, wenn sie nützlich ist.«

»Willst du nicht einmal wissen, wer sie war?«

»Wenn du es mir erzählen willst, dann höre ich dir zu. Aber diese Geschichten, also«, er seufzte, »die sind meistens ein wenig sentimental.« Plötzlich veränderte sich seine Miene. »Sie hatte doch sonst keine Familie, oder? Jemand, der das Testament anfechten könnte?«

Grace schüttelte den Kopf. »Nein.«

Er entspannte sich. »Was für ein Glücksfall! Ehrlich, Schatz, ich finde, das hätte nicht besser laufen können. Sie lebte in einem anderen Land, sie hatte keine Familie. In England hat noch nie jemand von ihr gehört. Weißt du, angesichts dessen, was du mir gerade erzählt hast, muss ich sagen, dass ich beeindruckt bin, wie diese Frau die ganze Sache geregelt hat.«

»Eva«, unterbrach sie ihn.

»Wie bitte?«

»Sie hieß Eva.«

»Ja, also, Eva. Sie war äußerst großzügig und dazu unglaublich diskret. Sie hat offensichtlich begriffen, was das Beste ist.«

Grace schob die Hände in ihre Taschen und spielte mit dem alten Feuerzeug ihres Vaters. »Vermutlich.«

»Wir können sagen, du hättest das Geld von einem alten Freund deines Vaters geerbt.«

»Du meinst, wir sollen lügen? Also, nicht nur die Einzelheiten weglassen, sondern richtig lügen?«

»Ich schlage nur vor, dass wir uns absprechen für den Fall, dass jemand nachfragt. Was ist denn zu gewinnen, wenn wir ihre Existenz bekanntgeben? Nichts. Stell dir doch bloß vor, wie du versuchst, es unseren Freunden zu erklären.«

»Glaubst du wirklich, es würde so eine große Rolle spielen?«

»Grace.« Er sah sie nachsichtig an. »Sosehr ich dich auch anbete, kann ich doch nicht glauben, dass du das tatsächlich fragst.«

Roger machte sich daran, das Schlafzimmer abzuschreiten.

Grace trat wieder ans Fenster.

»Du hast nicht zufällig Feuer, oder?«, rief sie.

»Nicht bei mir.«

»Ich gehe runter. Monsieur Tissot hat sicher welches.«

Als Grace den im Dämmerlicht liegenden Hof durchquerte und auf die Straße trat, richtete Edouard sich auf und löste sich vom Auto. Sie ging zu ihm, und er nickte leicht. »Madame Munroe.«

»Hallo. Ich … ich würde gern mit Ihnen reden.« Sie verharrte, unsicher, wie sie anfangen sollte.

Er wartete.

»Eva d'Orsey war meine Mutter«, sagte sie. »Haben Sie das gewusst?«

Er machte ein besorgtes Gesicht. »Nein, das habe ich nicht gewusst. Wie haben Sie es herausgefunden?«

»Madame Zed hat es mir erzählt. Sie hat mir ein Foto gezeigt …« Ihre Stimme verlor sich.

»Das ist sicher nicht so einfach.«

»Ich fühle mich ganz seltsam. Als würde ich mich selbst nicht mehr kennen.«

Sie standen eine Weile da. Sie hatte ihn unbedingt sehen, mit ihm reden wollen. Jetzt wusste sie nicht, was sie sagen sollte. Der Wind hatte aufgefrischt. Grace drehte das Feuerzeug ein ums andere Mal in ihrer Tasche.

»Mein Mann misst gerade die Wohnung aus«, sagte sie wie benommen.

Er nickte wieder. »Ihr Mann ist sehr gründlich.«

»Ich habe mich neulich Abend schlecht benommen«, platzte sie heraus.

»Tatsächlich? Also«, erwiderte er stirnrunzelnd und senkte den Blick, »vermutlich tut jeder Dinge, die er später bereut.«

Ihr Herz klopfte heftig. »Bereuen Sie es?«

Er sah sie an, sein Gesicht war plötzlich erstarrt. »Was würden Sie denn gern hören?«

»Sie sind wütend auf mich.«

»Ja. Nein.« Er seufzte. »Ich bin wütend auf mich selbst.« Er atmete tief durch. »Jedenfalls ist dies wahrscheinlich das letzte Mal, dass wir uns sehen. Ihr Mann zieht es vor, wenn sich fortan eine englische Kanzlei um die Sache kümmert.«

Sie schüttelte den Kopf. »Das ist aber nicht das, was ich will.«

»Was willst du, Grace?«

Roger trat aus dem Durchgang und blieb stehen, während er noch etwas in sein Notizbuch schrieb.

Grace schaute über die Schulter und wandte sich dann zu Edouard um. »Ich möchte in ein Café gehen und dort mit Ihnen sitzen. Ich will, dass Sie etwas bestellen, was ich noch nie gegessen habe, und mich dann damit aufziehen. Und ich will irgendwo mit Ihnen spazieren gehen, ganz egal, wo, und dass wir uns streiten.«

Sein Blick wurde weich. »Sind Sie sich da ganz sicher? Was ist, wenn das Essen zu stark gewürzt ist?«

Sie nickte. »Ich will zu viel Geschmack. Von jetzt an ist das genau das, was ich will.«

Roger kam zu ihnen, schaute von einem zum anderen und lächelte. »Ich bin fertig. Sollen wir zurück ins Hotel?«

»Es tut mir leid.« Grace berührte leicht Rogers Hand. »Ich fürchte, ich komme nicht mit dir.«

Eine Woche später schloss Grace die Tür auf, und Mallory trat ein.

»Das ist sie also!« Mallory schlenderte in den leeren Salon. »Du hast mich tatsächlich nicht auf den Arm genommen, was?« Sie stieß einen Pfiff aus. »Die ist ja riesig! Jetzt begreife ich, warum du sie behalten willst.« Sie hielt den Karton hoch. »Wo soll ich den hinstellen?«

»Ach, irgendwohin.« Grace schleppte ihren Koffer herein.

»Ich sage es nur ungern, aber du hast keine Möbel.«

»Ja, das ist mir auch schon aufgefallen.« Grace öffnete die Balkontüren. Eine warme Brise wehte herein und spielte mit den Haaren der jungen Frauen.

Sie traten hinaus auf den kleinen Balkon.

»Ich hatte ja eine richtige Rede vorbereitet, weißt du.« Mallory stützte die Ellbogen auf das Geländer. »Dass du wirklich noch einmal darüber nachdenken solltest, auch wegen deiner Familie und deinen Freunden. Damit meine ich übrigens mich.«

»Ja.«

»Aber wenn ich ganz ehrlich bin«, fuhr sie mit einem Seufzer fort, »dann beneide ich dich, Grace.«

»Ehrlich? Ich weiß nicht, was ich machen soll, Mal. Oder wie ich zurechtkommen will.«

»Du kommst schon klar. Um dich mache ich mir keine Sorgen.« Sie sah ihre Freundin an. »Aber was soll ich in London ohne dich tun?«

Grace nahm Mallorys Hand. »Wahrscheinlich bin

ich in vierzehn Tagen wieder da – mit eingezogenem Schwanz.«

»Dann schleife ich dich zurück zum Flughafen und setze dich wieder ins Flugzeug. Ich will, dass du glücklich bist, ehrlich. Ich wünschte nur, du müsstest dazu nicht so weit weg.«

»Du kannst jederzeit herkommen.«

»Glaub nicht, das würde ich nicht tun. Und nur fürs Protokoll«, Mallory wischte sich eine Träne aus dem Augenwinkel, »mit dieser Eva d'Orsey habe ich noch ein Hühnchen zu rupfen. Wie kann sie es wagen, dir ein Vermögen zu hinterlassen!«

Grace drückte lächelnd ihre Hand.

»Also, da ich schon mal hier bin«, meinte Mallory, ging wieder in den Salon und öffnete den Pappkarton, »kann ich dir auch beim Auspacken helfen.« Sie wickelte die kleinen Porzellanfiguren aus dem Seidenpapier und stellte sie in einer Reihe auf dem Holzfußboden auf. »Mein Gott!«, meinte sie lachend und schüttelte den Kopf. »Die sind ja noch scheußlicher, als ich sie in Erinnerung hatte! Was willst du damit machen?«

»Ich weiß nicht.« Grace nahm eine zur Hand, eine Schäferin mit einem Lämmchen, die auf einem mit Efeu überwucherten Baumstumpf saß. »Irgendwie wachsen sie einem doch ans Herz, oder?«

»Nein.« Mallory reichte ihr eine andere, ein kleines Mädchen mit langem, blondem Haar, das gelbe Narzissen pflückte. »Nicht zu fassen, dass sie sich solche Mühe gemacht hat, um dafür zu sorgen, dass du sie kriegst.«

Grace sah sie an. »Was hast du gesagt?«

»Also, es ist doch schon komisch, dass sie sie für dich aufgehoben, deinen Namen auf den Pappkarton geschrieben und ihn der Concierge gegeben hat. Man könnte glauben, es wäre das Familiensilber, um Himmels willen!«

Das Familiensilber.

Natürlich …

Grace nahm eine andere Figur zur Hand. Der Baumstumpf stand für Holz, das Lämmchen für Wolle, und die Narzissen waren Paperwhites …

»Mein Gott, Mallory! Du bist genial!«

»Ehrlich? Das hat mir noch nie jemand vorgeworfen.«

Grace drehte die Figur um. Im Boden war ein Loch; die Figuren waren hohl. Sie steckte den Finger hinein.

Nichts.

Sie drehte die Schäferin um.

Leer.

Doch als sie am Boden der Frau mit dem Schleier und dem Fächer nachsah, die auf einem Stuhl saß, die Wange in die Hand gestützt, wurde sie fündig: Tief darin steckte ein fest zusammengerolltes Stück Papier.

»Was ist das?« Mallory spähte ihr über die Schulter.

Grace entrollte es. Das Blatt war mit einer zarten Handschrift bedeckt; eine lange Liste von Parfümingredienzen mit exakten Mengenangaben.

»Das Familiensilber.« Grace reichte es ihr.

Mallory machte große Augen.

La Formule Originale de Ce Soir stand oben drüber.

Paris, Winter 1954

Als er an diesem Morgen zur Arbeit kam, stand sie am Fenster seines Büros mit Blick über den Louvre.

»Es tut mir leid«, flüsterte seine Sekretärin und nahm ihm an der Tür die Aktentasche und den Mantel ab, »aber sie war früh hier. Ich wusste nicht, was ich mit ihr machen sollte, also habe ich sie hineingeführt.«

»Kein Problem«, sagte er, obwohl er ein wenig verärgert darüber war, dass sie ihn einfach so aufsuchte. Er ging hinein und setzte sich hinter seinen Schreibtisch. »Madame d'Orsey?«

Die Frau sah ihn an. Sie war attraktiv, vielleicht Anfang vierzig, hatte dunkles Haar mit einigen Silberfäden darin und überraschend helle grüne Augen. Sie trug ein Kostüm in einem dunklen Marineblau, Hut und Handschuhe, und auf dem Tisch, auf ihrer Handtasche, lag ein kleines Gebetbuch. Als sie auf ihn zukam, um ihn zu begrüßen, tat sie dies mit langsamen, sorgfältigen Bewegungen, als kostete es sie Mühe. Als sie näher trat, sah er, dass ihre Haut fahl war und unter ihren auffallend schönen Augen bläuliche Schatten lagen. Sie reichte ihm die Hand. »Monsieur Tissot, wie freundlich von Ihnen, dass Sie mich so früh empfangen.«

»Es ist mir ein Vergnügen«, versicherte er ihr und wies auf den Stuhl gegenüber. »Was kann ich für Sie tun?«

Sie setzte sich, öffnete die Handtasche und holte einen Umschlag heraus. »Ich bin heute hier, um ein Testament aufzusetzen.« Sie reichte ihm den Umschlag. »Hier drin ist eine Liste meiner Besitztümer und der Name und die Adresse der Erbin. Ich komme zu Ihnen, weil man mir versichert hat, dass Sie über ausgezeichnete Englischkenntnisse verfügen.«

»Vielen Dank.«

Er öffnete den Umschlag. Darin war ein Brief, in dem es um den Verkauf einer Wohnung ging und um ein beträchtliches Vermögen in Aktien, das von einem Wertpapierhändler in Les Halles verwaltet wurde. Auf einem zweiten Blatt standen Name und Adresse einer Frau in England.

Madame d'Orsey öffnete ihre Handtasche und holte ein Zigarettenetui heraus. »Haben Sie etwas dagegen, wenn ich rauche?«

»Keineswegs.«

Sie öffnete das Etui, nahm eine Zigarette und zündete sie an. Dann blies sie den Rauch aus und lehnte sich auf ihrem Stuhl zurück. »Ich möchte, dass Sie ihr helfen. Der Erbin, meine ich.« Mit einem Nicken wies sie auf das Blatt in seiner Hand. »Sie ist nicht von hier und wird Hilfe brauchen.«

Sie sprach, als stünde ihr Tod unmittelbar bevor, nicht irgendwann in vielen Jahren, sondern in wenigen Wochen.

»Selbstverständlich.«

»Und versprechen Sie mir, dass Sie sich mit ihr allein treffen. Falls sie jemanden mitbringt, bitten Sie ihn, draußen zu warten. Ich möchte«, sie verstummte einen Augenblick, »ich möchte, dass die Verlesung des Testaments vertraulich ist.«

Er nickte und notierte sich etwas auf einem Block. »Wie Sie wünschen.«

Die Anspannung in ihrem Gesicht wich. »Gut.« Sie seufzte und zog noch einmal an der Zigarette. »Oh, und das könnte Ihnen helfen.« Sie schlug das Gebetbuch auf. Vorn drin lag ein zusammengefalteter Zeitungsausschnitt. Sie holte ihn heraus und reichte ihn ihm.

Er war offensichtlich einige Jahre alt, ausgeschnitten aus einer englischen Zeitung. Darauf war das Foto von drei jungen Debütantinnen in weißen Kleidern, die auf einer prächtigen Marmortreppe standen. Edouard las die Bildunterschrift und verglich das Gesicht der ersten jungen Frau mit den Namen in dem Testament. »Ist sie das?« Sie war viel jünger, als er angenommen hatte. »Eine sympathische junge Frau«, fügte er hinzu und blickte auf. »Ist sie eine Verwandte von Ihnen?«

Madame d'Orsey schwieg einen Moment. »Ich glaube, das spielt keine Rolle«, erklärte sie.

Plötzlich breitete sich ein Lächeln über ihr Gesicht, das ihre Züge weicher machte und den Schmerz aus ihren Augen vertrieb. Und als sie sprach, nahm er den Anflug von Selbstbewusstsein und Stolz in ihrer Stimme wahr.

»Die Vergangenheit ist vergangen«, sagte sie.

Ihre Schultern entspannten sich, als sei eine große Last von ihnen genommen.

»Was jetzt zählt, das Einzige, was jetzt zählt, ist das, was Grace Munroe als Nächstes zu tun beschließt.«

Dank

Ich möchte den folgenden Menschen danken: meinen Agenten Jonny Geller und Jennifer Joel, meinen Lektorinnen Katie Espiner, Maya Ziv und Lorissa Sengara sowie Cassie Browne, Jaime Frost, Louisa Joyner und Katherine Beitner. Besonders dankbar bin ich Jo Rodgers für seine Ratschläge und seinen Zuspruch, meinem Mann Gregory Liberi für seine Unterstützung und meiner Freundin und Mentorin Jill Robinson für ihre redaktionellen Anmerkungen.